KB252811

시대 상황과
시의 논리

김명수(金明秀) 평론집

새미

시대 상황과 시의 논리

| 초판 1쇄 인쇄일 | | 2013년 6월 19일 |
| 초판 1쇄 발행일 | | 2013년 6월 20일 |

지은이		김명수
펴낸이		정구형
편집이사		박지연
편집 / 디자인		이하나 정유진 신수빈 윤지영 이가람
마케팅		정찬용 권준기
영업관리		한미애 심소영 김소연 차용원
인쇄처		미래프린팅
펴낸곳		새미

등록일 2006 11 02 제2007-12호
서울시 강동구 성내동 447-11 현영빌딩 2층
Tel 442-4623 Fax 442-4625
www.kookhak.co.kr
kookhak2001@hanmail.net

| ISBN | | 978-89-5628-623-5 *03810 |
| 가격 | | 32,000원 |

책머리에

헤아려보니 문학을 해온지 적지 않은 시간이 흘렀다. 그 사이 비록 체계적이라고 할 수는 없지만 동시대의 문학적 도반들의 글뿐만 아니라, 지난날 내가 공부했던 외국문학 작품들을 비평적으로 헤아려보는 계기가 있었으니 여기 모은 글들이 그것이다.

이 글들이 외견상 평론 형태를 띠게 된 것은 모두 내 의도에 의한 것만은 아니었다. 대다수의 글들이 때로는 청탁에 의해서 씌어졌고 어느 순간 본분을 넘어 스스로 쓴 글도 없지 않으나 지금 살펴보니 부실하기 그지없으되 이른바 비평집 형태를 갖추고 있는 것이 한 권의 분량이 되었다.

인연이 닿아 이를 감추지 않고 계면쩍게도 비평집의 이름으로 출간함에 있어 문학평론을 체계적으로 공부하지 않은 흠결이 처처에 드러난다. 분별없이 여러 장르의 글들을 답습하다보니 논리가 어긋나고 정치되지 못한 표현도 허다하다. 또한 대상이 된 작가들의 총체적 작품들을 섭렵하고 써진 것이 아니어서 그때그때 당시에 그 작가가 펴낸 작품집만을 대상으로 한 글이 많기에 그 작가들의 전모를 헤아리지 못한 것이 아쉽게 여겨진다.

돌이켜보면 내가 문학에 뜻을 두고 글을 써온 세월은 탁류의 계절이다. 전통적 농촌사회가 붕괴되고 막 산업화가 태동되던 시기. 정치적 상황이 지극히 경직되었던 민의가 짓밟히고 절대적 빈곤에 시달리던 시기와, 군사독제의 서슬 푸른 압제의 시간들, 그리고 열악한 노동현실과 성장주의의 신화에 빠져들던 시간들, 나아가서 이른바 신자유주의의 오늘에 이르기까지 숨 막히고 벅찬 시간들이 문학의 배경이었다.

그 속에서 나는 시라는 한 가지 주된 장르에만 머물지 않고 아동문학을 비롯한 여러 장르의 글들을 써오면서 문학과 시대현실의 관계를 주목하곤 했다. 따라서 문학이 삶에서 태동되고 그것을 수용하고 같은 시대를 살아가는 사람들의 꿈을 반영하는 것이라면, 시대적 상황과 문학이 어떤 상관을 이루고 결실하고 있는가를 살펴보는 것이 내가 다른 작가의 작품들을 읽는 독법일 듯하다.

여기서 상관이라는 말은 시대적 현실의 기계론적 반영이 아니라, 그 문학이 어떤 구조를 띠고 있으며 그 방법론은 어떤 것인가를 해명하는 것이었다. 그리고 결실이라는 언급은 개개인의 작가들이 진지한 모색을 통해 독창적 미학적 성취를 구축했는가 하는 점을 뜻할 것이다. 이처럼 남들의 작품을 뜯어보고 분석하는 의미는 내 창작의 고양을 위한 것임이 분명했다. 나는 이들의 작품에서 본받음을 얻고, 그들의 미덕이 내 자양이 될 것을 믿었다. 그리고 그들의 작품에서 흠결이 보이면 그 흠결이 내 문학의 반성으로 이어지기를 원했다. 다시 덧붙이거니와 인간은 누구나 자신이 숨 쉬고 살아가는 현실이 개선되고, 내일은 나은 세상이 되기를 염원한다. 이런 바람과 기원은 문학에 있어서도 한 당위이며 그것이 우리로 하여금 문학에 매진하는 이유가 된다.

한편 문학이 하대 받는 시대에 더욱이 시가 외면되고 소외되는 시대에 이런 종류의 글들을 누가 찾아 읽을까 회의가 앞서지만 여기 실린 글들이 내 문학의 항해에 조타수 역할을 했다는 자위는 포기하지 않는다.

삼가 독자 제현들이 이런 필자의 마음을 헤아려 읽어준다면 고마운 일일 것이다.

급변하는 시대, 어제의 소중한 가치가 오늘에 와서 낡은 가치가 되며 심지어는 폐기되는 시절이다. 여기에 수록하는 글들 중 한 두 꼭지는 이미 시기적으로 시효를 담지하지 못하는 부분도 있을 것이다. 그 글들마저 기꺼이 담아준 국학자료원의 정구형 사장님, 그리고 소설가 김성달 출판담당 이사님께 깊은 감사를 표하며 헝클어진 글들을 묶어 아름다운 책으로 만들어주신 박지연 편집실장님과 심소영 님을 비롯한 여러분께 고마운 마음을 전한다.

2013년 새봄에, 지은이 김명수

책머리에

제1부

제1부

역사적 상황의 시적 수용

박정만 유고시집 『그대에게 가는 길』, 실천문학사, 1988
김　영 시집 『깃발 없이 가자』, 청맥, 1988
김광규 시집 『좀팽이처럼』, 문학과지성사, 1988

1.

역사 속의 개체라는 명제를 떠올릴 때 가장 우리의 관심사가 되는 것은 그 개체가 역사 속에 어떤 모습으로 투영되어 있으며 스스로는 그 역사를 어떻게 받아들이는가 하는 점이다. 보편적인 유형을 가늠하기는 어려우나 개체의 삶을 지배하는 역사가 특별히 험난하고 고통스러운 것일 때 그 개체는 대개 다음 세 가지의 전형을 보인다. 하나는 그 험난한 역사에 스스로 함몰되어 소멸해가는 경우이고 또 하나는 그 험난한 역사에 주체를 확립시켜 스스로 적극적인 대응을 해나간다는 것이다. 그리고 또 하나의 경우는 그 역사 자체를 객관적으로 바라보며 어떤 극단적 태도를 유보하는 온건한 자세를 취한다는 것이다.

최근에 간행된 세 권의 시집 『그대에게 가는 길』, 『깃발 없이 가자』, 『좀팽이처럼』은 문학의 바탕이 무엇보다도 우리 인간들의 삶이라는 새삼스럽지 않은 명제를 다시금 일깨워주는 공통점을 지닌다. 그러면서도 이 세 권의 시집은 당대의 현실과 지난날의 역사적 사실을 시적으로 수용함에 있어 저마다 다른 편차를 보이고 있어 우리의 주목을 요한다.

2.

"나는 사라진다/저 광활한 우주속으로"라는 짤막한 2행의 유언시를 남기고 43세의 나이로 우리 곁을 떠난 고 박정만朴正萬 시인은 이승을 하직하기 전 1, 2년 사이에 막대한 양의 시들을 남겼다. 그중의 대다수의 시들이 여러 출판사에 의해 시집으로 묶여 나왔고 이번에 『그대에게 가는 길』이라는 표제로 그의 유고遺稿시집이 마지막으로 출판되었다.

기왕의 그의 시들에 대한 해석은 이미 몇몇 비평가들에 의해 산발적으로 혹은 단편적으로 언급된 바 있어 이 시인의 시에 관심을 기울이는 사람들에게 그의 시가 동양적 정관을 바탕으로 다소 난삽한 방법론을 구사하는 특성을 보였다고 알려져 왔다. 그러나 그가 타계하기 전 2년간에 걸쳐 쓴 시들과 이번에 유고시집으로 묶여진 시들의 일독해보면 과거에 그가 썼던 시들과는 확연히 구분되는 특성을 보인다. 대개 과거의 그의 시들이 정적인 분위기를 담고 주술적 기미와 함께 형이상학적 형태를 보여주었던 것에 비해 유고시로 남긴 이번 시집은 어둠과 좌절 그리고 적막함과 애틋함의 정서가 분명하게 형상되어 있는 것이 두드러진다. 이같은 특성은 삶에 대한 간절한 미련과 이승적 삶에 능동적으로 적응할 수 없는 회한, 그리고 여기서 발현되는 죽음 자체에 대한 친화로 나타난다. 예컨대,

> 살아야겠다, 기필코
> 저승에서 목매달고 죽어서라도.
> 아직은 남은 꿈이 굴뚝새 나는 밤물결 같고
> 들머리 지나는 뜬구름의 그림자 같애.
>
> 속이 영 거북하고
> 초저녁 잠 같은 저승의 발길,
> 난 안 들었어, 난 아니 들었어.
> 이대로 밑도 끝도 없이 나동그라지다니.
>
> ―「기필코 한 주먹만」 부분

와 같은 구절들은 바로 삶에 대한 간절한 애착을 보이는 예가 되는데 이는 과거의 그의 시들이 보여주었던 특성에서 탈피하여 인간의 육성, 이를테면 절규와도 같은 울림을 전해주고 있다. 시인은 시에서 자기 자신이 "저승의 발길"에 들지 않았다고 부정에 부정을 거듭하여 자포자기적인 긍정을 하면서 "살아야겠다"라는 다짐을 한다.

그렇다면 무엇이 과연 이 시인으로 하여금 죽음과 결부된 이토록 애절한 심사에 빠지게 하는가? 여기서 필자는 지난 제5공화국 시절의 야만적인 정치적 폭력을 떠올리게 된다. 두루 아는 바와 같이 제5공화국은 그 출발자체가 국민적 합의에서 비롯된 것이 아니고 무력에 의해 생성된 부당한 정권이었다. 따라서 정권에 대한 정통성의 결여는 이 정권으로 하여금 시종일관 강압적인 통치구조에 머물게 하

고 그로 인해 국민들은 그 정권의 폭압에 시달려야 했다. 박정만 시인은 지난날 많은 수난을 겪었던 반체제 문인과는 달리 특별나게 정치적 탄압의 대상이 되었던 시인은 아니다. 그러나 어느날 갑자기 동료문인의 연재소설이 빌미가 되어 불법으로 수사기관에 연행되고 거기서 물리적인 고문을 받고 그 후유증으로 득병, 심신이 황폐화되고 그 역경을 극복하지 못하여 안타까운 나이로 타계했다. 과학적인 방법으로 그의 시를 살피는 자리에서 시인의 개인적 삽화를 언급한 것은 자칫 그의 시를 정직하게 읽지 못하게 하는 구실도 하고 어떤 선입견에 함몰되게 만들기도 하나 유고시집에 실린 시들의 대부분이 죽음과 관계되어 있는 것은 바로 이같은 연유에서 비롯된다 하겠다.

죽음을 주제로 한 박정만의 시들은 앞에서 예시한 바처럼 삶에 대한 강렬한 애착만을 앞세우지는 않는다. 시인은 또한 건강한 육신이 죽음에 이르도록 고통스럽던 과정에서 다양한 시적 반응을 보이게 되는데, 그것은 크게 나누어 인간성의 존재 자체를 말살하는 부도덕한 권력 자체를 혐오하는 형태로 나타나기도 하고 인간성을 말살하는 그 폭압적인 질곡 속에서도 인간의 근원적인 순수성은 훼손되지 않는다는 굳건한 신념으로 표출되기도 한다. 이 밖에도 그의 시에서는 삶 자체가 덧없다는 허무의식이 두드러지게 나타난다.

> 흰 배추꽃잎 위에
> 배추흰나비가 앉아
> 배추흰나비의 꿈이 되는 한낮,
> 無明의 햇빛만 쨍쨍하게 파고들어
> 차라리 귀가 먹먹했다.

너도 없고 나도 없고
아무도 없는 곳에서
아무것도 아니고 아무것도 아닌 것이
내 人生의 귀를 죽였다.

－「너도 없고 나도 없고」 전문

시의 제목마저 의미심장한 이 시는 우리의 현실 자체를 너도, 나도, 아무도 존재하지 않는 불모성의 공간으로 파악했다. "아무것도 아니고 아무것도 아닌 것이"라는 중복형의 수사로 강조한 몰가치적인 실체가 "인생의 귀"를 죽였다고 진술해놓는 점도 의미 있는 표현이다. '인생의 귀'는 인체의 단순한 청각기관이 아니라 한 시인이 외부세계와 교감할 수 있는 바탕 즉 삼라만상의 모든 현실을 감지하는 그 자체일 터인데, 그것이 바로 그 어떤 비가치적인 폭력적 실체에 의해 죽임을 당했다고 표현하는 것은 바로 이 시를 쉽사리 우리의 삶의 터전을 황폐화시킨 권력집단에 대한 분노의 표현으로 이해하게 만든다.

해라, 해라, 해라,
고요한 돌의 말로 너는 살아서
잊으라, 잊으라, 잊으라,
저쪽 서빙고동 끝에서
…(중략)…

꽃 하나만
눈물을 씻어주는 꽃 하나만 가지고 싶어요.

슬픔으로 잊어주는
꽃 하나만 가지고 싶어요.
석양빛이 찬란한데요.

—「鄕愁」 부분

시인 자신의 독백과 누님과의 대화 등이 교차되어 있어 복합적인 구조를 지니는 이 시에서는 고통스러운 지난날의 기억에 대한 각성과 그 괴로운 기억을 잊으려는 잠재의식 그리고 시인의 순수한 소망이 혼재되어 드러난다. "잊으라, 잊으라, 잊으라"해도 잊을 수 없는 "저쪽 서빙고동 끝"은 시인이 고문당한 바로 그 현장임과 동시에 인간성을 말살하는 현실의 폭압적 질곡 그 자체인 터이고 눈물을 "씻어주는 꽃" 하나는 폭압적인 고문 속에 황폐해진 영혼이 귀의하는 순수성의 표상인 고향 그것이다. 여기서 시의 내용상 향수 자체에 대한 직접적인 표현을 찾아볼 수 없다 해도 시인이 뜻한 바의 의도가 쉽사리 이해된다.

이렇듯 시인이 현실적 고통에서 해방되어 그 어떤 순수함에 대한 간절한 열망을 지님에도 불구하고 지치고 병든 시인 자신은 그 어느 곳에도 적응하지 못하고 다음과 같은 시구절을 남긴다.

너 하나의 사랑을 위해
피와 땀과 눈물로 내가 왔다.
버림받자고.

나는 北으로나 갈까.
서러워, 서러워, 서러워,

기러기 마음도 서러워.

―「피어린 山河」 부분

그리하여 시인은 마침내 자기 자신을 확대하고 폐쇄된 공간에 자신을 유폐한다. 물론 이때의 유폐는 자의적이 아니고 타율적인 것임이 강조되어 나타난다. '전화'로 상징되는 외부세계와의 소통을 먼 바다로 묻고 섬과 섬으로 던져버렸다는 진술은, 바로 시인 자신과 외부의 세계를 적막한 단절로 차단을 이뤘다는 뜻이 된다.

먼 바다로 던져버린 한 줄기 전화,
섬과 섬으로 던져버린 한 줄기 전화,
댓잎사귀 소슬한 남녘 땅으로
노자돈도 없이 부쳐버린 한 줄기 전화.

―「한 줄기 전화」 전문

이 단계로부터 두드러지는 것은 삶 자체가 덧없다는 허무의식이다. 이 허무의식은 삶에 대한 끈덕진 애착과 갈등 그리고 포기 뒤에 찾아온다.

①
길도 업는 길 위에 주저앉아서
路傍에 피는 꽃을 바라보노니
내 생의 한나절도 저와 같아라.

―「쓸쓸한 봄날」 부분

②

정처가 한 군데도 없어.
세상은 저무는 저녁잠의 작은 팔베개,
꽃피는 잠덧도 너에게 주고
어리석은 잠덧도 그대에게 바칠 일인데.

　　　　　　　　　　　　　　　　　－「형언할 수 없는」 부분

③

청산아, 꽃 피는 날이 사라졌다.
저 눈물 어린 고개 위에
꽃 피고 달 뜨던 나의 청춘,

　　　　　　　　　　　　　　　　　－「다 가고」 부분

위의 시들은 박정만의 유고시집에 나타나는 허무의식이 대표적으로 드러나는 시다. 「쓸쓸한 봄날」이라는 ①의 시에서는 자신의 존재가 길도 없는 곳에 머물러 있다는 인식에 도달하고 자신의 목숨이 노방에서 피었다가 스러지는 들꽃과도 같다고 진술해놓는다. 그리고 「형언할 수 없는」이라는 ②의 시에서는 어디서고 머물 수 없는 무숙자의 적막이 심도 있게 표현되었다. 특히 "세상은 저무는 저녁잠의 작은 팔베개"와 같은 구절은 이 시인에 대한 선입견을 버리더라도 동양적 허무의식이 도달하는 가장 높은 경지라고 보아도 무방하다. 아름다운 날이 사라졌다는 ③의 시 「다 가고」 역시 삶 자체가 덧없는 우수의 중첩이라는 인식을 드러내준다.

그러나 무엇보다도 박정만의 유고시집 『그대에게 가는 길』에 두드러지는 현상은 앞에서도 잠시 언급했듯 죽음에 대한 친화성이다.

이 죽음에 대한 친화성 역시 삶에의 집착, 소외 포기, 체념, 적멸 등의 과정을 거쳐 시인 자신이 스스로 받아들인 의식의 소산이다. 따라서 박정만 시인의 시에 드러나는 죽음에의 친화성은 그 근원 자체가 타율적인 제약에서 연유하고 있기에 죽음 자체를 자연에의 회귀로 보는 여타의 동양적 시세계와는 다른 경지를 보인다.

나 이 세상에 있을 땐 한간 방 없어서 서러웠으나
이제 저 세상의 구중궁궐 대청에 누워
청모시 적삼으로 한 낮잠을 뻐드러져서
산뻐꾸기 울음도 큰댓자로 들을 참이네.

어차피 한참이면 오시는 세상
그곳 대청마루 화문석도 찬물에 씻고
언뜻언뜻 보이는 죽순도 따다 놓을 터이니
딸기잎 사이로 빨간 노을이 질 때
그냥 빈손으로 방문하시게.
…(중략)…

어차피 저세상의 봄날은 우리들 세상.

—「대청에 누워」 부분

해 지는 쪽으로 가고 싶다.
들판에 꽃잎은 시들고.
나마저 없는 저쪽 산마루.

—「해 지는 쪽으로」 전문

위에 인용한 시들은 시인 자신이 스스로 사자死者임을 드러내며 쓴 시이거나 죽음을 거부감 없이 받아들이려는 순명의식이 짙게 배인 작품이다. 「대청에 누워」에는 시인 자신이 사자가 되어 시인의 벗에게 말을 전하는 형태를 띤다. 여기서 시인은 사후의 삶이 자유롭고 풍요로운 것임을 시사하고 있는데 이 자체는 이승적 삶이 고통스러웠다는 반증이라 할 수 있다. 「해 지는 쪽으로」의 시 역시 악착한 현실적 삶보다는 사후의 세상을 꿈꾸는 죽음에의 친화가 두드러진다. 이밖에도 이 시집에는 죽음에 대한 친화가 두드러지는 시가 상당수에 이른다. 예컨대 「야릇한 노래」, 「저 무화無花의 꽃상여」, 「돌아온 추억」, 「흐르는 눈물」 등이 그것이다. 이 시들은 거의 다 시인 자신의 가라앉은 심사에 의해 진실 되게 씌어졌기에 깊은 감동을 전한다.

그러나 박정만의 시가 이처럼 고요하고 애조 띤 가락을 지니고 우리의 본원적 정서에 깊이 있게 호소하고 있으나 한 가지 결점 또한 아울러 지니고 있는 것이 사실이다. 그것은 바로 시인이 개인의 정서에 너무 깊이 함몰함으로써 시 자체가 가지는 또 하나의 미덕인 역사 발전에의 기여에 적극적인 대응을 하지 못했다는 점이다. 특히 그가 험난한 역사에 희생된 시인일진대 우리의 이같은 기대 또한 충족시켜주었더라면 하는 아쉬움도 남는다.

3.

박정만의 시집에 유고시집이라는 표제가 붙어 있다면 김영의 시집 『깃발 없이 가자』에는 '남부군 빨치산' 출신 시인의 시집이라는 표제가 붙어 있다. 남부군 빨치산이라면 6·25를 전후해 지리산을 거점으로 '조국의 인민해방'을 위해 싸운 자들의 이름이 아닌가? 그리고 그 빨치산들은 반공이데올로기에 침윤된 우리에게 그 동안 강한 금기의 대상이 되어 오지 않았던가? 또 한 가지 특이한 점은 이 시집의 저자가 예순 살에 이른 노인이라는 점이다. 시집 권말에 붙어 있는 연보를 살펴보면 시인은 바로 그 빨치산 활동으로 인해 사형선고까지 받은 이력이 있고 12년의 옥고를 치렀으며 지금은 노구에도 불구하고 어느 청과물시장에서 리어카를 끌며 노점상으로 생계를 잇는다 한다. 이런 점이 일단 이 시집을 읽는 우리에게 강한 호기심을 불러일으키는 요소가 된다. 그러나 우리가 이 시집을 관심 깊게 읽는 것은 시인 자신과 관련된 특별한 이력에서 흔히 느끼는 경박한 호기심 때문만은 아니다.

김영의 시집 『깃발 없이 가자』에는 시인이 전 생애에 걸쳐 쓴 74편의 시가 수록되어 있다. 1부와 2부는 전쟁시와 옥중시라 하여 빨치산 활동과 그로 인해 겪게 되는 감옥생활 과정에서 쓴 시들이고 3부, 4부, 5부는 그가 감옥에서 출옥하여 고단한 세상살이를 하는 과정에서 씌어진 시들이다. 이 시들은 소재상의 차이로 구별된다 하더라도 전체적으로는 뚜렷한 주제를 지니고 있는데 그것은 바로 이 시인이 평생을 두고 겪게 되는 고통스러운 삶의 체험에서 스스로 얻어낸 민족분단의 해소에 대한 간절한 열망과 평등한 삶을 염원하는 것이라 하겠다. 그렇다면 시인의 이같은 신념은 구체적으로 어떤 과정을 겪으며 작품 속에 스며들어 있는가?

①

세석평전 눈벌 삼십리
영하 20℃의 고지에 눈꽃이 피었다.

눈썹에도 모자에도 총구에도
눈은 흰나비처럼 내려앉아

만약에 죽음이 눈앞에 없었다면
얼마나 훌륭한 그림이 되었을까

그러나 철모를 쓴 토벌대는 올라오고
죽음의 시간은 일각일초 다가온다.

　　　　　　　　　　　　　　　　－「세석평전」 부분

②

지리산 팔백리
천왕봉에서 노고단까지 비는 내리고

집이 없는
정녕 돌아갈 고향도 없는
호곡소리
…(중략)…

작은 돌무덤에서
큰 골짜기 격전장까지
정녕 돌아갈 고향도 없는
통곡소리

　　　　　　　　　　　　　　　　－「지리산 1」 부분

시대 상황과 시의 논리

위에서 인용한 ①과 ②의 시편들은 시집 제1부에 수록된 시로서 시인 자신이 빨치산 활동을 하던 지리산을 배경으로 쓰여졌다. 영하 20℃를 오르내리는 혹한 속에 일촉즉발 생과 사를 가르는 총격전이 닥치는 극한상황이 밀도 있게 묘사되었고 빨치산들의 삭막한 생활상과 내면세계가 적나라하게 그려져 있다. 그러나 이 시들에서는 아직 구체적으로 민족분단에 대한 시인의 뚜렷한 신념이 표출되지 않는다. 그 대신 시인 자신의 감상주의적 요소들이 작품 전체를 지배하고 있다. "세석평전 눈벌 삼십리/영하 20℃의 고지에 눈꽃이 피었다" 등과 "지리산 팔백리/천왕봉에서 노고단까지 비는 내리고" 등의 구절이 특히 그러하다. 그러나 시인은 "토벌대 군화소리"와 "위협의 공포사격"을 들으며 차차 전쟁의 무의미함을 자각하고 다음과 같은 심경을 토로한다.

> 총을 쏜 자도
> 총에 맞아 쓰러진 자도
> 그는 나였다.
>
> —「이제 그만」 부분

이 시는 시인 자신이 스스로 체험한 가혹한 전재의 고통을 바탕으로 전쟁과 폭력에 대한 강한 저항정신이 드러나고 강대국의 조종에 의해 서로 적이 되어 피를 흘리는 거레들이 한 형제임을 인식해낸다. 그렇지만 이 시에서도 역시 아직 민족통일에 대한 구체적 열망은 표출되지 않는다. 비록 외세에 의해 희생되는 거레들이 한 형제라는 인식에는 도달해 있으나 민족이 분단된 근원적 연유와 민족동질성

회복에 대한 열망은 부족하다.

이 단계 이후 시인은 토벌군에 의해 체포되고 시베리아라고 불리는 대전 형무소에 수감되는데 이후에 씌어지는 시에서는 수형생활의 참혹한 실상과 자유를 갈망하는 인간의 소망 및 개인의 자유가 이념에 앞서 존중되어야 한다는 신념 등이 두드러지게 나타난다.

이 시들은 말에 대한 수식과 기교를 제한하고 시인의 의도가 간추려져서 표현된 것이 특색인데 이같은 의도는 시인이 처한 비극적 정황을 가급적이면 객관적으로 표현하려는 의도라고 하겠다.

제3부 음지의 시편들은 긴 수형생활 이후 사회생활을 시작하면서 씌어졌다. 이 시편들에서는 과거의 시인의 행적으로 인해 출옥 이후에도 부단하게 감시를 받고 미행을 당하는 현실이 묘사된다.

> 아, 생에 한번쯤은
> 붉은 수의를 훨훨 벗어버리고
>
> —「음지—한번쯤은」 부분

> 한번 반동이라 표찰이 달리면
> …(중략)…
> 아무도 보호자는 없었다.
>
> —「음지—태양이 없는 땅」 부분

> 어디서 누군가가
> 나를 감시한다.
> (어쩌면 그는 내 밖의 나 자신인지도)
> …(중략)…

죄 없어도

죄인이 된 나는

도망갈래야 갈 곳이 없다.

-「음지-감시」 부분

　　민족의 비극이 한 개인의 존재를 이토록 극심하게 제약하고 있는 것을 깨우칠 수 있는 위의 시편들에서 시인은 출옥 이후에도 자기 자신에게 씌어진 수인이라는 굴레를 벗어버리고 자유로운 삶을 향유하기를 간절히 꿈꾼다. 그러나 그는 가는 곳마다 고학력자의 신분임에도 불구하고 정상적인 자유인과 생활인이 되는 길이 막히고 드디어 이 사회의 가장 밑바닥 신분인 기층민으로 전락하면서 개인의 자유와 정상적인 생활인의 획득이 민족분단의 해소 없이는 불가능하다는 인식에 도달한다.

①

우리가 쥐었던 것은 미제 칼빈

우리가 쏘았던 것은 쏘제 다발총

그럴듯한 구호에 내몰려 돌격을 했었지.

…(중략)…

우리는 형제인 것을

이렇게 우리는 한핏줄 한겨레인 것을

내 피는 너에게도 흐르고 있는 것을

-「악수」 부분

②

봄은 가고

또한 가을이 와도

강은 흐르고
강물은 낙엽을 띄우고 흘러도

잊혀진 겨레
가슴에 맺힌 한과 응어리는
어느 날 풀릴 건가

뜨거운 피
따스한 입김
강물되어 흘러서

얼음의 벽을 녹여라
분단의 벽을 열어라

―「강이 풀리면」 부분

①의 시는 우리 자신이 미제의 칼빈과 쏘제의 따발총으로 서로 미련하게도 피를 흘리고 싸웠다는 철저한 반성 끝에서 씌어지고 있다. 그리고 바로 그 칼빈과 따발총을 쥐어준 외세를 극복하는 것이 민족통일을 앞당기는 것이라고 강조하고 있다. ②의 시 역시 분단이란 헛된 세월이 유수처럼 흘러갔다는 인식과 함께 겨레의 가슴에 맺힌 한으로 통일을 앞당기려는 호소가 절실하게 담겼다.

이후에 씌어지는 시 역시 분단극복을 염원하는 시들이 주종을 이룬다. 비록 리어카를 끄는 힘든 삶의 도정 속에 간간이 평등한 삶을 염원하는 시들이 씌어지고 있으나 그 근저에는 민족통일의 열망이 뿌리 깊게 서려 있음을 알 수 있다.

그런데 여기서 한 가지 지적될 것은 동어반복적인 구절들이 빈번하게 눈에 띈다는 것이다. 예를 들면 「리어카행」과 「리어카를 끌고 갈 때」의 시에서 "내가 리어카를 끌고 가는 것일까/리어카가 나를 끌고 가는 것일까" 같은 구절이 중복되어 나타난다든지, 「봄이 오는 것은」, 「아무도」, 「봄이 오는데」, 「강이 풀리면」 등에서 "아무도 막을 수 없다"와 같은 어법이 재차 사용된다는 점이다. 이는 시인의 시적 열정이 미처 정화를 거쳐 여과되지 않고 씌어지는 탓인데 읽는이로 하여금 지루한 느낌을 가지게 하는 것이 아쉽다.

그러나 우리는 이 시집에서 그 어떤 전문적인 기교만을 앞세워 이 시집이 지닌 가치를 낮게 평가하고 싶은 마음은 없다. 이 시집에는 무엇보다도 치열한 분단극복의 의지와 민족동질성에 대한 끝없는 탐색이 그 어느 시집보다 두드러지고 있는데 이것은 시인 자신이 그 누구보다도 혹독했던 분단현실을 살아오면서 자신의 생생한 체험을 바탕으로 하고 있기에 여타의 관념적 분단시들과 확연하게 구분되는 호소력을 지니고 있기 때문이다.

4.

『우리를 적시는 마지막 꿈』, 『아니다 그렇지 않다』, 『크낙산의 마음』에 이어 네 번째로 펴내는 김광규金光圭의 『좀팽이처럼』에는 참으로 다양한 시적 관심들이 평이하고 소박한 형태로 표출되고 있다.

이같은 다양한 시적 관점들은 오늘을 살아가는 한 지식인의 일상을 통해 사유하고 체험하는 과정에서 얻어지는 자연스러운 관심으로서 특이하거나 모호한 개념들은 아닐 것이다. 예컨대 이같은 관심들은 현대인들의 소시민성에 대한 비판이라거나 자본주의사회의 병리현상 또는 도시적 삶의 전형성에 대한 비판과 현대인의 삭막한 내면 풍경 묘사 등으로 나타나고 있다. 그밖에도 공해와 문명에 대한 비판, 스포츠가 정치에 이용되고 권력자에게 이용되는 현실에 대한 비판 및 평화로운 삶에 대한 회원 등을 꼽을 수 있고 특이하게는 사랑과 추억에 대한 회상과 정치적 현실에 대한 분노의 표현 그리고 도도히 흘러가는 역사의 흐름 속에 그 역사의 밑바탕이 되는 기층민들에 대한 신뢰 등도 따른다. 이런 김광규의 시적 관심은 처녀시집부터 지금까지 일관성 있게 유지되고 표출되어옴으로써 이 시인의 시가 일상성의 한 전형을 보여주는 시라는 평가를 얻게 했다. 김광규의 이번 시들 역시 우리에게 특별한 사유를 요구하지 않는 평이한 진술로 일관되고 있다. 그저 짧은 한 편의 수상을 읽을 때처럼 가벼운 집중을 요할 뿐이다. 그리고 읽은 후에 김광규의 시는 소화되지 않는 음식의 찌꺼기가 우리의 소화기관을 압박하고 있듯 그렇게 우리에게 군림하지 않는다. 차라리 김광규의 시는 우리로 하여금 그 시들을 읽은 다음 쉽게 잊게 만든다. 그렇지만 우리는 어떤 계기에서 문득 그의 시가 우리의 머릿속에 혹은 가슴속에 친근하게 오랫동안 머물고 있음을 느낀다. 이런 점이 김광규의 시가 갖는 장점이자 미덕이라 할 수 있을 것이다.

그는 돈을 아껴 쓰는 사람이었다.

예컨대 어느 할인 판매장에 가면, 모든 물건을 25% 이상 싸
게 살 수 있었다. 이곳을 그는 아무에게도 알려주지 않았다.
다른 사람들이 조금이라도 비싸게 물건을 사면, 그것이 자기
에게 상대적으로 이익이 된다고 그는 믿고 있었던 것이다.

그러나 그는 비밀을 지키고 있는데도 불구하고, 그곳으로 물
건을 사러오는 사람들이 많아졌다. 그는 속이 상해서 견딜 수
가 없었다.
이것은 결국 그가 사망한 원인 가운데 하나가 되었다.

그는 돈을 더 많이 벌 수 있는 방법을 찾았어야 한다.
―「절약가」 전문

흡사 톨스토이의 우화를 연상시키는 듯한 이 시 역시 가볍게 읽힌
다. 시의 말투는 일상적이며 구어체에 가깝다. 무리하고 복잡한 구조
가 없이 그저 이야기하듯 담담한 진술로 일관되고 있다. 그러면서도
이 시는 물질만능주의 속에서의 현대인의 이기심을 고발하는 시라는
것을 은연중에 일깨운다. 그런데 한 가지 특징은 이같은 시들 속에는
시인의 뚜렷한 주장이 없다는 점이다. 말하자면 사실이나 현상을 객
관적으로 진술해놓을 뿐이다.
그렇다면 왜 시인은 자신의 시에 뚜렷한 주장을 생략하는가? 그것
은 아마도 자신의 시에 독자들이 참여할 수 있는 터를 남겨놓기 위해
서인지도 모른다.

오늘은 별다른 일이 없었다

끔찍한 교통사고도 일어나지 않았고

소매치기나 날치기를 당하지도 않았다

최루탄 때문에 눈물을 흘리지도 않았고

길가에서 가방을 열어보이지도 않았고

닭장차에 갇히지도 않았다

두들겨맞거나

칼에 찔리지도 않았다

별일없이 하루를 보낸 셈이다

밤중에 우리집에 불이 나거나

도둑이 들어오지만 않는다면

오늘은 아주 재수좋은 날이다

―「재수좋은 날」 전문

이 시 역시 굳이 찾아보자면 "오늘은 아주 재수좋은 날이다"라는 마지막 한 구절이 시적 화자의 주관적 목소리라 할 수 있을 뿐 전체적인 문맥으로 보아 앞에서 인용했던 「절약가」처럼 시인의 뚜렷한 주장은 사상되었다. 그러나 우리는 이 시를 단순하게 하루일을 마친 평범한 인간이 집으로 돌아와서 중얼거리는 독백으로 읽어서는 안 된다. 이 시는 그것보다도 훨씬 더 깊은 뜻을 감추어두고 있는데, 이를테면 오늘날의 삭막한 현실풍토를 고차원적인 방법으로 암시하고 있다 하겠다. 시인은 이같은 의도를 평이한 구조 속에 감추어둠으로써 독자들로 하여금 시에 스스로 참여할 수 있는 터를 만들고 그것이 시 자체의 의미확산을 도모하게 만든다.

그런데 김광규는 이번 시집에서 거의 모든 작품을 이전처럼 객관

적인 진술을 바탕으로 형상화시키지는 않았다. 특히 정치적 견해를
표명하는 시라거나 역사에 대한 전망을 피력하고 있다고 느껴지는
시에서는 은유나 상징의 기법을 동원하여 자신의 심사를 대신하게
만든다.

①
오늘 나이 백 살을 먹은
나는 아직도 어리석은 거북이
…(중략)…
그대들처럼 성난 목청으로
소리지르지 못하고
언제나 느릿느릿 네 발로
땅 위를 기어다니고
짧은 다리 허우적거리며
물 속을 떠다닌다
…(중략)…
그러나 방정맞게 팔딱팔딱
서두르지 않고
헛된 기쁨과 거짓 슬픔
아랑곳하지 않고
온갖 아픔과 굶주림의 날들
말없이 참아가면서
앞으로도 일억 년을 끈질기게
살아갈 것이다.

－「어린 거북이」 부분

②

늦가을 엷은 햇살

빨랫줄 위에

꽁지를 약간 치켜들고

잠자리 한 마리

…(중략)…

바람도 잠시 숨죽이고

모든 눈길이 자기에게 쏠려도

잠자리는 외치지 않는다

눈물 흘리지 않고

ー「잠자리」 부분

위의 ①과 ②의 시에서는 직접적으로 정치적 현실과 역사적 상황을 담은 흔적은 없다. 그러나 우리는 이 시들에서 이 시대의 역사적 현실 앞에서의 시인 자신의 마음가짐을 암시하는 징후를 발견하게 되는데 흥미롭게도 이 시들은 우의적 수법을 원용하고 있는 것이 특이하다. 이 점은 과거의 그의 시들이 의미가 단순하고 명료하며 삶의 한 측면을 포착하는 데 성공하고 있으나 시의 의미전달을 은유나 상징에 의존하지 않기 때문에 의미의 울림이 없는 평면적인 구조를 택하게 된다는 지적에 비해 새로운 면모를 보여주는 증거가 되기도 한다. 그러나 거북이와 잠자리의 특성을 빌어온 이 시에서 시인은 방정맞게 팔딱팔딱 서두르지 않고 말없이 참아가며 일억 년을 끈질기게 살아가겠다는 진술(「어린 거북이」)과 모든 눈길이 자기에게 쏠려도 외치지 않고 눈물 흘리지 않겠다는 발언을 한다(「잠자리」). 이같은 시적 진술은 삶을 관조하고 현실 속에 평정심을 잃지 않으며 극단에 서지 않는 여유로운 태도라고 여겨지기도 하나 자칫 격동하는 역사 앞에 지식인으로서, 시인으로서 소극적인 일면을 정당화시킨다는 비판도 감수해야 할 소지를 남긴다. 그리고 또 한 가지 지적될 것은 「어린 거북이」와 「잠자리」 등의 시에서 나타나는 시적 사유가 「용의 모습으로」 등의 시로 전환되면서 이무기를 용으로 변신시키려는 적극적 의지마저 나타나기 때문에 혼란된 자의식을 보인다는 점이다.

그러나 무엇보다도 이 시집에서 두드러지는 것은 한 자연인으로서 시인이 삶에 대응하는 지혜라 할 수 있다. 삶의 본질을 성찰하고 삶에 흔들리지 않는 평정심을 유지하려는 지혜는 시인의 네 번째 시집인 이 시집에 특히 두드러지고 있는데 이는 우리 동양인의 정신적 의지처인 중용적 세계관에 입각해 있다. 40대 이후의 신념의 흔들림과 시인 자신의 소시민적 안일을 스스로 경계하는 「구리거울」이라든가, 삶에 있어서 실질적인 이해관계만을 떠나 삶의 본질을 파악하려는 「감나무 바라보기」 등과 인생을 지혜롭게 결산하려는 「뺄셈」 등의 시에서 이런 점이 특히 두드러진다. 삶에 대응하는 시인의 이같은 지혜는 연륜과 경험이 가져다주는 높은 덕목으로서 이 시집의 깊이를 더하는 미덕이 된다.

그러나 우리는 김광규의 시에서 이런 중용적 원숙미만을 강조하여 칭찬하고 앞으로 이에 대한 진경만을 기대하는 것은 크나큰 의미가 없다. 이같은 미덕은 이미 많은 동양적 시인들에 의해 성취된 바 있고 현시단의 몇몇 중진시인들도 이에 대해 많은 시적 성취를 이룬 것이 사실이다. 그렇다면 우리 시대에 있어서의 한 개성인 김광규의 다음 시들에서 우리가 계속 기대할 것은 무엇인가? 그것은 아마도 우리의 삶을 통해 드러나는 일상의 그릇된 모습과 허위를 반성하며 참된 평범성을 견지하려는 끈질긴 그의 노력이 더 큰 열정으로 단단하게 결실하는 것이라고 믿는다.

창작과비평 1989년 봄호

생명의 시와 존재의 시

김지하 시집『중심의 괴로움』, 솔출판사, 1994
천양희 시집『마음의 수수밭』, 창작과비평사, 1994
김준태 시집『꽃이, 이제 地上과 하늘을』, 창작과비평사, 1994
하종오 시집『님詩篇』, 민음사, 1994

1.

근자에 우리 주변에 현대문명의 위기의식과 더불어 생명 혹은 생명사상이라는 말이 보편화되었다. 이는 인간과 자연과 우주의 병리적 현상을 깊이 인식하고 그에 대한 새로운 전망을 모색하는 과정에서 태동된 현상이다. 구체적으로 이 말은 자본주의적 물질문명과 깊은 연관을 갖는다. 인간과 자연을 대립적 투쟁관계로 보며, 생산과 성장과 개발이 절대적 가치로 간주되는 자본주의 논리는 오늘까지 최소한 전지구상의 움직일 수 없는 이념이 되었다. 그러나 편리함을 추구하는 인간의 잠재된 본능에 그 맥이 닿아 있는 서구적 물질문명의 추구는 이제 우리의 영원한 이상이 될 수 있을까 심각한 우려를 낳는다. 그것은 바로 물질문명의 발전이 가져다주는 역기능 때문이다. 오늘날 우리 앞에 전개되는 끝없는 생산과 소비는 필연적으로 유한한 지구적 자산을 탕진시키고 그로 인한 심각한 환경과 생태계의 위기를 불러일으켰다. 인간만이 전우주의 주인이라는 이런 오만한 생각은 인간이 숨 쉬고 살아가는 자연의 터전을 공생의 공간으로 파악하지 않고 그 극복의 대상으로 삼았으며 그로 인한 병폐는 바로 지금 인간에게 그 무서운 해악을 돌린다.

70년대 정치적 탄압의 한 상징이었던 김지하의 새 시집은 바로 이런 인간과 자연과 우주의 병리적 현상에서 그 출발점을 마련한다. 1989년『별밭을 우러르며』를 출간한 지 5년 만에 새로 펴낸『중심의 괴로움』은 과거에 그가 보여준 정치적 폭압에 대한 비판과 고발과 풍자에서 벗어나 80년대 이래 시인이 깊이 관심해온 이른바 생명사상의 결과물을 담았다.

이번에 보여주는 시들은 형식적으로도 뚜렷한 변모를 이루어 말을 아껴, 시를 이루는 행과 연의 길이가 두드러지게 짧아지고 간결해졌다. 그러면서도 시에서 다루고 있는 행간의 의미는 깊고 심원하여 모처럼 우리에게 시를 읽는 즐거움을 안긴다.

겨우내
외로웠지요
새봄이 와
풀과 말하고
새순과 얘기하며
외로움이란 없다고
그래
흙도 물도 공기도 바람도
모두 다 형제라고
형제보다 더 높은

어른이라고
그리 생각하게 되었지요
마음 편해졌어요

축복처럼
새가 머리 위에서 노래합니다.

- 「새봄 3」 전문

시인의 시정신이 가장 잘 압축되어 나타난 위의 시에서 우리가 직접적으로 읽어낼 수 있는 것은 풀과 새순 같은 봄의 생명체와 교감하고 통정하는 시인의 마음이다. 그러나 그보다 더 주목해야 하는 것은 바로 "흙도 물도 공기도 바람도 / 모두 다 형제라"는 구절이다. 이 대목은 이른바 서구적 세계관인 인간중심주의에 반대를 표시하는 것으로서 시인이 이번 시집을 통해 드러내려는 근본적인 시정신인, '만물이 인간의 형제'라는 깨달음을 압축하고 있다. 앞에서도 잠시 언급했듯 삼라만상의 주인이 인간이라는 인식은 인간 이외의 대상은 모두 극복의 대상이며 개발하고 착취할 수 있는 존재로 여긴다. 그러나 이런 인식은 세세한 지적이 번거로울 만큼 수많은 병폐를 초래하고 말았다. 시인은 근본적으로 이런 병리적 현상을 초래한 인간중심주의를 배격하고 흙·물·공기·바람과 같은 만물이 형제라는 인식을 이 시에서 표출한다.

그런데 이 시에서 또 한 가지 주목해야 하는 것은 시인이 그런 흙과 물과 공기와 바람을 형제보다 더 높은 '어른'으로 생각하겠다는 점이다. 이는 또한 무슨 뜻인가. 여기에는 좀 더 심오한 뜻이 담겼다. 이는 바로 인간들이 삼라만상의 온갖 존재들과 단순한 수평적 우애만을 나누기만 해서는 오늘날 우리가 봉착한 이 암담한 혼돈을 타파할 수 없으며 그 삼라만상의 온갖 존재를 섬기고 공경하는 마음까지 가질 때 비로소 인간도 자연도 우주도 다같이 구원된다고 밝히려는 것이다.

이번 시집의 주안점을 다음 시에서도 찾아볼 수 있다.

<blockquote>

정발산 아래

아파트

아파트 속에 갇힌

나

내 속에는 정발산

정발산 속엔 또

해와 달과 별과 바람

나 이제 거리에서도 산에 살고

벽 너머 이웃에 살고

나 아닌

나를 살고

</blockquote>

—「정발산 아래」 부분

이 시에서 우리가 읽어낼 수 있는 것은 시인이 느끼는 공간개념이다. 시인은 사실적으로는 정발산이라는 산 밑에 위치한 아파트에 살고 있다. 그러나 시인은 여기서 더 나아가 자기 속에 정발산이 있고 정발산 속에 해와 달과 별과 바람이 있다고 말한다. 이같은 진술은 비사실적인 진술이다. 그러나 비사실적인 이 진술 속에 시인이 말하고 싶어 하는 진실이 감추어져있다. 그것은 바로 시인 자신 속에 자연(정발산)과 우주(해·달·별·바람)가 있다는 것이다. 이는 인간이 개인적인 존재이면서도 우주적인 존재라는 것을 뜻한다. 인간이 우주적인 존재라는 말은 언뜻 난해하다. 하지만 우리가 먹는 쌀 한 톨도 하늘의 태양과 공기와 빗물로 생성되고 존재한다는 것을 살필 때 그 쌀을 먹고 사는 인간이 우주적 질서와 연관된 존재라는 것은 자명하다.

여기서 시인이 자신을 우주적 존재로 파악하는 본뜻은 바로 삼라만상이 공생적 운명을 지녔다는 것을 강조하는 것이며, 삼라만상이 공생적 운명을 지녔다는 뜻은 삼라만상의 그 어느 존재도 다 같이 소중한 존재이며 상생의 연관성을 갖는다는 것이다. 이는 바로 삼라만상의 모든 것을 하나로 껴안는 생각으로서 김지하의 시적 자아가 우주적 지평을 획득하는 대목이다.

시인은 이번 시집에서 깨어나고 피어나는 신생의 의미를 중요하게 여긴다.

저녁 몸속에
새파란 별이 뜬다
회음부에 뜬다
가슴 복판에 배꼽에
뇌 속에서도 뜬다

내가 타죽은
나무가 내 속에 자란다
나는 죽어서

나무 위에
조각달로 뜬다

사랑이여
탄생의 미묘한 때를 알려다오

껍질 깨고 나가리
박차고 나가
우주가 되리
부활하리.

―「啐啄」 전문

닭이 알을 품어 병아리를 깔 때 병아리가 막 알에서 깨어나려 껍질을 쪼는 것을 뜻하는 이 시의 제목이 의미심장하다. 이 시의 1연에서 '나'는 내 몸에서 새파란 별을 뜨게 하는 존재로 그려진다. 또한 2연에서 '나'는 나무와 동격으로 표현된다. 그런데 나무는 타죽은 나무로 표현됨과 동시에 자라는 나무로 그려진다. 그렇다면 '나'는 아주 죽은 나무가 아니고 앞으로 자라날 희망을 지닌 나무이다. 몸에서, 나무 위에서 뜨는 새파란 별과 조각달은 바로 커나가며 자라나는 (부풀어 오르는) 생명의 또 다른 상징이다. 따라서 이 시의 궁극적 뜻은 죽임 속에서도 살림을, 막힘 속에서도 깨어남을 염원하여 인간과 자연과 우주가 부활하는 희망에 닿아 있다. 달리 표현하면 시인이 현대문명의 제어하기 어려운 어둠을 직시하면서도 그것을 파멸의 징후로 바라보지 않고 '깨어남'의 조짐으로 보고 있다는 것이다. 이같은 생각은 다음 시에도 연결된다.

희끗한 머리칼마다
수천 개 달은 지고

어지럽던 마지막
하루의 끝

어둠 속에 싹트는
새 천지의 시작

―「하루의 끝」 부분

김지하는 오랜 옥고와 병고를 겪었다. 그리고 이번 시집은 그의 나이 50이 넘어 펴내는 시집이다. 그는 인간과 자연과 우주를 한 몸에 껴안으며 그 모두를 긍정하고 그 희망과 구원을 노래한다. 그는 외로움 속에서도 '티끌'과 '한바다 천지'를 함께 보며 아름다움에 가슴 두근거리는 천진성을 획득한다. 이번 시집은 연령과 함께 더욱 깊어진 사색이 행간마다 깊이 아로새겨져 있다.

나이 먹는 것
차츰 쓸쓸해지는 것
혼자서 우주만큼 커져
삼라만상과 노닐도록
이승에선 그렇게 외로워지는 것

―「나이」 전문

그러나 김지하의 이번 시집은 생명사상이라는 큰 화두에 시인이 너무 깊이 경도된 나머지 자기의 사상을 독자에게 일방적으로 주입하려는 경직성을 보인다. 또한 개중에 몇 편의 시들은 인간이 치열한 자기 삶을 살아가면서 꽃피워내는 생명성 또한 진정한 아름다움이라고 믿고 있는 우리에게 한 가지 우려와 아쉬움을 남긴다. 그것은 그의 시가 생명의 소중함을 깨우치며 삼라만상의 모든 존재가 서로 상생의 관계를 지닌다는 소중한 진리를 일깨우고 있지만, 인간들의 세세한 구체적 삶에 대한 시선은 약화되고 역사발전의 변증법적 인식마저 멀리하여 추상적 신비주의로 빠져드는 인상을 주기 때문이다. 이런 우려를 뒷받침해주는 시가 바로 아름다운 세상을 위해 싸운 한 운동권 여학생의 오늘의 존재를 굳이 정신병원 안에서 찾고 있는 「정신병동에서」와, 민주화를 위해 험난한 가시밭길을 걸어온 젊은 날의 자신의 과거마저 부정하는 듯한 시 「척분滌焚」이 아닐까 한다.

2.

천양희의 이번 시집 『마음의 수수밭』은 아름답고 쓸쓸하다. 아름답다는 것은 시인의 시에 깊은 고뇌와 사유를 통해 얻어낸 언어의 은은한 광채가 어려 있기 때문이고 쓸쓸하다는 것은 시인의 시집에 피력된 우리 생의 고적함과 덧없음에 함께 공감하기 때문이다. 천양희는 첫 시집 이래 자기 자신의 내적 탐구를 통해 삶의 의미와 진실을 궁구해왔다. 이번 시집 또한 자기응시의 시적 발상법을 취한다. 그러나 그녀의 시선은 자기 자신의 내면세계에만 머물러 있지 않고 외부의 세계로 자유롭게 열려 있다. 그녀의 시의 바탕이 되는 것은 고독·비애·회오와 같은 쓸쓸함의 정서이다. 그녀는 자신의 시적 정서를 직정적으로 드러내지 않고 그녀에게 일상사가 되어 있음직한 산책·등산·여행 등의 과정을 통해 만나는 자연과 사물의 양태에 의지해 드러낸다. 시인의 이번 시집에 '길'이 중심어로 등장하며 산이나 숲 혹은 새와 같은 자연물과 고유지명이 많이 변용되어 나타나는 것은 이런 연유 때문이다.

不二寺쪽으로 길을 꺾는다

지나온 길이 비뚤비뚤

발가락 어디가 아픈 것도 같다

미로는 처음부터 미로였다

길찾기를 멈추기 전에는

모든 것이 숲처럼 무성하리라 믿었다

배낭을 짊어진 채

나무 뒤에 나무처럼 붙어서니

잡목숲 엉클어진 내력을 알 것도 같다

대낮에도 캄캄한 산숲에 덮여

능선이 찢어져라 널 부르면

어둠도 아름다운 품속이었다

나뭇가지 위로 나그네새 빠르게 스쳐가고

종소리가 흩어지고……

－「山行」 **부분**

이번 시집의 한 특징을 드러내는 이 시는 물 흐르듯 전개되는 유려한 시적 진술이 돋보인다. 시인은 여기서 산행을 통해 맞닥뜨린 숲

속의 형상인 미로와 잡목들의 모습을 통해 삶의 진실을 찾는다. 산행은 근본적으로 상의 정상, 즉 높은 곳을 향하는 힘든 행위이다. 그러나 "지나온 길이 비뚤비뚤/발가락 어디가 아픈 것도 같다"라는 표현은 단순히 등산과정의 어려움을 말하고 있는 것은 아니다. 여기에는 좀 더 심오한 철학적 의미가 감추어져 있다. 이 점은 "미로는 처음부터 미로였다/길찾기를 멈추기 전에는/모든 것이 숲처럼 무성하리라 믿었다"라는 구절에서 좀 더 확실하게 그 모습을 드러내고 있는데 그것은 바로 '길찾기'를 통한 '깨달음의 삶'을 뜻하는 것이다. 그렇다면 미로와 헝클어진 잡목숲은 '깨달음의 삶'을 방해하는 인간만이 지닌 원초적인 욕망 혹은 희로애락의 상징일 터이다. 이 시의 격을 높이는 가장 아름다운 구절은 "어둠도 아름다운 품속이었다"라는 대목이다. 이 구절 속에는 이 시의 바탕이 되는 철학적·종교적 의미보다 우리에게 가까이 느껴지는 인간적인 친숙함이 스며 있다. 여기에 드러나는 '어둠'의 의미는 인간이 쉽게 빠져드는 유혹일 수 있다. 시인은 이 시에서 인간이 쉽게 빠져드는 유혹 자체도 넉넉하게 포용한다. 여기서 우리는 도덕적 엄숙주의에 빠지지 않는 시인의 자유로운 정신을 만난다.

천양희는 시가 아름다움이나 진실을 찾는 인간의 순수한 표현임을 다시 한번 증명한다. 시인은 이번 시집을 통해 아름다움 그 자체에 많은 집착을 보인다.

①

비 갠 하늘에서 땡볕이 내려온다. 촘촘한 나뭇잎이 화들짝 잠을 깬다. 공터가 물끄러미 길을 엿보는데, 두살박이 아기가 뒤뚱뒤뚱 걸어간다.

생생한 生! 우주가 저렇게 뭉클하다
고통만이 내 선생이 아니란 걸
깨닫는다. 몸 한쪽이 기우뚱한다

　　　　　　　　　　　　　　　　　-「여름 한때」 부분

②

가을 하늘에 새 두 마리 아름답구나
내가 쓴 시보다 아름답고 완벽하구나
나는 작은 것 속에 세계가 들어 있다고 쓰지 못했다
그 속에 뭉클한 비밀 있음을 못 보았다

　　　　　　　　　　　　-「그때마다 나는 얼굴을 붉히고」 부분

③

우연이라도 행복해지고 싶던
내 소원이 봄날처럼 풀렸다.

새록새록 피어나는
초록잎 같은 새록이
하늘 아래 아이처럼
뿌리 깊은 나무 보았는가

　　　　　　　　　　　　　　　　　　-「새록이」 부분

　　①의 시에 드러나는 시적 풍경은 막 걸음걸이를 배우는 두 살배기
아기의 천진한 모습이다. 아기는 넘어질 듯 넘어질 듯 불안스레 걷는

다. 세상에 태어나 제 힘으로 걷는 눈부신 경이가 거기 있다. 그 모습은 이 세상의 모든 사악함을 무화시킨다. 시인은 눈부신 그 아름다움을 "우주가 저렇게 뭉클하다"라고 말한다. 이 대목은 김지하의 아름다운 시 「새봄 6」과 「요즘」을 연상시킨다.

②의 시에는 가을 하늘의 새 두 마리가 등장한다. 그 새 두 마리는 아주 작은 존재지만 제 모습 제 상태대로 맑은 가을 하늘에 스스럼없이 짝을 지어 어울린다. 시인은 그 자유로운 새들의 모습에서 무한한 아름다움을 느낀다. 그러면서 시인은 아름다움이 실상 크고 거대한 그 어떤 것이 아니고 가을 하늘의 작은 새들과 같은 그런 작은 것에 스며 있다고 말한다. ③에서는 어느 결혼식장에서 우연히 만난 한 여류시인의 예쁜 딸을 상면하는 기쁨이 표현된다.

이처럼 시인이 아름다움과 아름다운 순간에 집착을 보이는 것은 아름다움 그 자체가 시인에게 덧없는 삶과 유한한 육신, 고독, 비애, 절망, 인생의 굴레, 여성으로서의 속박 등을 단숨에 뛰어넘는 가치로 인식되기 때문이다.

이번 시집에서 내 마음을 끄는 시들은 여러 편이다. 화분에 심어진 벤자민 한 그루를 보고 인간의 전생과 후생을 헤아리며 덧없는 이승의 삶에 대한 고독을 말하는 「슬픈 벤자민」과, 암수 한몸인 민달팽이를 보며 애욕과 그리움을 지닌 인간으로서의 한계를 인식하면서도 그 자체를 뛰어넘으려는 자아를 꿈꾸는 「저 모습」, 참삶을 갈구하는 시인의 갈증이 담긴 「불꽃나무」 등이 그것이다. 내 마음에 새겨진 시 한 편을 더 읽어보자.

달이 팽나무에 걸렸다

어머니 가슴에
내가 걸렸다

내 그리운 山번지
따오기 날아가고

세상의 모든 딸들 못 본 척
어머니 검게 탄 속으로 흘러갔다

달아 달아
가슴 닳아
만월의 채 반도 못 산
달무리진 어머니.

-「그믐달」 전문

팽나무 위에 걸린 그믐달을 보고 어머니를 그리고 있는 이 시는 아름답기 그지없다. 한 편의 시로서 탁월한 완성도를 보이는 이 시는 비교적 흔한 사모의 염念을 주제로 담고 있으나 시적 화자의 애틋한 마음씨가 간결한 언어 속에 뛰어난 조화를 이룬다. 이 시에서 유추되는 어머니는 일생동안 희생과 고난을 한몸에 안고 산 여인이다. 시적 화자는 어머니의 모습을 사위어지는 그믐달을 통해 본다. 남은 여명이 얼마 남지 않은 노쇠한 어머니의 모습을 그믐달과 연관시킨 언어적 능력이 뛰어나게 돋보인다. 또한 1연과 2연의 종결어를 다 같이 '걸렸다'라는 존재동사로 마감하여 시적 화자의 회한을 강조하는 것도, 우리에게 익숙한 노래가사를 탁월하게 변용한 마지막 연의 언어적 수법도 비범하다.

　다만 천양희의 시집에서 아쉽게 여겨지는 부분은 시집 곳곳에 말의 유희가 자주 엿보이는 점이다. 예컨대 「아침마다 겨울을」에서 "물 속에 내가 빠져 있다. 물먹고 있다"라는 구절이나, 「미아리 엘레지」에서 "吉日인가 吉凶인가"와 같은 표현이 그것이다. 이같은 말의 유희는 시적 표현의 세련성을 더하는 듯싶지만 오히려 시적 성취를 방해하는 요인이 된다는 점을 간과해서는 안 된다.

3.

　김준태의 시에는 늘 열정이 넘친다. 그 열정은 도시적 세련성과는 거리가 먼, 순박하고 단순하고 거칠기조차 한 열정이다. 그러나 그것은 뜨겁고도 힘이 있다. 사악함과 기계적인, 그리고 폭압적인 그 어떤 것을 단숨에 감싸버리는 열정이다. 김준태가 첫 시집 『참깨를 털면서』 이래 끊임없이 노래하고 있는 것은 인간과 생명과 사랑이다. 김준태의 열정은 바로 그 인간·생명 사랑을 향해 열려 있고 그것을 뜨겁게 감싸 안는다. 80년 광주항쟁의 중심에 서 있었던 김준태는 그 후 한층 더 깊어진 인간에 대한 사랑과 생명의 가치를 노래하고 있는데 새 시집 『꽃이, 이제 지상地上과 하늘을』에도 그런 그의 열정이 뜨겁게 녹아 있다.

기계와 기계의 도시
우아, 전화벨 소리가

파리떼처럼 들끓는 책상 위에

연초록 둥그러운 꽃병을 놓고

한 송이 수선화일랑 꽂아두니

광막한 愛憎의 나라—

내 가슴속에 솟은

칼이 뚝! 분질러진다

우아, 꽃잎이 나를 이기고

몸서리치는 추억의 옆구리를 이기고

그 향기가 殺氣의 實體를 무너뜨리니

그럼, 내일 우리는 사람 모양으로

아름다움 하나로도 살아갈 수 있으렷다

불쌍한 살덩이들의 먹구름 속

아비규환의 기계 틈바귀서도

오, 우리 몸 안의 칼을 부러뜨리는 꽃!

—「꽃이, 이제 지상(地上)과 하늘을 통치하리라」 전문

　　김준태의 체취가 가장 짙게 드러나는 이 시는 이번 시집의 표제시다. 시인은 이 시에서 꽃 한 송이의 폭발적인 힘을 노래하고 있다. 여기서의 꽃은 살기가 넘치는 칼의 힘을 무화無化시키는 사랑과 아름다움의 상징이다. 시인은 꽃의 의미와 함께 꽃의 힘으로 극복될 또 하나의 세계를 그린다. 바로 칼로 상징되는, 인간의 생명이 말살되는 폭력적 현실이다. 이 시에서는 그것이 "기계와 기계의 도시/우아, 전화벨 소리가/파리떼처럼 들끓는 책상"이나 "아비규환의 기계 틈바귀"라는 구절로 암시되어 있다. 시인이 여기서 인식하고 있는 반생명적 현실은 경쟁과 갈등과 반목으로 무한한 신경소모와 감정고갈

을 요구하는 오늘날의 우리 삶의 터를 일컫는 것이다. 시인은 사랑과 아름다움으로 상징되는 '꽃'과 아비규환으로 상징되는 '칼'의 세계를 이처럼 대립적으로 파악해놓고 결국은 꽃이 그 폭력적 현실을 제압하리라고 믿는다. 이 시에서 김준태의 시적 특성이 가장 잘 드러나는 대목은 "내 가슴속에 솟은/칼이 뚝! 분질러진다"라는 구절이다. 이 단순하면서도 순박하고 거칠기조차 한 수사법은 바로 김준태의 특징이자 매력이다.

김준태의 이번 시집에는 이처럼 사랑과 아름다움으로 상징되는 '꽃'의 세계가 '기계'와 '칼'의 힘보다 우위에 있다는 것이 강조되고 있다. 그런데 이 '꽃'의 모습은 이번 시집에서 '풀꽃 향기'(「사람의 목숨을 일회용…」), '풀벌레'(「여름 楚歌」), '나뭇잎·물방울'(「라면을 먹기 전에 쓴 시」), '강'(「江」), '풀여치·종달새·보리밭·솔바람·흙'(「일요일마다 고향에 가야겠네」), '유채꽃·나비떼·찔레꽃'(「조그마한 그리움의 노래」), '풀잎·새·물방울'(「山풍경」) 등으로 변모되어 나타난다. 이처럼 '꽃'이 변모된 모습들은 하나같이 여리고 부드럽고 연약하고 싱싱한 것들이다. 또 이와는 상반되는 '칼'의 모습은 '짐승의 껍질, 총구멍'(「落日吟」), '수용소 옥사獄舍, 가스처형실, 생체실험실'(「역사는 내일에 맡길 수 없는 것!」), '외세 열강'(「장백폭포 앞에서」), '철조망'(「黃土碑」), '외국산 총알'(「한 주먹의 흙」), '잡귀신'(「희망과 살덩이에 대한 확신」), '총칼, DMZ 철조망'(「오르페우스의 變奏1」), '감옥'(「斷腸曲」) 등으로 변모되어 나타난다. '칼'이 변모된 모습들을 살피면 하나같이 추악하고 무섭고, 인간의 생명을 앗아가고 구속시키고, 민족을 갈라놓고 괴롭히는 것들이다. 그렇다면 시인은 어떻게 그 여리고 부드럽고 연약한

‘꽃’들이 인간의 생명을 앗아가는 ‘칼’을 제압하고 “이제 지상과 하늘을 통치하리라”고 믿는가. 그것은 바로 시인이 ‘꽃’에는 “사람과 사람 사이/무너뜨릴 수 없는 생명의 깊이”(「강」)가 있다고 믿기 때문이며, “영원히 사라지지 않는, 쇠붙이의 불로도 태울 수 없는”(「작은 고백」) 사랑이 거기에 숨쉬고 있다고 확신하기 때문이다.

> 사랑이 이제 세상을 바꾸리라
> 사랑이 이제, 죽음을 생명으로
> 총칼을 백합꽃으로 변신시키리라
> 쇠붙이도 사람의 살로 바꾸리라
> 오, 사랑이 이제 萬物의 조물주로
> 산과 강을 벅차게 창조하리라
>
> ―「오르페우스의 變奏」 부분

김준태의 이번 시집에서 우리의 눈을 끄는 또 다른 시들은 백두산 기행시 연작들이다. 시인은 90년 8월 15일 ‘통일統一기원 천제天祭’를 지내기 위해 백두산에 올랐고 그때의 감회를 10여 편 이상의 연작으로 시화하여 이번 시집에 수록했다. 시인은 현재 그 일부가 중국 영토로 되어 있는 백두산을 고조선·고구려 이래로 우리의 땅이었다고 인식하며, 민족사의 아픔을 안고 있지만 죽임의 역사를 압도하고 외세열강을 압도할 산으로 인식한다. 그는 또 백두산이 우리 겨레의 원형을 안고 있으며, 항일 의병장 홍병도洪範圖 장군의 넋이 어린 산으로 인식하고 있다. 이 백두산 기행시 연작들은 시인의 굳건한 역사의식과 더불어 뛰어난 시적 성취를 이루어 한국 기행시의 새로운 면모를 보인다. 그러나 성공을 거둔 여러 편의 백두산 기행시들 중 아래에 인용하는 시는 한 편의 시 안에 너무 많은 생각들을 담으려는 장황함이 있고 시적 짜임새도 떨어진다.

> 백두산 가는 길이었다
> 만주벌판 조선족들이 군데군데
> 마을을 이루며, 해바라기처럼 피어 있었다
> 거대한 중국대륙의 태양과 바람 속에서
> 그래도 꺾이지 않고, 뿌리 뽑히지 않고
> 노오란 얼굴 둥그러이 고개를 숙이고
> 아득한 전설처럼 눈물 글썽이고 있었다.
> 온몸에 달겨붙는 죽음과 죽임냄새 털어버리고
> 분단 46년의 온갖 쇠망치소리를 벗어나
> 흰옷사람으로 백두산 가는 길이었다
> 그 옛날 무장독립군들의 보급로였던
> 松江읍내에 들러, 우연히 자리잡은 诲河식당
> 우리는 충청도 논산이 고향이라는 55세의
> 楊昌福씨를 만났다. 일곱살 때
> 압록강을 건너 송강에 왔다는 양창복씨
>
> —「해바라기꽃—백두산행 18」 부분

이 시에서 시인이 말하고자 하는 것은 백두산 산록에서 터를 잡고 살아가는 '양창복'씨라는 한 조선족의 삶의 역사이다. 시인은 인용한 시의 후반에서 대화체로 도입해 양창복씨의 삶의 내력을 세세하게 밝힌다. 시인은 물론 고난에 찬 한 동족의 삶을 민족의 수난과 더불어 말하려는 의도를 지녔겠지만 한 편의 시에서 너무 많은 것을 담으려는 시인의 열정 탓에 시의 맛을 떨어뜨리는 아쉬움을 남긴다.

그러나 김준태의 이번 시집은 이런 사소한 결점을 뛰어넘는 뛰어난 감동을 우리에게 전한다. 다음에 인용하는 시는 생명이 싹트는 곳으로서의 고향을 예찬하는 시로서 우리의 가슴에 뜨거운 감동을 전하기에 충분하다.

> 봄이 오면 고향에 가겠네
> 밭고랑마다 노오란 유채꽃이 첫사랑을 앓아대던
> 그 나비떼들의 고향으로 가슴 부벼 가겠네
> 흰 무명적삼 할머니의 구부러진 등에 업혀
> 발가락 꼼지락거리며 왠지 모르게 울기를 자주 했던
> 아, 그 찔레꽃 내음새도 파르라이 온몸을 휘감아오던
> 산 넘어 강 건너 먼 고향으로 가겠네
> 할머니의 무덤 위에 반짝거리는 그런 풀잎사귀로
> 마음에 쌓인 도회지의 티끌을 털어내기도 하다가
> 마음 속에 부딪쳐오는 조약돌도 곱게 어루만져 주겠네.
>
> —「조그마한 그리움의 노래」 전문

4.

하종오 시인이 다시 왕성한 시작활동을 시작했다. 1989년에서 93년까지 4년 동안 거의 시를 쓰지 않았던 하종오가 지난 겨울『깨끗한 그리움』을 펴냈고 이번에 다시 1년이 채 못 되어『님시편詩篇』을 출간했다. 80년대, 분단된 조국의 아픔을 뛰어난 서정으로 감싸 안으며 민중적 한을 능숙한 가락으로 담아내던 그가 몇 년간의 공백을 마감

하고 새롭게 보여주는 이번 시집은 여러 가지 관점에서 과거의 그의 시들과 대조를 이룬다. 과거 그가 보여준 현실의식과 역사의식은 이번 시집에 직접적으로 드러나지 않고 그 대신 개인적 정서인 회오와 반성과 탐구와 그리움의 정서가 주조를 이룬다.

이번 시점에서 먼저 주목할 수 있는 것은 형식상의 변모이다. 『님시편』에 실린 시들은 '님'이라는 대상을 설정해 시적 화자인 '저'의 속마음을 드러내는 형식을 취한다. 또 한 가지 형식적 특징은 이 시편들이 일관되게 경어체의 문투를 유지한다는 점이다. 이런 시행의 어미의 획일성과 '님'과 '저'의 단순화된 시적 통로는 이전의 그의 시집에 발표된 시들과 분명한 대조를 이룬다. 일반적으로 경어체의 시구는 그것이 드리우는 부드러운 시적 분위기로 하여금 읽는 이의 정서를 차분하게 가라앉힌다. 이 점은 이미 우리가 만해나 소월의 시들을 통해, 인도의 시인 타고르의 시 「기탄잘리」를 통해 경험한 바가 있기에 하종오의 새 시집이 얼핏 우리에게 친숙하게 다가올 듯한 인상을 전한다. 그러나 쉽게 읽힐 듯한 하종오의 시들은 그리 만만하게 읽히지 않는다. 그것은 바로 이번 시편에서 두드러지는 님에 대한 존재가 우리에게 장벽으로 다가오기 때문이다. 하종오는 1987년에 이미 시집 『정情』을 통해 님에 대한 관심을 단편적으로 드러낸 적이 있었다. 그러나 그때는 님이 그 시집의 부분적 요소에 불과했을 뿐 이번 시집의 경우처럼 시집 전체의 관심사는 아니었다. 따라서 하종오의 이번 시집을 읽기 위해 님에 대한 이해가 동시에 이루어져야 하는 당위성을 지닌다.

주의 깊게 살펴보면 『님시편』에 실린 시들의 님은 참으로 다양한 모습을 띠고 있다. 시집 전편에 등장하는 이런 다양한 님의 모습을 일일이 살피기는 어렵지만 얼핏 추출해낼 수 있는 님의 모습만 꼽아보아도 님은 '먼저 행하시는 분'(「초봄」), '따듯한 호흡에서 온화한 기운을 만들며 저의 육신을 조종하는 분'(「육신」), '벌레들에게도 몸을 주어 기쁘게 하는 분'(「육신」), '저를 고조시키는 분'(「의문」), '무작정 좋은 분'(「영혼」), '멀리서는 느낄 수 없는 분'(「먼 낯선 지방」), '기다려지는 분'(「여름날」) 등으로 드러나고, 또한 '며칠씩 어딘가를 가시면서 아무 연락 없는 분'(「가랑비」), '저로부터 멀어져 가시면 제게도 열기가 식는 분'(「의문」), '거처를 알 수 없는 분'(「흙비」), '떠나버리는 분'(「물고기 두 마리」), '아니 계시는 분'(「애련」), '우울하게 서 계시는 분'(「가을비」), '거칠게 사시는 분'(「한」), '영혼이 보이지 않는 분'(「민낯」), '새 집을 마련해줘야 할 분'(「거미집」) 등으로도 표현되고 있다. 이밖에도 님은 '삽을 메고 다랑논에 나와 논뚝마다 물꼬를 트시는 분'(「가을비」), '배추밭에서 배추벌레를 잡아 죽이고 계시는 분'(「배추벌레」), '아침 저녁 돈이 될라치면 남새밭에서 남새를 솎아서 장에 내시는 분'(「무우 한두 뿌리」), '저에 대한 그리움이 애시당초 있었는지 의심이 가는 분'(「물안개」), '저를 꿰어 질질 끌고 가시는 분'(「미늘」) 등으로 표현되는가 하면, '저를 불러내시는 분'(「善의 꽃」), '제게 육신을 내놓는 분'(「상처」), '유혹받는 분'(「유혹」), '애욕의 대상인 분'(「열애」)으로 드러나기도 한다.

이처럼 다양한 모습으로 표현된 님은 세속적 평가 기준으로 볼 때 긍정적인 모습이기도 하고 부정적 모습이기도 하다. 그런가 하면 또 님은 일하는 농부, 혹은 몸을 파는 창부의 모습과 같은 구체적인 인간으로 표현되고 추상적·비사실적 존재로 파악되기도 한다. 이런 님의 다양한 모습은 또 곤충·풀·구름·물고기·공기·물·안개 등의 사물을 통한 은유와 결부되어 님 그 자체에 대한 이해를 어렵게 하고 하종오의 시에 대한 통시적 전망을 가로막는다.

그렇다면 하종오는 왜 이런 다양한 님을 그의 시에 드러내고 있는 것일까? 그것은 바로 그 다양한 님의 모습이 바로 우리 인간의 모습이고 또한 자기 자신의 모습이라는 데 그의 생각이 미치기 때문이다.

①
저는 벌판에 서서 하늘을 우러러봅니다.
천년이나 산다고 전해지는 두루미는 백년도 못다 살고, 천년 만년 살 것 같이 거만한 인간은 인간은 백년도 못 되어 죽는 이 엄정한 사실에 저는 머리를 낮춥니다.
저의 출생에도 저의 실존에도 저의 사멸에도 님은 동일합니다.
의연한 님의 가슴도 시방 움츠린 저의 가슴 속에 있습니다.
—「누추한 변명」 부분

②
저에게는 이런 적이 있었습니다.
봄 밤에 밤꽃이 활짝 핀 내음에 취하여 님을 몽상하고, 체취를 내뿜는 꽃을 아름답다고 감탄했습니다.
또, 님의 기쁨은 취하기 위해 거짓으로 슬퍼하면서 거리에 나아가 비굴하게 구걸하고는 돌아서 님을 비웃었습니다.
(…)
님께도 분명 그런 적이 있었을 겁니다.
인간이므로 저에게는 아직도 그 욕망이 없어지지 않았습니다.

인간이므로 님께서도 역시 그러하실 겁니다.

－「지울 수 없는 욕망」 부분

　시인은 위의 시들에서 바로 자신이 님과 동일체라는 것을 암시한다. ①에서 '님'의 가슴이 바로 '저'의 가슴에 있다는 것은 님과 자신이 동일하다는 것을 가리킨다. ②에서도 '님'과 '저'는 욕망을 공유하며 그 욕망을 지울 수 없는 존재로서 동일하게 파악된다. 이 대목은 바로 하종오의 이번 시집을 이해하는 가장 중요한 관건이다. 이를 다른 말로 해석할 때, 인간 고뇌의 총체적 존재가 바로 님이며 시인 자신도 이와 다를 바가 없다는 것이다. 바꾸어 말하자면 님과 시인 자신은 희망과 고뇌와 갈망과 애욕을 지닌 인간 자체이며 또한 아름다움을 꿈꾸는 자임을 밝히는 것이다.

　시인은 이번 시집에서 자신을 철저하게 비하한다. 그는 욕망에 괴로워하고 자본주의적 회로 속에 덧없이 휩쓸리는 자신을 타기한다. 이같은 마음은 「지울 수 없는 욕망」, 「뒤늦은 돈오」, 「비 오기 전」, 「뱀처럼」 등의 시에서 여실하게 드러난다.

　그리고 보면 하종오의 이번 시집은 갈등과 고뇌 속에 탄생되었음을 짐작케 한다. 또한 그의 시집은 우리에게 우리 자신이 온갖 선과 악과 추함과 아름다움과 더러움과 깨끗함을 함께 지닌 복합적인 존재라는 것을 생생하게 일깨운다. 그는 자신의 존재에 고뇌하고 회의하며 새로운 구원을 꿈꾼다.

　다음 시는 '님'을 통해 시인이 처절하게 고뇌하며 새로운 구원을 꿈꾸는 시로서 우리의 마음속에 오래도록 아름다운 여운을 남긴다.

밤을 맞습니다.

울어주던 벌레도 다 사라지고 푸르던 푸새도 다 마른 천지에 저는 혼자입니다.

개짖는 소리도 나지 않아 마을을 찾아갈 수도 없고, 별자리도 떠오르지 않아서 방향을 알 수도 없습니다.

제가 이리로 온 것은 저의 의지였지만, 밤이 빨리 오는 바람에 저는 갈 길을 놓치고 말았습니다.

들판에서 둘러보면 캄캄한 어둠만이 어디론가 가고 있어, 제가 따라가다가 숨이 차 서면 제자리입니다.

님과 저는 서로 다른 땅에 있군요.

님과 저의 행로가 일치하지 않는 것은 님과 저의 생의 끝이 달라서입니까, 생의 시작이 달라서입니까.

이 꽃 필 때 저 꽃 피고 저쪽에 해 질 때 이쪽에 달 뜨던 시절, 님께서는 저의 육신이 허물어지고 저의 영혼이 헐어서 신음하던 곳을 들여다보지 않으셨지만, 저는 지금 무변의 밤에도 님의 육신이 왔고 님의 영혼이 왔던 곳, 님의 육신이 갔고 님의 영혼이 간 곳을 더듬어봅니다.

온 밤내 바람이 잠들어 가벼운 낙엽도 잠잠하고 세상에 생명이 있어도 저의 성취가 여태 밝음에 이르지 못하니, 야행성 날짐승들이 푸드득거리며 야성을 허공에 발산하고, 시커먼 먹구름이 흩어지고 모이고, 아, 천공입니다.

떠도는 별이 붙박인 별에게 다가가 별빛을 얻어 돌아가는 절기도 지나고, 한없이 찾으려 해도 유성은 발견되지 않습니다.

신비한 탄생의 울음도 적막한 죽음의 울음도 단연코 저의 울음이므로 생성하고 소멸하는 목숨붙이들이 흘린 눈물 자국을 저는 사랑합니다.

그런데 밤입니다.

저는 어느 방향을 취하여 오늘 밤을 보내야 합니까.

산이 돌아앉지 않고 나무가 옮겨 앉지 않으니, 저 역시 발자
국을 남겨둘 길을 찾을 수 없습니다.

허허벌판에는 저의 가슴이 가늠해 낼 수 없는 무명뿐, 불현듯
저 암흑의 둘레를 돌아가는 인기척이 들려도 무명뿐, 무명뿐,
저에게 전도가 없습니다.

멀리 가 떨어지려는 풀씨들이 제 옷자락에 달라붙습니다.

사방에서 헤매는 저를 발견합니다.

–「밤으로의 긴 방황」 전문

창작과비평 1994년 겨울호

두 중진시인들의 새 시집

신경림 시집 『쓰러진 자의 꿈』, 창작과비평사, 1993
황동규 시집 『미시령 큰바람』, 문학과 지성사, 1993

1.

신경림申庚林과 황동규黃東奎는 오늘날 우리 시단을 대표하는 가장 중요한 시인이다. 이른바 '창비'와 '문지'를 대표하는 시인이며, 시력 또한 35년이 넘는다. 70년대 이래 한국 민중시를 선두에서 이끌어온 신경림과, 열린 의식과 정신의 개방성을 바탕으로 독특한 시적 개성을 유지해온 황동규는 그동안의 문학적 업적을 통해 많은 후배 시인들과 독자들에게 심대한 영향을 미쳤다.

최근에 이들이 각각 신작시집을 펴냈다. 이번 시집들은 특히 세계사적 격변과 우리 사회의 변화기 속에 씌어졌다. 한국시를 대표하는 두 중진시인들은 오늘날 우리 삶을 어떻게 받아들이고 있을까? 최근 우리 시단도 물량위주의 출판 상업주의에 침윤되어 저마다 많은 시인들이 마치 시샘을 하듯 시집들을 쏟아내고 있는 터에 결코 다작이라 할 수 없는 이 두 시인의 시집을 읽는 우리의 마음은 자못 각별하다.

2.

　『농무』 이래 우리 시대의 삶의 모습을 우리의 가락에 담아온 신경림은 이번 시집 『쓰러진 자의 꿈』에서도 다시 한번 우리의 삶을 따스한 언어로 감싼다. 이 점은 「폐촌행廢村行」, 「폐역廢驛」, 「대설전大雪前」과 같은 시에서는 물론이고 「오랑캐꽃」, 「화톳불, 눈발, 해장국」 같은 시들에서도 두드러진다.

> 새벽 장바닥에 화톳불이 탄다
> 누더기가 타고 운동화가 탄다
> 구두닦이와 우유배달이 서서 불을 쬔다.
> ―「화톳불, 눈발, 해장국」 부분

　그러나 이번 시집에는 이렇듯 서민들의 삶을 생생하게 그려낸 시들보다는 오히려 당대의 정치적 현실에 대한 시인의 고뇌가 서린 시들이 많다.

> ①
> 해가 진다 일그러져서 해가 진다
> 산과 들을 뜨겁게 달구던 날도 잊고
> 발길에 채이며 곤두박칠치며
> 스스로도 부끄러워 얼굴을 숙이고
> (…)
> 그날을 위해 바쳐질 수천 수만의
> 땀과 눈물로 얼룩진 목숨들 아랑곳 않고

해가 진다 허둥대며 해가 진다

―「落照」 부분

②
어떤 것은 내 몸에 얼룩을 남기고
어떤 것은 손발에 흠집을 남긴다
가슴팍에 단단한 응어리를 남기고
등줄기에 푸른 상채기를 남긴다
어떤 것은 꿈과 그리움으로 남는다
아쉬움으로 남고 안타까움으로 남는다
고통으로 남고 미움으로 남는다
그러다 모두 하얀 파도가 되어 간다
(…)
그 먼 곳으로 아득히 먼 곳으로

―「파도」 부분

지는 해에 의지해 자신의 소회를 드러낸 ①의 시에는 우리 사회를 지배하는 좌절의식이 깔려 있다. "그날을 위해 바쳐질 수천 수만의/ 땀과 눈물로 얼룩진 목숨들"이라는 표현을 통해 짐작해보거니와 이 시에는 87년 대선 이후 민주화의 좌절을 되새기는 아픈 자성이 새겨져 있다. 이 시에 드러나는 해는 우리의 희망을 담고 있는 해가 아니다. 그러기에 시인은 "일그러지고" "스스로도 부끄러워 얼굴을 숙이"며 "젖은 치맛자락으로 세상을 덮"는 해라 이른다. 시인의 마음은 왜 이렇게 처연한가? 역사와 민중에 늘 넉넉한 낙관을 보여왔던 기왕의 신경림 시에 익숙한 독자들로서는 자못 의외의 감회를 느낄 대목이다. ②의 시 역시 현실사회주의 붕괴 이후 진보세력이 부딪힌 분열과 좌절의 아픔을 담은 작품이다. 이 시 또한 비애의 정조를 바탕에 깔고 있다.

전반적으로 이번 시집에는 이와 유사한 시들이 다양한 변주로 수록되어있다. 대의를 위해 고난을 겪는 인간의 외로움을 그리며 그 외로움을 다독이는 「나목裸木」, 시류에 흔들리는 경박함에 동조할 수 없는 자존을 표방하는 「산성山城」, 아름다운 이상을 향한 싸움을 '기차'에 비유하며 어제의 동지가 낙오되어 이탈하지만 인간의 꿈 자체인 그 기차는 전진한다는 낙관을 담은 「기차」 혹은 「먼길」, 대선 이후 민주화의 좌절 속에 부화뇌동하는 경박한 대중 심리를 풍자하는 「행인」 등 10여 편에 이른다. 나는 한 권의 시집 속에 이처럼 많은 당대의 정치적 현실을 소재로 삼아 쓴 시들을 읽고 비록 숱한 좌절과 억압을 겪으면서도 우리 사회 전반에 새로운 지평을 열어놓았던 민주화운동을 되새겨보며, 순수하게 고뇌하는 자만이 아름다운 상처를 입는다는 평범한 진실과 함께 변혁운동에 몸바쳤던 시인의 고뇌가 진지한 아픔으로 다가왔다. 한편 이 시들은 비슷한 주제들이 평면적 구조 속에 단순한 비유를 담고 있어 부분적으로 긴장감을 잃고 느슨한 인상을 주는 점도 없지 않다.

그러나 아름다움을 희원하는 시인은 자신의 정조를 좌절에만 가둬놓지 않는다. 다음과 같은 시는 일견 시인의 마음속에 강물처럼 흘러간 비애의 정조를 추슬러 마침내 다가올 아름다운 역사에 대한 낙관을 담는다.

쓰러질 것은 쓰러져야 한다

> 무너질 것은 무너지고 뽑힐 것은 뽑혀야 한다
> 그리하여 빈 들판의 어둠만이 덮을 때
> 몇 날이고 몇 밤이고 죽음만이 머무를 때
> 비로소 보게 되리라 들판 끝을 붉게 물들이는 빛을
> 절망의 끝에서 불끈 솟는 높고 큰 힘을
>
> —「빛」 전문

이번 시집에서 내 눈을 끄는 작품들은 세상살이를 읽어내는 시인의 깊은 통찰이 스민 시들이다. 마치 오랜 풍상을 겪은 나무가 스스로 아름다운 문양을 지니듯 회한을 가슴에 지니고 세상을 읽어낸 다음 시들은 서늘하기 그지없다.

> ①
> 지금 우리는 너무
> 쉽게 살아가고 있는 것은 아닌가,
> 너무 편하게만 살려고 드는 것은 아닌가,
> 우리가 먹고 자고 뒹구는 이 자리가
> 몸까지 뼛속까지 썩고 병들게 하는
> 시궁창인 걸 모르지 않으면서도,
> 짐짓 따스하고 편안하게 느껴지는 이 자리가
> 암캐의 겨드랑이나 돼지의
> 사타구니일지도 모른다고 생각하면서도.
>
> 음습한 그곳에 끼고 박힌 진드기처럼
> 털과 살갗의 따스함과 부드러움에 길들여져
>
> —「진드기」 부분

②
소백산 자락의 목장에서 양떼를 모는 개는
이상하게도 영어만 알아듣는다
뒤로 가 하면 우두커니 섰다가도
고 백 하면 재빨리 천여 마리 양떼 뒤로 가 서고
몰아라 하면 딴전을 피우지만 컴 온 소리엔 들입다 몬다
　　　　　　　　　　　　　　　　　　－「소백산의 양떼」 부분

　우리는 흔히 오늘날의 세상을 변화된 세상이라 이른다. 이른바 문민정부의 출현을 놓고 이런 언사에 익숙해져 있다. 그렇지만 위와 같은 시들을 읽으면서 근본적으로 우리의 삶이 달라진 것이 없음을 깨닫는다. 강대국에 혼이 팔려 살아가는 우리의 무감각한 삶을 예리하게 묘파한 ①의 시를 읽다 보면 잠시 망각한 민족분단에 대해 새롭게 인식하게 된다. 시인은 진드기와 암캐와 돼지와 시궁창을 등장시켜 끝없는 종속이야말로 결국 파멸에 이른다는 경고로 우리의 안일한 삶을 깨우쳐준다.

　②의 시 「소백산의 양떼」 또한 ①의 시와 마찬가지로 우의적 수법을 원용한 시다. 지배자와 피지배자의 대립적 구조를 보여주는 이 시에서 양떼를 모는 개는 강개국의 사주를 받는 권력자들임이 분명하고, 그 개에게 쫓기는 양떼는 우리 겨레임이 틀림없다. 흡사 다산의 우화시들을 연상시키는 이 시들은 암울한 우리 현실을 효과적으로 묘파하기 위한 흔치 않은 시인의 새로운 수법이다.

　이번 시집에서 가장 인상적인 작품을 꼽으라면 나는 「무인도無人島」를 들겠다. 시인 자신이 산문을 통해 민중문학의 병폐를 지적하고 서정성 확보를 주장했던바 스스로 그 모범을 보이기라도 하듯 초기

시 「갈대」에 버금가는 뛰어난 서정시를 낳기에 이르렀으니, 여기 기쁜 마음으로 인간 세상과 역사와 현실에 더 깊이 다가서려는 시인의 마음이 낳은 그 시를 다시 옮겨본다.

너는 때로 사람들 땀냄새가 그리운가 보다

밤마다 힘겹게 바다를 헤엄쳐 건너

집집에 별이 달리는 포구로 오는 걸 보면

질척거리는 어시장을 들여다도 보고

떠들썩한 골목을 기웃대는 네 걸음이

절로 가볍고 즐거운 춤이 되는구나

누가 모르겠느냐 세상에 아름다운 게

나무와 꽃과 풀만이 아니라는 걸

악다구니엔 짐짓 눈살을 찌푸리다가

놀이판엔 콧노래로 끼어들 터이지만

보아라 탐조등 불빛에 놀라 돌아서는

네 빈 가슴을 와 채우는 새파란 달빛을

슬퍼하지 말라 어둠이 걷히기 전에 돌아가

안개로 덮어야 하는 네 갇힌 삶을

곳곳에서 부딪치고 막히는 무거운 발길을

깃과 털 속에 새와 짐승을 기르면서

가슴 속에 큰 물 하나를 묻고 살아가는

너 나의 서럽고 아름다운 무인도여

—「無人島」 전문

3.

황동규의 이번 시집 『미시령 큰바람』은 소위 민중시들이 간과하기 쉬운 철학적 인식이나 형이상학적 깊이를 담고 있고 인간의 보편적 본질에 대한 섬세한 천착이 두드러진다. 그러나 황동규의 시는 얼핏 이해하기가 힘들다. 쉽게 읽힐 수도 있을 것 같지만 결코 쉽지 않다. 신경림의 시가 쉽게 읽히고 그 뜻하는 바를 바로 전달받을 수 있는 데 비해 황동규의 시들은 평탄한 대로가 아니다. 바라보면 평탄한 대로인 것 같은데 가보면 한두 곳에 장애물처럼 미로가 있다. 그것은 때로 협로일 수도 있고 잔도棧道일 수도 있다. 황동규가 시에 묻어둔 뜻을 알자면 그가 평탄대로에 숨겨놓은 협로나 잔도를 통과해야 한다.

싸락눈 내리는 늦겨울 저녁
꽃도 병(病)도 없이
기계적으로 물 주며 잊고 살던 소심(素心)과
최근 들어서는 늘 곁에 놓아두고 두리번 찾던 시간을
(내 안경 어디 있지?)
다시 만나리.
한번 만나고 나면 세상의 온갖 선(線)들이 시들해지는
부석사 무량수전 가벼이 살짝 쳐든 처마의 선을
받침기둥 하나와 수인사하고
서로 자리 슬쩍 바꿔
두 팔로 받치고 서 있으리.
싸락눈 맞으며.

다음엔 마음놓고 금가리.

—「풍장 52」 전문

　　여러 편의 연작 중 임의로 골라본 이 한 편의 시에서 시인의 연상 공간은 현란하게 이동한다. '만나리'와 '있으리'라는 기원적 의미가 담긴 서술어를 중심축으로 시인의 연상공간은 시인의 집안으로, 시간 속으로, 부석사 무량수전으로, 다시 시인의 내면 속으로 방향전환을 이룬다. 연상공간의 이와같은 혼란스러운 방향전환은 평범한 독자에게 이 시의 이해를 어렵게 하는 구실을 하지만 그것보다 더 중요한 것은 이 시의 상징어라고 할 수 있는 '선線'이 주는 의미의 모호함이다. 다행이도 이 시에는 선의 의미를 가늠할 수 있는 희미한 단초가 보인다—"한번 만나고 나면 세상의 온갖 선線들이 시들해지는"이란 구절. 시인은 부석사 무량수전의 처마선의 아름다움을 통해 영원한 생명을 찾으려는 걸까? 이런 상식에 의지한 느낌은 전혀 내 독단일 수도 있다. 그런데 다시 이 시의 마지막 행, "다음엔 마음 놓고 금가리" 이르면 지금까지 전개해온 견강부회牽强附會적 해석은 사라져버린다. 말하자면 '선線'과 '금'으로 드러나는 미로와 잔도는 그만큼 복잡하고 난해하다.

미소 알맞게 짓고 있는 해골 하나 만들기 위해

쉰다섯 여름과 겨울

그 헐렁한 길을

맨머리에 눈비 맞으며 헤매다녔노니

이마를 땅바닥에 찧기도 했노니.

시대 상황과 시의 논리

공사장에 나가
거칠은 낱말들을 체질해 거르다
찢어진 체가 되기도 했노니,
정신 온통 너덜너덜.

그 해골 돌로 두드리면
돌 소리 내고
나무로 두드리면
나무 소리 내는구나.

미소 알맞게 짓고 있는 해골 하나 만들기 위해.
─「미소 알맞게 짓고 있는 해골」 전문

어쩌면 그의 연작 「풍장風葬」 완결편에 해당될 수도 있을 이 시도 묻어둔 뜻을 이해하기가 쉽지 않다. 그것은 "미소 알맞게 짓고 있는 해골"이 거느린 모호한 분위기도 분위기이지만 이 시의 마지막 행과 그 앞 셋째연 4행이 문맥상 어긋나게 도치되어 있기 때문이다. 그리고 도치된 시구에 나타난 시제時制 또한 혼란스러워 이 시의 이해를 가로막는다. 아마도 의미의 강조를 위한 의도적인 덧붙임일 수도 있겠으나 마지막 행은 조건절의 형태를 취하고 있는데 앞면 4행은 완료형을 취한다. 이를테면 비일상적 화법이다. 그러나 우리가 이쯤에서 주저앉으면 시인이 감춰둔 시의 참맛을 맛보기 어렵다. 따라서 우리는 황동규가 이 시의 곳곳에 감춰둔 작은 협로인 "쉰다섯 여름과 겨울"과 "거칠은 낱말"과 "체질"을 통과해 모호하기 짝이 없는 더 큰 미로인 "미소 알맞게 짓고 있는 해골"이 간직한 언어의 진의에 다다

라야 한다.

먼저 "쉰다섯 여름과 겨울"은 무엇인가? 그것은 시인의 나이가 쉰다섯에 이르렀다는 사실을 알게 되면 어렵지 않게 "여름과 겨울"이 시인이 살아온 세월임을 알 수 있다. 이어 "거칠은 낱말"과 "체질", "공사장"이라는 장애물에 부딪힌다. '낱말'과 '체질'은 전혀 이질적인 어휘이다. 이 점이 우리의 상상을 가로막는다. 이때 우리는 그가 언어(낱말)를 매만지는 시인임을 떠올릴 수 있다. 그렇게 되면 시인이 자신의 삶의 힘든 과정을 노동에 비유하고 있다는 사실을 어렴풋이 알게 된다. 여기서 우리는 미장공이 건축공사장에서 미장일을 하기 위해 시멘트와 모래를 배합하여 '체'로 치는 광경을 상상할 수 있게 되고 그때부터 시인이 시에 설정한 '낱말'과 '체질', '공사장'이라는 어휘의 연결을 확보할 수 있다. 이쯤에 이르면 비로소 우리는 '해골'의 의미가 죽음으로, '미소'의 의미가 아름다운 종생終生의 상징으로 다가옴을 느낀다. 그렇다면 이 시의 의미는 명료해진다. 따라서 우리는 이 시가 삶의 힘든 과정 끝에 다다르는 죽음에 이르러 자신의 삶을 아름답게 완성하고 싶다는 열망을 담고 있는 것을 알게 된다.

이처럼 우리는 황동규가 자기 시에 의도적으로 감춰둔 미로를 하나하나 통과하여 그 미로를 극복해낼 때 그의 시는 우리에게 진모를 드러낸다. 이런 복잡함과 난해함이 황동규가 지닌 매력이면 매력이고 특징이면 특징이다. 그러나 이런 점은 시를 개인의 내면 속에 가둬두려는 폐쇄성을 지니며, 오늘날처럼 시가 독자를 잃어가는 시대에 시가 암호화되어 소수의 엘리트주의적 취미에 떨어질 위험성도 배제하기 어렵다.

황동규의 이번 시집에서 가장 빈번하게 만날 수 있는 시어는 여행에 관한 어휘다. 이는 '가다' '달린다' '차를 몰다' 등의 형태로 나타나고 '시간'이라는 어휘와 횡으로 종으로 연계되어 있다. 시집 전체의 상당 부분을 이룰 만큼 많은 시들에 이런 어휘들이 등장하는데 그 제목을 일일이 들기는 번거로운 일이다. 그러나 대충 떠오르는 것만 적어봐도 「바위옷 바람」, 「지구 껍질에서」, 「오색五色문답」, 「이백李白 주제에 의한 일곱 개의 변주곡」, 「더 비린 사랑 노래」 4, 5, 「날강도, 야밤에 짚을 몰고」, 「풍장」 36, 37, 39, 40, 42 등등 여러 편에 이른다.

이들 시에서 시인이 가장 의미를 두는 것은 고여 있는 자신의 삶에서 벗어나 더 큰 자아를 찾는 도정이라 할 수 있다. 즉 일상의 현실에서 비일상의 현실을 꿈꾸는 행위를 통해 높은 정신세계의 경지를 탐색해낸다는 것이다. 예컨대 복잡한 유추과정을 거쳐 새겨지는 바이지만 「미시령 큰바람」에서는 삶의 자연성을 추구하고 「오색五色문답」에서는 정신의 자유를 갈망한다. 그런가 하면 또 「몰운대는 왜 정선에 있었는가?」에서는 자연과의 일체를 꿈꾼다. 또한 「풍장 40」에서는 유한 속에서 무한한 아름다움을 꿈꾸고 「풍장 51」에서는 시간으로부터의 해방까지 꿈꾼다.

> 초연히 살려 할 적마다
> 바람에 휩쓸린다.
> 가차없이
> 아예 세상 밖으로 쫓겨나기도.
>
> —「미시령 큰바람」 부분

> "오색의 꽃이 지면
> 어디 가 죽겠소?"
> (…)

"오색 꽃이 없는 곳."

―「오색五色 문답」 부분

(…) 그러나 그 위로 아직, 그렇지 아직, 녹음 켜고 있는 하늘,
녹음의 혼魂.

―「몰운대는 왜 정선에 있었는가?」 부분

나는 매화의 내장 밖에 있는가,

선암사가 온통 매화,

안에 있는가?

―「풍장 40」 부분

수인선(水仁線) 협궤차를 내려 걷는다.

하늘에서 문득 기러기 소리 그치고

산 뒤에 숨는 수척한 산

(…)

시간 뒤에 숨어 있는 시간?

―「풍장 51」 부분

아마도 이번 시집에서 가장 힘들여 쓴 시들임이 분명한 이 시들을 읽고 나에게 문득 떠오르는 것은 견독見獨의 경지이다. 시간을 초월하고 난 후에 비로소 생도 사도 없는 세계를 이룰 수 있다는 장자莊子의 견독. 이른바 현실의 초탈과 자연과의 합일 속에서 정신의 자유를 추구하는 것은 장자의 세계관이 아닌가! "하늘(天)이 하는 일을 알고, 사람이 하는 일을 아는 사람은 최고의 지혜에 도달한 것이다. 자연이 하는 일을 안다 함은 자연과의 합일을 이룬다는 뜻이고 사람

이 하는 일을 안다는 것은 인간의 지혜가 미치는 한계를 깨닫는 것이다." 일찍이 장자는 외편外篇에서 이렇게 주장했다. 그러나 거기에는 현실과의 긴장을 끊어버리려는 허구가 있다.

우리는 80년대 후반을 기점으로 대두한, 외적인 물적 현실보다 내적인 정신의 영역을 중시하는 이른바 정신주의적 시의 흐름을 기대에 찬 시선으로만 바라보지 못한다. 오늘날의 시인들이 우리의 현실을 더 이상 미래를 위한 자기투여의 역동적 공간으로 받아들이기를 포기한 것일까? 내가 처음 시를 읽던 무렵 황동규의 「태평가太平歌」는 얼마나 매력적인 시였던가! 현실에 탄탄한 뿌리를 두고 시대의 질곡을 뛰어넘으려는 정신의 활달함이 담긴 「전봉준全琫準」, 「삼남三南에 내리는 눈」 등을 쓰던 황동규의 관심도 정신주의적 시의 흐름을 받아들이고 있었던가?

나는 그의 이번 시집에서 시에 미로를 설치하는 시들보다 의미가 한결 명료한 「귀뚜라미」 같은 시가 훨씬 더 좋다. 다음 시는 현대문명과 인간의 고독을 함께 아우르고 있어 우리에게 깊은 인상을 남긴다.

> 베란다 벤자민 화분 부근에서 며칠 저녁 울던 귀뚜라미가
> 어제는 뒤꼍 다용도실에서 울었다.
> 다소 힘없이.
> 무엇이 그를 그 곳으로 이사 가게 했을까,
> 가을은 점차 쓸쓸히 깊어 가는데.
> 기어서 거실을 통과했을까,
> 아니면 날아서?
> 아무도 없는 낮 시간에 그가 열린 베란다 문턱을 넘어
> 천천히 걸어 거실을 건넜으리라 상상해 본다.

우선 텔레비전 앞에서 망설였을 것이다.

저녁마다 집안에 사는 생물과 가구의 얼굴에

한참씩 이상한 빛 던지던 기계.

―「귀뚜라미」 부분

창작과비평 1994년 봄호

시와 언어

김경희 시집 『작은 새』, 창작과비평사, 1994
정영상 유고시집 『물인 듯 불인 듯 바람인 듯』, 실천문학사, 1994
최영철 시집 『홀로 가는 맹인 악사』, 푸른숲, 1994

1.

김경희의 시집을 펼치면서 시집 맨 앞머리에 수록된 표제시 「작은 새」를 만났다. 간결하고 정제된 언어로 이루어진 「작은 새」는 나에게 잔잔한 감동을 불러일으켰다.

너처럼 조금 먹고
너처럼 조금 잠자되,

노래는

슬프게 여물어

事物과 事物 사이
정답게 흐르며

제일 잘 놀고픈

부리 고운
햇살

내 마음의
들窓 하나

―「작은 새」 전문

1연에서 이미 외로운 작은 새의 본태를 완벽하게 표현하는 이 시는 "노래는//슬프도록 여물어"라는 다음 구절로 이어지면서 시인의 예사롭지 않은 언어적 재능을 느끼게 한다. 시란 시인의 작의를 드러내기 위해 꾸밈말이 쓰여질 수밖에 없는 숙명을 지녔지만 범속한 꾸밈말이 시를 태작으로 전락시킨 예를 수없이 알고 있는 우리로서 전율이 느껴지듯 단연 생채를 발하는 이 시구 앞에 받는 감동은 각별했다. "노래는//슬프도록 여물어"라는 말이 제1연의 "너처럼 조금 먹고/너처럼 조금 잠자되"의 유도구절과 어우러져 빚어내는 언어의 의미는 참으로 투명하다. 나는 시인이 설치한 언어의 그물에 사로잡혀 어렴풋이 예술의 길에 들어선 어느 외로운 시인의 영혼을 그려보았다. 아름다운 시란 어떤 것일까? 거기에는 읽는 자의 상상을 무한히 수용하는 힘이 있을 것이다. 이런 내 느낌은 4연의 평범한 구절에서 잠시 소진되다가 다시 끝연의 "내 마음의/들 창 하나"에서 확산되었다. 창이란 고독한 자가 외계와 소통하는 유일한 통로가 아닌가! 자기 자신을 창 내부 세계에 유폐시켜 놓은 채…… 시인은 할 말이 있어도 직접 말하지 않고 사물을 통해 말해야 하며, 시인은 스스로 외롭다는 말을 해서는 안 되면서 독자를 외롭게 만들어야 한다는 시의 '비의祕義'를 이 시인이 이미 알고 있는 것일까? 나는 시집의 다음 장을 넘기지 않고 이 세상에 태어나 슬픈 노래를 부를 수밖에 없는 외로운 시인의 숙명과 고독을 생각했다.

김경희가 뛰어난 언어적 재능을 가진 시인임을 다시 한 번 확인하게 된 것은 시집의 다섯 번째에 수록된 「꼽추」를 읽었을 때다. 이 시를 접하자 다시 내 감동은 휘발유를 끼얹은 듯 살아났다.

태양을
꼬옥 껴안았다

生은 그 안에서 잠시
오징어 구이처럼 굽이치고

슬픔은

王陵처럼
길이
말이 없을 것이다

－「꼽추」 전문

이 시를 읽고 여기에 왜 '태양'이 등장하는지 묻는다면 이 시를 올바르게 읽었다 할 수 없다. 만약 해지는 낙조를 받아 외롭게 걸어가는 그 꼽추의 뒷잔등을 '태양'과 더불어 상상할 수 없다면, 이 시가 거느린 비극적 아름다움을 제대로 읽어냈다 할 수 없으리라. 이어 등장하는 '왕릉' 또한 얼마나 뛰어난 언어적 감각이 살려낸 말인가! '왕릉'이라는 언어 자체가 가진 의미(예컨대, 크면서도 적막하고 외로운)와 그 말이 가진 원형의 시각적 이미지가 함께 빚어내는 이 시어는 이 시를 단연 빛나게 하고 있다. 왕릉의 원형은 꼽추의 둥근 등 모양과 일치하는 것이다. 거기에 비하면 시각적 이미지에만 전적으로 의존하는 '오징어구이'는 차라리 단순한 표현이다.

이밖에도 이 시집에는 뛰어난 언어적 감각이 빚어낸 수작들이 많다. 가을밤의 찬연한 별자리를 빌어 개인의 고독을 그린 「가을밤」, 벼들이 익는 가을평야에서 자연의 질서에 복속하고픈 정서를 담은 「추수감사」, 이성에 대한 그리움이 주제가 된 「복숭아」 등은 내가 최근에 읽어본 시들 중에서 탁월한 언어적 감각이 유감없이 발휘된 시들이다. 그러나 시집 2부에 실린 대다수의 시들은 위에서 예시한 시들과는 달리 크나큰 편차를 보이며 범작으로 떨어진다. 다음과 같은 구절들을 읽어보자.

①

그렇게 살고/죽은-죽는-죽을/저 살과 피의 살로메들도 위하여/(…)/묵묵한 下心의 그리메

—「佛頭花」부분

②

검은 아프리카 누런 아시아/흰 아카시아 속 슬로우 비디오 속/마라톤으로 걸어오라, 걸어온다면// 만군의 천연의 벌나비 떼들도/구름의 사치한 향 치약 짜내어

—「아카시아 그늘의 꿈」부분

③

찬란한 비바체의 서울은 공룡에게 맡기고/찬란한 달리기의
명문학교엘랑 휴학원서 내고/특종 나귀 소나타는 하늘 너머
드로프스로 바꿔/ 태양에 단맛이나 찐득이 보태드리고

—「여름방학의 노래」 부분

④

천사를 저당잡히고/마왕에게 주문한 꽃,/마왕을 낮잠 들게
한/천사가 피워낸 꽃

—「한여름 캔버스—정물 다섯」(백장미) 부분

위에서 인용한 시구들은 지면상 전체의 시를 다 인용하지 못한 각 시들의 한 부분에 불과하다. 따라서 시 전체의 맥락을 위에서 인용한 단편적인 시구만으로 이해하기는 어려울 것이다. 그러나 예시한 시구에서 앞서 보여준 김경희의 언어적 능력은 사라지고 시인이 의도한 진의조차 분별하기 어려운 혼란을 보인다. 예컨대 ①에서 "묵묵한 下心의 그리메"가 뜻하는 바는 무엇인가? 생경하기 그지없는 '하심'이라는 한자 조어가 독자의 이해를 가로막고 있지 않는가. 하심이란 마음을 비운다는 불교적 용어지만 이 시에서는 시의 의미를 차단하는 역할을 하고 있다 하겠다. ②와 ③의 시 역시 과다한 서구 외래어의 사용만이 두드러질 뿐 언어의 참신성은 찾아보기 힘들다. 그러고 보니 김경희의 이번 시집에는 부적절한 한자 조어와 서구 외래어의 남용이 빈번하다. 여기서 서평자는 이 땅의 시인이라면 모국어에 생명을 걸어야 한다는 지극히 원천적인 이야기를 소아병적인 마음으로 반복하는 것은 아니다. 그렇지만 뜻조차 모호한 한자 조어와 서구

외래어의 빈번한 사용 앞에 지금껏 가졌던 감동이 적잖이 사라지는 게 사실이다. ④의 시 또한 나를 당황하게 하는 작품이다. 전체적으로 이 시에 드러나는 시적 정서는 서구지향적이다. 이를테면 우리에게 번역된 서구 동화가 전파한 시적 정서가 그 바탕을 이룬다. 또한 이 시는 사물의 본태를 그리는 데 있어 사실적 수법에 의지하지 않고 그 사물이 불러일으키는 영상, 즉 이미지에 과도하게 의존하고 있다. 따라서 시인은 읽는 이에게 자신이 설정한 영상의 세계로 들어 와주기를 바란다. 이런 점이 기본적으로 이 시인이 시를 접하는 방법론이다. 그러나 이미지즘에 대한 과도한 경도는 너무나 현란한 이미지의 비약을 불러일으켜 읽는 이의 이해를 가로막고 있는 점을 되새겨보아야 할 것이다.

또 한편으로 눈에 거슬리는 시들은 장황한 진술로 일관한 것들이다. 이를테면 「독신자」, 「눈 오는 월드홀에서」와 같은 시들이 그것이다. 이 시들에서는 간결하고 명징한 언어로 사물의 실체를 생생하게 그리는 김경희의 독특한 언어적 능력은 보이지 않고 지루한 자의식의 표출만 두드러진다. 좋은 시를 미리 읽은 이른바 한계효용의 체감 때문일까? 시의 비의를 이미 알고 있을 시인이 자기 감정의 절제를 잃은 것은 아쉽기 그지없다. 다시 한번 말하거니와 시인이 시의 형식 속에 직접 자기 감정을 장황하게 늘어놓는다면 그건 넋두리나 푸념이 될망정 시가 아니라는 사실을 되새겨야 하지 않을까?

제4부 '식물도감'에 수록된 시들은 전반적으로 김경희의 좋은 시들이 갖추고 있는 장점, 즉 언어에 대한 탁월한 조형능력이 보인다. 그러나 여기에도 할 말이 없는 것은 아니다. 이를테면 「엉겅퀴」에서 "누나는/여자도 아니었다/남자도 아니었다"와 같은 뛰어난 묘사는 다

시 한번 이 시인의 언어적 능력을 증명한다. 엉겅퀴 자체를 고난에 찬 삶을 살았던 독일의 급진적 사회주의 여성 혁명가 '로자 룩셈부르크'로 묘사한 대목도 재미있다. 그리고 '미역'을 바닷물에 씻긴 화장하지 않는 섬처녀 '민낯의 누이들'로 묘사해내는 능력 또한 탁월하다 할 수 있다. 그러나 '식물도감'에 실린 시들도 이미 이 소재로 유사한 시들을 보여준 여타 시인들의 예처럼 식물 자체가 갖는 의미의 축조에만 머물러 있을 뿐 우리의 삶과 연관된 진실은 부족하다. 말하자면 그 어디에도 우리의 현실과 결부된 모습은 없다는 점이다. 필자가 이 시들에서 식물들의 바탕이 되는 땅덩어리에 대한 생태계적 관심이라도 최소한 보고싶어 했다면 경직될 필자의 세계관이 빚은 과욕이었을까? 다시 한번 되새기자면 우리에게 진실한 감동을 주는 시는 환상에 뿌리를 두는 시가 아니라 우리의 삶에 뿌리를 두는 시일 것이다. 예컨대 공해로 오염된 오늘날의 산천에 자라는 나무들과 풀들을 두고 과거의 정서대로 마냥 아름답다고만 노래할 수 없을 것이다. 그런 점에 있어서 시인이 시집 후기에서 이 시집을 계기로 "보편적인 삶의 진실, 그 중심부로 나아가고자" 다짐하고 있는 것은 바람직하다 하겠다.

2.

　작고한 시인의 시집을 펼치면 숙연해진다. 그것도 이른 나이에 요절한 시인의 유고시집을 읽을 때 더욱 그러하다. 죽음이야 어느 누구에게도 예측할 수 없이 찾아오는 일이지만 아직도 한참은 더 살아 우리와 함께 숨쉬고 살아가면서 더 많은 일을 할 수 있고 더 큰 문학적 성과를 쌓을 수 있을 사람이 문득 우리 옆에 없다는 것을 느낄 때, 우리는 죽음의 의미와 함께 그의 모습을 되새겨보게 된다.

정영상 시인은 누구인가? 그를 떠올리면 우선 그가 시인이기에 앞서 교사였다는 생각을 하게 된다. 전교조 활동을 했다는 이유로 해직되어 교직을 떠날 수밖에 없었던 시인. 새삼스런 말이지만 정영상을 비롯한 수많은 교사들이 무엇 때문에 개인의 안일을 버리고 전교조 활동을 하게 되었던가? 그들은 이 시집에 수록된 시 「인질」에서 드러나는 안타까운 교육현실을 타개하여 이 땅의 아이들에게 진정 올바른 참교육을 시키기 위해 전국교직원노동조합을 결성하지 않았던가. 그로 인해 정영상은 교직에서 해직되어 4년이 넘도록 교단으로 돌아가지 못하고 벽지인 충북 단양에서 외롭게 전교조 지회를 지키다가 유명을 달리했다. 그는 시인이었다고는 하지만 살아 생전 그다지 각광을 받지는 못했다. 그런 그가 사후에 지인들에 의해 또 한 권의 시집을 가지게 되었고, 그 시집 『물인 듯 불인 듯 바람인 듯』을 내가 읽는다.

정영상의 이 유고시집은 5부로 나누어져 총 107편의 시들이 실려 있다. 나는 한권의 시집에 실리기에는 벅찬 시들을 통독하고 근래에 없는 뜨거운 감동을 받았다. 무엇보다 그가 참으로 순결한 영혼을 지닌 사람이라는 느낌이 들었고, 그의 시들이 맑고 투명한 서정을 담고 있어 내 마음조차 맑고 깨끗해지는 기분이었다.

> 한번 태어난 솔바람은
> 언제까지나 솔바람으로 산다는 것을
> 처음 알았습니다

솔바람이 솔바람을 다스리고
아무도 솔바람을 다스리지 않는
이미 신앙이 되어버린 바람을
처음 알았습니다

한발자국 한발자국 옮기는 자리마다
청아한 물소리 가슴 깊이 흐르고
참나무 잎사귀 하나
굴러가다 조용히 나를 바라봅니다

옷깃을 여밉니다
숨이 막힙니다

나도 모르게 가슴에 손을 얹습니다
사랑에 버림받은 긴 그림자가
솔바람 소리를 내며, 솔바람 소리를 내며
하염없이 나를 따라옵니다

―「겨울 山寺에서」 전문

　　사람이 사람의 한계를 초월할 수 없다는 허무적 인식을 밑바탕에 깐 이 시는 삶의 실체를 터득한 자만이 낼 수 있는 소리를 담았다. 사람이 사람의 한계를 자각할 수 있다는 것은 이미 종교적 경지이다. 종교적 성향을 띤 시는 흔히 읽는 이에게 무거운 인상을 지운다. 그런데도 이 시는 고뇌하는 자의 어둠이 제거된 맑고 고요한 서정을 보인다. 흡사 윤동주의 서정시를 연상시키는 이 시는 자유의 혼을 지닌 순결한 영혼의 아름다움이 배어있다. 「겨울 山寺에서」와 같은 시 한

편으로 속단할 수 없겠지만 그러고 보니 정영상의 시들은 일찍이 요절한 아름다운 시인들의 목소리와 닮아 있다. 인간의 숙명에 한없이 고뇌하되 거기에 얽매이려 들지 않는 뜨거운 정열을 가슴에 담고 있던 순결한 영혼들. 가까이는 김남주가 그러했고 이광웅이 그러했고, 그보다 더 먼 거리에서 신동엽이 그러했고 이육사·윤동주가 그랬다. 정영상은 이미 자신의 운명을 예감하고 시를 썼던가?

한편 정영상의 다른 시들은 이렇듯 맑고 고운 서정만을 담고 있는 것은 아니다. 그 자신이 농촌출신이었음을 증명하듯 다음에 인용하는 시는 이 시대의 암울한 농촌현실을 뜨겁게 껴안는다.

> 고향에 가보았지/쓰레기차를 보았지/'엘리제를 위하여' 멜로디를 울리며/탱자나무 울타리,/고향집 뒷골목을 지나가는/쓰레기차를 보았지/멱 감던 앞 연못엔/연탄재와 똥물로 범벅이 되고/눈에 보이는 것은 허연 비닐,/허깨비처럼 흰 웃음 흘리며/펄럭이는 실성한 고향을 보았지/어허/수입하지 않은 것은/오직 개뿐인가/똥개인지 씨레배 잡종인지/쓰레뜨 지붕 떠나가도록/짖어대는 미친 고향을 보았지/집 지키는 개가 아니라/도둑 잡는 개가 아니라/오직 잡아먹히기 위해 기다리는/고향을 보았지/사람이 길러 잡아먹는 것 중에/제 값을 받을 수 있는 것은/이제 개들밖에 없는지/쇠고랑 차고/주는 것 먹기만 하며/누운 자리에서 똥 싸부치는/고향이어.
>
> ―「고향哭」 전문

농민위주가 아닌 농업정책에 희생되어 피폐해질 대로 피폐해진 농촌현실을 이처럼 절절하게 그려낸 농촌시도 드물다. 농민 스스로를 잡아먹히기 위해 쇠고랑에 묶여 있는 개로 암시하며 껍데기만 남은 농촌풍경을 폐비닐의 형상을 통해 그려내는 수법은 뛰어나다.

그러나 정영상은 시대적 현실에 대해 발언하는 다른 시들에 이르면 호흡이 다급해진다. 분노가 커서 그럴까? 특히 교육현실을 다룬 시들에서 거칠고 정제되지 않은 감정이 직접적으로 드러난다.

①

죽기를 망설인 적이 없다/산산조각나서/죽기 위해 태어났다/온몸을 불살라 죽는/그 죽음이 두렵지 않은 것은/그만큼 조국을 사랑하기 때문이다

—「화염병」 부분

②

신문을 찢는다/사설을 찢는다/한국의 아침을 찢는다/찢으면 나타난다/머리에서 발끝까지 길게 찢으면 나타난다/반동의 활자숲을 찢어 벗기면/놀라지 마라/총칼이 나타난다/띠룩띠룩 살찐 언론의 똥배가 보인다.

—「신문을 찢는다」 부분

③

이곳 단양에는 태풍도 겨우 앞산 떡갈나무 잎사귀들 북쪽으로 뒤집어놓고 비껴가고//강물은 겨우 立秋의 발목 언저리까지 차올라왔을 뿐이다//1992년 초가을 대낮이었다/나는 사무실에 앉아 창 밖을 내다보고 있었다. 하루에 한번씩 우체부는 왔다가 제천에서 보내오는 한겨레신문을 던져놓고 가고, 3년 전 보따리를 싸들고 미술실에서 쫓겨날 때처럼//닭벼슬

> 보다 더 붉게 맨드라미는 다시 피는데/그때 그 아이들의 편지
> 는 이미 끊어진 지 오래되어 버렸다
>
> ―「단양에서 3」 부분

①은 부정한 정치권력에 저항하는 의지를 담은 시이고, ②의 시는 그 부정한 정치권력과 결탁된 제도언론을 비판하는 시다. 그러나 이 시들에는 「겨울 산사에서」와 같은 결 고운 언어의 탁마가 보이지 않고 거칠고 격앙된 직정만 보인다. 나는 여기서 시에 분노를 담지 말아야 한다는 것은 아니다. 어떤 의미에서 분노야말로 가장 정직한 정서의 하나이고 그것이 시를 이루는 가장 원초적 동기를 제공한다. 그러나 분노의 정서든 환희의 정서든 일단 시적 정련과정을 거쳐야 한다. ③의 시 역시 유배지와 다름없는 벽지 단양의 전교조 지회에서 가을을 맞는 소회를 담고 있으나 어딘지 모르게 일기투의 형식을 띠고 있다는 느낌을 지울 수 없다. ①과 ②와 같은 시에서 거칠고 정제되지 않는 감정이 직접적으로 표출되어 있는 것은 아마도 시인 자신이 이 시를 이루는 시적 현실과 너무 밀착되어 있었던 탓이기도 할 것이다.

그러나저러나 이제 정영상 시인은 가고 그의 시들만이 우리에게 남아 있다. 아마 그가 혼탁하고 분노에 찬 세상일망정 이 세상에 더 오래 살아 있었더라면 그의 시는 세월과 더불어 한층 더 깊은 성취를 보였을 것이다. 그러기에 필자는 너무나도 많은 가능성을 지닌 한 순결한 시인의 유고시집 앞에서 더 큰 불만을 피력하는 것은 온당치 않다는 생각을 갖는다.

3.

1986년 한국일보 신춘문예에 당선되어 시단에 나온 최영철은 『아직도 쭈그리고 남은 사람이 있다』, 『가족사진』 등에 이어 세 번째로 이번 시집 『홀로 가는 맹인 악사』를 펴냈다. 이 시집에는 소시민적 일상에 대한 반성과 회의 그리고 더불어 살아가는 이웃들에 대한 시선의 확대가 중요한 시적 관심으로 나타난다. 시집에 수록된 순서에 따라 그의 시들을 읽어가는 동안 나는 시집 제1부에서 오늘을 살아가는 이웃들에 대한 관심이 두드러지게 나타난 시들을 만날 수 있었다. 주택가 골목길을 파헤치는 인부들의 모습을 그린 「컵라면 먹는 사람들」이나 시장경제논리에 따라 어느 양화점이 마침내 부식거리를 파는 구멍가게로 전락한 모습을 그린 「두발로 양화점」 같은 시들에서 나는 기왕에 우리가 흔히 보아온 획일화된 민중시에 대한 강박관념이 사라진 새로운 민중시의 한 변형을 읽을 수 있었다.

①

잘 박히지 않는 괭이와/삽질 잠시 놓고/서고 앉고 쭈그려/컵라면 돌린다/아침 칼바람에도 솟는 땀/이내 말라버린 구릿빛 얼굴들/(…)/담장 안 이웃들 하나둘 모여 앉을 때/김씨, 서씨, 황씨/이름 없이도 통하는 이들/맨바닥에 퍼질고 담벼락에 기대고/쓰레기통 모서리 한쪽 발 척 올려/컵라면 이른 중참 때 운다/여럿이 내뿜은 김이/모락모락 햇살 쪽으로 쓸려간다.

—「컵라면 먹는 사람들」 부분

②

> 그러께 추석 때 맞춘 두발로 양화를 신고/뚜벅뚜벅 두발로 양
> 화점 앞을 지나간다/그때 주인 아저씨는 어디 물건 하러 가
> 고/삼만 원 부르는 아줌마에게 오천 원을 깎고/마춘 구두. 뚜
> 벅뚜벅 걸어간다/간판은 아직 두발로 양화점이지만/두발로
> 의 기술로 만든 구두가 빼곡하던/진열장과 선반은 얼마 전부
> 터/온갖 부식거리가 놓였다
>
> ―「두발로 양화점」 부분

위에 인용한 두 편의 시들에서 시인은 가난한 기층민중에 대한 맹목적 연민을 표출하지 않는다. 시인은 ①의 시에서 하수도를 묻기 위해 혹은 전화선을 묻기 위해, 골목을 파헤치는 이 시대의 이름 없는 도시 일용근로자들의 간고한 삶을 담담한 객관적 진술로 표현해 낸다. 시인은 '김씨, 서씨, 황씨'로 불리는 이들 도시 일용근로자들의 스산한 식사풍경만을 묘사함으로써 힘들게 살아가는 이들의 삶을 암시할 뿐이다. ②의 시에서도 시인은 자신의 직접적 정서의 표출은 삼간다. 다만 양화점이 구멍가게로 바뀐 사실을 열거함으로써 자본주의의 논리에 희생된 어느 영세한 구둣방의 몰락을 상기시켜 놓는다. 여기서 우리는 지난 시절의 우리 민중시가 민중들의 모습을 표현함에 있어 일종의 강박관념에 사로잡혀 있었던 폐단을 상기하게 된다. 예컨대 민중이라면 일단 억눌리고 고통받는 모습으로 그려져야 한다는 식인데 그와같은 시작 태도는 때로 우리에게 시적 상투성에 대한 반론도 불러일으켰다. 민중을 시의 소재로 다루고 있되 직접적 감정표출을 자제하고 객관적 거리를 확보하는 최영철의 시들은 이밖에도 여러 편 보인다. 도시 변두리의 약수터로 올라가는 입구 철거민

지대의 열악한 주거환경을 묘사한 「물만골」 역시 과장되지 않는 담담한 진술이 돋보이고, 은행 앞 지하철역 입구에서 행상을 하는 여인의 모습을 그리고 있는 「막걸리 빵」 또한 절제된 시적 진술을 유지하고 있다. 사물과 인간을 바라보는 이같은 시작 태도는 기왕의 민중시의 강박관념에서 탈피한 유연성을 획득하여 읽는 이로 하여금 호감을 갖게 한다. 그러나 이 시들은 전반적으로 산문적 구조를 띠고 있어 시적 긴장감을 잃는 것이 아쉽다.

최영철이 이번 시집에서 또다른 중요한 관심사로 다루고 있는 소시민적 일상에 대한 반성과 회의를 다룬 시들은 제2부와 제3부에 편재되어 있다. 여기서 시인의 관심은 다양하게 나타난다. 안일과 타성에 젖어드는 자신을 경계하며 부끄러워 하는 「연탄을 보면 부끄럽다」가 있는가 하면 소시민적 삶에 대한 자괴감을 강력하게 표출하는 「개들의 반란」 같은 시가 있고, 정체된 자신의 삶을 역동적 삶으로 바꾸고 싶은 열망이 담긴 「냄비는 끓고 싶다」와 같은 시가 있다. 이런 마음이 담긴 또 다른 시는 「가물치」다.

> 튀면 잡힌다는 것을 뉘 모르리/숨 한번 크게 내쉬려고/펄쩍 솟구치다가/올가미에 먼저 갇힌/미련한 가물치/몸이 온통 뻑적지근해/견딜 수 없었던 걸/숨죽이며 파고들지만 말고/이왕 난도질당할 목숨/간담이라도 서늘하게/어디 튀어나 보세.
>
> −「가물치」 부분

잡힌 가물치의 공간적 배경과 탈출을 그리는 이 시에서 일단 주목할 것은 가물치를 단순한 고기로 보지 않으려는 시인의 마음이다. 시인은 여기서 가물치를 인간으로 보려 하는데 그 의도는 몰개성화의 세속적 질서에 순화되지 않는 개성을 그리워하는 데 있을 것이다. 자본주의적 일상 속에서 소시민적 삶을 살 수밖에 없는 시인의 고뇌가 표현된 이 시들은 대체로 알레고리에 의존하는 양상을 보인다.

이밖에도 최영철은 소시민적 일상에 대한 반성과 회의 끝에 우리 삶을 둘러싼 사회적 구조에 대한 탐색을 전개하며 몇 편의 시들을 더 수록하고 있다. 그러나 이 시들 또한 비유적 기능에 너무 의존하여 언어의 참신성을 잃고 있다. 예컨대 분단시대의 위축된 자의식을 노정하는 「평양소주」가 그렇고, 절대권력에 대한 분노가 깨어지지 않는 물통 'FRP'로 비유된 「무적FRP」가 그렇다. 이 연장선상에 있는 다음 시 한 편을 더 읽어보도록 하자.

> 나의 꿈은 그러니까
> 무슨 일이 있어도 대통령이 되지 않는 것이다
> 여기까지 타이핑해 놓고
> 다음 이어갈 말을 찾으려고 쓱
> 훑어보는 순간
> 대폭력으로 보인다
> 시력 탓일까
> 그러니까 나의 꿈은 또
> 무슨 일이 있어도 총리만은 되지 않는 것이다
> 이렇게 쳐 놓고
> 앞에처럼 되지 않을까 유의한다
> 이번은 확실하게 총기로 오타가 났다
> 나의 꿈은 그러니까

죽어도 백골단이 되지 않는……

되지 않는이 뒤로 밀리고

백골단 석 자가 모습을 나타냈을 때

그것은 언 듯 골병든으로 보인다

난시가 심한 시력은

백골을 골백으로 바꾸고

골백단이 골병든으로 판독된 모양

나의 꿈은 그러니까

무슨 일이 있어도……

-「요즘의 시력장애」 전문

부패와 폭력으로 상징되는 절대권력을 비판하는 이 시는 왜소화된 소시민적 자아에 대한 탐색의 일환으로 씌어졌다. 시인은 대통령을 → 대폭력으로, 총리를 → 총기로, 백골단을 → 골병든으로 병치하여 이 시대의 절대권력을 희화화한다. 이는 두말할 것도 없이 강압적 권력을 비판하고 그로 인해 왜소화된 자아를 강조하려는 의도가 담겨 있겠지만 결코 새삼스러울 리 없는 수법이다. 그런데 여기서 주목할 것은 말의 유사성, 즉 펀pun에 의하는 시인의 방법론이다. 언제부터 우리 시에 이런 언어의 유희, 즉 보트스필Wortspiel에 의존하려는 현상이 생긴 것일까? 이는 아마도 강압적인 군사독재시대를 배경으로 태동된 현상이라 볼 수 있겠지만 우리 삶의 진실과 고리가 이런 언어의 유희를 통해 그 전모가 드러나지 않음을 알 때 결코 권장될수 없다는 점을 밝힌다. 그렇다면 이제 등단 8년 만에 결코 적다 할수 없는 세 권의 시집을 낸 최영철에게 요망되는 것은 무엇일까? 그것은 아마도 시인 최영철이 더 큰 절망을 껴안는 것이 될 것이다. 소

시민적 안일에서, 인간존재의 회의에서, 속물근성에 사로잡힌 환멸
에서 절망하고 절망하여 그 절망의 뿌리에 참신한 언어의 생명수를
뿌려주어야 할 것이다. 거기서 그는 자신의 "몸을 불살라"야 시의 사
리를 얻을 것이다. 그러므로 그의 시집 맨 마지막에 「나무는」이라는
시가 실린 것은 적절하다 하겠다.

창작과비평 1994년 여름호

원로시인들의 어제와 오늘

박남수 시집 『小路』, 시와시학사, 1994
이형기 시집 『죽지 않는 도시』, 고려원, 1994

1.

남북으로 갈라진 이 땅의 현대사에 또하나의 커다란 획을 그을 중대사가 일어난 올 여름은 유난히 무덥고도 지루하다. 그런 가운데 인간정신의 응축을 담은 시집들의 발간은 전에 없이 풍성하여 서평을 쓰기 위해 읽은 시집만도 20여 권이 넘는다. 이중에서 우선 눈에 띄는 점은 많은 시인들의 시세계가 새 시집을 통해 부분적으로 혹은 전반적으로 변화를 보인다는 것이다. 문학이 당대의 삶과 시대적 현실을 일정하게 반영하는 것이라면 우리의 삶의 조건이 변하는 오늘날 이런 현상은 어쩌면 당연한 일이다. 다만 우려할 점은 부박한 유행과 시류에 편승하는 시인의 태도이겠으나 이점 또한 참된 문학을 가려 볼 줄 아는 눈 높은 독자들의 안목에 의해 스스로의 한계를 보일 것이 분명하다. 이런 현상 속에서 우리의 눈을 끄는 또하나의 모습은 원로시인들의 정진이다. 이번에 살펴볼 박남수朴南秀의 『소로小路』

와 이형기李炯基의 『죽지 않는 도시』가 그 예라 할 수 있다. 시를 써오기 40~50년이 넘는 이 원로시인들은 육체적 연령에도 아랑곳하지 않고 이 계절에 자신들의 시세계의 변화를 보여주는 신작시집을 선보이고 있어 우리의 눈길을 끈다.

2.

꽃과 나무 혹은 구름·새와 같은 자연물을 바탕으로 순수 이미지와 존재의 탐구에 몰입해온 것은 한국 순수시의 중요한 흐름이었다. 1939년 『문장文章』을 통해 정지용鄭芝溶의 추천으로 시단에 나온 원로시인 박남수도 이런 시적 세계관을 통해 한국 순수시의 본령을 지켜왔다. 그는 구체적 현실공간보다 초현실적 공간에 시적 상상력을 펼쳤다. 우리에게 「새」의 시인으로 잘 알려진 그는 초월적 세계를 노래할 때 선명하고 감각적 언어로 자신의 시적 이미지를 형상화했다.

박남수의 새 시집을 살펴보기에 앞서 먼저 시 한편을 읽어보자. 다음에 인용하는 시는 그의 새 시집을 이해함에 있어 중요한 단서를 제공해준다.

1)

하늘에 깔아 논
바람의 여울터에서나
속삭이듯 서걱이는

나무의 그늘에서나, 새는
노래한다. 그것이 노래인 줄도 모르면서

새는 그것이 사랑인 줄도 모르면서
두 놈이 부리를
서로의 쭉지에 파묻고
다스한 體溫을 나누어 가진다.

2)

새는 울어
뜻을 만들지 않고,
지어서 교태로
사랑을 假飾하지 않는다.

3)

-포수는 한 덩이 납으로
그 純粹를 겨냥하지만,

매양 쏘는 것은
피에 젖은 한 마리 상한 새에 지나지 않는다.

-「새 1」(1959) 전문

박남수는 이 시에서 새를 통해 순수의 의미를 추구하고 있다. 박
남수의 대표작인 이 시에서 새가 위치하는 공간은 바람이 속삭이듯

불어오는 자연 속이다. 새는 그 자연 속에서 거리낌없이 노래하고 사랑을 나눈다. 그야말로 가식이 없는 상태에 있다. 시인은 일체의 의도나 목적이 없는 자연상태에 있는 그 새를 3에서 '순수'라고 지칭하며 그 순수(새)는 포수의 손에 의해 "피에 젖은 한 마리의 상한 새"로 변모할 수 있는 존재임을 밝힌다.

박남수는 자신의 제8시집 『소로』에서 여전히 '새'를 통해 순수 이미지와 존재에 대한 탐구를 계속한다. 그는 이번 시집에 '새'라는 동일 제목의 시를 두 편 수록했고 새가 등장하는 시로 「교감交感」, 「새털」, 「하늘에의 향수鄕愁」, 「비둘기」 등 여러 편을 발표한다.

> 가지를 차고, 새가
> 날아갔다. 가지가
> 잠시 흔들리고 있었다.
> 잊지 못할 아쉬움처럼.
>
> 새는 하늘에서
> 잃어버렸다. 스스로가
> 불이 되어, 몹시
> 강하게 타고 있었다.
> 저녁에 새는
> 타서 검은 숯덩이가 되어
> 땅위로 돌아온다.
>
> 그뿐,
> 그후로는, 새의

소식이 끊기었다.

새는 생사를 알리지 않은 채

머언 곳으로

행방을 감추었다. 사람들은

새가 죽었다고 하였다.

새는 죽지 않는다.

새는 지상에서 흔적을

감추었지만, 본시

새는 하늘에 사는

하늘의 주민이다.

―「새」 전문

이 시는 앞에서 예시한 「새 1」이 추구하는 의미와 연장선상에 놓여 있는 작품이다. 이 시에서 새는 가지를 차고 날아오르다가 '타서 숯덩이가 되어 땅위로 돌아'오는 모습으로 표현되어 있다. 「새 1」에서의 새가 포수에 의해 '피에 젖은 한 마리 상한 새로'로 전락되는 존재임을 되새겨볼 때 두 작품에 등장하는 새의 공통점을 헤아려볼 수 있다. 이는 '새'로 표상된 순수가 현실적 공간에서 파괴되고 훼손됨을 뜻한다. 시인은 이 시의 3연에서 이같은 아픔을 간접화법을 통해 '사람들은 새가 죽었다고 하였다'라고 피력해내다가 4연에 와서 '새는 죽지 않는다'고 단호하게 말한다. 이는 순수 자체가 현실적 공간에서는 수용되지 않는 안타까움의 표현임과 동시에 순수의 불멸성을 강조하는 것이다. 곧이어 "새는 하늘에 사는 하늘의/주민이다"라고 표현하는 것은 순수가 존재할 수 있는 곳이 지상의 공간이 아니라 천상의 공간임을 암시한다. 박남수는 이 시에서 천상의 세계에 집착하고 있는데 이는 그에게 부정적 현실세계의 초탈을 의미한다. 이같은 인식은 「새 1」 이후 새를 주제로 한 이번 시집의 여러 편의 시들에서 지속적으로 드러나는 공통적 현상이다.

그러나 새를 통해 순수 이미지와 존재의 탐구를 일생 동안 계속하는 원로시인의 이 시들이 우리에게 전하는 감동은 의외로 크지 않다. 그것은 첫째로 이 시가 추구하는 세계가 지극히 주관적인 관념의 세계라는 점에 있다. 관념의 세계에는 우리들의 일상적 현실이 배제되어 있다. 따라서 그가 추구하는 시세계는 우리에게 구체적으로 다가오는 경험세계가 아니라 초월적인 세계이다. 이러한 관념적 세계의 영상은 우리에게 사실적 감동이 아닌 공허함을 전한다. 또 한가지 우리가 이 시들에서 떠올리는 점은 참된 아름다움의 실체다. 우리에게 되새겨지는 아름다움의 실체는 인간의 현실과 유리된 것이 아니다. 순수는 구체적 현실과 대응될 때 비로소 그 빛을 발한다. 이 점을 놓고 볼 때 시인이 추구하는 관념적 세계는 우리에게 진정한 아름다움을 전하지 않는다.

그러나 시인의 시선이 인간현실에 모아질 때 그의 시는 우리에게 뜻밖의 감동을 전한다. 박남수는 이번 시집에서 자신의 시세계에 작은 변모를 시도하고 있는데 그것은 바로 그의 시선이 추상적 현실에서 구체적 인간현실로 옮겨오는 모습을 보이는 것이다.

> 언젠가 왔던 길.
> 두리번거리지만, 우리가
> 언제 왔었는지 물어볼 사람

이제 없네. 옆에서
늘 함께 거닐던 키가 작은 사람
굽어보아도 보이지 않네.
혼자서 거니는 좁은 길. 이제
기쁘지도 즐겁지도 않네.

-「小路」 전문

　이 시집의 표제시이기도 한 인용시는 아마도 시인이 상배喪配를
한 후의 심경을 그린 듯싶다. 시인은 아내를 잃고 난 후 홀로 산책길
에 나선다. 그는 그 산책길에서 불현듯 죽은 아내를 떠올리고 적막감
에 사로잡힌다. 여기서 길은 인생 그 자체를 의미한다. 시인은 반려
자를 잃은 아픔을 직접적으로 드러내지 않은 채 옆에서 늘 거닐던 사
람이 보이지 않는다고 진술한다. 그러나 이 진술은 큰 울림이 있다.
노년기에 접어든 시인의 적막함이 우리의 마음에 깊이 와 닿는다. 이
시는 자신의 삶이 현실세계의 조건에서 자유로울 수 없다는 인식을
깔고 있다. 이런 인식을 바탕으로 씌어진 시들은 대체로 오랜 이민생
활에서 오는 고독과 조국에의 향수, 아내의 죽음에서 느껴지는 죽음
의 문제 등에 맞닿아 있어 이번 시집의 또다른 한 주류를 이루며 그
의 시의 한 변모로 읽힌다.

　　①
큰 눈이
눈물로 젖었다.
검은 자위가 빙그르르 돌아
갓 쪼갠 게장처럼 꽉 차 있다.

망아지적 생각에 젖어 있나 보다.
언제나 너의 큰 눈은
그리움으로 꽉 차 있다.

한참을 수그리고
풀을 뜯다가, 놀란 듯
머리채를 치켜들며
흐흐흥 코까지 풀며, 무슨
생각을 지우고 있다.

(…)

말아, 속으로 앓는
말아, 친구야.

―「말 1」 부분

②
곁을 스치고 지나가는
젊은 여자의 냄새가
몹시 향그럽다. 가벼운
향수. 늙어갈수록
그리운 고향의 냄새.

어머니는 출렁이는 바다입니다.
자부러운 요람입니다.
돌아가 누울 안식처.

품에 보듬어주는

부드러운 넓이.

어머니의 가슴이면 좋겠습니다.

방금 지나친

젊은 어머니가 풍기고 간

젖 냄새, 사람의

자식이 갖는 영원한 고향의 냄새.

―「냄새」부분

①의 시에서 시인은 노년기의 고독을 '말'이라는 매개체로 드러내고 있다. 말의 사실적인 모습에다 자신의 심회를 결부시킨 이 시는 1975년 미국으로 이민을 떠난 이래 시인의 고국에 대한 향수와 유년시절에 대한 그리움을 담았다. ②의 시 또한 젊은 여자의 체취를 통해 모성과 고향을 그리는 작품이다. 위의 두 편의 시에서 우리는 관념이 빚어낸 허상의 그림자를 찾을 수 없다. 이 두 편의 시에는 우리의 삶과 밀착된 진실의 아름다움이 존재하고 현실에 발을 딛고 사는 인간의 꿈과 그리움이 살아 있다. 또 한가지 이 시에서 두드러지는 점은 언어의 넉넉한 운용이다. 박남수의 초기 시는 「새 1」에서도 볼 수 있듯이 견고한 언어의 조작으로 이미지의 밀도 높은 형상화를 이루고 있으나 시어들이 시에 구속되어 있는 느낌을 전한 것도 사실이었다. 그러나 위의 시에서는 인간의 내면의식을 탐구하던 시인의 시 세계가 현실공간으로 확대되어 한층 폭넓은 변화를 보임과 동시에 언어 또한 시적 공간 속에 활달한 생명력을 얻고 있어 시사하는 바가 크다.

3.

　1950년 17세의 나이로 『문예文藝』지의 추천을 통해 문단에 등단한 이래 시력 45년을 헤아리는 원로시인 이형기도 박남수에 이어 일곱 번째 시집 『죽지 않는 도시』를 펴냈다. 「낙화落花」, 「종전차終電車」 등의 시로 널리 알려진 그는 전후 황폐한 시대적 상황 속에서 참신한 서정으로 한국 전통 서정시의 맥을 이어왔고 우리의 서정시를 한층 밀도있게 심화시켰다는 평가를 받는다. 그는 존재의 소멸성과 허무에 대해 천착했고 인생과 존재의 본질적 문제에 깊은 관심을 드러냈다.

가야할 때가 언제인가를
분명히 알고 가는 이의
뒷모습은 얼마나 아름다운가.

봄 한철
激情을 인내한
나의 사랑은 지고 있다.

분분한 落花……
결별이 이룩하는 축복에 싸여
지금은 가야할 때

－「落花」(1957) 부분

　인구에 회자되는 이 시에서 시인은 꽃이 지는 모습에 인간의 이별을 겹쳐 그림으로써 한국인의 잠재된 정한을 뛰어나게 표현한다. 시인은 이 시에서 아름다운 이별을 그린다. 피었던 꽃이 지는 것은 꽃이 지닌 거역할 수 없는 운명이라면 인간의 사랑 역시 그 자연적 질서를 운명적으로 받아들어야 한다는 인식을 담고 있는 이 시는, 한국인의 잠재된 정한에 그 서정의 맥이 닿아 있다.

이형기의 이번 시집은 그가 과거에 보여준 시세계와 현격한 변화를 보인다. 시집 3, 4부에서는 여전히 인간 존재에 대한 근원적 탐구가 계속되고 있으나 1, 2부에서는 시인 자신이 시집 머리말에서 밝혔듯이 문명비평에 대한 시를 발표하고 있는 것이 특색이다. 이는 과거 그의 시세계가 주로 인간의 내면세계에 머물러 있었던 것과는 달리 대타적 관심을 드러내는 것으로서 이형기 시인에게 두드러진 변모라 아니할 수 없다. 그의 이번 시집에서 두드러지는 것은 바로 생태계에 대한 관심이다. 최근 우리 사회는 산업화 과정을 겪으면서 심각한 환경오염을 드러내고 있다. 대량생산과 대량소비가 미덕으로 간주되는 오늘날 우리의 삶을 바라보는 시인의 눈은 자못 회의적이다. 그는 물질문명의 종국을 폐차장에 폐기된 자동차의 모습을 통해 환기시킨다.

이제는 아무 쓸모없이 망가져
이 폐차장에 모두 버려져 있다
그러나 우리는 죽지 않았다
죽음을 살고 있다
미심쩍거든 가까이 와서 봐라
저마다 눈알이 빠진 헤드라이트

> 불길한 동굴처럼 퀭하게 뚫린 우리의 두 눈을
> 다시는 불을 켤 수 없기에 우리는
> 이 세상 모든 불이 꺼져버린 그날을 보고 있다
>
> ─「폐차장에서」 부분

시인은 헤드라이트가 빠진 폐차의 모습에서 우리 인간의 미래를 상상한다. 그는 대량생산과 대량소비와 대량폐기가 선진적 삶이라는 착각에서 벗어나야 한다고 강조하며 인간의 삶의 터전이 결국 거대한 무덤이 되고 말리라고 경고한다. 이 시는 단순히 우리가 폐기한 쓰레기의 모습을 그리는 것이 아니다. 자동차의 헤드라이트는 인간의 눈을 상징하는 것이고 그 눈은 편리함을 좇다가 파멸한 인간의 상징물임을 드러낸다. 따라서 이 시는 대량생산에 대한 무한경쟁이 결국 지구의 유한한 자원을 고갈시키고 우리 스스로가 자멸한다는 인식을 보인다.

이형기는 대량생산의 광신적 욕망이 생명의 본질을 외면케 하는 현실을 양계장에서 부화되는 병아리를 통해서도 고발하고 있다.

> 달걀의 꿈은 병아리다
> 그러나 이 도시에서는
> 병아리로 부화될 수 없는 달걀만이 달걀이다.
>
> 몇 달 전에 망해버린 내 친구 양계업자
> 빈털터리가 된 그는 이제
> 외로운 밤시간을 갖게 되었지만
> 양계장에는 밤이 없다.

밤이면 낮보다 더 강렬한 불빛이

오직 생산!

생산만을 다그친다.

밤은 꿈꾸는 시간

꿈꾸면서 사랑을 나눈다는 관념은

그 양계장

양계장 같은 도시의 번영을 위협하는

불온사상이다.

(…)

태어날 때부터

병아리로 부화될 꿈의 염색체가 제거된 달걀

(…)

병아리는 이 도시 어디에서도 찾아볼 수 없다.

ㅡ「병아리」 부분

오늘날 양계장에는 달걀의 생산력 향상을 위해 밤에 불을 밝혀 낮을 연장시킨다. 닭들이 낮시간에 산란을 하기 때문이다. 그러나 이것은 자연의 질서를 파괴하는 행위다. 비록 이같은 방법으로 산란율을 높일 수 있지만 이렇게 생산된 달걀은 생명의 순환고리를 끊는다. 여기서 시인은 문명의 발달이 대량생산에는 기여할 수 있으나 생명의 본질에 역행하는 일임을 깨우친다. 시인은 양계장에서 생산된 달걀은 꿈의 염색체가 제거된 달걀이라고 진술한다. 그 기형적 달걀은 어쩌면 인간의 운명과도 같을지 모른다. "밤은 꿈꾸는 시간/꿈꾸면서 사랑을 나"누지 못하는 인간은 이미 꿈의 염색체가 제거된 달걀과 같은 존재다. 시인은 이 시를 통해 현대문명의 한계를 날카롭게 진단한다.

이밖에도 이번 시집에는 과학문명의 한계와 그 폐해를 지적하는 시들이 많다. 문명의 발달이 자연환경을 극복하여 여름에도 덥지 않게 지낼 수는 있지만 그대신 냉방병이 생기는 현상을 그린 「여름이 없는 여름」과, 생명공학의 발달로 인간의 수명이 연장되지만 죽음의 길마저 차단되는 우려가 담긴 「죽지 않는 도시」 또한 그와 같은 작품이다. 과학이 발달할수록 인간미는 사라지고 그대신 공리성과 이기심이 자리잡는다고 우려하는 「우체부 김씨」도 과학문명의 한계를 지적하는 작품이다. 오늘날 정보통신의 발달로 과거와 같은 정감어린 편지의 교환이 사라진 현실을 안타까워하며 우편배달원의 가방 속에 광고용지만 가득 든 현실을 시인은 심각하게 고뇌한다. 편리함 속에 사고의 기능이 퇴화하는 우려를 나타내는 「마지막 희망」도 이 계열의 작품이라고 볼 수 있다.

그러나 이번 시집의 대다수를 차지하고 있는 이형기의 문명비판 시들을 읽고 나는 왠지 이 시들이 소재주의적 성격을 띠고 있다는 느낌을 버릴 수 없다. 이같은 느낌은 「메갈로폴리스의 공룡들」이나 「고엽제」같은 작품을 읽을 때 더욱 두드러진다. 가령 쓰레기장 문제를 다룬 「메갈로폴리스의 공룡들」의 "도시의 외곽에는 이제 빈터가 없다"라는 구절이나 「고엽제」에 나오는 "잘 싸워 훈장 탄 분대장 김 상사/팔다리 온 삭신 원인 모르게 시들어/십년 째 앓다가 어제 죽었다"와 같은 구절을 읽을 때 그의 시는 우리에게 여러 매체를 통해 이미 익히 알고 있는 사실을 다시 한번 깨우쳐주는 정도의 느낌만을 받게 할 뿐이다. 말하자면 이형기의 문명비판 시가 충격적 이미지를 통해 우리의 공해나 생태계 문제들을 일깨워주고 현대문명의 병리적 현상을 나열하고 있으나 신문기사 등에서 읽을 수 있는 이상의 느낌을 전하지 않는다는 점이다. 이 점은 아마도 그의 시가 산업문명 비판의 차원을 넘어서는 우리 사회의 구조적 인식에 대한 천착이 부족하기 때문일 것이다.

이런 탓인지는 몰라도 나에게는 오히려 3, 4부에 실려 있는 시들이 더 큰 감동으로 다가온다.

> 코만치 용사들은
> 연달아 어이없이 낙엽처럼 죽어갔다
>
> 미처 아파할 겨를도 없이
> 픽픽 쓰러지는 억울한 총알받이……
>
> (…)
>
> 그렇다 영화
> 등장인물 전체가 엑스트라인
> 인류사란 제목의 장편 영화도 있다
>
> 그 초대형 스크린에 잠깐
> 얼굴이 비치는 그것만도 어디냐
>
> —「엑스트라」 부분

　서부영화의 인디언 학살장면에서 모티브를 얻은 이 시에는 인간 존재에 대한 허무 의식이 담겨 있다. 얼핏 보기에는 이 시에서 삶을 바라보는 건조한 시선을 느낄 수 있겠지만 그 이면에는 인간을 바라보는 따스한 시선이 감추어져 있다. 이 시편들은 이형기의 초기시부터 미덕으로 여겨지는 뛰어난 비유와 참신한 언어감각을 공유하고 있어 시의 맛과 깊이를 느끼게 해준다.

창작과비평 1994년 가을호

고향상실, 그리고
분홍꿈의 詩篇들에 부쳐

李起哲 시선집 『靑山行』

1972년 「鄕歌詩」, 「五月에 들른 故鄕」, 「너에게」 등의 작품으로 문단에 나온 李起哲씨는 70년대에 이어 80년대로 넘어오면서 훌륭한 시적 성과를 보여주고 있는 시인이다.

그는 등단 초기에 비교적 이미지 중심의 이른바 순수시들을 써왔는데 그 무렵의 결실을 「낱말追跡」이라는 시집으로 마감하고, 이후 1976년부터 「自由詩」 동인으로 활동하면서 많은 문제작들을 보여주고 있다.

필자는 이번에 그가 民音社에서 기획 발간하고 있는 <오늘의 詩人叢書> 중의 한 권으로 펴낸 그의 시선집 『靑山行』을 읽으면서 이전에 그가 보여주었던 몇 가지 부정적인 경향이 말끔히 불식된 것을 발견하고, 아울러 그의 시세계가 매우 단아하고도 정직한 것으로 변모되어 있는 것에 커다란 감동과 기쁨을 느낄 수 있었다.

그의 전 시집 『낱말追跡』에 실렸던 시들은 보는 사람들의 관점에 따라 조금은 공허하고 읽는 이로 하여금 어떤 구체적 진실을 느끼게 해주는 것이 부족한 편이었다.

그 같은 이유는 李起哲씨의 시선이 우리 삶의 현실에서 얼마간 벗어나 있었음을 뜻했고, 소위 순수시, 무의미시라고 일컫는 시들이 갖는 이미지 조형에 많은 관심을 기울였던 탓이라고 보아진다.

그러나 이번에 펴낸 「靑山行」의 곳곳에서는 우리 삶의 문제가 비교적 뚜렷하게 부각되어 있다. 이 점은 李起哲씨가 스스로 판별해낸 하나의 성과로서 「靑山行」에 나타난 시세계가 전에 펴낸 「낱말追跡」에 비해 하나의 구체적 현실성 위에 서 있음을 깨닫게 해 준다.

필자는 오랜만에 훌륭한 시집을 대하는 기쁨에서 「靑山行」에 나타난 몇 가지 의의들을 살펴보고 감히 독자들께 서평의 형식을 통해 소개를 해 보려 한다.

「靑山行」의 시집에는 총 73편이라는 시들이 4부로 나누어 실려있다. 이 시들은 李起哲씨가 문단에 데뷔를 하고 나서 쓴 모든 시들 중에서 스스로 골라 실은 작품들이다. 그런대 필자의 눈에 우선 드러나고 있는 점은 이 시집의 시적 주제가 비교적 일관성을 유지하고 있다는 점이다.

이 점은 이 시인의 관심이 여러 곳으로 흩어지지 않고 하나의 주제를 오랫동안 성실하고 관심 깊게 천착해 나간 증거일 것이다.

그렇다면 「靑山行」에 나타나고 있는 주된 관심사는 무엇일까? 필자는 이 시인이 자신의 시집 후기에서 어렴풋이 밝힌 적이 있는 고향과 문명에 대한 비판을 우선 내세울 수 있을 것 같다.

이 점은 그의 데뷔작이 「五月에 들른 故鄕」이라는 사실과도 전혀 무관하지 않은데 시집 곳곳에서 고향이라는 어휘가 매우 빈번하게 사용되고 있음을 깨닫게 된다.

「靑山行」에 나타나고 있는 고향은 어떤 의미를 띄고 있으며 어떤 모습을 보여주고 있는가?

慶尙南道 居昌郡 加祚面 石岡里
돌담에 박꽃이 피어나고 있다.
해어진 무명옷이 탱자나무에 걸려 있고
산꿩이 울고
메밀싹이 돋는다.
댕댕댕 국민학교 下學 종소리
바람을 앞질러 논길로 가고
일찍 내린 하얀 이슬이
소리없이 풀섶에 스미고 있다.

-「靜寂」 전문

이 시에 등장하고 있는 고유지명은 그의 고향이다. 경상남도 거창군 가조면 석강리. 돌담에는 하얀 박꽃이 피어나고 산등성이 솔숲에는 산꿩이 운다. 비록 해진 무명옷을 빨아 입을 만큼 가난한 고향이지만 그 어느 것에도 오염되어 있지 않는 곳이다. 문명의 해악이라든가 시끄러움 따위는 찾아볼 수 없다. 詩의 제목을 시인이 스스로 「靜寂」이라고 붙일 만큼 한가롭고도 아늑한 곳임을 상상할 수 있는 곳이다.

이곳에 오면

西쪽 길이 잘 보인다.
무너진 다리목도 보이고
다리목에서 죽은
물새의 꿈도 보인다.

百年 전에 핀
안개꽃이 보이고
洞口 밖에 묻힌
흰 달빛도 보인다.

―「生家 · I」 전반부

무엇을 잘 볼 수 있다는 것은 무엇을 뜻하는가? 그것은 시야에 혼란감이 없다는 뜻이다. 혼란감이 없다는 것은 또 무엇을 뜻하는가? 그것은 심신이 안정되어 있다는 증거가 된다. 시인은 生家, 즉 고향에 돌아오면 심신이 안정되고 무엇이든지 잘 보이는 平靜心을 얻는다. 이것은 매우 중요한 것으로써 이 시인의 고향이 시인에게 정신적 안식처인 것을 의미하는 것이다.

그런데 이와 같은 그의 고향이 다른 시에 와서는 사뭇 다르게 변해서 나타나고 있는 것이 흥미롭다.

신발을 벗지 않으면 건널 수 없는 내(川)를 건너야
비로소 만나게 되는
불과 열 집 안팎의 촌락은 봄이면 화사했다
복숭아꽃이 바람에 떨어져도 아무도 알은 체를 안했다.
아쉽다든지 안타깝다든지

양달에는 작년처럼, 너무도 작년처럼

삭은 가랑잎을 뚫고 씀바귀 잎새가 새로 돋고

두엄더미엔 자루가 부러진 쇠스랑 하나가

버려진 듯 꽂혀 있다.

발을 닦으며 바라보면

모래는 모래대로 송아지는 송아지대로

모두 제 생각에만 골똘했다.

바람도 그랬다.

-「고향」 전문

연을 갈지 않고 마음 속 심상을 담담한 심정으로 적고 있는 위의 시를 읽어 볼 것 같으면, 앞에서 인용한 「靜寂」보다는 사뭇 다른 모습으로 그의 고향이 표현되고 있음을 알 수 있다. 전반부의 몇 행은 과거의 아름다운 회상을 담고 있는데 반해 후반부에는 그가 보고 있는 오늘의 현실이 그려져 있다. <신발을 벗지 않으면 건널 수 없는 내(川)를 건너야/비로소 만나게 되는/불과 열 집 안팎의 촌락>이 그의 고향인데 <봄이면 화사했다>라는 표현에서 그의 마음속에 잔존해 있는 고향의 모습은 여전히 따스하고도 정겨운 곳이다.

그러나 이 시의 후반부에 나타난 시인의 관찰은 다르다. 두엄더미에는 부러진 쇠스랑 하나가 꽂혀 있고, 송아지는 송아지대로 바람은 바람대로 모두 제 각각의 생각에 골똘한 적막한 고향이다.

쇠스랑이란 거름을 뒤엎고 퇴비를 섞는 농기구다. 그런데 그 자루가 부러져 방치되고 있다. 이것은 그가 보고 있는 농촌이 적막하고 활기차지 않은, 무언가 병적인 모습을 드러내 주는 증거가 된다.

시인은 어째서 자신의 고향을 이토록 적요한 시선으로 보고 있는

가? 이 시에서 우리는 또 한 가지 의미 깊은 현상을 발견하게 된다. 그 점은 과거의 고향을 회상하는 시의 전반부는 서술이 과거형으로 처리되어 있고 오늘날의 고향을 그린 후반부는 현재형으로 표현되어 있다는 점이다.

이것은 시인이 하나의 시적 구도 속에 시간적 간격을 두고 그의 고향을 시차적으로 바라보고 있다는 의도적 증거가 된다. 그리고 그의 고향이 매우 짧은 시간 안에 급속한 변모를 겪었다는 뜻도 포함된다.

이와 비슷한 유형의 다른 시들을 살펴보자.

풀잎 말라 강으로 떠 흐르고 가던 길 끊어져
갈라진 햇빛 하나에도 잎새들은 황망하다
놋쇠 괭이 부러진 톱날 툇마루 끝에 처박혀
일손 떨구고 베옷 기워입고, 산길은 올해도 또 한번 막혔다.
                                    —「農夫의 잠」에서

풀뿌리 물소리뿐인 西部 慶南
돌자갈은 아직 예대로 구르고
평지에는 느리게 가는 소떼와 구름떼
산기슭 人跡 끊어지면
오리나무 잎새 사이 까토리들 기어다니고
헐린 집터엔 강아지풀 우거져
                                    —「西部 慶南」에서

마른 넝굴풀이 몸을 비꼬면서 씨알 하나를 보듬고
위태롭게 서 있고

어릴 때 만지던 따스한 돌멩이들

길 위에 없다.

—「南쪽」에서

매우 단아하고도 간결한 표현을 획득하고 있는 시들이지만 한결같이 적막하고 황폐한 고향을 담담하게 그리고 있는 시들이다.

「農夫의 잠」에서는 풀잎들이 말라서 강으로 떠 흐르고, 옛날에 있던 길마저 끊어져 있다. 농부들은 일손을 떨구고 그들의 연모인 놋쇠 괭이를 부러진 채 툇마루 끝에 처박아 놓았다. 「西部 慶南」에서는 아직 돌자갈은 예대로 구르지만 산기슭에 人跡마저 끊어진 광경이 묘사되고 있다. 그리고 집터는 스산하게 헐려 버렸고 그 주변에는 강아지풀들만 수북하게 우거져 누구 하나 뽑지 않고 방치되어 있다. 이같은 모습은 사람들이 살고 있는 마을이라고는 할 수 없는 버려진, 그리고 잊혀진 곳처럼 느껴진다. 강아지풀이 돋아난 것을 보면 계절은 분명히 봄이거나 여름철인데 살아 움직이는 농촌이 아닌 폐촌과도 같은 인상을 풍겨 준다.

이것은 왜 그럴까? 시인은 어째서 자기의 고향을 이렇게 표현하고 있는가?

우리는 다른 시들을 통해 어렴풋이나마 시인이 왜 자기의 고향을 이토록 적막한 곳으로 보고 있는지 그 이유를 짐작할 수 있을 것 같다.

慾望의 무게만큼 근심도 커서

먼지와 燈油와 톱밥들만 마을을 덮었다.

길들은 꺾이고 잘리며 천 번의 매듭 풀어져

…(중략)…

탱크와 雜木과 假性의 처녀들이 잡지의 表紙마다

살 냄새 기름 냄새 가득 채웠다.

— 「겨울에서 봄까지」에서

분꽃이 지기 전에 뜰을 한 번 더 들여다 보았다

마른 잎들의 하늘은 무참히 깨어지고

이름없이 피었다 진 꽃들의 안부를 물으면

무수한 기계와 클랙슨 소리에

가슴 찔린 여치들만 시든 풀밭 위에

惡寒을 운다

질긴 공장의 톱니바퀴엔 오늘도 참 어여쁜

누이들의 꿈이 토막토막 끊겨나가고

四圍엔 모두 조금씩 가슴이 傷해 있는 것들

굴뚝과 그을음과 轟音 속에서

꽃들마저 뿌리 뽑힌 뜨락의 內部가

자꾸 근심스러워진다

東쪽엔 江물이 흐른다는 사연을 읽으며

生家쪽을 바라보면

오늘은 처마 끝에 生涯를 얽던

흐린 거미줄도 보이지 않는다.

— 「슬픈 溫帶」에서

비록 위에 인용한 두 편의 시들은 그의 고향에서 씌어진 시들이라
고 볼 수 없을지는 모른다. 필자가 짐작하기로는 차라리 현재 그가
몸담고 있는 곳의 광경을 묘사한 시들이라고 볼 수 있다. 그러나 위

의 시들을 자세히 읽어 보면 직접적으로든 간접적으로든 그의 고향과 깊은 연계가 이루어지고 하는 시들임을 알게 된다.

그런데 위의 시들에서는 그가 관심 깊어하는 고향과 그 주변에 어울리지 않는 어휘들이 나타나고 있음을 알 수 있다.

燈油, 톱밥, 먼지, 기름냄새, 탱크, 울긋불긋한 잡지들 표지(겨울에서 여름까지)와 연탄가스, 클랙슨 소리, 공장의 톱니바퀴 그을음과 轟音, 굴뚝(슬픈 溫帶) 등과 같은 어휘들이 그것이다.

이들 어휘는 문명 혹은 산업화의 과정에서 어울리는 어휘로써 고요하고 전통적인 우리네 고향에는 일찍이 찾아볼 수 없었던 것들이다.

이들 어휘는 말할 것도 없이 위의 시에서 부정적인 측면으로 사용되고 있다. 먼지와 燈油와 톱밥은 마을을 뒤덮고 길들은 꺾이고 짤리며 살냄새, 기름냄새를 가득 채우는 구실을 한다(겨울에서 봄까지). 우수한 기계와 크랙슨 소리는 푸른 풀밭을 시들게 하고, 그 속에 살아가는 여치들의 가슴을 찌르게 한다. 또 꽃들은 그을음과 굴뚝 사이에서 뿌리가 뽑혀야 하고 질긴 공장의 톱니바퀴는 <참 어여쁜/누이들의 꿈이 토막토막 끊어져나가>게 하는 원인이 된다(슬픈 溫帶에서).

이같은 진술을 통해 볼 때 우리는 李起哲씨가 자신의 고향이 삭막하게 변화하고 있는 원인을 문명화가 가져다 준 병폐라고 여기고 있는 것을 쉽사리 알아차리게 해 준다.

필자는 필자가 짐작하고 있는 문명의 개념을 지혜를 갖춘 인류 집단이 자신들의 삶과 환경을 개선하기 위해 부단히 이룩해 놓은 총괄적 업적이라고 생각하고 있다.

그렇다면 문명이란 말 속에는 분명히 인간들의 삶을 풍요롭게 해

주는 뜻을 내포하고 있는 것이다. 그런데 李起哲씨의 시들을 읽어볼 것 같으면 이같은 생각은 다소 수정이 되어야 한다는 것을 깨닫게 해준다. 물론 이같은 말은 우리 삶이 발전하고 문명화가 되지 말아야 한다는 뜻은 아닐 것이다.

주지하다시피 우리들의 삶은 70년대로 들어와서 극심한 변화를 겪었다. 구미 선진산업국가들이 이미 오래 전에 겪었던 산업화의 물결이 급속도로 스며들었고 그로 인한 모순과 불균형이 여러 분야에서 커다란 하나의 문제점으로 나타나기 시작했다.

이러한 현상은 원칙적으로 놓고 볼 때 농업사회로부터 산업사회로 바뀌지는 하나의 어쩔 수 없는 탈바꿈이고 또한 나라의 경제발전이라는 측면에서 볼 때도 불가피하고도 지극히 자연스런 변화라고 보아진다. 그러나 너무나 급속도로 바뀌지는 변화 앞에서 우리 사회는 그에 따른 새로운 질서조차 마련하지 못하고 흔들릴 수밖에 없었다.

이같은 현상은 오랫동안 보수적이었고 정적이었던 우리들 고향에도 여지없이 밀려 왔다. 수많은 농촌 인구들이 새로운 일자리를 찾아 도시로 이동을 하게 되었으며, 농촌은 산업화의 추세에 밀려 그 구조적 질서를 유지하지 못한 채 상대적으로 침체해 간 것이 사실이었다.

이로 인해 파생되는 문제들은 실로 심각한 것이었다. 이같은 문제점들은 70년대로 접어들어 오면서 여러 장르에 걸친 문학작품에서 용해되어 나타나기 시작했다. 이같은 결실은 차라리 소설 쪽에서 상당한 효과를 올렸다.

그러나 시문학 쪽을 살펴보면 몇몇 시인들의 노력이 있었지만 전체적으로 놓고 볼 때 그 성과가 미미하기 짝이 없는 것이었다.

그런데 李起哲씨는 이같은 문제에 깊이 천착하여 일관성 있게 문명을 비판하고, 우리가 태어나고 살아왔던 터전에 대한 애정을 유지하며 이처럼 훌륭한 시적 성과를 올린 것은 우리 문학사를 통해 볼 때 중대한 의의를 지녔다고 보아도 좋을 것이다.

필자는 지금껏 李起哲씨의 시선이 고향과 문명비판에 역점을 두고 있다고 말했다. 그렇다면 李起哲씨의 관심이 이점에만 국한되어 있는가?

아래에 인용하는 시를 읽어 볼 것 같으면 李起哲씨의 관심이 결코 고향과 문명 비판에만 집중되어 있지 않고 우리 삶의 심층과 역사적 현실에까지 그 시선을 확대시키고 있음을 알게 된다.

> 그것은 슬픈 기억이다. 우리에게는 자랑하고 싶은 歷史보다는 숨겨놓고 싶은 史實이 더 많다. 東學亂도 3 · 1운동도 6 · 25도 그렇다. 더 많다는 이 숨겨놓고 싶은 史實들, 그 끝을 달려가 보면 역사의 주인은 없고 오랑캐꽃이 혼자 무거운 꽃잎을 달고 길 옆에 시들고 있다. 길은 무너진 길일수록 그리움이 더하다.

> 확성기와 小型탱크와 防毒面과 볏짚들. 메밀밭과 소나무와 휴지와 풀뿌리마을 근처에선 소심한 쥐떼들. 흑인병사 B.29 국방색 지프 화염투척기, 半島의 남쪽에서 흘린 젊은 어머니의 덧없는 눈물.

> 오랑캐꽃을 보면 수심 많은 韓半島와 6 · 25의 아문 상처가 돌아온다. 도처에 밤은 오염으로 얼룩져, 避難民의 담요 위에 별똥이 떨어지고 南北의 方言이 함께 잠든 밭둑에 수수깡

흔들리고 박꽃이 벌고.

―「오랑캐꽃」 전문

위의 시는 우리 민족의 역사적 사실을 모티브로 하고 있는 시이다. 오랜 역사적 시련을 겪고도 떳떳하다고 볼 수 없는 삶을 살아가는 이 땅의 모든 사람에게 시인은 따스하고도 애정 어린 연민을 느끼고 있다. 이와 같은 마음을 李起哲씨는 한 포기 시든 오랑캐꽃을 통해 바라보려고 하고 있다.

확성기 스피커 소리와 탱크와 찌그러진 군용트럭, 마을을 멀리 떠나지 못한 피난민들이 밥을 몰래 지으려고 피워 올리는 연기들. 먹을 것 없는 인가를 떠나 들판을 기어 다니는 들쥐 떼, 그리고 생판 보지 못했던 흑인 병사들과 B29 폭격기들이 위의 시에서 모자이크처럼 점철되는데 이같은 정경들은 시인이 유년기에 실제로 본 것일지도 모른다. 이것들은 6·25적 겨우 8, 9세 정도의 나이에 불과했을 시인에게 깊은 인상을 남겨 주었던 하나의 아픔이었을 것이다. 그는 어쩌면 그 당시 어머니가 흘리는 눈을 곁에서 바로 이름도 잘 모를 오랑캐꽃을 보았는지도 모른다. 그 후 성년이 되고 우연히 다시 발견한 이 꽃 앞에서 과거의 아픈 인상들이 비로소 한 민족의 슬픈 역사인 것을 확인했을 것이다.

이와 같은 시들은 이 시집에는 비교적 드물게 나타나는 시로서 이 시인의 의식이 단순한 객관적 진술로 일관되어 있는 다른 시들에 비해 더 치열하고 깊이 있는 것임을 짐작하게 해준다.

그렇기는 하지만 필자는 이 시집을 읽고 李起哲씨에게 느끼는 생각이 전폭적으로 수긍만 할 수 없는 것임을 아울러 밝히고 싶다. 그것은 전반적으로 그의 생각들이 지극히 온건하고 극단적인 발언을 회피하려는 그의 성향에서 오는 비판인지도 모른다.

이 점은 이미 「靑山行」의 해설을 맡은 廉武雄씨가 단편적으로 지적한 바이지만 그는 결코 어떤 사물을 접할 때 일정한 거리를 유지하려 든다. 이같은 생각은 견해에 따라 긍정적인 해석을 내릴 수도 있다. 그러나 경우에 따라서는 시적 호소력이 약화되어 읽는이로 하여금 극적인 긴장감을 유지시켜 주지 못하는 원인이 되게 한다. 따라서 때로 그의 시의 대다수가 엄격한 객관적 진술에 머물러 있으면서도 그 이상의 어떤 열도를 채워 주지 못하는 것은 시인 스스로 한번쯤 음미해 볼 필요가 있으리라 생각된다. 이같은 선입감을 가지고 시집 맨 뒤에 실어 놓은 시 한 편을 읽어보기로 하자.

> 독립운동가 이야기가 시들해지자 6·25 이야기가 나왔다.
> 동란 때 살구로 배를 채웠다는 전역한 下士官은 월남 참전
> 때 C 레이숀을 먹고 설사를 했다는 얘기를 했고, 자주 찾아오
> 는 갈증과 친절한 낯선 여자를 조심해야 했다는 그의 이야기
> 에 모두는 웃었다. 군사혁명의 정당성 여부엔 대부분 조심하
> 는 눈치였고 가톨릭 농민회 광주사태 얘기에는 모두 뒷말을
> 잊지 않았다. 金玉均 이야기와 韓龍雲 이야기가 나왔지만
> 모두 속셈을 런닝셔츠 속에 감춰둔 것 같았다. 서울말씨는 내
> 용이 없어도 토론에는 우세해 보였고 경상도 말씨는 안개를
> 피우기엔 부적당해 보였다. 1세기 동안의 긴 얘기가 한 시간
> 만에 흘러갔고 산더미같이 무거운 이야기가 갈바람처럼 스쳐
> 갔다.
>
> —「어떤 文學좌담회를 마치고」에서

위의 시는 어느 좌담회의 분위기를 기조로 씌어진 시다. 이 시에는 최근에 일어난 정치적 사건이 배경으로 깔려서 나온다. 그런데 이 시에서 시인은 스스로 어떤 주관적 발언을 하지 않는다. 단지 무겁기만 하고 조심스러운 분위기에서 한 시간을 있다가 헤어진 진술만을 하고 있다. 물론 시인이 위와 같은 시를 쓴 동기가 어떤 역설적인 효과를 노리려고 의도적으로 쓴 것일지도 모른다. 이를테면 시대의 암울함이라든가 지식인의 자기 방어의 나약함 같은 것을 고발하는 의미에서. 그러나 필자가 개인적으로 느끼기에는 이같은 시적 태도가 때로는 너무 소극적이지 않느냐는 조그만 불만을 갖기도 한다. 이같은 생각은 예술가가 갖추고 있어야하는 소양 중에 치열성이라는 것을 떠올려 볼 때 더욱 그러하다.

그러나 필자는 李起哲씨에게 이같은 사항을 무리하게 요구하지는 않는다. 그것은 李起哲씨가 이미 하나의 시적 틀에서 자기의 개성을 확고하게 구축해 가고 있는 시인이고, 그의 기본적 시적 태도인 정관과 객관의 정직한 바탕 위에서 부단히 우리 삶이 아름다워지기를 꿈꾸는 시인이기 때문이다.

자유시 6집 1983년 가을

겨울언어, 현실언어

閔暎 시집 『냉이를 캐며』가 갖는 의미

경험 많은 목수는 잘 마르고 단단한 재질의 목재를 고른다. 그 다음 아주 정확하게 금을 그어 재단을 하고 그리고 톱질을 한 뒤 대패질을 한다. 이것은 그가 자신의 작업을 통한 오랜 경험에서 얻은 자연스런 터득이니만치 서투르게 많은 목재를 헛되게 잘라내는 낭비를 하려 들지 않는 것과 같다. 꼭 필요한 재료만을 가지고 목적하는 한 채의 집을 지어 놓는다.

민영의 새로운 시집 『냉이를 캐며』에 실려 있는 작품들을 읽으면서 필자가 느낀 인상은 우선 작품 편편이 매우 간결한 언어로 이루어졌다는 느낌을 받는다. 이같은 느낌은 시의 외형적인 면에 대한 관찰이 되겠지만 그는 최소한의 언어를 동원하여 하나의 작품을 만들어내는 재능의 소유자다.

늙은 아내가
꽃 팔러 나간 다음
뜰에 노는 병아리에게
모이를 준다.

터밭의 아욱아
빨리 빨리 자라거라
학교간 어린것들
배고파 돌아온다.

— 「노래 하나」 전문

위의 시는 『냉이를 캐며』에 실려있는 많은 간결한 작품들 중의 하나지만 그 행수를 세어 보면 불과 8행으로 이루어져 있는 것을 알 수 있다. 그렇지만 우리는 여기서 어느 처연한 봄날의 한 단면이 선명하게 표현되어 있는 것을 읽어 낼 수 있다. 이같은 수법은 언뜻 생각하기에 용이한 것 같지만 시를 써본 사람의 입장에서 볼 때도 하루아침에 이루어지는 쉬운 일은 아닌 것이다.

민영은 이미 1959년에 문단에 등단하여 지금껏 많은 시집을 간행한 바 있지만 그의 대다수 작품들이 위에서 인용한 시처럼 간결하고도 짧은 것이 특색이었다. 이점은 그가 언어를 아끼고 절제할 줄 안다는 논리와도 상통된다.

혹자는 민영의 호흡이 짧고 생각하는 바를 길게 이어 쓸 수 없다는 기우를 가질지도 모르지만 그것은 민영의 전 작품을 정독해 본다면 전혀 근거가 없는 것임을 알아차릴 것이다. 필자는 이번 시집과는 상관이 없는 것이지만 그의 전 시집 『斷章』에 실려있는 「海蘭江 橋

梁工事 殉蹟碑」라는 장시를 읽었다. 그 작품은 매우 완벽한 짜임새를 바탕으로 언어의 구사가 힘차고 장시가 갖추고 있는 모든 요소를 고루 갖춘 뛰어난 작품이었다. 그렇다고 볼때 민영은 결코 호흡이 짧은 단시만을 쓰는 시인이 아님도 함께 알아야 하고 그가 완성해 놓은 많은 간결한 시들은 그의 시력 25년을 통해 부단히 갈고 닦아온 개성적인 결과로써 시란 결국 최소한의 간결한 언어로써 큰 감동을 주어야 한다는 그의 생각에서 연유된 것이라 보고 싶다.

그렇다면 이처럼 형태적으로 간결하고 짧고 단단한 기반 위에 서 있는 그의 시가 안에 담고 있는 내용은 무엇일까? 필자는 첫째, 『냉이를 캐며』에 실린 시들로부터 많은 겨울 이미지가 중첩되어 있는 것을 발견한다.

오늘은 언 땅의
냉이를 캐며
내 손톱이 여린 것을
서러워 하네

바람은 등에 업은
어린것을 후리고
몸 묶인 그이로 부터는
소식이 없네

바람아 불어라
쌩쌩 불어라
들판에 햇살 비쳐

새 울 때 까지

―「냉이를 캐며」 전문

이 바늘 끝 같은

겨울은 우리에게 무엇인가

지난봄 여린 잎 피어나던

뚝에는 마른 풀대 서걱이고

몸서리 치는 갈잎 사이로

쫓긴 참새들이 날아온다.

―「中浪川 셋」 일부

이 얼어붙은 강둑에

풀잎 돋으면

휘파람새 날아오리

…(중략)…

기다림에 여읜

싸늘한 손끝에도

햇살 비쳐 피가 돌으리

―「아직도 겨울인 어느날 뚝길에 서서」 일부

위에 인용한 시들 이외에도 이 시집에는 「쑥」, 「겨울 노래」 등등 겨울 이미지가 등장하는 시들을 볼 수 있다. 필자는 한 권의 시집에서 이처럼 많이 등장하는 겨울 이미지를 주의 깊게 살펴보면서 이 시집에 씌어진 겨울이라는 이미지가 민영에게 당대의 현실이 매우 가혹한 현실적 바탕이란 인식에서 출발하는 것임을 것을 알아차린다. 그것은 「냉이를 캐며」에서, '그이가 몸이 묶여 끌려간' 간고한 형편이며 '어린 손톱으로 언 땅에서 이를 캐야' 하는 겨울이다. 그리고 「中浪川 셋」에서는 마른 풀대가 서걱이고 황량하고도 몸서리치는 갈대 사이로 쫓긴 참새가 날아드는 그야말로 바늘끝 같은 겨울이다. 그렇다면 그는 왜 현실을 이처럼 고통스럽게 인식할 수밖에 없는가? 참새도 한낱 날짐승의 자연스런 움직임의 참새가 아니라 굳이 쫓기는 참새라고 쓸 수밖에 없는가? 필자는 거기에 대한 직접적인 분석을 하는 대신 우리 삶을 제약하는 그의 다른 현실시들을 살펴 보기로 하자.

> 이 청명한 가을바람이/우리를 슬프게 하누나, 막돌이/포화에 시달리고/위협하는 비행기 소리에 멍들던 우리들의 어린 나날/…(중략)…/가위 눌린 그날의 일들이 꿈만 같구나.
>
> — 「北에 사는 막돌이에게」에서

> 내가 너만한 아이였을 때/늘 약골이라 놀림 받았다/큰 아이한테는 떼밀려 쓰러지고/힘센 아이한테는 얻어맞았다.
>
> — 「내가 너만한 아이 였을 때」에서

별다른 설명이 필요 없이 「北에 사는 막돌이에게」라는 시는 분단과 이산의 아픔을 노래한 시이고, 「내가 너만한 아이 였을 때」라는 시는 약소민족의 아픔을 노래한 시이다. 필자는 민영의 시에 빈번하게 등장하는 겨울 이미지가 위에 인용하는 시들의 분단 혹은 약소민족의 아픔과 직접적으로 연관이 있다고 확언할 수는 없지만 비교적 상당한 맥락을 함께하고 있다는 생각을 버릴 수가 없다. 이 말을 바꾸어 말하자면 그의 사고가 개인적 차원에 머물지 않고 우리 모두의 운명이 연관된 우리 삶의 현실에 바탕을 두고 있다는 뜻이 된다. 따라서 그는 우리 현실이 아직도 자유롭지 못하고 바람직스러운 삶이 꽃피기에는 너무나 미흡한 차고 얼어 붙은 겨울이라고 인식하고 있다는 뜻도 된다.

그러나 필자는 민영이 이 시집에서 단순하게 우리들의 아픈 현실을 겨울이라는 상투적 이미지로만 표현하려 들지 않는 조짐도 발견한다. 그것은 그가 겨울과는 상반되는 봄날의 염원을 끝없이 꿈꾸고 있다는 흔적이다. 이점은 이 시집의 표제시가 되는 「냉이를 캐며」를 읽어 보아도 쉽게 알 수 있는데 그는 「들판에 햇살 비춰 새우는 날」을 기다리고 있다고 쓰고 있는 것이다. 그러나 우리는 이 시집에서 그가 최근에 이르러 매우 감상적인 느낌에 빠져 있는 증거를 발견하게 된다. 이것은 그가 어려운 현실을 살아오면서 느끼는 일종의 센티멘탈리즘 같은 것이기도 한데, 그의 깐깐하고도 단호한 다른 시들과는 사뭇 비교가 되는 모습이기도 하다.

> 한 벌의 모시 두루마기/진솔로 지어 입고/떠나야 할까 보구나/징역의 이 거리를/내 지나온 한길에는 모난 돌도 많아/무릎 정강이 벗어지고/이마 성한 날 없었건만/세상은 험한 파도/유행가라도 휘파람 불며/새 되어 떠나랴/한벌의 모시 두루마기……
>
> —「휘파람 불며」에서

알다시피 우리는 모시두루마기가 우리의 전통적 의상임에는 분명하지만 오늘에 와서는 실용적 가치가 많이 떨어지는 옷이다. 아울러 이 옷은 일상복도 아닌 어딘지 삶의 현장에서 볼 수 없는 조금은 고

답적인 웃임을 알고 있다. 조금은 나이가 들고 나무 그늘 아래에서 부채를 쥔 사람에게 어울리는 이 옷을 입고 그는 유행가라도 불며 휘파람이라도 불며, 어디론가 떠나고 싶어 한다.

이것은 무엇을 뜻하는가. 한마디로 분명히 요약할 수는 없지만 이같은 생각은 연령이 주는 하나의 애상인 것일 수도 있을 것이다. 그러나 어떤 의미에서 센티멘탈리즘은 정직이라던가, 성실에 대한 반대 개념이 될 수 있는 것이다. 바야흐로 존경하는 선배 시인이 이제 원숙기에 접어든 마당에서 이같은 내 생각이 하나의 쓸데없는 기우일 것이라고 여기면서 그가 「냉이를 캐며」를 계기로 좀 더 굳굳하고도 포용력 있는 삶의 문제에 깊이 파고들어 어떤 뚜렷한 하나의 전형을 성취해 주기를 감히 바램하게 되는 것이다.

民意 2집, 1983년

과학과 문명에 대한
진지한 사색의 결정들

이선관 시집 『지구촌에 주인은 없다』에 부쳐

한 세기의 마지막 몇 년을 남겨둔 오늘날 우리에게 절실히 떠오르는 명제는 과학기술 문명이다. 과학기술 문명에 대한 이 절박한 명제는 그것의 순기능적인 면에서 유발된 것이 아니라, 그것이 지닌 부정적인, 역기능적인 면에서 노정되고 있다. 자본주의 물질문명이라고 바꿔 불러도 크게 다를 바 없는 과학기술 문명은 서구에서 출발하여 금세기에 이르러 전지구적 영역으로 확산 팽창되어 위세를 떨치고, 심각하게 인간의 사고와 삶을 장악하고 점령한다. 익히 알다시피 과학기술 문명이란 물질을 바탕으로 이루어진다. 물질은 당연히 자연 속에 존재하고, 그 물질을 바탕으로 성립하는 과학기술 문명은 자연을 극복의 대상으로 삼게 마련이다. 따라서 과학기술 문명은 자연과 평등적 균형관계를 이루는 문명과는 달리 자연을 파괴하고 훼손하는 대립관계를 보인다. 그렇기 때문에 자연과의 대립 상태에서 발전하는 과학기술 문명은 자연에 삶의 근거를 두고 있는 인간과 자연의 모든 생명체, 그리고 여러 사물들과 근본적으로 갈등할 수밖에 없는 구조를 지녔다. 금세기의 우리의 삶은 자연 생태와 환경의 파괴 위에 이루어졌다. 개발과 생산과 소비가 미덕으로 간주되는 과학기술 문명은 지구상의 자연 자원들을 무차별적으로 남획해 버렸으며, 그 결과 오늘날 우리에게 심각한 공해와 환경오염을 불러오게 되었다. 이제 한 세기가 끝나고 새로운 한 세기를 맞으며 토양에서 바다에서 먹거리를 구하고 강물에서 먹을 물을 찾으며 공기를 마시고 살아가는 우리는, 과학기술 문명의 한계를 떠올리며 우리를 둘러싼 삶의 조건들을 심각하게 헤아려 볼 수밖에 없는 처지에 이르렀다.

이러한 시점에서 우리는 이선관 시인의 시집을 읽으면서 여러 가지 근원적인 질문을 떠올리게 된다. 인간만이 이 모든 자연계의 주인일 수 있는가? 그리고 과학기술 문명이 인간을 구원하고 인류의 미래를 책임질 수 있는가? 인간과 자연과의 관계는 어떠해야 하며, 인간이란 이 우주 속에 어떤 존재여야 하는가 하는 의문들이 그것이다. 기실 시인이란 자신이 처한 삶에 그 누구보다 민감하게 반응하며, 삼라만상의 모든 사물을 예리하게 감각하며, 그 비의를 파헤치고 감지하는 사람의 또 다른 이름일 터이다. 물질문명이, 과학기술 문명이, 자본주의 문명이 우리의 삶을 이토록 황폐화시키고 인간과 자연이 그 어느 때보다 조화롭지 않는 관계를 이루는 오늘날, 다시 한 번 우리는 이 시인의 시집을 읽으면서 우리의 삶에 대응하는 한 시인의 진지한 사색을 읽는 엄숙함에 젖게 된다.

이선관 시인은 마산이 고향이다. 마산은 우리의 현대사를 회고해 볼 때 우리에게 여러 가지 의미를 떠올리게 하는 곳이다. 이승만 독재정권에 맞선 4·19학생 혁명의 시발점이 되었던 3·15마산의거의 고장이며, 또한 부마항쟁의 불꽃을 지핀 곳이 그곳이다. 그런가 하면 또한 마산은 이른바 근대화 정책의 수출기지로서 그리고 창원공단으로 지칭되는 임해공단으로 우리에게 산업화의 과정 속에 드러나는 폐해를 고스란히 간직한 깊은 인상을 남긴 도시이다. 그 마산에서 이선관 시인은 태어나서 자랐고 시인의 길을 걸어왔다. 나는 일찍이 확고한 정치의식으로 뛰어난 민중시를 발표해 오고 있던 이선관 시인의 이름을 70년대 중반부터 기억하고 있었다. 그리고 그의 정치시들을 읽으며 이 땅의 민주화의 불길이 타올랐던 마산에 한 빛나는 시인이 존재하고 있다는 인상을 감추지 않았다. 그후 그가 우리나라에서 아마도 가장 먼저 공해와 환경에 대한 시「毒水帶」를 발표한 것을 보고 놀라움을 감추지 못했다. 그 시는 그의 고향 마산의 앞바다가 공단의 폐수에 의해 어패류조차 살 수 없는 죽음의 바다가 되는 것을 예감하고 고발하는 시로서 우리나라 환경시의 효시를 이루는 것이었다. 나는 민주화를 열망하는 그의 정치시들과 함께「毒水帶」를 읽고 다시 한 번 마산이, 한 지역의 문제이자 그것을 뛰어넘는 우리의 보편적 문제를 가슴에 안으며 진지한 시적 행로를 이어가는 시인과 함께 하고 있다는 사실을 깨치게 되었다.

이번에 묶는 이선관 시인의 새 시집은 '재생지로 만든 이선관 환경시집'이라는 부제가 붙은, 환경을 주제로 한 시집이다. 시집 한 권에 수록된 거의 모든 시들이 과학기술 문명에 대한 비판을 바탕으로 환경과 공해 문제를 기저에 깔고 있다는 것은, 한 시인의 관심의 응집력과 함께 우선 그 양적인 면에 있어도 주목을 요한다. 그리고 우리는 이 시집이 최근 우리 사회에서 표출되고 있는 환경에 대한 관심의 반응으로 짧은 기간 안에 유행처럼 씌어진 시들이 아닌 것에 주목할 필요가 있다. 이 시집의 시들은 멀리는 「毒水帶」가 씌어졌던 1975년부터 오늘에 이르기까지 거의 22년을 시차로 두고 씌어졌다는 점에 있어서 이선관 시인의 우리를 둘러싼 삶에 대한 지속적인 관심의 일단을 읽을 수 있다.

대체적으로 우리는 환경과 공해를 주제로 하는 시들에서 문학적 성취를 읽기는 어렵다. 그것은 흔히 고발성을 밑바탕에 깔고 있으며, 일단은 관념성을 내포하고 있기 때문에 예술적 성취를 얻기가 쉽지 않기 때문이다. 그러나 점차 이 시집의 시들을 읽으면서 나는 잔잔한 감동에 젖어들었다. 그것은 무엇보다 이선관 시인의 시들이 자연과 세계에 대한 근원적 겸손과 외경을 깔고 있기에 우러나는 것이었다. 그리고 그의 시들이 지극히 소박하면서도 따스한 언어로 씌어진 탓이기도 했다.

숟가락과 밥그릇이 부딪치는
소리에
간밤에 애써 잠든
그러나
내 새벽잠을 깨운다
점점 열심히 따스하게 들려오는
숟가락과 밥그릇이 부딪치는
소리가
옆집 어디선가……
아 그 소리가 좋아라

−「작은 작품 한 편」 전문

기실 위의 시는 직접적으로 환경과 공해를 주제로 하는 작품은 아니다. 그러나 이 시에는 인간과 인간 사이의 따스한 사랑에 대한 갈망이 아름답게 녹아 있고, 후기 산업화 시대에 가속적으로 해체되는 가족 공동체에 대한 시인의 눈물겨운 안타까움이 스며 있어 깊은 감동을 남긴다. 후기 산업화 시대에 접어든 오늘날 경쟁의 논리가 우리의 삶을 지배하고 사람과 사람 사이의 비인간화의 간격은 점차로 깊어진다. 이런 상황에서 인간을 구원할 희망은 무엇인가? 특히 나는 시인이 처한 개인적 처지와 가정 환경을 떠올릴 때(그는 불편한 몸으로 언제나 외롭게, 홀로 밥상을 대하는 삶을 살고 있다고 들었다) 이 시에서 받는 감동은 각별하다. 나는 이 시를 읽으면서 시의 힘이 과연 무엇인가 하는 점을 떠올리게 된다. 그것은 아마도 단순하면서도 꾸밈없는 목소리, 그 중애서도 진실이 담겨 있을 때 가능한 것이 아닐까?

작년 가을, 나는 그와 울산에서 만났다. 민족문학작가회의 울산지부 창립에 즈음하여 작가회의 순회 시낭송회가 열리던 날이었다. 그는 불편한 몸으로 이태수, 정인화, 정일근, 우덕상 씨 등 울산지역 회원들을 만나기 위해 마산의 회원들과 먼 길을 찾아왔던 것이다. 우리는 한 10여 년 만에 새롭게 만났다. 내가 작가회의 초대 사무국 일을 맡아 이소리 시인과 함께 일하던 무렵, 이소리 시인의 소개로 그를 만나 소박하고도 꾸밈없는 인품에 끌린 이후 처음이었다. 나는 불편한 몸에도 따스함을 잃지 않는 그에게 깊은 인간의 향기를 느끼면서 문학에 정진하는 성실한 모습에 깊은 존경심이 솟아올랐다.

우리에게 이미 22년 전에 「毒水帶」라는 작품으로 환경에 대한 경각심을 일깨운 시인이, 이제 바야흐로 우리 시대의 거대 화두인 자본

주의 문명에 대한 깊은 사색을 담은 시집 출간을 경하하며 건강과 문
운이 함께하기를 빌어 마지 않는다.

제1부

1997년

주의 문명에 대한 깊은 사색을 담은 시집 출간을 경하하며 건강과 문
운이 함께하기를 빌어 마지 않는다.

제1부

이동순 시집
『꿈에 오신 그대』를 읽고

과문인지는 모르나 봉건적 유풍 속에 길들여져 있던 시절, 옛 사대부들이나 지식인들이 남긴 문집에서 그리움과 사랑을 주제로 한 시가들이 드물었다. 그것은 아마 남성위주의 통치구조와 가부장적 사회적 풍토에 직접적인 연관이 있을 터이다. 지난 시절 우리 사회의 모든 인습과 제도가 남성을 중심으로 형성되어 있었고 남녀 간의 성적인 주도권 역시 남성에게 귀속되어 있었다. 이를테면 여성이란 남성의 소유라는 관념이 지배적이었으며 남성은 당연히 여성에게 군림하는 존재로 여겨져 왔다. 따라서 정한과 그리움의 정조를 바탕으로 씌어지는 정념의 문학은 규방이나 기방을 중심으로 여성들에게 가장 중요하게 취급되고 생산되어 졌으나 남성이나 사대부들에게 그 존재가치가 희소한 게 사실이었다.

지난날의 이같은 현상은 당연히 위선과 권위에 얼룩진 남성들의 잘못된 편견의 소산이며 인간에게 가장 중요한 본성적 사랑과 그리움을 문학의 공간에서 추방시켜 우리 문학의 폭과 넓이를 협소화시켜 기형화한 지적을 면키 어려울 것이다. 그러나 이제 성적인 주도권을 포함한 모든 사회적 역할이 남성과 여성에게 균배되어지고 있는 오늘날 우리는 남성들의 문학에서도 심심치 않게 그리움과 연정을 모티프로 한 시들을 접하게 되었다. 그리기는 하지만『개밥풀』에서『봄의 설법』에 이르기까지 여섯 권의 시집을 통해 줄곧 이 땅의 민중적 현실에 따스한 관심을 보여주며 우리의 민족적 현실을 중요한 시적 관심사로 삼아온 이동순 시인에게 사랑을 주제로 한 한 권의 온전한 시집을 기대하기는 의외였다. 그것은 이동순 시인이 유독 단아한 지사적 품격을 지녔고, 그가 보여준 문학의 모습이 고전적 정서와 함께 남녀간의 사랑을 주제로 한 시들과는 현격한 차이가 있었기에 연유하는 것이다.

나는 이같은 생각을 하면서 사랑을 주제로 한 그의 새 시집『꿈에 오신 그대』를 읽었다. 기대와 호기심으로 시집의 첫 장을 펼친 나는 내 마음속 대지를 포근히 적시는 봄비와 같은 서정과 함께 아련한 보랏빛 아지랑이가 어려드는 감회를 느꼈다. 그 아지랑이는 아마도 오랫동안 잊혀진 그리운 옛추억의 모습인지도 모르고 우리의 일상 속에서 잊고 살아온 진정한 사랑의 실체에 대한 깨우침인지도 모른다. 또한 그것은 사랑마저 비속해지고 부박해지는 이 시대에 무엇이 참된 사랑인지를 깨우쳐주는 소박하고도 나지막한 전언인지도 모른다.

특히 나는 시집 모두에 실려 있는 시의 강한 흡인력에 이끌렸는데 그 시는 바로「그대가 별이라면」일 것이다. 이 시에는 직접적으로 진정한 사랑의 존재와 모습이 그려지고 있지만 우주 그 자체라고 할 수 있는 우리 인간들이 이 세상에 목숨을 허락 받아 살아가면서 兩性 간에 서로 어떤 모습으로 살아가야 하는가 하는 철학적 사유가 담겨 있어 오래오래 음미할 시가 아닐 수 없었다. 특히, '그대가 나무라면/저는 그대의 발등에 덮인/흙이고자 합니다'와 같은 표현과, '오, 그대가/이른 봄 숲에서 우는 은빛 새라면/저는 그대가 앉아 쉬는/한창 물 오르는 싱싱한 가지이고 싶습니다'와 같은 구절들은 진정한 사랑의 가치를 상실하고 사는 오늘날의 우리에게 무엇이 참된 사랑인지 깨우쳐주는 일깨움의 언어가 아닐 수 없었다.

그러나 시집 뒤편으로 넘어가면서 이 시집에 대한 아쉬움이 없는 것은 아니었다. 그것은 먼저, '그대'라는 단순화된 대상과의 조응을 통해 시들이 너무 단순화되어 있다는 점이다. 따라서 나는 자칫 시인이 이 시집의 시들을 쓰기 위해 그 어떤 강박감에 사로잡혀 있지 않았나 하는 생각이 들었다. 그리하여 나는 이 시들이 어쩌면 단시일 안에 씌어졌으리라는 생각을 해 보았다. 이 점은 시인이 편한 「내사랑 백석」에서 우리가 이미 접한 수사들을 연상시키는 제4부의 시편에서도 드러나고 있고, 또한 「련이」 같은 작품에서 신석정의 「작은 짐승」을 연상시키는 부분도 노정되어 있다. 그뿐 아니라 「꿈길」같은 시에서는 이조때 허난설헌과 난형난제를 이루던 옥봉玉鋒 이씨李氏의 명편 「꿈」의 싯귀인 '門前石路半成砂', 즉 '그 문전 돌길이 모래되었으리'라는 구절과도 유사한 표현이 1련 등에서 눈에 띄는 것이 아쉬웠다.

이런 사소한 아쉬움에도 불구하고 나는 이 시집을 덮으며 내 가슴을 감싸는 서정시의 향기를 오래오래 간직했다. 그것은 아마도 지금 사랑을 하고 있는 자에게는 참된 사랑의 모습을, 그리고 이제 사랑을 잊은자에게는 사랑의 깨우침을 전하고 있기 때문일 것이다.

문학동네 소식지 9호 1995년 12월

도종환 시집
『사람의 마을에 꽃이 진다』를 읽고

도종환의 새 시집 『사람의 마을에 꽃이 진다』에는 총 82편의 시들이 5부로 나누어져 수록되어 있고 각부에 실린 시들은 저마다 일정한 공통점을 지니고 있다. 제1부에는 '꽃'을 통해 인간사의 덧없음과 쓸쓸함을 노래하는 시들을, 제2부에는 일상사의 애환을 시화한 작품들을, 제3부와 제4부에서는 고뇌와 갈등을 불교적 세계관과 곁들여 이해하는 작품들과 깨달음의 시편들을, 제5부에는 교육민주화를 위한 싸움에서 얻은 느낌들을 담고 있다. 먼저 제1부의 시부터 살펴보자.

사람의 마을에 꽃이 진다.
꽃이 돌아갈 때도 못 깨닫고
꽃이 돌아올 때도 못 깨닫고
본지풍광 그 얼굴 더듬어도 못보고

속절 없이 비오고 바람 부는
무명의 한 세월
사람의 마을에 비가 온다

-「낙화」 전문

　위의 시에서 우리가 추론할 수 있는 것은 꽃의 존재론적 의미이다. 시인의 시선은 지는 꽃에 머물고 있고 그 꽃은 낙화될 시간도, 다시 필 시간도 스스로는 알 수 없는 존재이다. 이를테면 자신의 모습조차 헤아려 보지 못하는, 속절없는 세월 속에 피었다가 지는 덧없는 운명을 지녔다. 시인은 덧없이 피었다 지는 그 꽃을 통해, 탄생과 소멸이라는 인간존재의 원리를 투시하고 있다. 시인이 이 시에서 꽃을 통해 인식하는 정서는 허무이며 그 어떤 덧없음의 실상이다.

남들도 나처럼
외로웁지요

남들도 나처럼
흔들리고 있지요

말할 수 없는 것뿐이지요
차라리 아무 말
안하는 것 뿐이지요

소리없이 왔다가
소리없이 돌아가는

사월 목련

-「사월 목련」 부분

이 시 역시 시집 제1부에 실려있는 작품이다. 이 시에서는 앞에서 살펴본 「낙화」보다 좀 더 직설적인 시인의 심회가 표출되고 있다. 앞의 시 「낙화」에서 시인은 꽃의 존재론적 의미를 규명하며 자신의 진의를 객관적 진술 속에 감추고 있지만 이 시에서는 시인이 스스로 '소리없이 왔다가/소리없이 돌아가는/사월 목련'에 의탁해 외로움의 정서를 직접적으로 표출시킨다. 그러나 「낙화」와 「사월 목련」 두 편의 시에 공통적으로 드러나는 점은 인간사의 덧없음과 쓸쓸함의 정서이다.

제2부에 수록된 작품들은 일상사의 애환을 다룬 시들로서 대체로 한시풍의 형식을 지닌다.

가는 비 꽃잎에 삽삽이 내리고
강건너 마을은 비안개로 흐리다
찔레꽃 찬 잎은 발등에 지는데
그리운 얼굴은 어느 마을에 들었는가
젖은 몸 그리움에 다시 젖는 강기슭

-「세우」

제목 조차 한시풍을 유지하는 이 시는 일반적으로 풍경의 묘사가 선행되고 시인의 감회가 뒤따르는 한시풍의 구조를 택한다. 가랑비가 내리는 봄날, 비안개로 흐려진 강마을의 모습이 먼저 묘사되는 풍경이고 떠나보낸 그리운 얼굴이 어느 마을쯤에 닿아 있을까 그려보는 심회가 바로 나중에 드러나는 시인의 감회다 이런 시적 구조는 이른 바 선경후회先景後懷의 독특한 한시풍의 형식을 드러내는 예가 된다.

> 작약꽃 옆에서 발을 씻는다
> 송홧가루 날려와 물가에 쌓인다
> 세상근심에 여럿이 밤을 지샌 아침에도
> 울바위 아래 어여쁜 물 무심히 흘러라
>
> —「울바위」 전문

이 시 역시 선경후회의 한시풍의 구조를 취택하는 작품이다. 앞의 시 「세우」가 개인적 그리움에 머물러 있다면 이 시는 세상근심이라는 대사회적 근심이 시의 바탕이 되고 있는 것이 다를 뿐이다.

> 고요한 물이라야 고요한 얼굴이 비추인다
> 흐르는 물에는 흐르는 모습만이 보인다
> 굽이치는 물줄기에는 굽이치는 마음이 나타난다
> 당신도 가끔은 고요한 얼굴을 만나는가
> 고요한 물 앞에 멈추어 가끔은 깊어지는가
>
> —「고요한 물」 전문

위에 예시한 시는 제3부에 수록된 시 중에 한편이다. 제3부에서 먼저 눈에 띄는 작품들은 대체로 시인이 세상을 살아가면서 얻은 깨달음의 내용들을 시화한 작품인데 유독 '물'이라는 시어가 빈번히 등장한다. 예시한 시에서 시인이 말하고저 하는 것은 희로애락에 흔들리지 않는 마음의 평정이다. 시인은 그런 마음을 '물'을 통해 드러낸다. '고요한 물이라야 고요한 얼굴이 비추인다'라는 말은 마음이 가라앉아야만 참된 '나'를 만날 수 있다는 것을 뜻한다. 이런 생각들은 대체로 노장사상에 그 맥이 닿아있다고 보아지며 수신을 중요시 여겼던 옛 선비들의 고결한 정신적 풍모를 엿보게 한다.

다음에 인용하는 시들은 좀 더 종교적이다.

①

꽃도/윤회하는 걸까/지는 저 꽃잎들은/이제 업을 다 벗고 가는 걸까//돌아오는 새들은/삼천대천 세계 다 지나/마지막으로/이 세상에 온 것일까//나만 아직도/못 벗고 있는 걸까/업의 그물/육도윤회의 이 굴레를

―「지는 꽃을 보며」 전문

②

마음 속 불꽃이/병이 된다/가슴 속 북풍이/병이 된다//불같은 그리움/얼음같은 외로움이/병이 된다//지나온 내 생애의/발자국마다/

시인은 ①의 시에서 고통스러운 이승에서의 삶을 불교에서 말하는 '업'으로 파악한다. 시인은 지는 꽃잎에서 윤회하는 업장을 인식하며 자신도 중생이 선악의 업인에 의해 필연적으로 이르는 여섯 가지의 미계迷界 즉, 지옥, 아귀, 축생, 수라, 인간, 천상의 육도윤회에서 벗어나지 못하고 있는 것을 깨닫는다. ②의 시에서는 '마음 속 불꽃'과 '불같은 그리움'이 병이 된다고 피력한다. 이는 '집착'이 곧 병이라는 불교적 세계관에 깊이 연관되어 있다.

　마지막 제5부의 시들은 3, 4부의 시들과는 전혀 다른, 아름다움이 현실 속에 있다는 인식을 드러낸다. 이 시편들은 바로 시인이 직접 체험한 교육민주화를 위한 싸움에서 얻은 생각들을 시화한 작품이다.

　　　며칠째 비바람에 꽃잎 다 지고

　　　그쳤던 비, 꽃진 자리에 다시 쏟아져

　　　이 세상 꽃잎들은 흔적조차 없어지고

　　　꽃을 잃은 가지보다

　　　우리가 더 쓸쓸해 있을 때

　　　어디서 오는 걸까

　　　침묵을 깨치고 일제히 잎을 내미는

　　　가지 속에 숨겨진 내밀한 저 힘들은...

－「푸른 잎」 전문

　전교조 활동의 고통 속에서도 교육민주화에 대한 끝없는 희망을 표출하는 이 시는 앞에서 인용한 제1부의 시「낙화」와 제2부의 시「세우」와는 전혀 다른 분위기를 띄고 있다. 다같이 지는 꽃을 바라보며 그 소회를 표명하는 시이지만 이 시는 허무와 외로움에 젖어있는「낙화」와「세우」와는 달리 미래에 대한 건강한 기대와 낙관을 표출하고 있다.

　이처럼 각 부마다 서로 다른 내용의 시들을 수록한 도종환의 시집을 읽고 먼저 떠오르는 느낌은 도종환이 시세계가 참으로 다양하다는 점이다. 우리는 한 시인의 시세계가 편협함에 머물러 있을 때 답답함을 느끼는데 도종환의 시세계가 이번 시집을 계기로 확대되는 것을 볼 수 있어 기쁘기 짝이 없다. 또한 도종환의 이번 시들은 다양한 내용을 담고 있지만 전체적으로 서정성에 그 바탕을 두고 있고 시적 완성도가 뛰어난 점이 돋보인다.

그러나 나는 이처럼 다양한 미덕을 지닌 도종환의 시들을 읽고 그의 시가 새롭지 않은 그 어떤 상투성에 머물러있다는 느낌을 버릴 수 없다. 이같은 느낌은 제1부의 시들이 이미 소월이나 영랑과 같은 수많은 동양권의 시인들에 의해 -'꽃'을 통해 인간사의 덧없음을 노래되어 왔다는- 점과 일치하고 있다는 데서 기인하는 것이며, 2부, 3부, 4부의 시들 또한 우리에게 익숙한 노장 혹은 불교적 세계관을 창조적으로 수용하지 못하는 데서 그 이유를 찾을 수 있다. 또 한 가지 도종환의 시가 상투적인 것은 우리가 번역으로 읽는 한시투의 시에 너무 깊이 경도되어 있다는 점이다. 모쪼록 뛰어난 서정성을 바탕으로 다양한 시들을 선보이는 도종환의 시들이 이번 시집을 계기로 눈부신 진경이 있기를 바란다.

미발표

꽃들의 그늘과 깊이

김정구(金正朐) 신작특집 작품에 부쳐

봄날이다. 만유에 바야흐로 봄기운이 어린다.

어제는 가랑비가 촉촉하게 내리더니, 오늘은 초록이 눈을 뜨고, 봄빛은 물기 오른 가로수의 가지를 윤택하게 빛낸다. 우리가 자연의 순환과 더불어 유한한 인생을 헤아리고 시간을 초월하여 미래를 향하는 한없는 영원을 그려보는 시간이다.

이런 봄날, 나에게 떠오르는 시편이 있다. 계절에 따라 따로 떠올리는 시편이 있는 것은 아니지만 삶의 진실을 밝히며 존재의 근원을 깨우치고 사물의 구경에 깊이 다가선 시들은 비갠 뒤의 선연한 무지개처럼 적요하고 쓸쓸한 마음의 귀퉁이를 환하게 밝힌다.

여말麗末에서 朝鮮朝 초기에 이르기까지 환로宦路에 올랐던 양촌 陽村 권근權根 선생(1352~1409)의 시편 또한 티끌 세상의 적막을 갈아엎는 청명한 바람처럼 우리의 마음을 명미하게 만든다.

> 봄바람이 갑자기 청명이 닥쳤는가
> 보슬보슬 가랑비가 저녁에 개었다
> 집모퉁이 살구꽃은 활짝 피려 하는데
> 이슬 맞은 몇 가지가 나를 향해 기울었다
>
> — 「봄날 성남에서」

적요한 봄날 선생의 거처에 살구나무가 서있다. 살구나무는 전가田家의 풍경을 이루며 집모퉁이에 서 있고 마침 내린 가랑비로 꽃봉우리를 열고 있다. 선생은 청명 무렵 살구나무 한 그루를 조응하며 '이슬 맞은 몇 가지가 나를 향해 기울었다'고 표현한다.

시적 환기를 떠나면 기실 살구나무는 방금 내린 가랑비로 인해 물기와 이슬을 머금어 그 무게로 꽃봉우리를 맺은 가지를 수그리고 있을 것이다. 그런데 선생은 그 가지가 자기를 향해 기울였다고 말하면서 자신과 사물의 합일과 친화를 완벽하게 드러낸다.

시의 매력은 바로 이점이다. 얼마나 사물과 친화하고 얼마나 사물을 깊이 있게 바라보았으면 이런 구절을 얻었을까!

살구나무가 울안 가운데에 있지 않음을 드러내기 위해 '집모퉁이'라는 간결한 한마디로 마무리하는 언어의 효율성도 눈부시다.

이는 의미의 확산을 불러일으켜 뿌리내린 곳에서 순명하는 동양적 겸양을 환기시킨다.

집모퉁이에서 꽃을 피우는 살구나무는 스스로 하나이면서 전체이고 전체이면서 하나인 세계를 이루어 전가의 풍경과 완벽한 조화를 이룬다. 이것은 사물과 사물의 조화를 일컫고 거기서 아름다움을 얻는데 이것은 우리 전통 미학의 으뜸의 경지라고 할 수 있다.

시의 감흥은 여기서 끝나지 않는다. 선생이 아직 피어나지 않은 꽃봉우리를 빌려와 청명 무렵 새봄의 정조를 극대화 시킨 것도 놀랍다. 아마도 선생이 봄날의 정경을 활짝 핀 꽃을 통해 그렸다면 시의 격이 이보다는 높아졌을까?

또한 시에서 살구나무가 봄비를 통해 우주와 하나가 되는 모습을 그려 냄으로서 자연과 일체가 되는 선생의 드높은 우주인식이 자연스레 드러난다.

이런 사념에 젖어 김정구의 근작시를 읽는다. 뜻밖의 병고로 투병 중인 처지를 알고 있는 필자는 근간 여러 지면에서 탁월한 서정시를 선보이는 그의 시적 성취에 감탄한 바 있었는데 이번에 다시 <포항문학>으로 10여 편의 역작을 선보이고 있어 우선 반갑고 흐뭇한 마음을 감추지 못한다.

얼핏 읽어봐도 고른 가편이다.

고통이 깊으면 사물을 깊이 있게 바라보는 것일까? 그리고 만물이 깨어나는 봄날을 염원하는 것일까? 김정구의 이번 시들은 대개 봄날을 배경으로 씌어졌다.

홑잎 벚꽃이 화라락 지고 난 휘어진 봄길
몇 그루 철지난 왕벗꽃만 겹으로 피어있다
영락없이 어머니 아직 젊으셨을 적
처음으로 입어 보시던 뉴−똥* 저고리 그 빛깔
수줍고 어색하던 그 웃음이다
나들이 길에서 멀찌감치 비껴선 저 굽은 산길
그늘에 숨은 왕벗꽃이 오늘
힘겹고 비탈진 어머니의 생애를 입고 있다

모처럼 황사 개인 화사한 봄날
어머니 쓸쓸히 웃고 계신다
마지막 남은 터밭 귀퉁이에서

—「늦은 봄날」 전문

뉴—똥은 시인의 각주대로 삼십년 전에 유행하던 옷감이다. 시인은 벚꽃들의 개화기를 넘겨 피는 왕벚꽃잎을 보고 젊은 시절의 어머니의 모습을 상기해 낸다. 시인의 기억 속에 자리잡은 어머니는 수줍은 모습이다. 층층시하의 인습을 벗어나지 못하는 전통의 어머니상들은 번번이 나들이 한 번조차 제대로 할 수 있는 처지가 아니었다.

그런 어머니가 모처럼 나들이를 하신다. 그때 어머니가 치장을 하신 옷이 뉴—똥 저고리인 모양이다.

30년 전에 유행했던 그 뉴—똥 저고리는 촌스럽고도 어색하게 느껴진다. 그것이 오히려 어머니를 애틋하게 만든다. '굽은 저 산길 그늘에' 핀 왕벚꽃의 빛깔에서 삶의 간난을 이긴 어머니를 그려낸 시인의 눈길은 따뜻하고 비범하며 길지 않은 시행으로 감정의 넘침을 스스로 경계하여 사물의 요체를 파악한 수법은 탁월하다.

봉서산 원원사지에는 오월 내내
낮에도 등이 걸려있다
붉은 지등이 걸려있는 대웅전을 비껴
천년동안 주저앉아있는 묵은 탑재를 비추고 있는
보라색 등꽃이 가르키는
숲 가운데로 열린 길은
어디로 가는 길일까

맷새를 따라 숲으로 숨어든 한낮

길이 흔들린다

새들이 숲을 흔든다

꽃등이 흔들리고 길이 젖는다

다른 아무것도 태우지도 않고

스스로 빛을 내지도 않는

보라빛 꽃등 하나를 내 안에 달아보았다

불이 켜지고 내가 불빛에 젖는다

새들이 저마다 등불이 되어 날아오른다

석등에 불은 오늘도 꺼져 있는데

등불이 빛나지도 않는 대낮에도

작은 목숨마다 점등하는 이 있어

오늘밤 촛불행렬이 끝나고 돌아가는

산 아래 좁은 골목도 이미 밝다

－「점등」 전문

아름다운 시다. 그리고 쓸쓸한 시다.

다시 한 번 봄은 무엇인가. 그리고 목숨은 무엇인가. 이 시는 그것을 일깨운다. 시인은 홀로 '원원사지'를 찾아가고, 거기서 인적 없는 숲길을 찾아든다. 절에는 중생의 기원을 담은 등이 걸리고 숲에는 5월의 꽃들이 지등처럼 걸려있다. 시인은 거기서 생명이 무엇이고, 존재가 무엇인지 떠올린다. 그러면서 그는 '아무것도 태우지 않고 스스로 빛을 내지도 않는' 등 하나를 자기 안에 단다고 피력한다. 여기서 우리는 자기 안에 등 하나를 달았다는 의미를 분석할 필요는 없다.

또한 그것이 자기 자신을 위한 행위인지 중생을 위한 행위인지 밝히는 것은 무의미하다.

다만 그가 원원사지의 적막한 숲길에서 홀로 자기 자신과 마주하고 있다는 사실만이 감동으로 다가올 뿐이다.

그리하여 그가 스스로 밝힌 불빛에 스스로 젖고 있는 것이다.

서정시에서 외로움은 시를 이루는 중요한 기재이다. 동서고금의 수많은 시인들이 고독을 주제로 시를 써 왔다. 그러나 우리는 고독할 때 고독이라고 말하면 이미 그 고독은 속되다. 그리고 그 시 또한 그런 대접을 받는다. 그렇기 때문에 고독을 얼마나 격조 있게 표현하느냐에 따라 시의 품격은 달라진다.

시인이 '아무 것도 태우지 않고 스스로 빛을 내지도 않는 등' 하나를 단다고 피력할 때 그는 얼마나 깊은 삶을 살았고 존재와 사물의 깊이를 드려다 보았겠는가? 특히 그가 난치의 병고를 지닌 사실을 알 때 내 느낌은 각별하다.

기실 문학이란 자기 고양의 길이다. 더 높은 곳을 향하여 더 깊은 정신을 향하여 나가는 고독한 도정이다. 나는 그 도정에 서 있는 김정구의 근작을 감동 깊게 읽는다.

나는 김정구의 신작시들을 읽으면서 그의 시들을 모두 읽지 않는다. 다만 먼저 수록된 두 편의 시로서 내 짧은 감상을 적을 뿐이다.

그가 난치의 병고를 딛고 일어서는 외로움 속에서 영롱한 사리 같은 시들을 생산한 것을 기뻐하며 나머지 시들의 이해는 독자의 몫으로 남겨 놓으려 한다.

1998년 포항문학

극복되어야 할 현실과
만나야 할 미래

신경림 시집 『달 넘세』를 중심으로

1.

신경림의 문학적 출발은 그의 탁월한 시적 성취와는 달리 순탄치 않았다. 연보에 의지해 그의 문학적 도정을 살필 때, 우리는 그에게서 등단 이후 10여 년의 문학적 공백을 발견하게 된다. 1956년『문학예술』지에 시「갈대」,「묘비墓碑」등이 추천되어 시단에 나온 이후, 그는 이내 서구적 관념론에 물들어 있던 그 당시의 시단풍토가 자신이 지향하는 시세계와 현격한 차이가 있음을 발견한다. 그는 좌절 끝에 고향으로 낙향하여 문학활동과 상반된 삶을 살았다. 익히 알다시피 50~60년대의 시단풍토는 전후 허무의식과 실존주의에 깊이 침윤되어 있어서 민중적 현실에 눈을 돌리고, 그것을 자신의 문학적 바탕으로 삼으려던 시인에게 깊은 좌절을 안겨주었으리라 짐작된다. 그가 절망하여 돌아간 고향은 그에게 문학의 꿈을 대신해줄 그 어떤 희망적 공간도 아니었고 오로지 깊은 갈등을 심어주며 궁핍만을 요구하는 장소였다. 그러나 그는 시를 쓰지 않았던 그 10여 년의 기간 동안 민중적 삶을 스스로 체득하고 그들의 정서를 내밀하게 탐색하여 1973년 출간한 그의 첫 시집 『농무』의 내적 기반을 다지는 기회로 삼았다.

그의 첫 시집 『농무』는 이미 여러 평자들에 의해 평가된 바처럼 해방 이후 가장 탁월한 시집으로 꼽혀지며 분단시대의 민중문학에 큰 분수령을 이룬다. 그것은 바로 시가 한갓 알 수 없는 암호로 전락하여 인간의 삶과는 무관한 유희를 일삼던 시절, 민중의 정서를 민중의 언어로 형상화시킨 미덕을 지니며 민중문학이 나아갈 길을 제시하고 있기 때문이다.

이후 신경림의 문학은 눈부시게 전개된다. 그는 그 무렵 창간된 『창작과비평』지를 통해 본격적 문학활동을 펼치며 자신의 고향 충주지방에 구전되던 이야기를 바탕으로 장시 「새재」를 발표하기에 이른다. 「새재」는 훗날 「남한강」, 「쇠무지벌」로 이어지는 장편서사시의 제1부로서 구한말에서 일제에 의한 국가 상실의 격동기까지를 시대적 배경으로 하여 민중의 분노와 저항을 역사적 깊이에서 천착한 탁월한 서사시로 평가받는다. 이 시는 또한 서사적 구조 속에 민요적 가락을 절절히 도입하여 새로운 민중 예술 양식을 구현해 그로 하여금 70년대 이래 한국 민중문학을 대표하는 가장 탁월한 시인으로 평가받게 한다.

2.

『농무』와 『새재』에 이어 1985년 세 번째로 출간된 『달 넘세』는 신경림 문학의 개화기의 중심에 자리 잡고 있는 시집이다. 『달 넘세』는 『새재』이후 6년 만에 출간된 작품집이나, 『새재』가 장시집임을 감안할 때 실제로는 짧은 시들의 모음으로서는 『농무』에 이은 두 번째 시집으로 기록된다. 이 시집은 기본적으로 『농무』에 드러나는 시의 발상과 어조를 그대로 계승하면서도 그 폭과 넓이가 한층 확대되고 심화된 인상을 전한다. 대체로 『농무』의 시적 공간은 시인의 고향이라 할 수 있는 피폐화된 광산과 인접한 특정한 농촌마을과 그 인근 면소재지와 산읍山邑에 한정되어 있었다. 그리고 『농무』에 드러나는 시적 주인공들은 특정한 농촌공간 속에서 자조적인 비애를 표출시키는, 소외되고 좌절하는 농민들이 대부분이었다. 그러나 『달 넘세』에 이르러서는 시적 공간이 폭넓게 확산되고 시인의 상상력 또한 농촌을 중심으로 한 민중문제에서 분단·외세와 같은 민족문제와 정치적 문제로 확대되는 기미를 보인다. 또한 『달 넘세』에는 『새재』에서 삽입민요로 사용되던 민요조의 가락이 한편의 시로 독립되어 등장하기 시작한다. 그런가 하면 또 『달 넘세』에서 우리는 사회의 총체적 문제를 바라보는 시인의 시각이 한층 더 날카롭고 예리해진 느낌을 받는다. 이런 여러 가지 관점에서 놓고 볼 때, 자칫 『농무』나 『새재』의 탁월한 시적 성취로 인해 상대적으로 소홀하게 취급되고 평가되기 쉬운 『달 넘세』가 신경림 문학에서 차지하는 비중은 결코 작지 않고, 그 속에 드러나는 시의 깊이와 변화는 신경림 문학의 성숙과 변모를 살피는데 좋은 실마리를 제공하고 있다고 보여진다.

시집 『달 넘세』에서 먼저 우리가 주목할 수 있는 점은 『농무』에서와는 달리 다양한 모습의 민중들이 시의 주인공으로 등장하며 그들의 세세한 삶이 시를 통해 펼쳐지고 있다는 점이다.

①

멀리 뻗어나간 갯벌에서
어부 둘이 걸어오고 있다
부서진 배 뒤로 저녁놀이 빨갛다
갈대밭 위로 가마귀가 난다

오늘도 고향을 떠나는 집이 다섯
서류를 만들면서
늙은 대서사는 서글프다

-「폐항」 부분

②

묵밭에는 산쑥
도깨비 엉겅퀴 칡넝쿨이 어우러졌다
옛날처럼 우물에는
하얀 구름이 떠있고
노간주나무 아래 앉으면
바람 또한 시원하다

여기 살던 화전민들은
객지땅 어느 변두리에 가
떠돌이가 되었을까

-「산중」 부분

③

산다는 일이 때로 고되고

시대 상황과 시의 논리

떳떳하게 산다는 일이
더욱 힘겨울 때

괴로울 때는
여인네들을 생각한다
아직도 살아서 뛰는
광주리 속의 물고기 같은
장바닥 여인네들의 새벽 싸움질을

―「외로울 때」 부분

 『달 넘세』에 수록된 여러 시편 중 임의로 골라본 이 세 편의 시는 『달 넘세』가 다양한 민중들을 시적 주인공으로 등장시키고 있음을 알게 해준다. ①의 시에서 우리가 만날 수 있는 것은 가난한 어민들과 그들의 삶이다. 어민은 농민과 더불어 우리 사회의 기층부를 이루는 대표적 기층민임에도 불구하고 지금껏 시의 소재로 소홀히 취급되어왔는데 시인은 이 시에서 바로 이들의 삶을 시화하고 있다. 이 시에 등장하는 어민들은 자신들의 삶의 터전인 바다를 떠나고 싶어 하는 모습으로 그려지고 있다. 시인은 어민들이 그들의 삶의 터전에서 버려지고 소외되는 현실에 주목하면서 그들이 생존기반에서 유리되는 불안을 '갈대밭' 위의 '가마귀'로 암시하여 표현한다. 그리고 희망 없는 그들의 피폐화된 삶의 모습을 '부서진 배'와 해가 지는 석양의 '저녁놀'을 통해 드러낸다. ②의 시에서는 화전민이 시적 주인공으로 등장하고 있다. 그런데 이들 역시 자신들의 삶의 근거지와 화해로운 조화를 이루지 못한다. 그들은 이미 자본의 힘에 의해 관광지로 개발된 산촌을 떠나 객지에서 떠돌이가 되어버린 존재로 표현되어 있고 그들이 살았던 삶의 터전은 엉경퀴, 칡넝쿨이 엉클어진 폐허로 묘사된다. ③의 시에 이르러서는 장바닥 여인들이 등장하고 있는데 이들은 생존을 위해 '새벽 싸움질'을 삶의 당위로 받아들이는 끈질긴 생명력을 지닌 모습으로 그려지고 있다. 농민들의 삶에 일차적 초점을 맞추던 『농무』와는 달리 이처럼 『달 넘세』에 이르러 다양한 민중들이 등장하고 그들의 세세한 삶이 그려지고 있는 것은, 시인에게 있어서 단순한 시적 소재의 확산만을 의미하는 것이 아니라 시인의 시각이 농촌 현실에서 우리 사회의 전반적 현실로 확대되는 것을 뜻한다. 이는 우리 사회의 구조적 모순을 바라보는 시인의 현실의식이 한층 더 견고해진 데서 연유하고 있다고 보여진다.

『달 넘세』에서 이처럼 우리 사회의 기층민들이 자신들의 삶의 근거지에 정착하지 못하는 존재로, 혹은 간고하게 살아가는 모습으로 그려지고 있는 객관적 근거는 아마도 60년대 이래 우리 농어촌의 현실이 이른바 산업화의 물결로 급속하게 붕괴되고 훼손되는 데서 그 이유를 찾을 수 있을 것이다. 5·16 군사 쿠데타를 계기로 시작된 공업화가 60년대 이후 지속적으로 농어촌의 희생을 통해 확산되었다는 현실을 되새겨볼 때, 시인의 이같은 현실의식의 심화와 확대는 초기시 이래 민중적 현실을 자신의 시적 기반으로 삼으려는 시인에게 일견 당연한 변화라고 볼 수 있으며 변화하는 민중현실에 능동적으로 대응하려는 시인의 치열한 시의식의 반영이라고도 판단된다. 이 점은 또한 고난스러운 삶을 살아가는 이 땅의 이름 없는 민중들에 대한 극진한 애정의 발로라고 여겨진다.

시인의 시선이 산업화의 물결로 변모되는 우리 사회의 현실과 직접적으로 결부되어 있는 시는 다음과 같은 작품이다.

새참이 지났는데도 장이 서지 않는다

먼지를 뒤집어쓰고 버스가 멎고

고추부대 몇 자루가 내려와도

사람들은 고샅에 모여 해장집 의자에 앉아

더 오르리라는 수몰보상금 소문에

아침부터 들떠 있다

농협창고에 흰 페인트로 굵게 그어진

1972년의 침수선 표시는 이제 아무런 뜻도 없다

한 반백년쯤 전에 내 아버지들이 주머니칼로 새겼을

선생님들의 별명 또는 이웃 계집애들의 이름이

헌 티처럼 붙어 있는 플라타너스 나무들만이

다시는 못 볼 하늘을 향해 울고 있다

학교로 올라오는 물에 잠길 강길을 굽어보며

학교 마당을 좁게 메운 채 울고 있다

-「강길 2」 전문

이 시의 시적 공간은 오늘날 충주댐이 들어선 시인의 고향 충주지방의 어느 강마을이다. 이 시에서는 1972년 충주댐 건설로 인한 수몰 예정지에 터를 잡고 살아가던 민중들의 시한부적 삶의 모습이 생생하게 묘사된다. 이 시의 배경이 되는 시골 장터는 활기가 사라지고 스산한 공간으로 변했다. 장날이 되어도 장터는 전혀 활기가 살아나지 않는다. 댐 건설로 인해 누대에 걸쳐 터를 잡고 살아온 자신들의 거처가 상실될 위기에 놓여 있는 농민들은 옛날과 같은 삶의 의욕을 상실하고 자연과 더불어 화해로운 삶을 영위하며 노동의 가치를 중요시 여길 수 없는 존재로 전락해버렸다. 시인은 이 시에서 타율적인 요인으로 하루아침에 자신들의 터전을 상실한 농민들에게 직접적인 연민을 드러내지 않는다. 다만 시인은 "내 아버지들이 주머니 칼로 새겼을/선생님의 별명 또는 이웃 계집애들의 이름이/헌티처럼 붙어 있는 플라타너스 나무들"이 "하늘을 향해 울고 있다"라는 구절에 의지해 자신의 심사를 간접적으로 피력할 뿐이다.

그러나 시인의 영탄과 격정을 쉽사리 드러내지 않는 이런 수사법은 오히려 삶의 근거지를 잃고 낯선 객지에서 새롭게 거처를 마련해야 하는 수몰민들에 대한 시인의 연민과 아픔이 한층 더 생생하게 표출되는 효과를 거둔다.

동해바다 용왕님
딸 길러 세상 구경하라고
물명주 열두 필 풀어
물 갈라 길 열어 내보내고

내 아버지
돈 벌라 차 태워 날 보내며
가겟방 쪽마루에 앉아
소주잔 콧물만 훌쩍였네

바람은 왜 이리 차누
물명주 열두 필
꽃버선으로 밟고
날보고 환하게 웃으라는데

쪽문에 머리를 박고

연탄 위에 손을 얹으면

세상은 온통 바람투성이

물명주 열두 필 돌아갈 길도 걷히고

―「물명주 열두 필」 전문

　시인의 시선이 농촌현실에서 도시적 현실로 변모되어 나타나는 위의 시에서 우리가 짐작하는 시적 화자는 나이 어린 처녀이다. 이 시에는 시적 화자가 젊은 여성임이 구체적으로 명시되어 드러나지 않는다. 그러나 우리는 전래 무가에서 모티프를 따온 이 시에서 '꽃버선'과 같은 시어를 통해 이 시의 주인공이 '내 아버지'를 위해 서울로 올라와서 돈을 벌어야 하는 '심청이'와 같은 처녀임을 쉽사리 짐작하게 된다. 이 시에서 앞에서 읽어본 「강길 2」와 직접적인 연관성은 찾을 수 없다. 그러나 70년대의 산업화정책으로 농촌이 피폐화되고 급속하게 도시화 현상이 이루어지면서 농촌인구들이 도시로 유입되어 2차·3차산업에 종사하게 된다는 사실을 염두에 두고 볼 때, 이 시의 시적 화자가 「강길 2」의 시적 공간과 유사한 농촌지역을 떠나와서 이를테면 '동일방직'이나 'YH무역' 같은 비인간적 근로조건을 요구하는 회사에서 여공으로 일을 하며 도시 변두리의 열악한 환경 속에서 고통스럽게 살아가는 모습을 자연스레 상상하게 된다.

　이처럼 『달 넘세』에 이르러 다양한 민중들의 모습과 더불어 그들의 세세한 삶이 생생하게 드러나고, 산업화의 물결로 변모되는 우리 사회의 현실이 조응되며, 시인의 시선이 농촌현실에서 도시적 현실로 변모되어 나타나고 있는 것은 이 시집을 통해 우리 사회의 구조적 모순을 바라보는 신경림의 민중의식이 한층 더 심화되는 것을 의미한다. 이 점은 훗날 그의 다른 시집들인 『가난한 사랑 노래』나 『길』, 『쓰러진 자의 꿈』에서 한층 더 깊어지기 시작하는 민중에 대한 뜨거운 사랑의 바탕을 이룬다고 볼 수 있다.

3.

『달 넘세』에서 우리가 또 한 가지 주목할 점은 시인이 70~80년대 폭압적 정치상황을 살아오면서 폭넓은 민중적 정서를 자신의 시에 담아냄과 동시에 정치현실에도 깊은 관심을 드러내어 분단·외세와 같은 민족적 문제로 시적 관심을 확대시킨다는 점이다. 일찍이 시인은 「새재」에서 주인공 돌배가 봉건적 질곡과 제국주의의 침략에 맞서 항거하는 장면을 통해 민족적 문제를 자신의 시적 관심으로 보여준 바가 없지 않으나, 『달 넘세』에는 이 점이 좀 더 구체적인 모습으로 드러나고 있다. 이 점에 있어 특히 시인은 1974년 고은·백낙청·박태순·이문구·염무웅 등 101인의 양심적이고 진보적인 문학인들과 같이 이 땅의 민족통일, 민주회복, 정의구현, 자유실천을 위해 '자유실천문인협의회'를 만들면서 자신의 문학적 신념을 구체적인 행동으로까지 드러낸 바 있어 이 시들을 읽는 우리에게 한층 뜻깊은 감동을 전한다.

흙 속을 헤엄치는

꿈을 꾸다가

자갈밭에 동댕이쳐지는

꿈을 꾸다가……

지하실 바닥 긁는
사슬소리를 듣다가
무덤 속 깊은 곳의
통곡소리를 듣다가……

창문에 어른대는
하얀 달을 보다가
하늘을 훨훨 나는
꿈을 꾸다가……

―「세월」 전문

　70~80년대의 폭압적 정치현실을 살아가는 지식인의 내면정서가 극명하게 드러나는 이 시는 신경림의 여타의 시들과는 달리 다소 파격에 속하는 표현의 기교를 보인다. 박정희와 전두환과 노태우에 이르는 군사독재 정권은 정권획득의 부당성을 은폐하며 자신들의 정권을 유지하기 위해 강권폭력정치를 서슴지 않았고 그로 인한 정치적 압박은 시인을 비롯한 모든 지식인을 숨조차 쉴 수 없는 상황으로 몰아붙였다. 이 시에는 언제 체포될지 모르는 불안과 강박관념이 압축되어 있고 그 같은 세월을 벗어나고 싶은 기원이 담겨 있다. 각 연의 말미가 줄임표로 처리되어 있는 것은 말조차 제대로 할 수 없던 당시의 상황을 효과적으로 표현하기 위한 수사법이라 볼 수 있다. 물론 이 시는 시인 자신의 개인적 심사가 표출된 작품이겠으나 당시의 시대적 상황 속에 목숨을 부지하고 살아가던 일반 민중들의 잠재된 불

안을 대변하는 작품이라고도 볼 수 있다. 그 당시, 문학에 대한 상상을 절하는 탄압과 검열을 두려워하지 않고 민중들이 처한 부당한 억압과 그들의 소망을 진지하게 표현해내려는 시인의 시 의식이 새삼 돋보이는 작품이다.

편히 가라네 날더러 편히 가라네
꺾인 목 잘린 팔다리 끌고 안고
밤도 낮도 없는 저승길 천리 만리
편히 가라네 날더러 편히 가라네.

잠들라네 날더러 고이 잠들라네
보리밭 풀밭 모래밭에 엎드려
피멍든 두 눈 억겁 년 뜨지 말고
잠들라네 날더러 고이 잠들라네.

잡으라네 갈가리 찢긴 이 손으로
피묻은 저 손 따뜻이 잡으라네
햇빛 밝게 빛나고 새들 지저귀는
바람 다스운 새 날 찾아왔으니
잡으라네 찢긴 이 손으로 잡으라네.

꺾인 목 잘린 팔다리로는 나는 못 가,
피멍든 두 눈 고이는 못 감아,
못 잡아, 이 찢긴 손으로는 못 잡아,
피묻은 저 손을 나는 못 잡아.

-「씻김굿」 부분

1980년 광주항쟁은 우리 현대사의 지울 수 없는 상처요, 비극이었다. 이 시는 광주항쟁이 일어난 이후 억울하게 학살된 민중들의 원혼을 달래는 마음으로 쓰여진 작품이다. 원통한 넋을 위로하기 위해 전라도 지방에서 많이 하는 굿 형식에 의지해 쓰여진 이 시에서 우리는 시인의 치열한 역사의식을 읽을 수 있다. 이 시에 등장하는 원혼들은 자신들을 살육하고 정권을 잡은 권력자로부터 화해를 종용받지만 섣부른 화해를 거부한다. 시인은 이 시에 '떠도는 원혼의 노래'라는 부제를 붙이면서 근본적으로 광주항쟁에서 희생된 자들이 억울하게 죽었음을 상기시킨다. 따라서 시인은 이들의 죽음에 대한 철저한 원인규명과 더불어 자신들의 만행을 은폐시키려는 권력자들이 철저하게 징치되기 전에는 "피멍든 두 눈을 고이는 못 감"겠다고 말한다. 이는 달리 말해 이 땅에 진정한 민주화가 도래해야 이 원혼들이 고이 눈을 감을 수 있다는 뜻이다. 인용한 시의 맨 마지막 연에서 원혼들이 토로하는 절규는 바로 참된 역사로 물꼬를 돌리려는 시인의 치열한 역사의식을 반영한다 하겠다.

신경림은 『달 넘세』에서 이처럼 억울한 원혼들이 생겨나는 근원적 이유를 되새기며 분단과 외세 같은 민족문제에 깊은 관심을 기울이게 되는데, 이 점은 아마도 시인이 6·25전란을 겪은 이후 우리 현대사의 최대의 비극인 광주 5·18의 배경에 우리를 끝없이 예속시키려는 강대국의 보이지 않는 마수가 있고 그 마수로 토막 낸 분단현실이 존재하고 있다는 데에 새삼 생각이 미쳤기 때문일 것이다.

①

우리는 사이좋은 친구였다

골마루에서 벌도 같이 서고
깊드리에서 메뚜기도 함께 잡았다
그러다가 우리는 싸웠구나
할퀴고 꼬집고 깨물면서

힘센 아이들의 시새움 때문에
큰 아이들의 꼬드김 때문에

우리는 물어뜯고 발길질하고
서로 붙안고 딩굴었구나
입과 코에서 피를 흘리고
눈과 귀가 찢어져 도깨비춤 추었구나

−「북으로 간 친구」 부분

②

끓았네 끓았네
뎅이만 슬슬 굴려라
지금은 가려낼 때
속인 자를 가려낼 때
지금은 뿌리칠 때
거짓 손길 뿌리칠 때
끓았네 끓았네
뎅이만 슬슬 굴려라
지금은 찾아갈 때
내 형제 찾아갈 때
지금은 손잡을 때

　　　　　　　내 친구만 손잡을 때

—「끓었네」 부분

　남북으로 분단되기 이전의 남북 겨레를 어린시절 사이좋은 친구로 상징하여 표현하고 있는 ①의 시에서 시인은 국토가 분단되고 민족이 갈라진 원인을 외세 즉, 강대국의 이해 다툼 때문으로 파악하고 있다. 이 시에 표현된 힘센 아이와 큰 아이들은 바로 강대국의 상징적 표현이라 할 수 있다. 시인은 지금 우리 겨레의 현실을 "물어뜯고 발길질하고／서로 붙안고 딩굴"며 "입과 코에서 피를 흘리고／…／도깨비춤 추었"다고 밝히며 비통한 심사를 표출한다. 시인은 이런 어처구니없는 민족적 현실을 직시하고 민중들의 각성을 간절히 기원한다. 이 시에 쓰여지고 있는 언어가 그야말로 평범한 민중들이 손쉽게 알아듣는 철저한 민중언어인 것도 특기할 대목이다. 이와 함께 시인은 ②의 시에서는 남북 겨레들을 한 형제로 바라보고 지금 이 시간이 바로 분단의 사슬을 끊어낼 때임을 절실하게 노래하고 있다. 이 시는 휴전선 지역인 포천·철원·가평 등지의 김매기 민요를 차용한 작품으로 외세의 손길을 뿌리치고 분단을 극복하여 통일을 앞당기려는 시인의 간절한 열망이 표출된다. 이 시들을 통해 우리가 인식할 수 있는 것은, 오늘날 우리의 민족과 국토가 냉전체제의 이데올로기에 의해 남북으로 갈라져버린 비극적 상황을 인식하며 그 극복을 위한 노력을 문학에서 보여주지 않을 때 우리는 그 문학을 참된 민족문학이라 이름 붙일 수 없다는 점이다. 그런 점에서 놓고 볼 때 신경림의 이 시는 분단시대의 민족문학의 한 참된 모범을 보인다고 하겠다.

4.

　『달 넘세』의 형식적 특징으로 민요시를 본격적으로 선보인다는
점을 꼽을 수 있을 것이다. 시인은 이미 「새재」에서 민요를 부분적으
로 삽입하여 자칫 지루하게 여겨질지도 모르는 시의 전체적인 흐름
에 변화를 모색하고 시인의 주정적 의도를 우회하여 표현하는 효과
를 거둔 바 있다. 그런데 『달 넘세』에 와서는 민요형식의 시가 독립
된 한편의 시로서 본격적으로 등장하기 시작한다. 이 시들은 주로 시
집의 제1부에 편재해 있다.

　　잡아주오 내 손을 잡아주오.

　　흙 속에 묻힌 지 삼십 년

　　원통해서 썩지 못한 내 손을 잡아주오.

　　총알에 으깨어지고 칼날에 찢어진

　　내 팔다리를 일으켜주오.

―「허재비굿을 위하여」 부분

　　네 뼈는 바스라져 돌이 되고

　　네 팔다리 으깨어져 물이 되어

　　이루었구나 이 나라 한복판에

　　크고 깊은 산과 강 이루었구나

　　네 살은 썩어 흙이 되고

　　내 피 거름되어 흙 속에 배어

　　피웠구나 산기슭 강가에

붉고 노란 온갖 꽃 피웠구나

—「열림굿 노래」 부분

위의 시들은 『달 넘세』에 수록된 대표적 민요시들로서 이 땅의 산야에 묻힌 원혼들의 정서를 바탕으로 민족통일을 기원하는 작품이다. 시인은 한풀이 정서를 양식화한 씻김굿 형식에 의지해 분단시대를 살아가는 민중적 정서를 시화하고 있다. 이 시들에 직접적으로 차용된 형식은 씻김굿에 드러나는 무녀의 사설이다. 무녀의 사설에는 단순화된 민중들의 염원이 스며 있고 그것은 일정한 율격에 의지해 민요의 형태로 전환한다. 민요란 민중 속에서 자연스레 발생하여 오랫동안 다듬어진 민중의 생활 감정을 소박하게 반영시킨 가요로서 민중의 삶과는 불가분의 관계가 있다. 따라서 민요가 지닌 음악성과 가락을 효과적으로 되살린 이 시들은 기존의 시로서 미처 다 표현하지 못하는 분단시대의 민중적 정서를 훌륭하게 표현하여 우리 시의 새로운 활로를 개척하고 있다. 시인은 자신이 민요에 관심을 기울이는 이유로 "그릇된 서구문화의 맹목적인 수입에 의해 끊어진 우리의 가락의 줄을 거기서 찾아 오늘의 일에 맞는 노래를 새로 만들"고 싶다고 자신의 산문을 통해 말한 바가 있었다. 이는 물밀듯이 밀려오는 외래문화의 범람 속에 민족문화의 주체성을 살려내려는 시인의 일관된 관심의 표출이며 민중적 상상력을 정서화하기 위한 객관적 장치의 필요성에서 비롯된 것이라고 볼 수 있다. 신시新時 이후의 일천한 시문학의 역사를 살펴볼 때 수많은 시인들이 현대시의 창작방법에 우리의 가락을 외면하고 서구적 방법을 차용해 왔다는 점을 헤아려 보면 때늦은 감이 없지 않으나 우리의 가락을 통해 우리 민중의 정서로 표현하려는 시인의 노력을 높이 사야 할 것이다.

『달 넘세』의 또 하나의 미덕은 이 시집에 실린 시들이 단단한 서정적 기반에 서 있다는 점이다. 이 점은 민중문제나 민족문제와 같은 비교적 무거운 주제를 다루는 시에서도 여전히 통용되며 개인적 정서를 노래하는 시에서도 어김없이 적용된다.

> 내게는 작은 꽃밖에 없다
> 가난한 노래밖에 없다
> 이 가을에 네게 줄 수 있는
> 지친 한숨밖에 없다
>
> 강물을 가 들여보아도
> 달도 별도 보이지 않는구나
> 갈대를 스치는
> 빈 바람뿐이로구나
> 몰려오는 먹구름뿐이로구나

―「가을에」 부분

신경림의 시가 단지 민중문제나 민족문제에만 국한되어 있고 개인적 정서가 배제되어 있다면 그의 시가 일견 단조롭고 건조하게 느껴질 수 있을 것이다. 그러나 위에서 인용한 시에서도 볼 수 있듯이 시인은 가을을 맞아 느끼는 외로움과 절망의 정서를 간결하고 압축적인 언어를 동원해 따뜻한 서정으로 시화하고 있다. 이는 내면세계의 주관적 표현과 자아와 세계의 정서적 융합을 통해 서정시의 한 모범을 보여주는 바로서 신경림이 시에 있어서 서정성을 중요시 여기는 서정시인이라는 점을 다시 한번 드러내는 증거가 된다. 이같은 예는 자신이 자본주의에 함몰되어가는 안타까운 마음을 그린「늙은 악사」 등에서도 여실하게 드러나 시집『달 넘세』가 민중문제나 민족문제만을 편향되게 노래하고 있다는 편견을 씻어주고 있다.

5.

『달 넘세』의 시적 성취는 곳곳에서 산견된다. 이 시집의 시들이 씌어지고 발표된 시기는 민중들의 삶의 구조가 산업화로 인해 급격하게 변모되고 정치적으로는 군사정권의 강압통치가 계속되던 시절이었다. 시인은 이런 사회적 변화 속에서 역사적 주체로서의 민중들에 대한 신뢰를 굳건히 한다.『농무』에서 농민을 중심으로 드러나던 민중의식이『달 넘세』에 이르러 다양한 민중들과 그들의 세세한 삶을 통해 한층 더 심화 발전되고 있으며 분단과 외세 같은 민족문제와 당대의 정치적 문제에도 깊은 관심을 기울이는 역사의식이 돋보이고 있다. 또한 민중적 상상력을 정서화하기 위해 객관적 장치로서의 민요시를 본격적으로 선보이고 있는 점과 민중문제나 민족문제만을 다룬다는 편향된 시각을 씻어줄 아름다운 서정시를 함께 선보이고 있는 점 또한『달 넘세』가 지닌 소중한 미덕이라고 판단된다.

그러나 무엇보다 더 돋보이는『달 넘세』의 시적 성취는 어려운 삶을 살아가는 민중들에게 그 어려운 삶을 함께 극복해내고 새로운 삶을 맞이할 넉넉한 희망을 일깨워주는 점이라고 할 수 있다. 누구나 알다시피 우리 국토는 아시아 대륙의 동북부에 자리잡고 반도의 형상을 띠고 있다. 따라서 우리 국토는 지정학적으로 외세의 침입을 쉽사리 받을 수 있는 지리적 요인을 안고 있으며 실제로 숱한 외세의 침입을 허락했다. 근현대사를 놓고 볼 때도 우리는 제국주의의 식민지로 전락한 아픈 역사를 지니고 있고 외세에 의한 전쟁과 분단으로 우리의 국토와 민중은 비할 바 없는 훼손과 고통을 겪었다. 게다가 외세와 결부된 부당한 정치권력에 의해 이 땅의 민중들은 참담한 수난을 겪었으며 아직도 남북 민중들은 분단현실 속에서 고통스러운 나날을 살고 있다. 시인은 『달 넘세』를 통해 외세에 의해 유린된 조국의 현실을 안타까워하고 억울하게 희생된 원혼을 위로하며 고난에 찬 민중들의 아픔을 따듯하게 감싸 안는다. 그는 넉넉한 가슴으로 민중들 사이에 유통되는 친숙한 언어를 통해 민중들의 한과 꿈을 함께 끌어안고 우리가 도달할 아름다운 미래를 열어 보인다. 그는 조국의 현실을 가슴 깊이 새기면서 우리 겨레의 상처 난 마음을 위무하며 우리 겨레가 고난에 찬 아픈 역사를 극복해내고 마침내 맞이할 아름다운 미래에 대한 희망을 제시하고 있다.

넘어가세 넘어가세
논둑밭둑 넘어가세
드난살이 모진 설움
조롱박에 주워담고
아픔 깊어지거들랑
어깨춤 더 흥겹게
넘어가세 넘어가세
고개 하나 넘어가세

—「달 넘세」부분

 따라서 신경림의 제3시집인 『달 넘세』는 신경림 문학의 개화기의 중심에 자리잡고 있는 시집으로서 분단시대를 살아가는 우리에게 시가 과연 어떤 모습으로 다가서야 하는가를 일깨워준다. 당대의 현실과 밀착되어 있으면서도 민중의 꿈과 일체를 이루고 그들에게 새로운 희망을 열어주는 시야말로 참된 시라는 것을 다시 한번 깨우쳐주는 소중한 시집이라고 판단된다.

창비신서 136호

제1부

제2부

생명의 외경을 일깨우는 동화

손춘익 동화집 『달과 꼽추』

　인간정서의 근원은 자연이다. 아이들은 아름다운 자연 속에서 꿈을 키운다. 그들은 산야에 피어나는 들꽃을 바라보며 아름다운 정서를 키우고 그 속에 뛰어노는 생명들을 보며 삶에 대한 외경을 배운다. 어린 시절 아름다운 자연과 환경 속에서 체득한 정서는 일생동안 아이들이 세상을 살아가는 보이지 않는 자양이 되고 역경을 헤쳐 가는 생명소가 된다. 그러나 아이들이 숨 쉬는 환경은 삭막해졌고 황폐해졌다. 나무들은 아황산가스와 산성비로 제 빛을 잃고, 강은 하수로 폐수로 더러워져 고기들이 살 수 없다. 눈을 들어 하늘을 보면 뿌연 매연이 시야를 가로막고, 너도 나도 다투어 사들인 자동차에서는 숨 쉴 수 없을 만큼 많은 배기가스가 품어져 나온다. 자연은 개발이라는 미명아래 무참하게 파괴되어 그 위에 시멘트가 처발라진다. 대량생산과 소비가 미덕으로 간주되는 자본주의의 회로 속에 살아가는 우리들은 분수를 잃고 올바른 가치 판단을 상실하며 현기증을 앓는다. 어디를 둘러봐도 꿈을 되살리고 여유를 돌릴만한 터전은 드물다. 민들레 한 포기조차 쉽사리 찾아볼 수 없는 삭막한 시멘트 문화의 불모성 속에 오늘날 우리 아이들은 꿈을 잃고 정서는 고갈된다.

천박한 자본주의의 생태는 동심의 세계에도 여지없이 파고들어 곳곳에 전자오락실, 비디오테이프, 유해 만화점이 판을 치고 무분별한 외래문물의 범람 속에 우리 아이들은 면역기능을 상실한 채 방치되고 있다. 물질만능의 가치관은 탐욕스러운 이기심을 불러일으켜 부모들은 제 자식을 경쟁의 대열로 내몬다. 무거운 책가방을 놓기가 무섭게 아이들은 피아노학원으로, 속셈학원으로, 미술학원으로, 컴퓨터학원으로 내몰린다. 이것이 오늘날의 우리 아동들의 현실이고 삶이다.

새삼스런 말이지만 아이들은 누구인가. 인류사적 의미를 떠나서도 그들은 우리의 꿈이요, 희망이요, 기대이고 우리의 미래 그 자체이다. 그들이 건강하게 자라고 올바른 가치관을 지니며 훌륭하게 자라날 때 우리는 미래에 대한 한없는 기대를 갖는다.

이런 현실 속에서 아이들의 꿈을 되살려 주고 그들의 정서를 북돋워 주는 아동문학의 중요성은 아무리 강조해도 지나침이 없을 것이다. 그러나 오늘날 아동문학의 현실은 아이들이 처한 상황과 보조라도 맞추듯이 열악하기 그지없고, 선뜻 우리가 아이들에게 권할 만한 책 또한 희소한 게 사실이다.

더러 몇몇 양심적인 출판사들의 헌신적인 노력이 없는 것은 아니나 대다수의 아동도서 출판사들은 저질상업주의의 아동도서를 아무런 양심의 가책도 없이 펴내고 있고 국적불명의 유해한 이야깃거리로 아이들을 유혹한다. 최근에는 이른바 명랑동화라 하여 아이들에게 오히려 경박성만 부추겨 줄 책들이 무더기로 쏟아지고 철학동화니 논리동화니 하여 입시위주 교육의 병폐에 일조를 더한다. 서구지향적인, 서구선호적인 허황된 내용들이 자본의 힘을 빌려 호화로운 장정으로 제책되어 전집으로 판매된다. 일간지에 아동문학 작품은 게재되지 않고 어린이 신문에도 만화나, 인명을 경시하는 공상과학 이야기가 우대되고 연예인들에 대한 기사가 으뜸을 차지한다.

이런 오늘날의 현실 속에서 성인들이 읽을 시나 소설보다 어떤 의미에서 더욱 절실한 것이 바로 아이들을 위한 동화요, 동시이다. 비유컨대 아동문학은 집을 건축함에 있어 기초공사와 같은 것이 아닌가. 모래판에 아무리 호화로운 건축물을 세운다 해도 그 건축물이 오랫동안 유지될 수 없다. 어린시절 아름다운 동화를 읽고 자란 아이들은 일생동안 건강한 가치관을 지니며 자신의 삶을 아름답게 가꾼다.

1966년 <조선일보>와 <매일신문> 신춘문예에 동화가 당선되어 문단에 등단한 이래 수많은 아름다운 동화집을 펴낸 중견작가 손춘익의 새 동화집 『달과 꼽추』를 설레는 마음으로 읽는다. 이 책은 '성인을 위한 동화'라는 표제가 붙어 있고 모두 18편의 단편동화로 이루어져 있다.

명확하게 한마디로 구분할 수 있는 것은 아니지만 이 책은 두 가지의 뚜렷한 주제를 담고 있다. 그 중에 하나는 자연과의 친화를 강조하는 것이고 또 하나는 인간이 살아가야 하는 방법에 대한 고찰을 담는 것이 그것이다.

자연과의 친화를 강조하는 글들은 도시문명 속에서 상실되어가는 인간성을 중요시하는 '토끼 꼬리에서 온 아저씨'와 물질위주의 사고

방식 속에서 아름다운 심성을 잃어가는 현대인의 이기심을 걱정하는 「별과 비둘기」, 동물들과 인간들의 친화를 드러내는 「멍멍이의 자장가」, 그리고 인간의 탐욕과 오해가 새끼 반달곰을 죽이게 만드는 「반달곰이 남긴 이야기」와 길 잃은 노루의 이야기를 담은 「뿔난 노루」 등 여러 편에 이른다.

그리고 인간이 살아가야 하는 방법에 대한 고찰을 담은 동화로는 민들레와 나비 사이의 관계를 그린 「민들레와 나비」, 바닷속 작은 고기들이 자기들을 괴롭히는 무서운 상어를 물리치는 이야기를 담은 「심술꾸러기 상어와 이상한 안경」 등 여러 편에 이른다.

이들 동화들은 대다수의 범속한 동화에서 발견되는, 이른바 주제가 이야기 속에 자연스레 용해되어 있지 않는 어색함이 없이 아름다운 문장 속에 작가가 의도하는 뜻이 잘 녹아 있어 쉽사리 읽히면서도 따스한 감동을 전한다.

얼핏 드러나는 교훈이 없는 것처럼 읽혀지는 「멍멍이의 자장가」는 참으로 따스하다. 엄마가 들일을 나가고 집에서 혼자 잠을 자던 아기가 잠을 깨고 울자 강아지와 닭과 매미들이 하나같이 아기를 달래려고 애쓴다. 그러나 그 가축들은 모두 시끄러운 소리만 낼뿐 아기를 더욱 더 울려 놓는다. 여기서 우리는 강아지와 닭과 매미들이 아기를 더 시끄럽게 울렸다는 사실만을 읽어서는 안 된다. 오히려 그 짐승들 때문에 아기가 더 시끄럽게 울게 되었지만 그 짐승들은 아기의 울음에 안타까워하는 따뜻한 마음을 가졌다. 이 동화에서 우리가 얼핏 떠올려지는 것은 그 가축들이 흡사 아기의 언니나 오빠처럼 느껴진다는 점이다. 그리하여 우리는 엄마 아버지가 집에 없는 가난한 농가의 따뜻한 형제애를 되새길 수 있다. 또한 우리는 이 동화에서 전통농경사회의 가축이 가족의 한 식구로 여기는 따스한 생명존중 사상까지 덤으로 얻게 되는데 이는 오늘날처럼 생명이 경시되고 무시되는 현실에서 참으로 뜻깊은 의미를 띠고 있다.

이 점은 또한 「반달곰이 남긴 이야기」에서도 어김없이 강조된다. 새끼 반달곰 한 마리가 산골 외딴 오막살이를 찾아와 농부에게 감자를 얻어먹는 대목에서 작가는 "아니야, 괜찮아. 우리를 해코지할 짐승이라면 벌써 덤벼들었지. 저렇게 점잖게 서 있겠느냐. 아마 배가 고파 찾아온 모양이야. 옛말에도 제발로 기어들어온 짐승은 해치질 않는다고 그랬느니라. 내가 날감자라도 주어야 겠구나." 하고 진술한다. 여기서도 우리는 인간과 자연의 친화를 강조하는 작가의 깊은 뜻을 읽을 수 있다. 이는 두 말할 것도 없이 인간들이 자연 속에서 순수함을 되찾을 수 있다는 점을 강조하는 것이다.

도시문화의 불모성을 한 엘리베이터 소녀를 통해 드러내며 자연의 넉넉한 모성母性을 강조하는 「토끼 꼬리에서 온 아저씨」도 뜻깊은 작품이다. '날마다 비좁은 상자 속에 갇힌' 그 소녀가 '저도 모르게 차가운 쇠붙이처럼 싸늘하게 식어버린' 마음이 푸른 바다와 '눈부시게 밝은 햇빛', '이슬 맺힌 풀잎들, 그 하늘과 땅 사이에 넘쳐흐르는 밝고 싱그러운 바람'과 '꽃향기'를 전해 주는 시골아저씨의 이야기로 생기를 되찾는 것은 바로 자연 속에서 인간이 순수성을 되찾을 수 있다는 점을 느끼게 한다. 이 작품에 나오는 시골아저씨는 나에게 저자의 모습으로 다가옴을 느꼈다.

한편 「민들레와 나비」에서는 사람과 사람 사이에 가장 중요한 것이 약속이고 신의라는 것을 깨우쳐 준다. 이른 봄에 피어난 민들레와 노랑나비는 서로 언제나 함께 있겠다고 약속을 한다. 그러나 노랑나

비는 봄이 깊어가자 수많은 꽃들이 피어나는 것을 보고 민들레를 배반한다. 이 동화는 간결한 묘사와 빼어난 문장으로 이 글을 읽는 이에게 어떻게 사는 것이 진실된 삶인가를 깨우쳐 준다. 또한 힘든 세상을 살아가는 우리에게 많은 것을 시사하는 '심술꾸러기 상어와 이상한 안경'에서는 남을 괴롭히는 무서운 바닷고기 상어와 그 상어에 시달리는 작은 고기들을 대립적으로 설정해 폭력을 물리치는 작은 고기들의 지혜를 생생하게 그려낸다. 아마도 지난 시절 억압된 정치적 상황에서 씌어졌을 이 작품은 고기들의 독특한 성격을 한껏 되살리는 우의적 수법을 원용해 억눌린 자들의 꿈과 희망을 드러내 준다.

필자가 이 책을 읽고 느끼는 감동은 사물을 묘사하는 저자의 뛰어난 표현력이다. 예컨대 '노란나비가 사뿐사뿐 날아오르며 하느작 하느작 춤을 출 때마다 민들레는 사뭇 황홀했습니다.'(민들레와 나비)와 송아지가 젖 빠는 모습을 묘사한 '연신 조그만 머리로 엄마소의 젖통을 쿡쿡 치받으며 쪼옥쪽 빨아당기곤 하는 것입니다.'(송아지가 뚫어준 울타리 구멍), '노루는 그 너무죽한 큰귀를 쫑긋거리며 우두커니 먼 하늘을 쳐다보았습니다.'(뿔난 노루) (방점 필자) 등에서 볼 수 있는 적절한 표현은 이 책의 감동을 한결 생생하게 되살려 주는 요소가 된다.

그러나 서정성을 바탕으로 근래에 보기 드문 뛰어난 성취를 이룬 이 작품집을 읽고 다소간의 불만이 없는 것은 아니다. 그 점은 '뿔난 노루'에서 추위와 굶주림에 못 이겨 엄마노루를 찾으러 농가에 찾아온 새끼노루가 엄마소와 송아지가 있는 마구간에 갇혀 쉽게 송아지와 어울려 노는 대목이 나오는데 필자의 생각으로는 야성에 길든 노루새끼가 그처럼 쉽게 송아지와 힘자랑까지 하면서 어울려 살 것 같지 않다는 생각이 든다. 그리고 「민들레와 나비」에서도 '나뭇잎이 휘날리고 잔디밭이 시들어지기 시작했습니다. 이제 노란나비도 늙었습니다. 그 가배얍던 날개조차 누더기처럼 찢어지고 무거워졌습니다.' 라는 구절이 나오는데 노란나비의 한 살이를 생각하면 '나뭇잎이 휘날리고 잔디밭이 시들어지기 시작'할 때까지 살지 못한다는 생각을 하게 된다. 종류에 따라 비록 가을에 나타나는 나비도 있겠지만 작품의 문맥으로 보아 봄에 나타난 나비가 가을까지 존재하는 것은 무리라고 볼 수 있다. 이런 점은 사소한 것 같지만 아이들을 독자로 거느리는 아동문학 작품에서 세심한 과학적 근거를 바탕으로 기술되어야 할 필요성을 일깨운다.

이 책의 내용과는 별도의 문제이나 또 한 가지 지적은 이 책을 굳이 '성인을 위한 동화'로 못 박아 두어야 할 필요가 있는가 하는 점이다. 필자는 최근 아동문학 작품들 앞에 '생각하는 동화'니, '성인동화'니 하는 수식어가 붙는 것을 두고 의아하게 생각한 적이 있다. 동화면 동화지 굳이 그 앞에 수식어를 붙여야 하는가. 이는 저자와 무관하게 출판사측의 상업적 판단에 따라 이루어진 일이겠지만 책 내용상 이 책은 '어른을 위한 동화'로 못 박기는 곤란하다. 가령 「별과 비둘기」, 「토끼꼬리에서 온 아저씨」 같은 작품은 어른을 위한 동화에 속할지 모르나 다른 대다수의 동화는 오히려 아이들이 읽어야 할 동화라고 판단된다. 만약 어떤 책에 그 책을 규정하는 특별한 수식어가 붙으면 그 책의 독자층을 축소시키고 그 책의 내용이 본의 아니게 획일화 된다.

필자가 근래에 보기 드문 아름다운 성취를 이룬 이 동화집을 읽고 책 내용과는 관계없는 지적을 사족으로 덧붙이는 것은 아동문학의 발전을 위한 작은 노파심 때문일 것이다. 외국의 경우 아동문학 작품집을 평가할 때, 아이들에 알맞은 제본, 삽화, 활자의 급수, 인쇄 상태 등이 책 내용과 더불어 중요한 기준이 되는 점을 간과해서는 안 된다.

포항문학 제14호

순수함의 힘과 미덕

곽재구 동화집 『세상에서 제일 맛있는 짜장면』을 읽고

근년 우리 문단에서는 문학인들의 장르의 넘나듦이 자연스럽게 이루어지고 있다. 예컨대 시인이 소설과 동화를 쓰고 소설가가 시를 쓰고 평론가가 직접 창작에 참여하는 일이 그것이다. 여기에는 여러 가지 이유가 있을 수 있다. 능력 있는 문학인들의 넘치는 재능과 열정의 자연스런 소산일 수도 있고 한편으로는 문학인 스스로가 출판 상업주의적인 부추김에 휩쓸리는 유행의 한 현상일 수도 있다. 그러나 장르적 보수성이 뚜렷한 한국 문단에서 본래의 장르를 벗어난 타장르에서 눈에 띄게 주목받는 경우는 많지 않다. 문제는 바로 작품성인데, 시인이 소설을 쓰건 소설가가 시를 쓰건 작품의 문학적 완성도가 두드러질 때 그 작품의 존재가치는 확립되며 작품을 쓴 작가 또한 새로운 장르에 관심을 기울이는 당위성을 얻을 것이다.

익히 알다시피 곽재구는 남다른 시적 개성으로 우리 시단의 가장 주목받는 시인으로 손꼽힌다. 그런 그가 몇 년 전 『아기 참새 찌꾸』라는 장편동화를 발표하여 자신의 문학적 영역을 확대하고 그로 인해 뛰어난 아동문학가라는 평가를 얻었다. 바로 그 시인이 이번에 새 동화집 『세상에서 가장 맛있는 짜장면』을 선보이면서 다시 한 번 범상치 않은 문학적 역량을 펼쳐 보인다. 모두 열세 편의 단편동화들이 수록된 이 동화집은 편편마다 저자의 감춰진 재능이 응축되어 있어 우리의 눈길을 모은다.

이번 동화집에서 특히 두드러지는 것은 이기적으로만 치닫는 오늘의 현실 속에서 우리 어린이들에게 어떻게 살아가야 하는가를 깨우치는 내용을 담고 있는 작품이다. 표제작이기도 한 「세상에서 제일 맛있는 짜장면」과 「씀바귀꽃이야, 이쁘지?」와 같은 동화들이 그것인데, 저자가 여기서 말하고자 하는 것은 결국 우리 어린이들이 지녀야 할 올바른 삶의 태도라고 할 수 있다.

편견과 우월감에 젖어 있는 도시 어린이인 '다은이'가 방학 때 남해안의 청산도라는 섬으로 여행 갔다가 그곳에서 자연과 더불어 살아가는 섬 어린이 '순보'를 만나고, 그 아이의 순수한 마음을 통해 자기의 편견을 반성하고 아름다운 마음을 되찾는 「씀바귀꽃이야, 이쁘지?」는 이야기의 흐름이 자연스럽고 그 속에 저자의 의도가 잘 조화되어 있어 감동적이다. 이 동화는 삶의 근본적인 진실에 대해 이야기하며 이기적으로만 치달리는 우리의 오늘을 반성하게 하고 우리 어린이들이 진정 소중히 간직해야 하는 것이 무엇인가를 깨우쳐준다.

이번 동화집에서 필자가 가장 감동을 받은 작품은 「세상에서 제일 아름다운 꽃」이다. 세상에서 가장 귀중한 것은 외형적인 화려함이 아니라 내면의 아름다움을 간직하는 것임을 드러내는 이 동화는 이

야기의 구성과 전개로 보아 근래에 발표된 가장 뛰어난 동화라고 여
겨진다.

　자연과 사물의 진실을 발견하고 그 속에서 빛나는 아름다움을 찾
아내는 곽재구의 단편동화들은 우리로 하여금 동화가 곧 시심에서
출발하는 것임을 말해준다.

창비문화 1996년 9~10월호

낮은 곳으로의 사랑과 인식

박해석 동시집 『동그라미는 힘이 세다』에 부쳐

1. 순결한 다짐, 봄과 동시

긴 겨울이 끝나고 봄비가 촉촉이 내리는 오후, 동업同業 박해석 시인의 동시집 시고를 읽는다. 천지는 이제 곧 봄빛으로 물들겠지. 동시는 어쩌면 봄날의 모습과 어울리는 것이 아닐까? 메마른 땅에 봄비가 내리면 땅은 어느새 촉촉이 젖어들고, 이내 따스한 햇살이 피어나 초목을 감싸 수목들 가지에 연둣빛 빛깔이 물들어 생기가 돋을 것이다. 따스한 봄볕이 아지랑이를 만들고 만물이 소생하고 생동하는 계절. 봄은 나에게 언뜻 동시의 의미를 떠올려주고 봄과 동시가 서로 상통한다는 생각을 들게 한다. 이런 생각의 바탕은 이 땅의 아이들이 처한 현실과 그들의 마음이 춥고 메마른 데서 기인하는 것이고 그들의 마음 밭을 촉촉이 적셔주고 꽃피워 주어야 하는 것이 동시라고 여겨질 때 더욱 그러하다.

'내 시가 겸손해 졌으면, 소리치지 않고 눈부시지 않았으면, 물처럼 공기처럼 낮은 곳으로 흘러갔으면…… 그리고 한 송이 꽃처럼 그렇게 한순간이나마 거짓이 없었으면…….'(박해석 시집,『견딜 수 없는 날들』발문 참조)

박해석 시인이 처음 문학에 뜻을 두었을 때의 시를 향한 염원을 떠올린다. 비교적 늦은 나이에 문단에 나와 여러 권의 주목할만한 시집을 출간하며 문학성을 인정받은 박해석 시인. 박해석 시인은 문인이 되는 것에 연연하지 않았고 스스로 자신의 시가 겸손해 지기를 바랐다. 나는 박해석 시인의 첫 시집 이래 그의 충실한 독자다. 그가 시인이 되는 것에 연연하지 않으며 오랜 세월 문학에 정진하면서 스스로 염원했던 순결한 다짐은 나에게도 꿈꿔지는 목표이고 지향이다. 물처럼 공기처럼 아이들의 마음에 스며들고 거짓 없는 한 송이 꽃과 같은 것. 그것이 참으로 동시일진대, 박해석 시인의 동시집 원고를 출간에 앞서 미리 읽는 내 마음은 설레고 기쁘다.

2. 연민이 아이들을 성숙시킨다

시집은 모두 70편의 동시로 이루어졌다. 하나같이 담담한 목소리. 단정한 문체이다.

제일 먼저 내 눈을 사로잡는 것은 생명에 대한 따스한 연민이다. 그의 시들이 어렵게 살아가는 사람들의 아픔과 고뇌를 구체적으로 형상화함으로서 강한 호소력을 지녔고 당대의 현실과 삶과 질감을 곡진하게 표현하여 높은 평가를 받았듯이 그의 동시 또한 생명의 아픔에 시선을 모은다.

“살얼음만으론 추워요!
더 두터운 이불을 주세요.”

물고기들이 보채는 바람에
하늘에서 바람에게
강보다 더 큰 부채를 주어
밤새 부치게 했습니다.

두꺼운 얼음이 얼어
그 이불 밑에서
물고기들이 추위를 타지 않고
하나도 얼어 죽지 않고
따뜻하게 겨울을 나라고.

—「얼음이불」 전문

등에 짊어진
소금가마
너무 무거워
물 위에 내려놓으려고
쉬지 않고 열심히
팔다리 움직이다보니
네 몸이 철사처럼
가늘어졌니?

—「소금쟁이」 전문

위의 두 편의 시에 등장하는 생명체는 물고기와 소금쟁이. 겨울날

시대 상황과 시의 논리

살얼음 낀 강물 속 물고기는 몹시 춥고 소금가마를 짊어진 소금쟁이
는 자기 짐이 무겁다. 「얼음이불」의 물고기들은 깊은 겨울을 살아야
하고 소금쟁이는 무거운 소금가마를 짊어져야 한다. 위의 시에서 두
생명체들은 힘겹고 고통스러운 존재로 묘사되고 있다. 시인은 「소금
쟁이」에서 소금쟁이의 이름을 빌려와 소금가마를 졌다고 말한다. 그
렇지만 왜 굳이 소금가마였을까? 소금쟁이의 등 모습이 무엇을 짊어
진 듯 보이기에 소금가마를 짊어졌다고 표현했을 것이다. 이 점은 연
약한 작은 생명체에 대한 따스한 연민에서가 아니면 얻어질 수없는
표현이다. 시적 대상이 되는 한 사물로부터 얻어지는 따스하면서도
감각적인 표현과 함께 시인은 다시 가느다란 소금쟁이의 다리가 무
거운 짐을 져서 철사처럼 가늘어졌느냐고 묻는다. 시인은 이들 두 연
약한 생명체의 모습을 사실적 모습대로 어긋나지 않게 그리면서 고
통스럽고 힘겨운 짐을 부각시킨다. 힘겨운 것을 힘겹게, 고통스러운
것을 고통스럽게 보는 것은 무엇일까? 그것은 아마도 연민일 것이
다. 얼음 낀 강물 속 고기에게 두터운 이불이 필요하다고 말하는 것
은 연민이고, 소금쟁이의 다리가 철사처럼 가늘다고 말하는 것 또한
연민일터이다. 독자들은 이를 통해 작고 연약한 생명체를 더 잘 이해
하고 그들의 고통을 자기화하게 된다. "살얼음만으론 추워요! 더 두
터운 이불을 주세요." 시에서 이 말은 물고기의 입을 통해 표현되지
만 시인은 아이들의 마음에서 이런 연민이 표출되기를 바랄지도 모
른다.

박해석 시인의 동시집에 생명에 대한 아픔과 연민이 스며있는 작
품들은 이 두 작품만이 아니다. 진눈개비 내리는 차가운 날, 스스로
팔리러 가기 위해 도시의 거리를 모가지마다 올가미 묶여 끌려가는

염소의 모습을 그려낸 「염소 다섯 마리」, 사람들을 위해 실험대상이 되며 죽기도 하는 실험실의 흰쥐들을 다룬 「흰쥐에게」, 투명한 유리창에 붙어 몸부림치는 곤충의 고통을 그린 「말벌」과 철사나 나일론 끈 등, 인간의 무관심과 부주의에 의해 발톱이 빠지거나 발목이 잘려나간 공원의 비둘기를 다룬 「종묘공원 비둘기」 등이 모두 생명에 대한 아픔을 그린 작품이다. 이들의 작품은 대게 도시 공간에서 발견되는 생명체들인데 자연 속에 자유롭게 살아가지 못하는 존재로 그려지고 있어 오늘 날의 도시문명에 대한 비판적 시각을 함께 견지하고 있어 그 의미가 남다르게 전해진다. 이밖에도 시인은 다시 시야를 넓혀 시, 「그 애」에서 아프리카 대륙의 먼 나라에서 어른들의 탐욕과 욕망의 희생물이 되어 전쟁터에 끌려 나가는 시에라리온의 어린 소년들의 참담한 현실을 그리고 있다. 이들 작품들은 모두 생명에 대한 아픔과 연민이 스며있고 작고 여리고 힘없는 것에 대한 애정과 관심이 깃들어 있어 하나같이 우리의 마음을 촉촉이 적셔준다.

3. 분별은 아이들을 지혜롭게

박해석 시인의 동시집에서 다시 또 눈여겨지는 것은 아이들에게 분별력을 길러주는 작품들이다.

가재는 골짜기
맑은 물에서 살고

게는 바닷가 펄밭이

제 놀이턴데

어떻게 가재가 게 편이지?

—「가재는 게 편이라고」 부분

어른들 말씀 중에 알쏭달쏭한 것도 많아

손이 발이 되게 빌라고,

잘못했으니 아빠 엄마께 어서

손이 발이 되게 빌라고

할아버지는 말씀하시지만

어떻게 손이 발이 되게 빌지?

발이 되도록 빌려면

손을 어떻게 해야 하는 거지?

—「손이 발이 되게」 부분

위의 두 시편들은 아이들의 입을 통해 우리의 고정관념을 비판하는 작품이다. 누구나 알고 있는 바이지만 오늘날의 아이들은 부모의 욕망 속에 살아가는 무력한 존재가 되고, 경쟁적 교육환경 속에서 아이들은 영혼과 행복이 짓밟히고 간과되는 존재가 되었다. 그리고 스스로의 판단과 분별 또한 위축되고 상실되어 버린다. 아이들에게는 당연히 아이들만이 지닌 특성이 있고 그 특성은 아이들의 영혼을 풍요롭게 만든다. 아이들은 본래 기존의 고정관념에 얽매이지 않고 거기에 의문을 제기한다. 고정화된 관념을 뒤집고 깨트리는 것이 아이들의 시각이다. 그것이 아이들의 특성이다. 지각은 의문에서 태동되고 분별 또한 거기서 생겨난다. 우리가 우리의 아이들을 부모의 욕망 속에서만 움직이는 무기력한 존재가 되기를 원하지 않는다면 아이들의 의문과 아이들의 창의성은 옹호하고 존중해야 마땅하다. 오늘의 아이들은 기성세대들이 경험했던 세계와는 다른 환경을 살고 있고 새로운 세계의 지향점을 만들고 추구하는 주체임은 당연하다 할 것이다. 시인은 이점을 누구보다 깊이 인식하고 그 중요성을 위의 시들을 통해 넌지시 드러내 주고 있다. 가재는 민물에 살고 게는 바닷가 갯벌에 사는데 두 존재들이 어떻게 한 편이 되느냐고 묻는 시는 우리의 고정관념을 비판하는 작품이다. 또 「손이 발이 되게」에서는 손이 도저히 발이 될 수 없다는 사실을 통해 우리의 기존관념을 비판하고 있다. 따라서 독자들은 비판과 분별을 바탕으로, 빨래는,/빨랫줄의 집게가 자기를 꼬집는다고/바람이 불 때마다/펄럭펄럭 펄럭펄럭/온몸을 흔들어보지만//집게는/빨랫줄의 빨래가 땅에 떨어져/깨끗해진 몸 더럽힐까 봐/아파도 조금만 참아/……/이 악물고 빨래를 놓지 않고 있다/……「집게와 빨래」(부분)와 같은 시를 읽으며 상호적 분별인식에 도달할 수 있는 것이다.

이들 동시들은 기존의 우리 동시집에서 우리가 흔히 읽어보지 못한 새로운 작품들로서 박해석 시인의 동시집에서 두드러지는 한 특징으로 여겨지는바 우리의 어린 독자들이 사이버 공간의 확대와 커뮤니케이션의 규격화 속에서 사고의 평준화를 초래하는 가운데 이 시들을 통해 사물에 대한 분별력과 창의력을 기르고 우리 사회가 유기적 관계 속에 놓여 있고 움직여 나간다는 이치를 깨닫게 하는 미덕을 지닌다.

오늘날 우리 아이들의 정서가 메마르고 삭막해지는 데는 여러 가지 요인이 있다. 이는 사회학적 관점에서 규명되고 해석될 일이지만 얼핏 생각해도 앞에서도 언급했듯 공동체의 상실과 가치관의 변모, 경쟁적 교육시스템, 사회변동에 따른 가정구조 및 기능의 변화 등 이론적으로 열거할 문제점은 수없이 많을 것인데 그 모든 책임은 우리 모두에게 있을 것이다. 시인은 소박하나마 아동문학을 통해 우리 아이들에게 뭇 존재들의 가치를 일깨우고 세상을 바라보는 올바른 눈을 길러주며 편견에 길들어져 있고 경직화된 그들의 시야가 올바르게 열리고 그들의 품성이 넉넉하고 따뜻해지기를 바란다.

> 너는 모를 거야.
> 너 시원하게 하려고
> 내가 얼마나 땀을 뻘뻘 흘리며
> 바람을 일으키는가를.
>
> 너희들은 모를 거야.
> 너희 모두에게 골고루
> 시원한 바람 불어가라고
> 내가 어지러운 것 참고
> 쉬지 않고 머리를 흔드는 것을.
>
> —「선풍기의 말」 전문

위의 시에 등장하는 선풍기는 생명력이 없는 하나의 인공물이지만 시인은 더운 여름을 살아가는 '너'에게 시원한 바람이 보내려고 땀을 뻘뻘 흘린다고 말한다. 우리는 이 세상이 저절로 밤과 낮이 바뀌고 움직인다고 생각하기 쉽지만 세상은 모름지기 수많은 톱니바퀴들이 맞물려 돌아가는 유기적 구조 속에 놓여있다는 점을 간과하기 일쑤다. 특히 핵가족화의 구조와 디지털 환경 속에 자기 본위로 자라는 우리 아이들은 나를 떠나 남을 인식하는 능력이 부족하고 남의 고통에 무감각하기조차 할 수 있다 하겠다. 선풍기는 우리 주변에서 흔히 목격되는 하나의 사물에 불과하지만 시인은 의인화된 그 사물을 통해 타인의 역할과 고통을 일깨운다. 여름철 '내'가 시원하기 위해서는 힘들게 애쓰는 타인의 존재가 있다는 것. 그 점을 깨우칠 수 있다는 것은 소중하고 필요하다. 그래서 시인은 더 나아가 우리가 늘 일상 속에서 목격하는 검정 비닐봉지 하나를 빌려 와 그 하찮은 비닐봉지의 의미를 강조하고 있다. 나는 엄청 가볍고/내 몸뚱이는 검어요./……/그래서 그런지 몰라도/아무 거나 담을 수 있어요./……/……//비싼 것 폼나는 것들은/나를 싫어하는가 봐요/…… 그래도 오늘도 우리는 기다리고 있어요./값싼 것, 눈에 띄지 않는 보잘 것 없는 것/우리가 담아야 하니까요./……(「검은 비닐봉지」부분) 시인은 「비닐봉지」에서 겉모습만 화려하고 값진 것만 소중하고 귀한 것이 아니라 우리 사회의 낮은 곳에서 묵묵히 궂은 일을 맡아 하며 우리 사회를 지탱하고 있는 비닐봉지 같은 존재가 필요하다고 강조하고 있다. 시인은 이 시들을 통해 우리 아이들에게 뭇 존재들의 가치를 일깨우며 세상을 보는 올바른 눈을 길러주고 있다 하겠다.

4. 언어의 공력

　그리고 보니 나는 지금껏 박해석 시인의 동시를 공리성과 목적성
에만 묶어 읽은듯하다. 그러나 박해석 시인의 동시집에는 그의 오랜
문학적 공력이 빚어낸 언어적 성취가 스미어있음도 덧붙여야 할 것
이다.

우리 식구 밥 해주려고

일찍 일어난 어머니

부엌에서 싸락싸락

쌀 이는 소리같이

싸락싸락 내리는

싸락눈은

춥고 어두운 거리에서

싸락싸락 빗질하는

미화원 아저씨 힘들지 않게

내려 쌓이지는 않고

싸게싸게 녹아

－「싸락눈」 부분

뭐가 저리 급하노.

똥이 마렵나

개가 쫓아오나

학원에 늦었나

꽁무니에 정말 불이 붙었나?

우와, 빠르다!
우사인 볼트도 저리 비켜라!
백 미터 세계 신기록도 문제없다!
그런데 쟤는 왜 꼭 오밤중에만
달리기를 하지?

-「별똥별」 전문

위 두 편의 시에서 우리는 박해석 시인의 언어적 능력을 유감없이 읽어낸다. 시인은 시 「싸락눈」에서 싸락눈이 내리는 모습과 형상을 부엌에서 어머니가 싸락싸락 쌀 이는 소리로 환기시켜 되살려주고 있다. 이 뛰어난 비유는 또 춥고 어두운 새벽 거리에서 환경미화원들이 싸락싸락 빗질하는 소리로 마무리되고 있는데 이는 오랜 세월 언어에 공력을 바친 자 만이 얻어낼 수 있는 표현이라 할 수 있다. 이런 감각적 표현은 다른 시 「별똥별」에서도 어김없이 발휘된다. 밤하늘에 빛을 긋는 별똥별을 보고 아이들의 언어로 아이들의 연상으로 별똥별의 생태를 생생하게 살린다. '똥이 마렵'고, '개가 쫓아오'고, '학원에 늦었'고 라는 말들은 오늘날 우리 아이들의 살아있는 입말이어서 독자로 하여금 입에 웃음을 돌게 한다. 그리고 이어지는 '우와, 빠르다!/ 우사인 볼트도 저리 비켜라!'라는 구절 또한 빛나는 표현이 아닐 수 없다. 지난 올림픽 때 빠른 발로 단거리 세계신기록을 세운 선수와 눈 깜짝할 동안에 사라지는 별똥별의 모습은 아주 적합한 연상을 불러일으키는 것이다. 사물의 묘리를 새롭게 터득하고 감각적으로 뛰어나게 표현하는 것이 시인이 가진 한 특장이라 한다면 박해석 시인은 이런 점에 있어서도 돋보이는 능력을 지녔다.

박해석 시인은 얼마 전 자신이 자란 곳으로 이사를 갔다. 그가 어려서 초등학교를 다닌 곳으로 사는 곳을 옮겨서 아동문학에 전념하고 있다 한다. 나는 자신을 드러내지 않은 채 오랜 세월 문학에 정진하면 이뤄낸 박해석 시인의 동시집 출간을 기뻐하며 '소곤소곤/가분가분/움찔움찔/……/또 한 번 새 세상 색칠하려고/봄 앞서 봄마중 나온 저 빛!'「연두빛」(부분)과 같은 박해석 시인의 첫 동시집이 아이들의 마음을 봄빛으로 물들여주기를 기원한다.

2012년 봄

오늘의
한국 동시에 대한 비판

어렸을 때의 삶을 되돌아보면 우리는 다양한 놀이를 즐기며 살았다는 것을 알 수 있다. 그 놀이들은 대게 우리 몸을 이용해 즐기는 것이었고, 도구가 필요한 경우에도 주위에서 손쉽게 구할 수 있는 간단한 사물을 통해 이루어졌다. 예컨대 고무줄놀이, 땅뺏기, 소꿉장난, 자치기, 숨바꼭질, 제기차기 같은 놀이가 그것이었는데, 이들 놀이는 하나같이 몸을 움직이는 동작을 통해 행해졌고, 긴장과 재미와 흥분을 함께 지닌 것이었다. 그 놀이들은 일정한 규칙이 있고 그 규칙을 통해 우리는 간접적으로 삶의 규율을 터득하고 사회성을 기르고 육체를 발달시켰다. 그리하여 우리는 놀이의 중요성을 은연중에 인식하고 이를 즐기며 전승해왔다.

그러나 오늘날에 와서는 이같은 전통적 놀이가 거의 쇠퇴되고 즐겨지지 않는다. 여기에는 우리의 삶과 사회적 환경이 바뀐 데에도 그 원인이 있을 것이다. 그런데 아동문학에 있어서 최근 '놀이'라는 개념이 등장하고 있는 것은 참으로 뜻밖이고 의외의 현상이다. 언어를 바탕으로 하는 문학에 '놀이'라는 이질적 개념이 등장한 것은 그리 오래지 않은 일로서 아동문학 작품에 직접 '놀이'라는 명칭이 붙여지게 된 것은 아무래도 최승호 시인이 『말놀이 동시집』(전 5권, 비룡소, 2005~2010)을 출간하고부터 라고 여겨진다. 물론 우리 전통 놀이 중에는 말로 하는 '말놀이'가 없었던 건 아니다. '끝말잇기', '이름대기', '같은 종류 말하기' 등이 그런 말놀이 놀이였다. 그러나 이같은 유희적 말놀이는 문학과 일정한 대척점을 지닌다. 여기서 우리는 다시 문학과 놀이란 무엇인가 하는 근본적 명제를 떠올린다. 무엇보다 문학은 언어의 활자화를 통해 어떤 사상과 생각이 표현되는 예술 행위이고, 어떤 목적 달성을 위한 수단 즉 일이 아닌 고통과 강제가 수반되지 않는, 자발적으로 그 자체가 즐거움과 만족을 주는 행위가 놀이라는 점을 되새길 때 문학과 놀이는 이질적 의미를 갖는다.

한편 오늘날에 와서는 영화·사진·라디오·텔레비전 등의 시청각 미디어가 널리 대중 속으로 파고듦으로써 활자문화를 대신하는 시청각문화의 시대가 전개되는 점을 감안할 때 앞으로의 문학은 전통적 개념을 상실하고 언어와 시청각적 이미지를 대규모로 종합한 전혀 새로운 문학의 형식이 탄생할 가능성도 배제할 수 없다. 그러나 우리가 지금까지 수용하고 있는 문학에 있어서 '놀이'라는 특별한 개념의 등장은 생경한 것이며 특히 어린이들이 주 대상인 어린이문학에 '놀이'라는 개념이 나타나게 된 것은 여러 가지 시사점을 던진다. 어쩌거나 근년에 출간된 최승호의 동시집은 상당한 판매부수를 기록하며 이른바 상업적 성공을 거두었고 여기에 대한 호 불호의 평가는 차치하고라도 이 동시집이 우리 동시 시단에 미친 영향은 적지 않았다.

긍정적인 평가로는 대체로 별개의 영역으로 보이는 문학과 놀이를 결합하여 우리 아이들에게 말의 터득을 빠르게 하고 언어적 상상력을 도모하는데 있다는 점이고 부정적인 것은 과연 그 같은 유희적 언어가 문학성과 어떤 연관이 있는가 하는 회의일 것이다.

그런데 여기서 문제 삼을 수 있는 점은 일일이 예거할 수 없을 만큼 많은 동시 시인들이 이른바 말놀이의 기법을 유행처럼 자신의 창작물에 차용하고 답습하는 데 있다 할 것이다. 작금의 우리 문학 풍토에는 어떤 한 작품이 주목을 끌고 두드러진 성과를 보였을 때 그 기법과 언어 그리고 그 방법론을 추종하는 아류가 번성했던 안타까운 현상 등이 아주 없었던 것은 아니다. 이를테면 민중문학 획일성 등이 한 예가 될 수 있을 것이다. 또 적절한 비유가 될지 모르지만 지난날 우리 민중문학에서 '조선낫'이 한 시인의 시작품에 쓰이자 수많은 시인들이 유행처럼 이 시어를 자신의 시작품에 등장시켰다. 벼를 베고 추수하는 도구로서의 낫이 저항과 항쟁의 도구로 번역되면서 이 낫이라는 시어가 반성 없이 빈번하게 쓰였던 적이 있었던 것이다. 문제는 창작자로서의 무비판적인 유행추수의 현상도 현상이려니와 이같은 현상에 평론가들조차도 비판적 시각을 견지하지 않는다는 데 있다 하겠다. 최근 출간된 한 중진 동시인의 시집에도 이같은 현상이 노정되고 있다.

우리나라 참깨가 최고랑 깨 / 우리나라 참깨가 최고로 맛있당
깨 / 우리나라 참깨가 최고로 고소하당 깨 / 이 참깨는 진짜

국산이랑 깨 / 거짓부렁이 아니랑 깨, 진짜랑 깨

-「깨」 전문

　위의 시는 이 시인이 출간한 시집의 표제작으로서 이 시집을 해설한 평론가는 '이 작품에 이런저런 설명을 달면 사족이 될 것 같다.'라고 하면서 "우리나라 참깨가 최고랑 깨" "거짓부렁이 아니랑 깨, 진짜랑 깨" 하고 '깨'에 힘을 주어 소리 내어 읽으면 더 재미있다. '최고랑 깨'는 '최고라니까'의 사투리 표현인데 보통 '최고랑께'로 쓴다. 그런데 띄어 쓰면서 '~깨'로 써서 먹는 깨를 연상하도록 하였고, 각 행의 끝을 모두 '~랑 깨' '~당 깨'로 맺어 운율을 맞췄다. 마지막 행에서는 '아니랑 깨, 진짜랑 깨'라고 '~랑 깨'가 반복되면서 마치 깨가 한가득 쏟아져 쌓이는 것을 보는 것 같고, 그 깨알들이 시끌벅적 떠들어대는 소리가 들리는 것 같다'라고 평했다. 그리고 덧붙여 이 시인이 '동시를 갖고 논다. 어떻게 하면 재미있는 동시를 쓸 수 있을까, 좋은 동시를 쓸 수 있을까 걱정하는 것이 아니라 어떻게 하면 동시를 쓰며 재미있게 놀까 궁리하는 것 같다'라고 평가했다.

　이같은 평가는 아주 긍정적인 평가라고 볼 수 있는데 우리는 위의 시 「깨」를 평가한 평론가의 견해에 얼핏 그렇기도 할 것이다 라며 수긍할 수도 있을 것이다. 그러나 이같은 평가가 이 시가 근본적으로 말놀이를 바탕으로 하고 있다는 점을 깨닫게 된다면 생각은 달라진다. 덧붙여서 해설자는 '수입산 참깨가 많으니 가짜 국산도 있고, 그러니 진짜 국산이 맞나 의심이 간다. 단순히 사물의 속성을 재미있는 리듬을 타고 말한 작품인가 했는데 이런 세태에 대한 감각도 들어있다'라고 덧붙였다. 그러나 해설자의 평가는 설득력이 떨어지는 올바른 지적이 아니며, 특정지방의 사투리를 흉내 낸듯한 느낌[1]마저 주는 이 시에 대한 필자의 평가는 부정적이다.

　동시가 어른이 창작자가 되지만 아이의 마음을 담아 쓰는 것이라고 할 때, '참깨가 최고로 맛있고 최고로 고소하고 진짜 국산이고 거짓부렁이가 아니'라고 말하는 것은 아이의 마음이 아니다. 과연 요즈음 대다수의 아이들이 참깨를 보고 이런 말을 할 수 있을까? 그리고 무엇보다 이 시에서 지적코자 하는 것은 이 시가 말의 표피적 현상에 집착하고 있다는 것이다. 이는 최승호적 현상에서 벗어나지 못할 뿐만 아니라 오히려 최승호식 동시를 추종하고 답습하는데 있다 하겠다.

　지난날 우리는 말의 유사성, 즉 펀pun이나 보트스필wortspiel에 의지하는 문학적 현상을 이미 목격한 적이 있었다. 강압적 군사독재시대의 배경으로 태동된 현상이었는데 진실을 바로 표현할 길이 없는 암울한 현실에서 우회적으로 솟아난 수법이었고 이를 통해 우리는 사물의 진실을 파악하기 어렵고 삶의 참된 진실의 접근이 어려웠던 아픔도 경험했다. 필자가 이 글에서 최근 출판한 한 시인의 이 시집과 해설자의 해설에 대해 비판적 시각을 견지하는 것은 어떤 사사로운 편견 때문만은 아니다. 그러나 위의 시를 쓴 시인은 우리나라 동시 시단의 대표적 중진이며 이 시집을 해설한 평론가는 우리나라 동시 시단의 가장 큰 영향력을 미치는 잡지의 편집인이라는 사실이고 또 이 시인이 지난 날 여러 권의 동시집을 출간하며 훌륭한 동시들을

---

1 어디서 왔당 깨/전라도랑 깨/뭐하려 왔당 깨/돈 벌러 왔당 깨/(1960년대에 불리던 속요) 이 속요에는 1차 산업이 붕괴되고 농촌이 해체되던 시대에 이농현상과 더불어 특정지방을 비하하는 의미도 있었다.

선보여 왔지만 이번에 출간한 시집에는 말의 외피적 현상을 기교적 수법으로 수용한 이른바 말놀이 동시들이 참으로 많이 수록되어 있으며 그들 시에 대해 평론가가 고평하고 있다는 점이다.

여기서 필자가 재차 강조하고자 하는 것은 최승호의 말놀이 동시집의 주 독자층이 유아기의 아이들이라는 점이다. 물론 아직 문자를 미처 터득하지 못한 유아기의 아이들이 스스로 책을 읽지는 못할 것이고 대신 부모가 자신의 아이에게 책을 읽어줄 것이다. 이는 무엇을 뜻하고 있는가? 과연 우리의 아이들이 말을 일찍 터득하고 남다른 상상력을 개발하는 것이 미덕일까 하는 점은 일단 논외로 하고 유아기의 아이들이 자신의 뜻과는 달리 부모들에 의해 피동적으로 말놀이 동시집을 수용해야 한다는 것은 여러 가지 상상을 불러오게 만든다.

근자에 우리 출판 '시장'이 지극한 불황을 겪고 있다는 소리를 듣는다. 그럼에도 불구하고 아동물 출판은 비교적 호황을 보이며 동시집 동화집 발간이 활발하다. 이점은 아동문학을 겸하고 있는 필자에게도 즐거운 일이기도 하다. 그러나 특별히 아동도서 출판이 타 분야 출판보다 상대적 강세를 보이는 것은 우리나라 교육현실에서 유래하는 것으로서 경쟁적 사회에서 자신의 아이들을 잘 키우려는 부모의 염원 때문이라 할 수 있다. 따지고 보면 아동문학 혹은 동시의 대상층이 유아이든 학령기의 아동이든 그것은 그다지 큰 문제가 아니다.

문제는 우리의 어린 아이들이 문학마저도 부모의 그릇된 욕망과 전도된 가치관으로 하여금 피동적으로 수용해야 한다는 점이다. 이 점은 아마도 오늘날의 시장 경제적 가치관과 연관이 있고 우리의 삶을 지배하는 신자유주의적 가치관에 뿌리를 두고 있을지도 모른다.

만약 오늘날 유아문학의 확산이 우리 부모들의 그릇된 욕망과 가치관에서 출발하는 것이라면 여기에 편승해 자신도 알게 모르게 이같은 작품을 '생산'하는 작가는 물론이고 이같은 문제점의 심층을 파악하지 못하는 비평가들에게도 커다란 문제가 있다는 점을 지적하고자 한다.

오늘날 우리 아동문학을 선도하는 평론가들은 '재미와 상상력'을 한 작품의 성취에 가장 중요한 요소라고 여기며 소재나 제재가 지난날의 시점에 머무는 작품이면 케케묵은 작품이라 폄하하고 아이들의 따뜻한 심성이나 미덕을 그리면 '동심천사주의'에 머문다고 혹평하기 일쑤다. 사과 한 알을 먹을 때 내포된 영양소가 우리 몸속에 들어오는 것은 당연하지만 우선 그 맛이 좋아야 맛있게 먹을 수 있다는 것은 상식이다. 그리고 그 맛은 아마도 문학작품의 향유에 있어서 재미일 수도 있을 것이다. 그러나 재미는 말의 유희와 장난스런 인공적 비틀음과 구별되어야 하는 것이 아닐 수 없다.

다시 문학에 있어서 새롭고 기발한 것은 무엇을 의미하는 것일까? 새롭다는 것은 기존의 창작품에 비해 표현의 참신성과 독창성을 지칭하는 것이지 단순한 말의 비틈이나 왜곡은 아니다. 그 점은 일시적으로 독자들의 눈길을 끌지 모르지만 우리 아동문학을 병들게 하는 요소이다.

필자는 최근 들어 우리나라 대표적 대형 출판사들이 주식회사로 전환하고 비대해 지면서 교과서 출판에 뛰어들고 그와 수반되는 부교재를 출판하면서 입시 위주의 경쟁적 교육 풍토에 동참하는 모습을 목격하며 쓸쓸한 마음을 감출 수 없었다. 시장 경제적 가치관이 우리 사회에 팽배해 있는 오늘날, 참다운 인간 정서의 근본을 형성해야하는 아동문학 창작에 우리 아동문학 창작자들이 이같은 문제점을 인식하지 못하고 알게 모르게 신자유주의적 가치관에 매몰되는 일은 안타까운 일이다. 소모·폐기·재생산 그리고 새로움 추구는 현대 산업문명 나아가서 신자유주의적 문명의 병리적 속성이다. 그리고 남을 앞지르고 우월한 능력을 지니게 하는 것은 여기에 근거하는 가치관이다. 우리의 삶은 이제 대책 없이 신자유주의적 문명 속에 노출되어있다. 문학 또한 여기에 추종하는 걸까? '동심천사주의' 문제점을 처음 제기한 이오덕은 '기교만을 앞세우는 말의 재주놀이에 빠지는 것을 경계하는 것'이었고 언어의 표피적 현상에 집착하는 것이 아니라고 했다. 그는 오히려 인간 사회의 악에 물들지 않는 인간스러운 마음과 선에의 의지를 소중히 여겼다.

여기서 필자는 다시 왜 우리 아동문학이 소재나 제재를 지난날에서 구하면 일단 '해묵은 동시를 각성 없이 반복 생산한다.'라고 주장하는 일부 비평가들의 편견도 지적해야 할 부분이라고 생각한다. 그들은 지난날의 삶에서 소재나 제재를 구한 작품 앞에서 '현재를 사는 아이들의 경험과 생활 속의 말놀이가 아니라 농촌공동체 시절의 자연과 삶을 담은 말놀이라는 점에서 뚜렷한 한계를 가질 수밖에 없다'라고 주장한다. 그리고 그들은 이같은 작품에 '이제는 '옛사랑의 그림자'에서 벗어나야 한다. 아이들에게 지금을, 현재를 살아가는 자신들의 이야기를 들려주어야 한다'라고 말한다. 그러나 이같은 언술은 꼭 타당한 것일까? 다시 한 번 말하지만 문제는 소재의 현재 혹은 과거적 취택이 문제되는 게 아니라 거기에 깔린 가치이고 진실이며 아름다움이다. 우리가 오늘까지 이문구와 권태응, 권정생 등의 동시에서 참된 동시의 아름다움을 느끼는 것은 무엇으로 설명할 수 있을까?

그렇다면 오늘날 바람직한 동시는 어떤 것이어야 할까? 새로운 동시의 지향점은 어디에 있으며 그 도정을 향해 오늘의 동시 창작자들은 어떤 노력을 기울여야 할 것인가? 서둘러 말하건대 나로서도 단정적인 견해를 표현하기에는 어려움이 있다는 점을 밝힌다.

①

오다 말다 가랑비/ 가을 들판에/ 아기 염소 젖는/ 들길 시오리.

개다 말다 가을비/ 두메 외딴집/ 여물 쑨 굴뚝에 연기 한 오리.

—「가을비」 전문

②

꿀벌들은 통 속에서 오곤자근/ 동무 동무 정다웁게 봐 온 양식/ 서로 서로 나눠 먹곤 오곤자근

생쥐들은 굴 속에서 오곤자근/ 동무 동무 정다웁게 봐 온 곡식/ 소곤소곤 나눠 먹곤 오곤자근

아기들은 방 안에서 오곤자근/ 동무 동무 정다웁게 봐 온 밤톨/ 화롯불에 묻어 놓곤 오곤자근

—「오곤자근」 전문

①은 이문구의 동시집 『개구장이 산복이』에 수록된 동시이고 ②는 권태응의 동시집 『감자꽃』에 수록된 동시이다. 이문구, 권태응은 이미 이 세상 분들이 아니고 그분들이 남긴 작품들은 지난 시절의 작품이다. 그러나 우리는 이들의 작품에서 오늘의 우리 동시들이 나아가야 할 지향점을 발견한다.

①의 시의 공간적 배경은 인가들은 거의 없는 두메산골이거나 농촌이며 시간적 배경은 가랑비가 내리는 가을이다. 이 시의 1연에서

는 한적한 들판에 가랑비가 내리고, 그 비에 주인이 와서 묶인 줄을 풀어 집으로 데려가지 않으면 언제까지나 하염없이 제 몸이 젖고 있어야하는, 길러짐에 순명하는 염소가 묶여 있다.

2연에는 연기 한 오리가 피어오르는 외딴집 한 채가 그려진다. 염소와 들판과 외딴집과 두메 그리고 연기 한 오리는 적막하다. 시에서는 제 몸이 젖는 어린 염소에 대한 직접적인 연민이 드러나지 않으며 고적한 외딴집에 대해서도 감상이 배제된다. 다만 한적한 산골의 가을비 내리는 정경 속 사물들을 무심한 듯 그려냄으로서 독자로 하여금 적막과 외로움의 공간을 인식하게 만들고 그 정경 속에 자신이 스며들어 정경과 자신을 일치하게 만든다. 각 연을 서로 대응되는 시어로 배치하고 종결어가 '시오리' '한 오리'로 마감하여 운율도 살리면서 스산하고 적막한 정경을 놀라운 언어적 감각으로 형상화했다. ②의 시는 생명들의 친화가 놀랍다. 시 속의 시간은 겨울이고 작고 여린 생명들은 깊은 겨울 동안 생명을 유지하는 먹을 것을 다정하게 나눠먹는다. 우리는 이 시에서 갈등과 다툼 없는 평화의 세계를 읽는다. 이 시 역시 언어의 운용이 눈부시다. '통'과 '굴'과 '방'이라는 대응의 시어를 효과적으로 배치하고 '양식', '곡식', '밤톨'을 균형 있게 처리하여 생명붙이들의 화평을 놀랍게 그렸다. 시에서 의도하는 주제를 탁월한 언어적 감각으로 표현해낸 위의 두 시들은 깊은 의미를 지니며 우리 동시의 한 모범을 보이고 있다.

①과 ②의 시들은 모두 다 지난 시간에서 태어난 작품이다. 그러나 이 과거적 시제는 오늘을 살아가는 사람들에게도 경험되고 느껴지는 시간이며 공간이다. 따라서 이 시들은 지금에 와서도 현재성을 갖는다.

다시 한 번 반복하는 바이지만 필자는 오늘의 비평가들이 작품을 해석하고 분석함에 있어 소재나 제재가 지난날에 머물고 있는 작품들에 대해 '현재를 사는 아이들의 경험이 부족한, 낡은 소재와 뻔한 교훈을 안이한 언어감각으로 반복하는 해묵은 동시'[2]라고 폄하하는, 융통성이 결핍된 이해력에 동의할 수 없는 적이 많았다.

권태응과 이문구가 살았던 시절은 오늘날과 과연 얼마나 많은 시간적 거리가 있는가? 오늘의 우리 삶은 급변하고 10년 전의 삶은 벌써 낯설어 지지만 동시대를 살고 있는 사람들이 경험한 현실이다. 다시 원론적인 이야기가 되겠지만 과거의 소재나 제재가 문학적 성과의 판별 기준이 될 수 없다.

문제는 작품성이 아닐까. 한 예로 우리가 과거를 다룬 역사소설에서 문학적 감동을 받는 근거는 그를 통해 오늘의 진실을 얻기 때문이 아닌가. 그렇다면 참으로 바람직한 동시들은 어떤 것일까? 오늘의 아이들은 외롭고 힘든 삶을 살아간다. 무한 경쟁 교육풍토에서 희생되고 압박받는 아이들은 그 어디에서도 마음의 안녕을 구하고 위로받지 못한다. 심신이 지친 아이들을 유혹하는 장치는 우리 사회 도처에 깔려 있고 그 함정은 너무나도 교묘하다. 그래서 아이들은 탈출구를 찾게 되고 쉽사리 말초적 재미에 빠진다. 그 말초적 재미는 아이들을 병들게 한다. 우리 아이들을 유혹하는 대표적 함정들은 여러 가지가 있겠지만 최근 크게 문제가 된 인터넷 게임 등이 그 한 예라고 할 수 있는데 이는 지난 날 우리가 즐겼던 놀이와는 달리 가상공간에서 이루어지는 특성을 지녔다.

우리 아이들이 탐닉하는 인터넷 게임의 경우, 대개가 인간에게 잠

---

2 김권호 <창비어린이> 2009년 봄호 '일반시인 동시집 어떻게 볼 것인가' 참고.

재되어 있는 파괴본능에 맞닿아있고 이를 통해 우리의 아이들의 영혼은 황폐해진다. 이런 현상들은 두말 할 것도 없이 입시위주의 교육환경과 경쟁적 사회 환경에서 유래하는 것이라고 할 수 있는데 이런 현실에서 아이들이 읽어야 할 문학마저 '재미와 상상력'에 치우쳐있다면 아동문학은 병들고 아이들의 정서는 피폐해진다.

산딸기 따 먹으며/칡잎에다 한 우큼/따로 쌉니다.

젤 잘 익은 것만/골라 쌉니다.

꼴망태 이고 지고/돌아갑니다.

걸으면서 분이는/동생 용복이가/냠냠 먹을 것을/생각합니다.

걸으면서 돌이는/할아버지가/호물호물 잡수실 걸/생각합니다.
　　　　　　　　　　　　　　　　　　　　－「산딸기」 전문

위의 시는 가난한 농촌에 사는 아이가 소꼴을 베려 산에 갔다가 집으로 돌아오며 산길에 딴 산딸기를 나뭇잎에 한 움큼 싸오는 마음을 그린 작품이다.

권정생 선생이 초기에 쓴 이 시에는 남을 위하는 따스한 시심이 담겨있고 가난한 가족끼리의 소중한 사랑이 스며있다. 이 시를 통해 우리가 깨닫는 감동은 참되고 아름답고 진실한 가치이다. 오늘날의 우리 삶은 핵가족 형태를 띠고 있다. 권정생 선생은 위의 시에서 어린 아이인 '돌이'가 제 가족을 생각하는 따스한 마음씨를 그려냄으로서 가난 속에서도 우리에게 무엇보다 소중한 것은 남을 위한 사랑이라는 점을 강조한다. 핵가족 시대를 살아가는 우리는 가족 이기심에 빠져 있고 남을 배려하고 따뜻하게 여기는 마음이 메말라간다.

　필자는 우리의 어린 아이들이 이 시를 읽을 때 어떤 마음을 가지게 될까 구체적으로 확인할 도리는 없다. 그러나 최소한 이 시에서 남을 배려하는 따스한 마음이 담겨 있다는 것을 느끼게 되지 않을까. 우리의 시대는 개인의 가치가 우선이며 참되고 아름답고 진실한 가치들은 희석되고 퇴화한다. 그럴수록 우리에게는 참되고 아름답고 진실한 것이 존중되어야 하지 않을까. 결론은 바로 참되고 아름답고 진실한 것의 회복이다. 그것이 아동문학의 근본이며 진실이다. 오늘의 동시, 나아가서 우리의 아동문학에도 여전히 이같은 가치는 존중되고 옹호되어야 한다는 사실은 많은 창작자들이 인식하고 있는 것은 틀림없을 것이다. 그럼에도 불구하고 오늘의 아동문학은 '재미와 상상력'이 앞서는 작품이 우대되고 존중된다. 아이들의 현실을 있는 그대로 그려야 한다는 강박에만 빠져 설익은 작품이 남발되는 것은 안타깝다. 그러나 필자는 우리의 동시, 나아가서 우리의 아동문학의 전망은 밝다는 희망을 가진다. 우리의 뛰어난 선배들의 발자취에서 그 가능성을 얻고 새로운 언어와 상상력을 통해 고뇌하는 작가가 있다는 점을 믿기 때문이다. 희화화된 말재주와 글장난은 훌륭한 문학이 될 수 없지만 언어를 혁신하고 새로운 표현을 얻으려는 시인들의 노력은 진실로 유효하며 이어지기 때문이다.

2012년 1월 15일

자연과 인간애

이시영 시집 『무늬』에 부쳐

이시영의 이번 시집은 아름다움과 순수함과 싱싱한 생명력에 대한 그리움을 담고 있다. 그의 그리움이 유발되는 바탕은 남루한 세속적 질서와 전망을 잃고 표류하는 타락한 삶의 조건이다. 그는 남루한 세속적 질서에 편입되어 있으면서 아름답지 않고 순수하지 않고 자유롭지 않은 현실에 고뇌하고 그 억압적 현실을 뛰어 넘고 싶어 한다. 그의 그리움은 주로 유년시절과 고향에의 추억을 통해 형상화 되고 자연의 경이로운 질서나 넉넉한 인간애 등으로도 피력된다.

내 마음의 집은 전라남도 구례군 마산면 사도리 396번지. 등기부상으론 203坪. 무슨 평수가 그리 넓으냐고 질책하진 마십시오. 삼면은 아슬아슬한 돌담, 그러나 한번도 무너져본 적이 없지요. 한 면은 대숲 울타리. 돌담을 떠올리면 뒷집 키 큰

> 할머니 외미동댁이 생각납니다. 그 집은 우리보다 지대가 높
> 아 키 큰 외미동댁이 손주를 업고 아침저녁 문안 인사 겸 돌
> 담 곁에 서면 우리집이 환히 내려다보였지요. 어느 해 겨울
> 외미동댁은 몹시 아팠었는데 씻은 듯이 낫고 나서 환한 얼굴
> 로 우리집을 내려다보며 말했습니다. 눈발 날리는 이 세상의
> 징검다리를 건너 편안한 저승까지 갔다왔다고. 그 뒤로 그녀
> 는 오래 살았습니다. 대숲 하면 그 왁자한 참새떼들이 생각납
> 니다. 나는 간혹 마당에 나가 참새 덫을 만들어놓고……
>
> —「마음의 고향 5—나의 집」 부분

「마음의 고향5—나의 집」은 긴 시다. 산문형식을 빌어 쓴 이 시는 2백자 원고지로 7~8매는 되는 분량을 지닌다. 행과 연의 구분이 없이 씌어진 이 시는 시인의 유년시절 고향집 풍정을 세세하게 그려낸다. 백석이 그의 시를 통해 30년대의 풍정을 여실히 재현했듯 이 시는 50, 60년대의 전라도 부농의 농가 모습을 또렷하게 재현한다. 이 시에서 주목하고 싶은 것은 등장하는 인물들의 싱싱한 생명력이다. 넉넉한 자연의 공간 속에 거리낌이 없는 시적화자는 물론이고 '쇠죽 솥 가에 벌건 장작 숯불을 일궈놓고 새털을 박박 벗기면 부리부리한 덥석부리'의 머슴들도 그들의 다난한 노동에도 불구하고 생명력이 넘친다. 한해 겨울을 몹시 아프고 일어난 이웃집 할머니 '외미동댁'도 생노병사의 자연적 질서를 아름답게 받아드린다. 그들의 얼굴에서는 하나같이 '평생을 날지도 못하면서 계사 속에 틀여박혀' 있는 닭들같은 '희미한 눈'(「足跡」)은 없다. 이 시에는 외미동댁, 그녀의 손주, 동네일꾼, 시적화자의 아버지, 늙은 어머니, 젊은 어머니, 국방군들, 중학생 때의 친구, 외미동댁의 며느리, 타관에서 머슴을 살러

온 총각등의 인물들이 등장할뿐 아니라 다양한 생물들과 숱한 사물들이 등장하는데 이들 생물과 사물 역시 싱싱한 생기에 넘친다. 감나무 곁에 가지런히 놓여 있는 윤기나는 장독대가 그렇고 농기구 창고 속에 걸린 온갖 쇠시랑들이 그렇다. 아침이면 늘 더운 김을 피워 올리는 거름자리, 도장방 속의 찹쌀막걸리 단지들도 인간들과 친화되며 빛을 발한다. 이 시의 아름다움은 살아 움직이는 말의 광채에 있다. 예컨대 '씨왈거리며'라는 시어는 얼마나 적확한가! 이 말은 아마도 전라도 구례 지방의 방언이리라. 사랑방에서 새끼를 꼬는 머슴들의 모습을 묘사하는 대목에 등장하는 이 시어는 손바닥에서 꼬여지는 새끼와 손바닥 위로 뻗쳐있는 짚들이 엇갈리며 내는 소리를 함축한다. 거기다가 빠르게 새끼를 꼬고 있는 머슴들의 호흡을 생생하게 전달한다. 이시영의 이번 시집에 두드러지는 점은 바로 언어를 운용하는 능력이다. 그는 우리말의 묘리를 자기 시에 능숙하게 활용한다. 그는 언어를 시에 예속시키지 않고 드넓은 공간으로 풀어놓을 줄 안다. 백석이 30년대 평북 정주지방의 방언으로 민족언어를 말살하던 일제의 간악한 문화정책에 대응해 왔던 점을 헤아려 볼 때 오늘날 숱한 외래어의 범람 속에 우리말의 원초적 질감을 높이며 체험을 생생한 직접성으로 끌어 올리려는 이시영의 노력 또한 주목해야 마땅하다. 이 시의 공간 속에 전쟁이라는 현대사의 상처가 피력되고 있으나 그것은 그야말로 스쳐 지나가는 삽화에 불과하다. 그만큼 시인이 회상하는 공간은 넉넉하고 인간사의 아픔을 치유할 수 있는 공간이며 인간과 생물과 사물이 싱싱한 활력을 얻고 있는 공간이다. 그곳은 친족공간을 바탕으로 삶의 동질성을 확인하는 곳이며 공동체적인 삶의 유대가 확보되는 공간이다. 그러나 이 공간은 과거의 공간이다. 시인의 마음속에 자리잡은 공간으로 진술되고 있다.

나는 이 시를 통해 「足跡」, 「그」, 「시인 나귀」 등에 깔린 그가 회의해 마지않는 세속적 질서와 전망부재의 현실을 딛고 일어서려는 싱싱한 생명력과 함께 아름다움과 순수함에 경도되는 시인의 그리움을 읽는다.

> 조선의 옛 마을에 감꽃이 진다
> 고추밭에서 돌아온 아낙네가 물 묻은 머릿수건을 벗어 탁탁
> 털며 부엌에 들어가
> 늙은 시아비의 서늘한 점심상을 차리는 동안
> 산은, 앞산은 다시 한 번 짙은 초록 그늘을 벗고
> 연록으로 잔잔히 물들어 간다
>
> ─「옛 마을에 들러」 전문

이 시 역시 순수한 아름다움에 시인의 마음이 끌려있는 작품이다. 농삿일의 어려움에 순명하며 늙은 시아비의 봉양에 헌신하는 시골 아낙네의 모습을 그린 이 시는 자칫 그 밑바닥에 전통의 미덕인 효행이 깔려 있어 그것이 강조되는 진부한 작품으로 전락할 수 있다. 그러나 평범한 진술로 이어지던 이 시가 무심히 발하는 몇 개의 싯구로 인해 아연 성공적인 작품으로 변신된다. 그것이 바로 '감꽃이 진다', '머릿수건을 벗어 탁탁 털며', '연록으로 잔잔히 물들어간다'와 같은 구절들이다. 적요로운 농촌의 정태적 공간을 효과있게 되살리는 데 있어 '감꽃이 진다'라는 구절은 더없이 적절하다. 거기다가 '머릿수건을 탁탁 털며'라는 구절은 이 시에 활력을 주며 시 전체에 생기를 불어 넣는다. 이 구절로 인해 돌연 이 땅의 아름다운 한 시골 아낙네

의 모습이 우리의 눈앞에 환하게 살아난다. '연록으로 잔잔히 물들어 간다'라는 구절은 장식구이다. 시인은 순수한 아름다움에 이끌리는 자신의 감동을 이 구절을 이용해 간접적으로 표현해 낸다.

위에서 예시한 단시 이외에도 이 시집에는 인간애의 아름다움과 순수함을 표현하는 시들이 많다. 철둑길 침목 곁에 뿌리내린 호박을 통해 힘든 환경을 이기고 제자식을 늠름하게 키워내는 모성애를 그리는 「힘」과 병든 오빠의 병구완에 헌신하는 형제애를 그린 「세 자매」가 그것이다. 이 시들은 단순한 비유와 평범한 진술에 의지하고 있지만 아름다움과 순수함과 따스함에 모아지는 시인의 시심으로 하여 우리에게 잔잔한 감동을 전한다.

이시영은 그의 제4시집 『이슬 맺힌 노래』에서부터 단시 형태의 짧은 시들을 발표하고 있다. 이번 시집에도 2, 3행에서부터 3, 4행에 이르는 단시들이 많다. 원래 시란 다변, 요설을 지양하고 여백과 함축을 미덕으로 여긴다. 그러나 그 경지에 이르기는 쉽지 않다. 우리는 최근 여러 시인들에게서 단시를 선호하는 징조를 발견한다. 그러나 많은 시들에서 지은이의 작의와 언어의 괴리를 발견하는 아쉬움이 있었다. 대체로 시인의 의식이 너무 앞질러 표현된 경우이기도 하고 내용의 축약과 언어의 절제만을 내세워 진공모유眞空妙有의 선시적 흉내를 내는데 급급한 탓이기도 할 것이다.

까치 한 마리가 어젯밤 제 집에 돌아오지 않았나보다
밤새도록 늙은 까치는 캄캄한 허공을 쪼면서 울부짖는다
저 멀리 인가에 하나둘 불이 밝는다

－「交感」 전문

단 3행으로 이루어진 이 단시는 한 둥지에 살고 있는 까치 가족의 이변異變을 표현하고 있다. 한 둥지에 사는 까치가 돌아올 시간에 돌아오지 않자 늙은 까치가 불안함을 감추지 못하고 울부짖는 사실을 그린 이 시에서 우리는 까치 가족을 인간 가족으로 변형시켜 드러내는 시인의 인간애를 읽을 수 있다. 불안해서 울부짖는 까치가 늙은 까치라면 돌아올 시간에 돌아오지 않는 까치는 어린 까치가 아닐까. 여기서 우리가 상상의 폭을 넓혀 지난 시절 권위주의적 군사정권 시절 대학생의 자식을 둔 부모의 모습을 떠올려 보자. 그렇다면 이 시가 추구하는 의미가 또렷하게 짐작된다. 마지막 행의 '저 멀리 인가에 하나둘 불이 밝는다'가 드리우는 의미는 늙은 까치가 있는 곳의 암흑을 강조하며 자식의 귀가를 기다리는 늙은 까치(대학생의 부모)의 고조되는 불안을 강조하기 위한 것이리라. 이 시의 제목이 '交感'인 것이 바로 까치 가족의 이변을 인간 가족의 이변으로 '교감'할 수 있게 하기 위한 시인의 치밀한 계산이라 판단된다. 더욱이 이 시가 70~80년대의 정치적 격랑 속에 민중정서를 깊이 담아냈던 시인의 작품임을 되새길 때 인간의 삶을 따뜻하게 바라보려는 시인의 한층 더 깊어진 인간애를 느끼게 된다. 짧은 시가 성공하기 위해서는 여러 가지 조건이 있을 것이지만 무엇보다도 중요한 조건은 상상공간을 넓혀주는 언어의 탄력에 있을 것이다. 그런 의미에서 「交感」은 성공한 단시에 속한다.

중견시인 이시영의 새 시집을 읽고 다시 한 번 '시인은 누구인가?'라는 명제를 떠올려 본다. 시인은 누구인가? 그는 남루한 세속적 질서와 전망을 잃고 표류하는 타락한 삶의 조건을 딛고 일어서 아름다운 세상을 꿈꾸는 자일 것이다. 비록 그가 그것에 좌절하고 절망하더라도…… 이시영의 고뇌 속에 태어난 다음 시는 그래서 뜻깊다.

> 울지 마라
> 내일은 내일의 물결 더 거셀 것이다
> 갈매기떼 더욱 미칠 것이다
> 그리고 끓어 넘치면서
> 세계는 조금씩 새로워질 것이다.
>
> —「물결 앞에서」 부분

미발표

우리 시대의 동인문학

새삼 말할 것도 없이 동인지 활동은 몇 가지 점에 있어서 중요한 의의를 지니게 된다.

그것은 첫째, 기존 문단의 타성적인 분위기에서 벗어나 하나의 공통적인 문학정신으로 결속될 수 있다는 점과 둘째, 독단적이라고 밖에 말할 수 없는 상업 문예지들의 횡포로부터 독립되어 자유롭게 활동할 수 있다는 것이다.

우리는 지금껏 많은 동인지들의 부침을 보아온 바이지만 대개의 동인지들이 단순하게 지연地緣이라든가, 출신지지出身誌紙 등을 배경으로 생겨나 단명하게 끝나는 것을 유감으로 생각하고 있었다.

이같은 동인지들은 동인지만이 가질 수 있는 고유한 사명 의식도 없이 문단 신인들에 의해 성급한 발표 지면의 확보라는 이유를 내면에 깔고 우리 시의 앞길에 하등의 공헌도 하지 못했던 것이 사실이었다.

그러나 우리는 길지 않은 우리 시문학사를 조감해 볼 때, 몇 개의 개성적인 동인지들의 업적을 결코 가벼이 간과해 버릴 수가 없었다. 1975년 봄, 김창완, 김명인, 정호승 등이 주축이 되어 <반시反時> 동인의 창간호를 낸 지 금년에 이르러 꼭 8년이 되었는데, 예나 지금이나 동인지를 함께 내는 우리들로서 나름대로의 조그만 보람을 느끼고 있다.

그 사이 우리 동인지의 존폐를 위협하던 여러 가지 말 못할 외부의 제약도 있어 왔고, 처음부터 참가했던 이동순李東洵, 김성영金成榮 등이 개인적 사정으로 같이 활동하지 못하고 유일한 홍일점 권지숙權智淑 동인이 지방 이사 관계로 자리할 수 없는 입장이 되어 버렸다. 이어 3집부터는 <창작과 비평>을 통해 등장한 이종욱李宗郁이, 다시 5집부터는 <현대문학>을 거쳐 <창비>로 새롭게 활동을 시작한 하종오河鐘五가 그리고 6집부터는 필자가 함께 참여해 오고 있다.

이미 우리는 몇 차례 동인지 머리말에 부쳐 우리의 생각을 개진해 온 바이지만 우리는 우리 동인의 존재 의의를 우리 시의 몇 가지 부정적 회의에서부터 출발을 삼았다고 보아도 무방할 것이다.

그것은 우선 우리 시가 60년대에서 70년대로 넘어오면서 하나의 문제로 남아 있던 고질적인 난해성 문제의 극복과 더불어 시를 민중의 시로 돌려놓아야 한다는 자각을 하기 시작했다는 점이다.

그러기 위해 우리는 그 구체적이고도 실천적 노력으로 우리의 시가 민중의 보편적 정서를 노래하고 그들의 언어로 우리의 시를 써야 한다는 각성을 하였으며 우리 민족의 오랜 감정에 의해 걸러진 전통적 민요 가락이 담겨지기를 주장하였다.

우리는 이것을 '위대한 단순성'이란 말로 표현해왔고 우리의 시 쓰는 일이 궁극적으로 민중의 삶과 한 끈에 묶여져서 이 시대의 아픔과 함께 할 수 있도록 소망했다.

또 한 가지 덧붙이고 싶은 것은 우리가 제3세계의 시 번역 소개에 관심을 기울여 왔다는 점이다.

흔히 라틴아메리카와 아프리카 등으로 지칭되는 제3세계 문학에의 관심은 아직도 그 곳이 선진 강대국의 영향에서 벗어나지 못하고 정치적으로나 경제적으로나 외세와 매판자본에 의해 영향을 많이 받고 있는데 이러한 점을 우리의 현실과도 비추어 볼 수 있다는 생각에서이다.

최근 들어 특히 우리 동인들은 우리 삶을 둘러싸고 있는 모든 조짐들을 허술히 보지 않으려고 노력하고 있다.

이 점은 시가 결국 우리 삶에 생겨나기 때문에 근원적으로 우리 삶을 둘러싼 제반 문제에 자동적으로 관심을 기울이는 것이라고 보아도 무방할 것이다.

그래서 우리는 급변하는 80년대의 안타까운 현상을 예의 주시하고 이 시대를 살아가는 한 시인으로서 어떠한 자세를 취해야 하는 것인가를 스스로 자문해 보고 있다.

이것은 결국 우리 삶의 바탕이 좀 더 나은 미래로 이어지기를 바라는 우리들의 소박한 관심의 한 방향일 것이다.

이제 우리는 머지않아 나올 8집을 준비하면서 그동안 독자들이 기울여 주었던 관심과 비난을 동시에 반성하면서 앞으로 몇 가지 계획을 마련하고 있는 것을 밝혀 두고 싶다.

자칫 위축되기 쉬운 오늘날의 현실에서 우리는 우리의 시가 동인지 활동 중심으로 변모되기를 꿈꾸며 우리 <반시> 동인이 편협한 울타리 속에 칩거하지 않도록 외부의 다른 시인과 부단히 고통을 함께 할 작정이다.

이미 펴낸 바 있는 작품집에서 볼 수 있는 바와 같이 우리는 우리와 성향을 달리하는 시인에게도 비동인의 자격으로 함께 작품활동을 할 기회를 만들 것이며 머지않아 우리 <반시>가 10호쯤 발간될 즈음에는 우리 동인지가 영속적인 바탕 위에 서 있게 하기 위해 점차 잡지 형태로 탈바꿈하는 것을 조심스레 모색해 볼 것이다.

그리고 또 한 가지는 이 땅에서 최초로 동인지가 주는 문학상 하나쯤을 만들어 보고 싶은 욕망을 가지고 있다.

이 점은 기존의 문학상들이 갖고 있는 부정적 측면에서 나온 생각이 아니라 우리가 좀 더 나은 시를 쓰기 위한 하나의 자극에서 나오는 발상일 수도 있을 것이다.

1983년

80년대 전반기의 문학

1980년대가 그 중반을 넘어선 오늘, 한국문학의 현상황을 점검해 볼 때, 참으로 안타까운 문제와 갈등을 만나게 된다. 우선 가장 커다란 그늘로 다가서고 있는 것은 정부와 문학간의 관계에서 유발된 결코 바람직스럽지 못한 부조화에 연유하고 있다는 점이다. 지난해 빚어진 민중문학에 대한 관의 간섭은 <실천문학>의 폐간을 가져오게 만들었고 연말에는 우리나라 민중문학의 정립에 가장 큰 기여를 해 온 <창작과비평사>의 등록을 취소하게 만들었다. <실천문학>의 짧은 존폐도 물론이거니와 <창작과비평사>는 70년대에 이어 80년대로 이어져 오면서 참여문학, 시민문학, 농민문학, 리얼리즘문학, 민족문학 등의 이론적 논의를 거치면서 우리 문학의 폭과 질을 넓히고 내실 있게 가꾸어 온 선도적 주체 역할을 담당해 왔다는 평을 들었다.

우리는 지금껏 많은 역사를 통해 경직된 정치 형태의 지배를 받는 막힌 사회에서 문화와 관측의 갈등을 보아왔던 터이지만 최근의 이 같은 현상을 목격할 때 참으로 우울한 생각을 버릴 수 없게 된다.

필자는 이같은 작금의 사정을 염두에 두면서 80년대 전반기의 문학을 돌이켜 볼 때, 우선 시에 있어서 그 양적 확산과 융성이 다른 분야에 비해 상대적으로 활기를 보였다는 점을 떠올릴 수 있다.

이같은 현상은 주로 무크지와 더불어 매우 폭넓게 확산되는 기미를 보였다. 얼핏 머릿속에 떠오르는 매체들만 꼽아 보아도, <시인>(시인사), <공동체문화>(공동체), <우리 세대의 문학>(문학과지성사), <地平>(부산문예사), <문학의 시대>(풀빛), <민중시>(청사), <반시주의>(육문사), <民意>(일월서각), <시와 경제>(육문사), <오월시>(청사), <언어의 세계>(청하) 등을 열거할 수 있고, 민중 지향적 문화운동의 저변 확산과 함께 지방에서도 광주의 <일과 놀이>, 대전의 <삶의 문학>, 마산의 <마산문화> 등 전에 없는 활기를 띠었다. 이밖에도 수많은 시문학 동인들의 활동도 열거할 수 있을 것이다.

오늘날 시가 이처럼 폭넓은 관심의 대상이 되고 있는 이유는 어디에 있을까?

이같은 현상을 좀 더 깊이 있게 천착해 보면 1980년 <창작과 비평>과 <문학과 지성>의 두 계간지가 폐간되고 그에 대한 갈증과 대치물로서 이같은 무크지 운동이 활성화되었다는 느낌과 더불어 80년대 초 바람직하지 못한 정치적 상황을 겪고 나서 새롭게 민중문학의 확산을 불러 오게 되었고, 그에 대한 여파로 시에 대한 열기가 고조되었다는 인상을 지울 수 없다.

4·19 이후 이 땅에서 새롭게 대두된 시민의식과 함께 <창작과

비평>을 정점으로 한 참여문학이 탄생할 수 있었다. 1980년 5월의 사건은 이같은 연장선상에서 우리 삶을 둘러싼 문제를 심층적으로 바라보고, 그에 대해 깊이 있게 인식하려는 시문학 동인 집단과 시작품이 씌어졌다는 것은 음미해 보아야 할 일일 것이다.

이같은 현상은 막힌 상황 속에서도 진정한 문학의 열기는 끝없이 분출된다는 낙관적 견해를 얻기도 했는데, 이같은 문학 소집단 운동의 대표적 존재는 <시와 경제>, <오월시>, <분단시대>, <시힘> 등이 꼽힐 것이다. 이들은 대체로 건강한 서정성을 바탕으로 하여 우리 삶을 둘러싼 갈등을 인식하고 문학을 통해 우리 모두의 삶이 좀더 나은 내일로 이어지기를 바라는 마음에서 시란 결코 문화의 정수라는 헛된 편견에서 탈피하여 80년대 시문학의 선도적 구실을 담당해 왔다.

이들은 또 분단시대의 모든 허위적 삶에 메스를 가하고 참된 민중적 삶의 성취를 위해 분단分斷과 외세外勢의 문제에도 깊이 있게 대응하고 있다. 이들은 물론 70년대 선배 시인들이 영향을 벗어나기 위해 나름대로의 독창적 방법론을 모색하고 있는데 일부에서는 이성적 차원에서의 지적 천착이 부족하고 구호적이고 동어반복 내지 경직된 사고에서 벗어나지 못했다는 비판도 받았다.

그러나 이들은 이같은 주장에 대한 반론으로서 지적 천착의 부족이 추상적 이론의 세련만을 뜻하지 않고 우리 삶의 실질적 상황에 뿌리를 두고 도덕적 각성을 잃지 않으려는 부대낌 속에서 진정한 문학적 성과가 탄생할 수 있다고 주장하여 많은 문학적 동조를 받았다.

80년대 시에 있어서의 또 한 가지 특기할 일은 시에 있어서 메시지를 담으려는 장시화長時化 현상이 두드러지게 나타났다는 점이다.

신경림, 고은, 이동순, 김창완 등등 많은 시인들이 역사적 사건 내지 당대적 현실을 배경으로 장시를 써왔고 또 쓰고 있는데 아직은 미완성인 작품도 있어서 전체적인 성과를 포괄적으로 이야기하기는 이른 감이 든다. 그러나 이같은 현상은 막힌 상황에 대한 반응으로서 바람직한 현상으로 받아들여지고 있다.

또 하나, 80년대 시에 있어서의 두드러진 특징은 노동자 문학의 대두를 들 수 있다. 박노해, 박영근, 김혜화, 김기홍, 이소리, 정명자 등을 중심으로 노동자 정서를 시에 담기 시작해 이들 중 박노해가 쓴 「노동의 새벽」은 지난해 특이하게도 시에 있어서의 베스트셀러를 탄생시키는 결과를 낳게 했다. 이는 전반적인 민중의식의 확산과 더불어 산업화에 따른 도시 노동자 계층이 확고하게 자리 잡은 배경에서 노동자 중심의 문학이 발생할 수 있는 배경이 되었는데 이는 노동자 스스로 자신의 정서를 시에 담았다는 새로운 현상이라 평가되었다.

물론 노동자 정서를 문학화한 전례가 없었던 것은 아니다. 최서해가 비록 장르는 시가 아닌 소설로 1920년대의 노동자 문학을 성취한 적도 있었다. 그러나 최서해는 개인적 차원에서 자기 문학의 영역을 벗어나지 못했지만 박노해의 경우는 폭넓은 민중의식을 시에 담아 시단의 주목을 끌었다.

마지막으로 80년대 시에 대해 덧붙여 둘 것은 김지하의 새로운 문학 형식인 『대설 남南』이 있을 것이다. 그러나 이것 역시 아직 3권까지 나온 미완성 단계이기 때문에 80년대 후반기에 와서야 정확한 평가를 내릴 수 있을 것이며 수녀 시인 이해인의 등장도 80년대 전반기의 의미 있는 현상으로 꼽혀야 할 것이다.

소설에 있어서의 80년대는 비교적 시에 대해 상대적으로 침체했다는 지적을 받는다. 이에 대한 이유로 소설이 시에 비해 체험의 농축이 무르익어야 하고 생성 과정도 길어야 한다는 주장을 듣는다.

그렇지만 80년대의 소설을 일컬어 전체적으로 이렇게 저조하다는 지적은 올바른 판단이 아닐 것이다.

우리 문학의 역사를 통틀어도 손꼽힐 만한 황석영의 『장길산』이 완간된 것이 80년대 초반의 일이었고 신문학사상 기념비적 작품이 될 만한 박경리의 『토지』 또한 끊임없이 쓰여져 왔기 때문이다. 아울러 김주영의 『객주』, 이호철의 『물은 흘러서 강』, 김원일의 『불의 제전祭典』, 현기영의 『변방에 우짖는 새』, 문순태의 『타오르는 강』과 같은 장편소설들, 그리고 박완서의 『엄마의 말뚝』, 이동하의 『장난감 도시』, 김성동의 『오막살이집 한 채』, 이은식의 『땅거미』 등과 같은 소설집들이 출간되었으며 창비사에서 『지알고 내알고 하늘이 알건만』과 『슬픈 해후』 등의 신작 소설집 등이 발간되었다.

이밖에도 천승세, 이문구, 송기원, 김향숙 등이 끊임없이 좋은 소설을 발표하고 있으며 6·25가 끝나고 거의 40년이 되어가는 오늘, 어느 한곳에 치우침이 없이 냉정한 시선으로 이데올로기 문제를 파악한 이문열의 『영웅시대』, 세말주의적인 기법으로 소설미학의 한 차원을 끌어올린 윤후명의 작품들, 『직선과 독가스』, 『아버지의 땅』 등으로 전후 세대의 가라앉은 시선으로 우리 현실을 새롭게 조명한 임철우 등이 80년대 소설의 성과로 꼽힐 것이다.

이에 덧붙여 또 80년대 산문 문학의 새로운 현상은 민중의식의 성장과 함께 장남수의 『빼앗긴 일터』 등 수기와 르뽀 문학의 등장을 들 수 있을 것이다. 수기와 르뽀는 사회현상에 대한 직선적인 드러냄이기 때문에 나름대로의 상상력과 창조적 사유가 부족하고 소설에 비해 전체적 인식이 부족한 것이 지적되고 있지만 소설이 제 기능을 미처 담당하지 못했다는 비판을 일단 전제로 받아들인다면 나름대로의 독특한 구실을 했다고 여겨지기도 한다.

어쨌든 80년대의 문학은 앞으로 남은 80년대 후반기의 사회적 조건의 상황에 따라 우리 문학이 많은 갈등과 변화를 겪으리라는 예측을 하게 된다. 당분간은 오늘날에 빚어진 정치와 문학의 구체적 갈등이 더 첨예하게 대두될 전망이고 이에 따른 문학의 공백화가 이루어질 우려도 해 보게 된다.

그러나 80년대 초 막막한 상황 속에서도 우리 문학이 무크지 중심이라는 변칙적 형태로 그 활로를 이어왔듯 암담할 수밖에 없을 남은 후반기에도 우리 문학은 어떤 형태로나마 유연하게 대처해 나가 문학의 본분을 잃지 않을 것이 틀림없다.

1986년

분단 외세를 주제로 한 80년대 시의 상황

얼마 전 남북이산가족 고향방문단이 서로 남북을 교환 방문하여 꿈에 그리던 가족들을 만난 적이 있었다. 우리는 이같은 모습을 접하자 비록 제한된 인원과 짧은 시간일망정 분단 40년의 숨통을 열어주는 하나의 실마리 구실을 하게 되리라는 기대를 버릴 수가 없었다.

6·25라는 미증유의 비극을 겪고 휴전선이라는 철조망을 사이에 두고 40년이란 긴 세월을 살아가는 우리로서 정치적으로 군사적으로 살벌한 대립관계에 있는 '금역'의 땅에 서로 발을 들여놓는다는 것은 하나의 커다란 기대감을 불러일으키는 것이었기 때문이다. 그러나 이같은 우리의 기대와는 달리 남북고향방문단의 성과는 우리를 실망시켜 주기에 알맞은 것이었다.

그것은 우선 함께 따라간 보도요원들의 편협한 보도 태도에서부터 어긋나기 시작했는데, 고향방문단을 수행한 기자들은 민족동질성에 입각한 통일지향적인 보도태도를 보여 주지 못하고, 분단 고착화를 일깨우기라도 하려는 듯 경직된 보도 태도를 우리에게 보여 주었다. 우리는 이번 사건이 우리 민족의 자력적이고 능동적인 선택에 의해 필연적으로 이루어진 것이 아니고 한반도를 둘러싼 강대국들의 역학적 이해 태도의 변수에 따라 이루어진 사건임을 알아차렸지만 한반도 분단 40년의 역사가 한두 번의 고향방문의 성과로는 해소되지 않는 커다란 외적 요인이 가로 놓여 있다는 확신만을 다시 한번 확인하게 되었다.

필자가 '분단 외세를 주제로 한 80년대 시의 상황'이라는 제목의 이 글을 쓰기에 앞서 왜 이같은 이야기를 장황하게 늘어 놓았는가 하면, 바로 그 암담하다고밖에 부를 수 없는 그곳에 80년대 우리 문학이 존재해야 하는 이유가 있고 또 가야 할 길이 있다고 여겨지기 때문이다.

최근 80년을 기점으로 분단외세를 주제로 하여 쓰여진 문학에 대한 활기가 다시 일고 있는 조짐을 보인다. 이같은 조짐이 일어나는 구체적 이유는 여러 가지가 있을 것이다. 그것은 그동안 형성된 민중의식의 확산에 따른 결과로 여겨진다. 그러나 그것보다는 1980년 5월의 이른바 '광주 항쟁'의 발생과 전혀 무관한 현상은 아니리라고 판단된다. 그것은 최초로 이 땅에서 군과 민간인의 대립이었다는 점과 아울러 왜 이 땅에 근본적으로 군인이 존재해야 하는가라는 물음과 함께 그 심층적 이유가 분단이라는 인식을 새롭게 하는 계기가 되었기 때문이다. 어쨌든 최근 들어 이같은 문학이 활기를 띠게 되는 더 직접적인 이유는 뚜렷한 역사의식을 지니고 분단의 벽을 허무는 데 앞장서는 젊은 시인들의 활동 때문일 것이다.

그들은 바로 <5월시>, <시와 경제>, <분단시대>, <남민시>, <시힘> 등의 동인들인데 최근에 이들이 펴낸 시집들만 열거하더라도 10여 권이 넘어선다. 그 중에 기억나는 시집을 들어보면, 도종환의 『고두미 마을에서』, 김정환의 『좋은 꽃』, 김진경의 『갈문리의 아이들』, 김희수의 『뱀딸기의 노래』, 이영진의 『6·25와 참외씨』, 안도현의 『서울로 가는 전봉준』, 곽재구의 『전장포 아리랑』, 고형렬의 『대청봉 수박밭』 등이 꼽힌다.

이들은 제각기 나름대로의 방법의 차이는 있으나 민중의 삶에 관심을 기울이고 분단의 실체를 바르게 보려는 열정에 가득 차 있다. 그러나 이들은 아직 젊다는 이유로 격정이 앞서고 너무 경직되어 있다는 지적도 받는다.

필자는 한정된 지면이나마 80년대 시문학의 핵심적 주역이 될 이들의 작품을 살펴보고 우리 민중문학 내지 분단문학이 도달해야 할 길을 밝혀 보려 한다.

안도현은 우리에게 아직 그리 귀에 익은 이름이 아니다. 그는 1981년 대구매일신문 신춘문예를 거치고 다시 1984년 동아일보 신춘문예에 「서울로 가는 전봉준」이 당선되어 문단에 등장, 현재 <시힘> 동인으로 활동 중인 시인이다. 그는 비교적 짧은 시력에도 불구하고 데뷔시 제목으로 최근 시집을 펴냈는데 서두르지 않는 침착성과 차분한 목소리로 주목을 끌고 있다.

그러나 좀 더 그의 시를 주의 깊게 살펴보면 그의 시는 개인적 의식의 왜소감 내지 무력감에서 출발하고 있음을 발견하게 된다. 이같은 현상은 다음과 같은 분단시에도 어김없이 나타난다.

①

잠시 졸며 서서 꾸는 꿈도 우리는 고맙지만

흐린 꿈의 포대경 속을 들여다보면

눈발 속에서 불도저에 이마를 밀리는 한반도

우리나라 곳곳에 청년들은 산찔레열매가 되어 흩어지고

모여서 더러는 악써 군가도 부르리라

보아라 까마귀떼가 눈보라를 피해 죽은 사람 따라 서서히 능

선을 넘어가는 것을

아직도 마주 보고 서 있을 십리 밖의 친구여

찬 두려움 한입 가득 물고 나뭇잎 틈에 숨어

서로를 기다리는 우리는

곧 서둘러 달아나야 할 젊은 도마뱀

-「초소에서」 3, 4연

②

여기쯤서 한마당 뒤집고 놀다 가자고

싸리나무 울타리 속썩이며 내리는 장마비

족보에 없는 대륙 등에 두고

장마비로 내릴꺼나

되돌아 고려에 넘치도록 갈꺼나

눈이 멀어 못 뜨고 밥은

쉬어 못먹으니

푸른 칼에게 핏방울을 먹여 줄꺼나

여지껏 강 건너 어지러이 오는구나

군바리야

군바리야

-「회군」 전문

병역의무를 치르며 보초를 설 때의 심사를 다룬 시 ①에서 그는 서서도 졸아야 하는 남북의 고달픈 초병의 병역 현실과 함께 자신을 나뭇잎 틈으로 숨어 서둘러 달아나야 할 도마뱀으로 파악하고 있다. 이성계의 위화도 회군에서 모티브를 얻은 시 ②에서는 지휘관의 명령에 따라 움직일 수밖에 없는 왜소한 병정의 심리를 그리고 있는데 여기서도 화자는 자조적인 비어인 '군바리'라는 어휘를 불러 자신을 매김하고 있다.

이는 분단된 현실을 살아가는 한 젊은이의 왜소함과 열패감을 드러내는 바이지만 그의 시가 분단이라는 역사적 사실을 다루는 데도 시적 화자의 개인적 정서에 의탁하고 있다는 증거가 된다. 이같은 점은 이 시집에서 흔히 발견되는 점으로 허황되지 않다는 미덕이 된다.

그러나 한편 다시 생각하면 든든하고 꿋꿋해야 할 민중문학의 성취를 위해서는 어딘지 모르게 나약한 인상을 풍기기 쉬운 점도 지적코저한다.

그렇지만 그는 첫 시집에서 전체적으로 이같은 유약함과 왜소함만을 보이지 않은 것은 참으로 다행하다. 그것은 그가 이같은 왜소함과 열패감이 연유될 수밖에 없는 우리의 상황을 딛고 일어나 마침내 도달해야 할 좌표를 설정할 줄 알기 때문이다.

> 가리야
> 가리야
> 지금 여기 풀밭에는 앉지 못하리야
> 지금 여기 잠들면 두 눈 감으면
> 더 깊은 그늘

능지처참의 시대가 오리야

우리들 깎은 머리보다 시퍼렇게

동 트는 하늘 그 새벽

못 보리야 다시는 못 보리야

군화야

발자국 어디에다 주리야

부산으로 광주로 안악으로 박천으로 신의주로

가리야 가다보면

사람소리 들리리야

새벽밥 먹고

공장 가는 학교 가는

타박타박 우리 형제들이야

저벅저벅 군화야

그 소리는 못 밟으리야

어화 넘차 어화 넘차

가리야 우리 땅

붉은 두 귀 세워 건널 때

죄지은 역사 천근 등에 오리야

—「행군行軍」 전문

이 시는 '가리야, 오리야, 들리리야'와 같은 자기 확인과 더불어 지금 이곳에 잠들면 능지처참의 시대가 오는 것을 각성하고 있다. 그것은 말할 것도 없이 분단의 역사가 계속되어서는 안 된다는 각성이다. 끝내 우리가 투박한 군화를 신고 가야 할 곳은 분단의 장벽을 넘은 우리나라 삼천리 방방곡곡. 신의주든 평양이든 박천이든 부산이든 어디든지 자유로워야 한다는 인식이다. 그렇게 될 때 그는 죄지은 우리 역사도 비로소 멍든 포박에서 풀리리라는 자각을 하는 것이다.

김진경은 1974년 한국문학신인상에 당선하여 문단에 나왔으니 시
력 10년이 넘어서는 시인이다. 그는 자아와 현실의 부딪침에서 빚어
지는 갈등을 매개물로 하여 즐겨 시를 쓰기도 하지만 때로는 유년기
의 원초적 체험을 시의 소재로 삼는다.

그의 시 「귀향」, 「큰 장수 하늘소」, 「거미」, 「영말리」, 「갈문리의
아이들」 연작, 「부엉이 울음」 등이 유년기의 체험을 소재로 한 시들
이고, 「토끼풀 제거작업」, 「고슴도치」, 「E.T」, 「무서운 영화」, 「유엔
탑」 등이 자아와 현실의 부딪침에서 빚어지는 갈등을 매개물로 하여
쓰여진 시다. 그런데 유년기적 체험을 소재로 한 시나 자아와 현실의
갈등에서 쓰여진 시나 다 같은 공통점이 이같은 방법을 통해 우리 삶
을 얽어매는 구체적 현실의 모순을 재창조해 내는 데 이바지 한다는
점이다.

'제2한강교 입구에 버티고 서 있는 너의 그림자 속을 지나며,
되살아나는 것은 너의 월계관이 우리의 것일 수 없다는 깊은
수치심일 뿐.'

빗속을 걸어가는 데모 대열을 향해 V자를 그리며 가는 백인
병사의 장난기처럼 너는 우리의 운명에 눈감은 채
거기 서 있었다.
지금은 강물 위에 비치던 너의 모습도 무너지고
공사장 인부들이 네 월계관의 돌이파리를 들어 나른다.

너는 우리들의 짤리운 허리와 함께 영원할 수 없는 것

그러나 너의 무너짐이 우리의 가슴 속에

그림자를 거두어 가지 못함은 웬일일까?

김포공항으로 내리는 둔중한

비행기 동체가 웅웅거리며

가슴의 밑바닥까지 울리고

무서운 속도로 지나가는 벤츠와 푸른 유리창 속에

비스듬히 누워 바라보는 눈길이

너의 그림자처럼 찐득이 가슴에 남는다.

또 누가 강물 위에 탑을 세우고 있는가

우리들의 것일 수 없는 칼과 월계관을

누가 뜰 수 없어

눈먼 채로 흐르는 강물에 비추게 하는가

탑이여, 흙은 너를 원치 않는다.

무심히 돌을 들어 옮기는 인부들처럼

흙은 피흘림 뒤에도 남아 너의 부러진

칼 위에 풀을 키울 뿐

여기 누우리라, 흙처럼

우리들의 짤리운 허리를 덮을 수만 있다면

여기 누워 우리들의 가슴 위에 풀을 키우리라.

—「유엔탑」 전문

제2한강교 입구에 서 있는 유엔탑을 바라보며 쓴 이 시는 6·25와 함께 빚어진 민족분단의 상처를 다시 한번 일깨운다. 분단된 이 땅의 김포가도 입구에 거대한 구조물로 서있는 그것은 우리 땅이 결코 원하지 않았던 존재이다. 그것은 마치 빗속을 행진하는 데모대를 향해 V차를 그리는 미국병사의 장난기 어린 손짓처럼 우리에게 어이없고 오만한 존재일 뿐이다. 시인은 이 시를 통해 오늘은 비록 그 자리에 버티고 서있는 그것이 우리들의 짤리운 허리와 함께 언제까지 영원할 수 없다는 인식을 드러낸다. 시인은 또 이 시에서 우리 땅 우리 흙이 그것을 언젠가는 녹여낼 것이라는 믿음을 함께 보여준다.

우리가 흔히 무심코 보아 넘길 하나의 사물을 보고도 우리 민족의 분단의 아픔을 일깨워 내는 이같은 인식은 분단시대를 살아가는 한 시인으로서의 참으로 귀한 덕목이라 아니할 수 없다.

1984년부터 '분단시대'라는 동인지를 통해 시를 쓰기 시작한 도종환의 첫 시집 『고두미 마을에서』에는 지난 날 우리가 겪었던 아픈 경험이 담겨 있다. 때로는 담담하게 이야기하듯 풀어내는 그의 시들은 굴곡된 역사를 바로잡아 보려는 열정에 차 있다. 우리가 흔히 지나간 역사를 돌이켜 보는 것은 그것이 단순한 역사의 회고가 아니라 거기서 우리 삶의 새로운 교훈을 얻어낼 수 있기에 소망스러운 것이다.

톱질 톱질 말도 마라.
오근장역 가마니 창고 북일면 장정 다 끌려와
빨갱이로 몰리어 떼죽음을 하곤 했지.
연맹 연맹 무슨 연맹 알고 든 놈 뉘 있으며
무슨 단 무슨 회 들고자 든 놈 뉘 있것냐.
청년단 손에 톱질이요 인민군 손에 톱질이요

후퇴하며 톱질이요 밀고 가며 톱질이라.

동부꽃도 몽오리지고 콩깍지도 여물어가는데

후퇴하던 국군 총에 요행히 살아남으니

의용군이 웬말이냐 장총걸이가 웬말이냐

청산들을 지나갈 땐 주먹같은 감들이

집집마다 지붕을 누르고 열렸는데

폭격 맞은 전차바퀴 아랜 허리 꺾인 삑삑이풀

총 맞은 인민군 신음처럼 흔들거리는데

폭격이 아니었던들 도망질 어찌했겠니.

아흐레 낮밤을 산등성이로 등성이로

오소리굴 밑에 잠도 자고 더덕도 캐어먹고

오동리에 돌아오니 불알 찬 놈 씨 마르네

아주까리, 해바라기씨 통통히 기름 들어가는데

밀려가며 톱질이요 올라가며 톱질이요

살아남은 팔뚝 위에 방위군 친구 날 찾아와

완장을 채워주데 감찰 완장 채워주데

벼 끝은 노릇노릇 메뚜기를 날리는데

―「3대 3 톱질」 전문

조부의 세대에서 작중화자인 나의 세대에 이르기까지 3대에 걸친 악순환의 근대사를 연대기적 수법으로 그려낸 이 시는 근본적으로 우리 삶이 찢어짐의 역사인 것을 드러내고 있다. 더욱이 이 시는 6·25의 와중에서 민중이 겪는 고통을 한 가족단위로 압축하여 묘사함으로써 우리로 하여금 지난 시절의 고통을 심감있게 느끼도록 해준다. 이같은 성찰은 말할 것도 없이 분단의 시대를 청산하지 못한 우리에게 이같은 고통을 중복해서 수용할 수 없다는 각성을 유도해 주기도 한다. 그러나 이 시는 이같은 긍정적 요소에도 불구하고 그 표현에 있어서 회고조의 4음절 리듬에 너무 치중해 있는 것이 결점처럼 보인다.

운율이나 리듬이 다양하게 활용될 때 시는 활기 있게 살아나지만 이 자체에 너무 의존하게 될 때 그 시가 상투적이 된다는 것을 음미해 보아야 할 필요가 있을 것이다.

> 과열된 전등불 밑에선 도살장. 그 그림의 피가 흐른다.
> 흰 가아제, 핀셋, 가위, 메스……
> 두 눈 감김. 두 귀 막힘. 입 막힘.
> 우리는 모두 수술대 위에서 아픔을 <u>도둑질 당하고 있다</u>.
> 아 신기로워라. 요술처럼 감쪽같은 그대들의 폭력이여 주사기
> 바늘과 1000cc 링겔병과 알 수 없는 약물들의 세포 진입
> 반도의 하반신 불수에 대한 성숙된 처방.
> 마취사여
>
> ―「마취사」에서(밑줄 필자)

이 시는 1976년 시 「법성포」로 한국문학 신인상에 당선해 최근 『6·25와 참외씨』라는 시집을 낸 이영진의 시다.

그는 이 시에서 분단된 삶을 살아가는 우리를 수술대 위에서 마취를 당한 존재로 파악하고 있다. 마취된 상태는 깨어있음의 반대 상태이고 이같은 상태로는 현실의 실상을 파악할 수 없게 된다. 그렇다면 누가 우리를 마취시키는가? 누가 왜 알 수 없는 약물을 주입시켜 우리로 하여금 분단된 현실을 살아가게 강요하는가?

우리는 이 시에서 이같은 질문을 자연스레 떠올린다.

시인은 여기서 구체적인 해답을 들려주지 않는다. 그 대신 그는 '도둑질 당하고'와 '폭력'이라는 등의 말을 우회적으로 사용해 여운을 남긴다.

그렇지만 우리는 그의 다른 몇 편의 시, 예를 들면 「우리에게 아직도 끝나버린 싸움은 없다」나 「눈부시게 더러운 가을의 노래」 등을 일고 우리를 마취케 한 존재가 바로 강대국 자체임을 짐작할 수 있게 된다.

<blockquote>
흰 갈대꽃 피어오르는

무등산 너머로

오늘도 수선스레 팬텀기만 넘나들고

— 「우리에게 아직도 끝나버린 싸움은 없다」에서

압제의 짐승들아, 더러운 아메리카의 동물들아

압제에 대항하는 척하는 거짓 무리들아

— 「우리에게 아직도 끝나버린 싸움은 없다」에서
</blockquote>

지금까지 필자는 단편적으로나마 몇몇 젊은 시인들의 작품집을 통해 80년대 분단, 외세 시문학의 실상을 살피고 그들 젊은 시인들이 민족 분단의 실상을 파악하고 그 분단의 벽을 허무는 작품을 쓰고 있는 현상을 발견하게 된다.

이같은 현상은 오늘 날 분단이 어느덧 고정관념이 되어버린 시점에서 참으로 바람직한 현상이라는 느낌을 받게 된다.

따지고 보면 오늘날 분단현실은 지난 시절 일제 36년간의 식민지 현실보다 문제의 심각성 자체로 본다면 더 처참한 비극을 지니고 있다. 이같은 현실은 참으로 어려운 장벽이 가로놓여 있다 하더라도 반드시 우리 손으로 해소시켜야 할 당위성을 지닌다.

그러나 최근들어 분단 현실에 관심을 기울이는 작품들이 이처럼 다량으로 생산되고 있는 마당에서 반드시 바람직한 현상으로만 나타나고 있는 것은 아니다. 그것은 아직도 많은 시인들이 분단적 소재를 하나의 관념으로서 파악하려는 경향과 함께 자신의 작품에 막연한 분노 내지 생경한 구호만을 늘어 놓고 있다는 점이다. 이 점은 결코 40년이나 끌어오는 분단이 분노와 구호만으로는 해소되지 않는 것처럼 결코 바람직한 현상은 못 된다.

여기서 필자는 다시 한 번 분단문학의 갈 길을 설정해야 할 필요를 느낀다. 그러나 이같은 좌표의 설정은 동시대를 살아가는 모든 문학인에게 공통적으로 주어진 과제라는 것을 밝히고 궁극적으로는 분단문학이 분단의 벽을 허물어 내고 먼 훗날 남북 민중들이 참으로 다 함께 노래할 수 있는 통일지향적인, 그리고 참다운 문학성을 담지한 작품을 생산해야 한다는 부채가 우리들 시인에게 주어져 있다는 점을 밝혀 두는 바이다.

1985년

분단현실과 작가의 문학적 태도

우리 문학사에 분단문학이라는 개념이 최초로 자리 잡기 시작한 것은 1950년대다. 1950년대는 이 땅에 동족상잔의 6·25가 발발한 시기이고 국토가 분단된 시기다. 식민통치 36년간 우리 땅을 유린하던 일제가 물러가자 바로 그 일제를 물리친 주역인 미국과 소련이 다시 2차 대전의 전승국 자격으로 한반도에 군림했다. 이들 두 세력은 우리가 미처 일제 식민지의 불행한 역사를 청산하기도 전에 우리 땅을 철저하게 지배하여 급기야 2백만이 넘는 전상자를 낳게 한 6·25를 불러왔다. 그로부터 오늘까지 우리는 우리의 뜻과는 상관없이 남북으로 갈라져 정치적으로 군사적으로 살벌한 대치관계를 이룬다. 이런 우리의 상황을 문학적 제재로 삼는 분단문학은 우리만의 특수한 역사적 상황의 소산이다.

이제 분단문학은 40여 년의 역사를 갖는다. 군더더기 말이 되겠지만 우리 문학사에 지워져도 좋은 것이 분단문학이다. 6·25의 비극으로 배태된 이 분단문학은 그 언젠가 통일이 되는 날 문학사의 한 페이지로 남으며 그 존재적 기반을 잃을 것이다.

이제 우리는 분단문학이 궁극적으로 민족자주화와 분단극복을 위해 봉사되어져야 한다는 당위성 아래 지난날의 분단문학의 성과를 일정한 시기적 구분에 따라 되새겨 보고 앞으로의 방향을 모색할 필요성을 느낀다. 이는 마땅히 민족통일을 앞당기기 위한 문학적 과제에 대한 구체적 성찰이기도 하다.

1950년 6·25가 최초로 발발하고 조국이 전화에 휩쓸려 초토화되자 그 비참한 현실은 그 당시 작품활동을 하고 있던 문인들에게 엄청난 충격을 주어 곧바로 작품생산으로 이어지게 된다.

조지훈趙芝薰, 유치환柳致環, 김종문金宗文, 구상具常, 김춘수金春洙 등 이들 문인들은 직접 정훈장교로 전선에 뛰어 들었고, 모윤숙毛允淑과 같은 시인들도 종군작가의 자격으로 전쟁을 체험했다. 이들은 전쟁의 참상을 승인하고 깊은 인간애를 바탕으로 같은 민족들이 원수가 되어 싸우는 현실의 비극성을 밀도있게 승화하여 많은 문학적 성취를 보였다. 이때의 작품들 중, 우리의 기억에 떠오르는 작품들은 구상의 「焦土의 時」, 「亂中詩抄」, 조지훈의 「多富院에서」, 「戰線의 詩」, 유치환의 「步兵과 더불어」 등이 있고 여류시인 모윤숙의 작품 「국군은 죽어서 말한다」도 기억된다.

①

여기는 外金剛 溫井里 정거장
기적도 끊이고 적군도 몰려가고

마알간 정적이 고스란히 남아 있는 빈 뜰에

먼저 온 友軍들은 낮잠이 더러들고

코스모스 피어있는 가을볕에 설 양이면

눈썹에 다달은 金剛의 수려한 본연에

악착한 전쟁의 의미도 읽노니

사방 九千 밖으로 달아나는 적을 향하여

일제히 문을 연 여덟 개 포진은

쩌릉쩌릉 지각을 찢어 그 모독이

첩첩 영봉을 울림하여 아득히 九千으로 돌아들고

봉우리 언저리엔 일 있는 듯 없는 듯

인과처럼 유연히 감도는 한 자락 백운!

—유치환, 「金剛」

②

산 옆의 외따른 골짜기에

혼자 누워 있는 국군을 본다.

아무 말 아무 움직임 없이

하늘을 향해 눈을 감은 국군을 본다.

누런 유니폼 햇빛에 반짝이는 어깨의 표지

그대는 자랑스런 대한민국의 소위였구나.

가슴에선 아직도 더운 피가 뿜어 나온다.

장미 냄새보다 더 짙은 피의 향기여

엎드려 그 젊은 주검을 통곡하며 나는 듣노라!

그대가 주고 간 마지막 말을……

나는 죽었노라 스물 다섯 젊은 나이에

대한민국의 아들로 나는 숨을 마치었노라.

질식하는 구름과 바람이 미쳐 날뛰는 조국의 산맥을 지키다가

드디어 드디어 나는 숨지었노라

내 손에는 범치 못할 총자루, 내 머리엔 깨지지 않을 철모가

씌워져

원수와 싸우기에 한 번도 비겁하지 않았노라

(하략)…

—모윤숙, 「국군은 죽어서 말한다」

①의 시는 당시 육군 제3사단에 종군하던 청마靑馬 유치환의 작품으로 1951년에 펴낸 『步兵과 더불어』라는 시집에 실렸다. 국군을 따라 정훈 장교의 자격으로 종군을 하다가 금강산 외금강 가까운 온정리라는 곳에서 잠시 휴식을 취하면서 쓴 이 시는 전쟁의 무의미함이 가을이라는 계절적 애수와 더불어 격조높게 형상화 되었다. 이 시는 통곡과 절규 대신 내면으로 응결된 깊이가 있고 전쟁도 가을하늘에 생멸하는 한 자락 부운처럼 덧없는 인간사의 하나로 파악하는 관조가 있다. 그러나 생명이 무더기로 죽어가는 전쟁의 광포성과 해악에 대한 직정적 반응이 사상되는 한계를 보인다.

전선에서 죽은 한 젊은 육군소위의 죽음을 소재로 한 ②의 시는 모윤숙의 작품으로 능숙한 기교와 현란한 수사로 오늘까지 모범적인 반공애국시의 전형으로 꼽힌다. 그러나 이 시는 이같은 객관적 평가와는 달리 너무나 많은 부정적 측면을 지닌다. 그 중에서도 가장 두드러진 결점은 휴전선 이남만을 우리의 유일한 조국으로 파악하는 그릇된 역사의식의 표출이다. 비록 강대국의 이데올로기 싸움에 희생이 되어 서로 피를 흘리고 싸우고 있으나 수천년 역사를 함께 이어온 한겨레의 반쪽인 북쪽을 단순히 '원수'나 '적'으로 파악하는 이같

은 인식은 민족공동체를 부정하는 그릇된 역사의식의 소산이다. 또 이 시는 '장미 냄새보다 더 짙은 피의 향기'라는 표현을 통해 전선에 나가 싸우다 죽는 그 자체를 의도적으로 미화시킴으로써 전쟁에 시달리고 희생되는 젊은이들의 고난을 도호하여 어떤 목적성을 노리고 있는데 이 점이 이 시를 한갓 국방부 정훈국 소속 종군작가의 작품으로 격하시키는 요인이 된다.

결론적으로 이 시기에 생산된 분단문학 작품들은 전쟁의 허무와 인간성에 대한 옹호의 경향이 두드러지고 한편으로는 단색적인 반공문학 일변도의 작품이 주조를 이뤄 민족통일에 대한 구체적 의지를 보여주지 못한 점이 아쉬웠다.

전쟁이 끝나고 휴전선이 그어진 뒤 60년대로 들어와 분단문학은 새로운 양상을 드러냈다. 특히 1960년 벽두의 4·19는 직접적으로는 자유당 정권의 불의에 대항해 일어난 학생 혁명이었지만 그로 인해 분단의 비극에 대한 민족적 자각이 우리 사회 전반에 걸쳐 폭넓게 확산된 계기가 되었다. 신동엽申東曄, 박봉우朴鳳宇, 김수영金洙暎 씨로 대표되는 이 무렵의 시인들은 분단의 비극에 대한 근원적 탐색과 더불어 분단 심층부에 존재하는 비민주적인 요소와 외세에 대한 정확한 인식을 도출하기 시작했다.

「휴전선」의 시인으로 알려진 박봉우는 민족자주 민주통일에 대한 열정을 토로하며 분단에 대한 아픔을 뜨겁게 시화했다.

> 산과 산이 마주 향하고 믿음이 없는 얼굴과 얼굴이 마주 향한
> 항시 어두움 속에서 꼭 한 번은 천동 같은 화산이 일어날 것
> 을 알면서 요런 자세로 꽃이 되어야 쓰는가.

저어 서로 응시하는 쌀쌀한 풍경. 아름다운 강토는 이미 고구
려 같은 정신도 신라 같은 이야기도 없는가. 별들이 차지한
하늘은 끝끝내 하나인데… 우리 무엇에 불안한 얼굴의 의미
는 여기에 있었던가.
(하략)…

—박봉우, 「休戰線」

비록 격정과 흥분으로 인해 다소 냉정함이 결여되었다는 지적도 따르나 이 시는 분단된 조국 현실을 직시하는 선구적 작품으로 우리에게 비로소 좌절과 허무에 빠져 있던 민족일체라는 의식을 일깨우는 기폭제가 되었다. 안타깝게도 이 시인은 4·19와 함께 분출되던 이같은 열정이 이어 맞게 되는 4·19의 역사적 좌절로 인해 개인적 좌절로 이어져 긴 침묵으로 빠진 것이 유감이다. 이와 함께 이 시기에 우리가 자랑스레 기억할 작품은 신동엽의 「껍데기는 가라」다.

껍데기는 가라.
4월도 알맹이만 남고
껍데기는 가라.
껍데기는 가라.
동학년(東學年) 곰나루의 그 아우성만 살고
껍데기는 가라

그리하여, 다시
이곳에선, 두 가슴과 그곳까지 내논
아사달 아사녀가 중립의 초례청 앞에 서서

부끄럼 빛내며

맞절할지니

껍데기는 가라.

한라에서 백두까지

향그러운 흙가슴만 남고

그, 모오든 쇠붙이는 가라.

–신동엽, 「껍데기는 가라」

모토母土에 대한 남다른 애정을 바탕으로 쓰여진 이 시는 지금까지 여타의 시에서 보여주지 못한 외세에 대한 정확한 인식이 두드러지고 민족공동체에 대한 소박한 열정이 뜨겁게 형상화 되었다.

'아사달과 아사녀'로 비유되는 아득한 옛날 원시공동체의 순결성에 대한 지순한 염원이 껍데기에 비유되는 외세에 대한 분노와 함께 응결된 이 시는 민족통일과 외세의 축출의 최초로 한 구도 속에 형상화했다는 데 있어서 분단 극복 문학의 기념비적 작품이 된다.

70년대로 들어와서 분단에 대응하는 분단문학은 다양한 징조를 보인다. 70년대 자체가 급변하는 조국의 현실 속에 놓였던 시기 탓인지 많은 시인들의 다양한 목소리가 표출되었다. 이 시기는 또 해방 이후 모국어로 교육받은 세대들이 시인으로 등단한 시기이고 비록 유년기라고는 하나 직접 6·25의 체험을 가졌던 시인들이 시단의 일선에서 활기를 보인다.

이들 중 건강하고 거침없는 언어로 국토에 대한 뜨거운 애정을 표현한 조태일과 이성부가 있고, 「타는 목마름으로」의 시인 김지하, 「겨울공화국」의 시인 양성우, 직접 월남전까지 참전한 경험으로 건강한 언어를 구사하여 통일에의 열망을 표현한 김준태, 지사적 단아함과 염결성을 특징으로 민족문제를 시화하는 정희성, 전통적이면서 현대적 기교를 구사하는 이시영 등과 민족적 비극을 유년기적 경험을 통해 구체화시키는 반시동인들의 활동이 특히 돋보였다. 이 무렵 분단문학은 「창작과 비평」 등을 비롯한 다양한 발표매체에 힘입어 왕성한 시적성취를 이룬 시기로 가히 '詩의 시대'라는 말을 낳게 했다.

이 시기의 문학적 특징과 작가적 태도를 한마디로 규정하기는 어려우나 다양한 목소리와 기법으로 민족모순과 민중모순을 함께 노래하려 했던 점이 훗날 문학사에 두드러지게 기억될 것이다.

분단문학에 있어서 왕성한 양적 팽창과 치열한 의식이 드러나기 시작하는 것은 80년대였다. 1980년 광주사태로 고조된 민중의식은 분단이라는 민족모순에 직접적인 대응을 보여 주게 되는데 이 시기의 대표적 시인들은 개인보다는 집단적 활동으로 두드러진다. 예컨대 이들 동인들은 「반시」, 「5월시」, 「분단시대」, 「삶의 문학」, 「시힘」, 「시와경제」, 「남민시」, 「해방시」 등이 있고 최근에 나와 주목을 끄는 「80년대」도 있다.

이들 동인집단들은 문학에 있어서의 운동성을 중요시 여기고 계급모순과 민족모순의 근원이 되는 분단문제에 집중적 관심을 보임으로써 많은 성과를 낳는다.

그러나 이들 동인들 작품들 중에는 간혹 이념만을 앞세워 생경한 구호를 그대로 노출하는 작품도 있어 문제를 던진다. 이러한 현상은 물론 광주항쟁 자체가 군과 민간 간의 갈등이라는 데서 인식을 일치하고 군이라는 그 자체가 분단에 의해 파생된 집단이며 그 군이라는 집단이 결국 본질적으로 외세에 바탕을 둔 것이라는 데서 오는 1차적 분노의 표현일지도 모른다.

그러나 오늘날의 분단문학이 때때로 이처럼 분노의 차원에 함몰하는 경향은 경계할 일이다. 민족분단의 뿌리와 해악이 이 땅의 모든 사회적 분야에 깊이 침투되어 있는 오늘날 단순한 분노로 일관된 단색적이고도 경직된 문학적 태도는 오히려 우리 문학의 수준을 1960년대 이전으로 후퇴시키는 결과를 빚는다.

지금까지 필자는 단편적으로나마 분단문학에 있어서 일정한 시기적 구분에 따라 시의 흐름을 살피고 작품을 생산하는 작가적 태도를 구별해 보았다.

제한된 지면이라 주마간산적 평가와 전시적 나열에 불과한 글이 되었지만 아직도 분단문학의 실체가 진정한 민족통일을 앞당기기까지 많은 내외적 문제가 도사린 것이 사실이다. 특히 최근 제주도 4·3민중항쟁을 주제로 한 장시 「한라산」을 쓰고 국가보안법 위반의 혐의로 구속되어 있는 이산하 시인의 경우와 남민전이라는 사건에 연루되어 9년째 구금상태에 있는 김남주 시인의 입장을 살필 때 올바른 분단문학의 설 자리가 지극히 협소하다는 인상을 지울 수 없다.

이런 외적인 상황 속에 참다운 민족문학으로서의 분단문학이 지향해야 할 문제점은 적지 않다. 무엇보다도 오늘날의 분단문학이 우리의 삶을 근본적으로 구속하고 있는 외세에 대한 끊임없는 과학적 성찰이 필요하고, 분단을 통해 기득권을 얻고 있는 분단고착화세력에 대한 진지한 성찰이 뒤따라야 할 것이다. 그뿐 아니라 분단으로 파생된 권력구조에 대한 날카로운 천착과 이로 인한 민중적 시련의 문제도 폭넓게 분단문학의 범주에 수용해야 할 필요성을 느낀다. 이런 점은 두말할 것도 없이 오늘날 분단시대를 살아가는 이 땅의 작가들에게 민족자주화와 민족통일을 앞당기기 위해 공동으로 부하된 책임이라 할 것이다.

1988년

체험의 깊이와 열정의 언어

이화국의 시세계

이화국의 시는 열정에 차 있다. 이때의 열정은 시적 대상과 한 치의 틈이 없는 밀착된 접근을 뜻한다. 이 점은 이화국의 등단이 50대의 늦은 나이에 이루어졌고 이제 막 시의 불꽃을 피우고 있다는 점에서 간혹 시에 대한 뜨거운 애정과 더불어 미숙한 의혹을 내포하고 있다는 점을 강조하는 것은 아니다. 따라서 그의 시에는 통상 우리가 이해하고 있는 여류 시인들의 나약함이 없다. 이 점이 이화국의 시를 중년기를 벗어난 여류의 작품임을 의심하게 한다. 그의 시는 언어의 허사가 없고 단호하며 직정적이다. 그는 시를 복잡한 구도 속에 가둬놓지 않고 자유로운 언어의 흐름에 맡긴다. 그는 삶을 관조하는 자세를 취하지 않고 삶과 대응하여 시를 탄생시킨다.

일상에 듬성히 박힌

꿈을 찾아 세우는 일

날마다 헐어지는 집 짓는 식
날림 공사는 하지 않겠다.

자리에 누워 자본 없이 누리는 꿈
화면처럼 뜬 눈에 어리는 꿈

쉽게 날아드는 새라고
잡지 않겠다.

좀 더 뿌리 쪽으로 가라앉아서
양심을 꺼내어 저울 위에 놓고

기우는 쪽으로
떨리는 손을 뻗친다.

−「꿈」 전문

시인의 삶의 자세가 단호하게 피력된 이 시는 구차한 수식어가 배제되어 있다. '않겠다'라는 의지동사로 단락을 짓고 있는 시행에서 짐작하듯이 그의 시는 직정적이다. 시인은 이 시에서 삶의 요행을 배제한다. 그리고 손쉬운 유혹을 자제하고 있다. 시인의 삶에 대한 도덕적 결단이 피력된 이 시는 삶과 대응하는 치열한 인식이 돋보인다.

무엇이 내 속에 들어와 청소한다.
삼킨 것은 빈 말뿐인데

목욕탕 때밀이같이 싹싹 밀어낸다

보이지는 않지만
물 고인 항아리에 물때처럼 끼인
미끌한 것 닦아낸다.

언제나 청결하고
양심적이라고 믿어온 나를

천만에 아니라고
시원하게 밀어내고 있다.

―「구토」전문

이 시 또한 자아에 대한 준엄한 반성을 담고 있는 작품이다. 시인은 구토라는 생리적 현상에 의지해 속물화에 대한 치열한 반성을 보인다. 시인은 자신의 양심마저 철저하게 분석하며 더 높은 도덕적 각성을 염원한다. 이같은 의식은 비록 관념적이기는 하나 속물화된 오늘날의 우리 삶과 견주어 볼 때 우리에게 참신한 정신적 긴장을 제공한다.

시인의 이번 시집에서 느끼는 또 다른 감동은 넉넉한 모성母性에의 확인이다. 이는 시인의 자전적 시인 '그림, 가을, 하늘'에서 드러나는 고난의 세월을 극복하고 난 후 얻게 되는 것으로서 각별한 감동으로 다가온다.

어머니 타는 가슴 하 붉어

불효로 어두워진 눈에도 환히 보입니다.

새끼 새는 겁 없이 멀리 날으려 하고
우리는 바다 멀리 떠나려고만 했습니다.

기다려 주는 이 하나 없는
설움을 알기 까지

비 바람 눈보라 몰아쳐도
당신 가슴 타는 불은 꺼지지 않습니다.

다 타서 고운 재 한 줌 될 수 없는
한 서린 일생

조선치마 끈으로 가슴 꼭꼭 여미시어
가는 피리 소리 한 곡조 들을 수 없고

언문 한 글자 모르셔
유식한 말로 다스리지 않으셨지만

게 걸음 치던 자식 기다리실 어머니
바다는 없어질지언정 기다리실 어머니.

―「등대」 전문

항로의 길잡이가 되는 등대의 이미지에 어머니의 모습을 아로새긴 이 시는 인간의 모성을 그리고 있다. 비바람 눈보라 치는 바람 언덕에 변함 없이 서서 항로를 찾는 배의 길잡이가 되는 등대는 영원한 모성을 상징한다. 이 시는 바다, 비 바람, 눈보라, 새끼 새, 게 등의 적절한 비유어에 힘입어 시인이 의도하는 작의가 완벽하게 표현되었다. 특히 이 시는 어머니의 역할을 스스로 경험한 50대를 넘긴 여성인 시인에 의해 쓰여져 더욱 구체적인 감동을 전한다.

빈 주머니
바람 휭휭 날고 드는
엉성한 셋집
그래도 가슴은 따뜻해
알 품어 새끼 친다

세상 것 다 없어도
정 때문에 살지

조금 더 참고 견디다가
하늘 나라 아주 올라
평생에 헐지 않을
기초석 놓고
새 집 지으려고

하늘 가까이
가볍게 산다.

—「까치집」 전문

이 시 또한 모성을 주제로 한 시다. 높은 나무 위에 지어 놓은 바람 드는 까치집이 가난으로 상징된다. 까치는 그 간고한 까치집에서 자신의 체온으로 알을 품어 새끼를 친다. 이런 모습에서 우리는 가난을 이기고 자식을 기르는 어머니의 모습을 자연스레 연상한다. 시에서 까치집이 높은 나무 위에 위치한 것을 강조하는 것은 각박한 현실을 초탈하려는 의지로 읽힌다. 기독교적 해석이 아니지만 하늘은 현실을 초월하는 공간이다. 이 시는 초월적 의지를 담고 있지만 따뜻한 가슴으로 알을 품어 새끼를 치는 현실적 의미에 더 큰 비중을 두고 있어 우리에게 따스한 여운을 남긴다.

인간의 순수함을 동경하는 시인의 시 세계는 고향을 주제로 한 '귀향 기에서'도 두드러진다. 시인이 나서 자란 충청도 광천 지방의 유년기적 풍정은 따뜻하고도 풍요롭다. 시인은 이 시에서 인간의 원초적 고향의 의미를 세세한 발화를 통해 다양하게 형상화한다. 10장으로 이루어진 이 긴 시는 '까치집', '등대' 등에서 나타나는 따뜻한 모성과 그 맥을 잇는다. 시인이 '귀향길에서' 고향의 의미를 추구하는 것은 각박하고 피폐한 오늘날의 우리가 끝내 가서 의지할 곳은 자연과 인정이 살아 숨 쉬는 공간임을 일깨우기 위함이다.

이화국의 이번 시집에는 이밖에도 다양한 의미의 시들이 공존한다. 개개의 사물에 대한 의미를 집착하는 4부의 시들, 예컨대 '목련', '진달래', '봉숭아 물' 등의 시들은 참신한 이미지로 그 사물들의 의미를 새롭게 하여 읽는 이로 하여금 시를 읽는 청신감을 안겨 준다.

이화국의 시는 또한 맵짠 야유와 풍자가 숨 쉰다. 이 경우 대개 현실의 추악한 면을 고발할 때 발현된다.

또 한 번의 음모가 진행 중이다.

음습한 데에 갈퀴 손가락

영역을 넓힌다.

큰기침 떳떳이 못해 보는 것들이

제 몸 하나 살찔 계획이 커서

밝은 햇빛에 자지러질

비겁의 몰골이다.

자생하는 힘이 없어

어딘가 붙어 다니며

상대에게 퍼런 멍을 먹이고

궁굴러도 저만이 살아서

번식을 누린다.

-「곰팡이」 전문

우리 사회에 기생하는 불의를 고발하는 이 시는 연의 구별 없이 시인의 작의가 토로된다. 여기서 연의 구분이 없는 것은 시인의 의도된 계산이다. 시에 있어서의 연의 구분은 의미의 단락과 호흡의 휴지를 뜻한다. 그러나 대상에 대한 고발의 의미가 담긴 시의 경우 연의 구분 없는 직정의 토로가 한층 효과적인 바 시인은 그런 작시법을 활용한다.

밤새 접은 종이학이

하늘로 날온다

위로 위로 솟구치는

배추꽃 흰 나비떼

희망의 메시지를 알리는 존재가

은펜촉을 다듬는다.

한마음 모아 부르는 우리들 노래
가슴 속 우울의 찌꺼기 걸러
맑은 강줄기 트여간다.

—「분수」 전문

물보라를 일으키며 위로 솟구치는 분수의 이미지가 '배추꽃 흰 나비떼'로 표현되어 있는 것은 놀라운 언어적 능력이다. 이같은 배추꽃이 펼쳐진 들판에서 팔랑이는 흰나비는 감각적으로는 평화감을 안겨주고 시각적으로는 공중으로 퍼져 나가는 상승감을 담당한다. 특히 '떼'라는 복합명사의 사용이 수많은 분수의 물보라와 일치한다. 또한 '한마음 모아 부르는 우리들 노래'의 표현은 분수에서 들려오는 청각적 이미지를 효과 있게 담당한다. 이 시는 분수의 서정을 훌륭한 언어적 능력으로 형상화하여 시에 바쳐진 적지 않은 시인의 공력을 증명해 준다.

다양한 시 세계를 유감없이 펼쳐 보이는 여류 이화국의 시들이 이 시집을 계기로 더욱 심화 발전되기를 기원한다.

1995년

시인들의 시집에 대한
단평 및 표사

고형렬 시집 『사진리 대설』에 붙여

그의 시는 늘 우리를 새 세상으로 인도한다. 독특한 의미구조, 특이한 발상법, 상식을 뛰어넘는 예민한 감수성, 사물을 바라보는 생각의 깊이, 시에 대한 집착력 등을 볼 때 그는 단연 돋보이는 시인이다. 그가 보여주는 시세계는 우리의 원초적 동경과 궁극적 염원이 아로새겨져 있다. 나는 고형렬의 시적 저력에 늘 경탄을 금치 못하며 그가 써낼 시에 무한한 기대를 걸고 있다.

김정구 유고시집 『내 붉은 노래』에 붙여

고향마을 뒷산같이 늘 푸근하고 넉넉했던 향산鄕山 김정구金正胸! 그의 인품처럼 그의 문학은 깊고 넓었다. 시대의 불의 앞에 엄정했지만, 인간과 사물을 한가슴에 품어내는 서정은 맑고 따뜻했다. 그가 홀연히 우리 곁을 떠나고, 세상은 이토록 적막하지만 그가 남긴 웃음은 우리 곁에 머물고 그의 시도 오래오래 우리의 가슴에 빛을 발하리라!

이기형 시집 『해연이 날아온다』에 붙여

소설가 천승세 선생은 이기형 선생을 두고 구름 같고 바람 같은 분이라고 했다. 구순이 되신 오늘, 다시 뜨거운 문학적 열정으로 새 시집을 상재하신 선생은 정녕 높고도 아득한 구름 같고 바람 같다. 오늘 이분의 문학 없이 어찌 통일문학, 민족문학을 말할까? 뜨거운 감개로 민족모순을 설파하고 통일을 염원하는 노시인의 음역은 오늘의 유약한 시단을 압도하며 제국주의의 중심부로 힘차게 메아리 쳐간다.

이만주 선생 유고시집 『내 고향 꿈만 서럽다』 표사

민족 분단 60년. 혈육 단절과 실향의 아픔 속에 한생을 살아오신 이만주 선생이 우리 곁을 떠나셨다. 선생의 문학은 온전히 분단을 극복하고 조국 통일의 염원 속에 싹트고 개화했다. 어디 하루인들 우리 민족이 하나 되는 비원을 잊은 적이 있었을까? 분단의 시간을 살아가는 그 어느 문학인보다 뜨겁게 통일을 열망하신 선생은 생명이 다

하는 병상에서조차 '죽어서도 나는 통일을 기다릴 것이다'라고 말하셨다. '우리 형제들 넓은 마음으로 샘물같이 솟아오르는' 시간을 꿈꾸시던 선생의 시혼은 깊고도 뜨거웠고 이 유고시집에 와서는 애잔키도 하다. 이제 누가 있어 선생의 통절한 노래를 따라 이어 부를 것인가! 세상은 아직도 암울하기 그지없다. 이 봄에도 남북은 총부리를 마주잡고 황해바다 백령도 부근에서 수많은 젊은이가 생때같은 목숨을 바다에 묻었다. 이 땅이 남북으로 갈라지지 않았다면 이런 참극이 왜 일어날 것인가! 선생을 보내고 세상에 남은 우리 후배들은 선생의 문학혼을 가슴에 새기며 선생의 문학정신을 계승해야 하리라.

이소리 시인 시집 『바람과 깃발』 표사

저 암울한 군사독제시절, 민족문학작가회의 첫 총무간사를 맡았던 이소리 시인은 민활하고 세심한 업무처리 능력으로 작가회의 초창기 사무국의 기틀을 세우는 중추적 역할을 감당했다. 재야단체의 중심에 서 있었던 작가회의의 실무자로서 타 재야단체와의 연대 등 폭주하는 업무 속에 무보수로 일관한 그의 2년여의 헌신은 문학인으로서의 역사적 소임을 다하는 모범을 보임과 동시에 작가회의의 발전에 탁월한 기여를 한 바 있다.

그가 문학행정가와 잡지발행인 그리고 언론인을 거쳐 다시 시인으로 돌아와 11년 만에 선보이는 이번 시집은 눈부신 서정과 현실인식을 바탕으로 세상의 슬픔과 희망과 분노를 밀도 높은 언어로 그려내고 있어 우리에게 남다른 감동을 전한다.

김규동 선생 만해문학상 수상 및
시집『느릅나무에게』발간에 부쳐

먼저 김규동 선생님의 <만해문학상> 수상을 진심으로 경하합니다.

시력 60년에 걸친 김규동 선생님의 '백발의 문학'적 역정을 살펴보건데 이번 수상은 때늦은 감이 없지 않습니다.

이번에 수상하신 <만해문학상>의 바탕이 되는 시집은 익히 알다시피『느릅나무에게』입니다.

이 시집은 선생님에게 14년 만에 나온 저작인데 참으로 오랜만에 나온 시집답게 여러모로 감동적이라 할 수 있겠습니다.

아시다시피 김규동 선생님은 1948년 <예술조선> 신춘문예에 시를 발표하신 이래 동족상잔의 전란기를 겪으시며 전후 우리사회의 병리적 징후에 예민하게 대응하신 문명비판적인 시들을 보여주었습니다.

이후 선생님은 일관되게 민족분단의 절박한 현실을 시적 화두로 삼아 맑고 깨끗한 언어로 참된 문학의 모범을 보여주셨습니다.

선생님의 문학을 떠올릴 때 먼저 선생님의 문학이 관념적 소산이 아닌 것을 지적해야 할 것 같습니다.

달리 말하자면 선생님의 문학이 체험적 진실에서 태동되었다는 겁니다.

해방이후 남북이 분단된 이래 운명적인 실향민의 삶을 사시면서, 험난한 군사독제시대를 지나오면서, 민족적 현실을 바탕으로 개인사적 체험에 근거한 선생님의 문학은 '문학이 삶과 일치하는 것'이며 그를 통해 우리의 삶이 좀 더 나아져야 한다는 것에 기여해야 한다는 고전적 명제를 증명하고 있습니다.

시집『느릅나무에게』를 읽어보면 분단에 대한 문학적 관심이 여전히 지속되고 있는 걸 알 수 있고 겨레에 대한 따뜻한 사랑이 한층 더 깊어진 모습을 볼 수 있습니다.

오늘날 남북 민중이 겪고 있는 분단의 고통은 너무도 크고 민족 분단을 획책한 외세가 끊임없이 민족의 운명에 간여하는 한반도의 상황을 생각할 때 민족의 문제를 생각하고 통일을 기원하는 문학은 더없이 소중하고 높이 평가되어야 마땅하다고 하겠습니다.

김규동 선생님의 이번 시집이 두고 온 북녘 땅과 형제들에 대한 그리움, 그리고 동시대를 살고 있는 겨레들에 대한 폭넓은 인간애를 보여주면서 우리의 본원적 정서에 호소하는 점에서 여타의 '통일문학'과는 다른 감동의 폭을 넓히고 있습니다.

또한 이번 시집이 사적 체험을 뛰어넘어 깊은 문학적 감동을 전하는 것은 빛나는 언어적 형상력을 겸비하고 있기 때문일 것입니다.

제가 빛나는 언어적 형상력이라고 말하는 것은 선생님의 시어들이 참으로 담백하고 순정하다는 겁니다.

격정과 분노를 곱게 다스리고 과장된 수사를 걸러낸 시어들은 일체의 군살이 없으며 투명하게 보입니다. 이같은 말 하나 하나에 들인 정성이 시집 곳곳에 스며 있어서 시집의 격조를 높인다고나 할까요.

늘 자신을 낮추시고 겸손하시고 후배들을 사랑하시며 따뜻한 정을 나눠주시는 선생님의 시집이 좀 자주 출간되어 우리 후배 시인들에게 많은 가르침과 깨달음을 주시기를 바랍니다.

선생님의 시집『느릅나무에게』에 수록된 시 두 편을 읽으면서 선생님의 <만해문학상> 수상을 진심으로 축하드립니다.

이흔복 시집 『나를 두고 내가 떠나간다』 표사

'누군가 검붉은 빛으로 가득 채워진 술잔을 내게 건네다오. 그림자 안에서 잠자는 것은 달콤하니까. 아무런 영혼 없이 죽음을 상상하고 있는 것은 좋지 않아. 마음속 묻어둔 견해를 말하고 사랑의 나날에 관해 많이 들으며……머무는 것을 축조하는 자는 시인일 뿐' 횔더린의 싯구가 문득 겹쳐진다. 약관에 허무를 보고 이제 하염없이 50고개를 넘는 이흔복은 세상에 있되, 세상에 없다. 그에겐 육신이 있다 한들 어느새 시간을 벗어난 지 오래여서, 그림자조차 없다. 옛도 없고, 오늘도 없고, 내일도 없는 그의 시는 시간과 공간의 경계를 넘어서고 있다. 그대 정녕 우수와 슬픔을 지닌 자라면, 그대 정녕 이 세상 사람 아니길 바란다면, 그대 참으로 이 세상 사람이길 뜨겁게 바란다면, 이흔복의 이 고요한 피 붉은 허적의 노래에 귀 모으지 말지어다. 그대 또한 그림자조차 없는, 그림자 될 터이니. 그가 넘어가는 산 밖의 산 길에 피어있는 꽃들은 애절하고 연연하다!

민영 시집 『엉겅퀴꽃』 표사

민영 선생의 시는 최소한의 언어로 이루어진다. 그 짧고 간결한 그의 시들은 약소민족의 아픔과 가난한 서민들의 아픔을 수용한다. 그리하여 그는 문학이 결국 우리 삶에서 태어나 역사발전에 이바지해야 한다는 사실을 누구보다 잘 깨우치고 있는 셈이다.

김용택 시집『강 같은 세월』표사

　김용택의 최근 시에는 우리가 긴 겨울 끝에 문득 눈 들어 바라보는 봄날 앞산에 환하게 피어나는 진달래 꽃빛 같은 자연 친화의 정서가 따스하게 어린다. 무엇 때문일까, 그의 시가 이토록 소박하고 친근하게 우리의 가슴에 스며드는 것은. 그것은 아마도 소외되고 붕괴되는 농촌을 시의 모태로 삼으면서 이 땅의 사람들과 산천에 대한 극진한 사랑이 그 밑바탕을 이루고 있기 때문일 것이다.

고은 시집『네 눈동자』표사

　우리 민족현실을 역사적으로 인식하고 조국통일과 자주해방을 앞당기는 데 온몸을 다 바쳐 싸워온 高銀 선생은『조국의 별』,『백두산』,『만인보』등을 통해 이루어낸 민족문학의 큰 업적과 함께 이제 우리 문학사의 앞자리에 그의 크고 빛나는 이름이 뚜렷이 새겨진다.

이종욱 시집『꽃샘 추위』표사

　李宗郁은 시가 누구를 위해 씌어져야 하는가를 명확히 알고 있는 시인이다. 그의 시들은 결국 인간 구원의 소명을 완수하려는 깊은 열망에 가득 차 있는 것은 당연한 일이 아닐 수 없다. 따스한 서정과 예리한 현실의식, 뛰어난 언어감각이 어우러진 이 시집은 근년에 발간된 여타의 시집들을 압도하며 우리의 주목을 받는다.

이동순 시집 『봄의 설법』 표사

이동순 시인의 시 앞에서 나는 늘 옷깃을 가다듬는다. 시가 비속해지고 부박해지는 이때에 그의 시는 고요한 사색의 깊은 묘경에서 길어 올린 엄정하고도 단아한 아름다움이 있어 나에게 얼마나 많은 깨달음을 제시해 주었던가! '詩名老易輕'이라 하여, 시인의 이름이 나이를 들수록 가벼워지기 쉽다고 옛 선인들이 경계하여 일러주었거늘, 그는 이 시집으로 전통적 선비정신을 올곧게 이어받아 선인들의 경계를 훌쩍 뛰어넘어 오래 시를 써온 이의 기품과 품격을 우리에게 안겨주고 있어 시인의 이름을 한껏 드높게 떨치고 있다.

통일의 새 역사를 앞당기는 목소리

이기형 시집 『별꿈』 서평

사람은 대체로 나이가 들수록 정신력이 쇠퇴한다. 냉철한 이성도 뜨거운 정열도 노쇠와 함께 소멸되고 소진된다. 우리는 이같은 현상을 인인隣人들을 통해 목격하고 그것이 쓸쓸한 인간사의 필연적 현상이라 단정하게 된다. 그러나 우리는 이같은 우리의 단정에 홀연 의아심을 갖게 하는 경우를 목도하게 되는데, 그것이 바로 이 시집의 저자이신 이기형 선생의 경우라고 할 수 있다.

시집의 표지에 간략하게 명기되어 있기는 하나, 개인적으로 이기형 선생에 대한 이해가 부족한 독자들을 위해 나는 먼저 이 시집의 저자이신 이기형 선생이 북녘에 고향을 둔, 80이 된 노시인이라는 사실을 밝히고 싶다. 육신의 연령이 80을 넘으면 일반적으로 비록 타고난 건강이 남다르다 하여도 고도의 정신적 집중이 요구되는 시작 활동이 손쉽다고 할 수 없다. 그러나 놀랍게도 우리는 우리의 고루한 관넘을 일시에 뒤엎으며 백발청춘의 뜨거운 문학적 열정이 용솟음쳐 분출한 선생의 새 시집을 앞에 두고 읽는다. 그리하여 우리는 노령의 한계를 뛰어넘어 이기형 선생이 보여 주는 싱싱한 문학적 열정 앞에 찬탄과 존경의 마음을 감추지 못한다.

그러나 나의 찬탄과 존경은 단지 선생의 연령과, 그 연령을 극복한 문학적 정열 때문만이 아니다. 그것은 선생의 시가 정신의 혼탁과 이념의 상실로 갈 길을 몰라 방황하는 오늘날의 문학풍토 속에서 청년의 정열을 뛰어넘는 역사의식과 더불어 일정한 문학성을 겸비하고 있기 때문이다. 기실 문학에 임하는 행위 자체는 당대의 현실과의 긴장된 대결이 동반되게 마련이며 그 속에서 참다운 문학적 성취를 얻기는 쉬운 일이 아닐 것이다.

여기서 우리는 이기형 선생의 연령에 이르른 이 땅의 다른 노시인들을 기억하게 된다. 그들 또한 특별한 건강으로 아직까지 시작활동을 지속하는 행운을 누리지만 올바른 역사의식과 작가의식이 결여된 시로서 우리를 실망시키는 모습을 보여 주지 않는가.

이기형 선생의 이 신작 시집은 선생이 70이 다 되어 시작활동을 하신 이래 여섯 번째 펴내는 시집이다. 열화와도 같은 열정으로 써낸 선생의 시집에서 제일 먼저 내 마음에 다가서는 것은 굳건한 역사의식과 민족의식이 바탕이 된 통일을 기원하는 시들이다. 이 시들은 주로 '망향 思母恨'이라는 부제를 달고 있는 제2부에 수록되어 있는데 한편 한편이 관념에서 표출된 작품이 아니라, 자신의 체험적 삶에서 우러나온 것이어서 뜨거운 공감을 자아내게 만든다.

북단으로 못 간지 반백 년

에라, 차라리

내 정열은 남단으로 분류했다

나는 지금

남쪽 땅 끝 토말 달마산 벼랑에 섰다

눈앞은 망망대해

만고의 신비가 출렁댄다

인제 내 발로 더 걸어갈 뭍은 없다

땅 끝은 바다의 시작

바다 끝은……

아, 생각난다

56년 전 서호진 바닷가

"저 끝으로 가보고 싶어요!"

수정눈 갓 핀 해당화 소녀

갈매기, 돛배……

…(중략)…

네 꿈의 파편을 어디서 줍으랴

땅 끝은 바다

바다 끝은 땅

지구 위에 끝은 없다

끝은 곧 또 다른 시작

나는 되돌아 달린다

북단을 향해

달림을 시작했다.

－「土末에서」 부분

남한의 땅 끝 '토말土末'에 다달아 가슴에 사무치는 감회를 노래한

이 시는 북녘에 고향을 둔 시인의 서정적 비애가 담겨 있다. 그러나 이 시가 단순히 실향민으로서의 회한에 머물지 않고 분단시대를 살아가는 우리에게 뭉클한 감동을 전하는 것은 "네 꿈의 파편을 어디서 줍으랴" 하는 물음과 함께 "인제 내 발로 더 걸어갈 뭍은 없다"고 표출하는 시인의 의식이다. 이는 분단의 역사가 더 이상 지속될 수 없으며 통일을 앞당겨야 한다는 또 다른 표현일 터인데 여기에서의 토말土末은 지리적으로 땅 끝 토말이 아니라 분단 50년 세월 동안 우리 민족이 다다른 마지막 지점임을 상징한다. 시인은 시에서 "끝은 곧 또 다른 시작"이라 말한다. 나는 여기서 일제의 가혹한 탄압에 굴하지 않고 「曠野」, 「絶頂」 등의 시를 쓴 이육사 선생을 떠올린다. 이육사 선생은 그의 시 「絶頂」에서 "매운 季節의 채찍에 갈겨/마침내 北方으로 휩쓸려오다//하늘도 그만 지쳐 끝난 高原/서리빨 칼날진 그 우에 서다//어디에 무릎을 꿇어야 하나/한 발 재겨 디딜 곳조차 없다//이러매 눈 감아 생각해 볼 밖에/겨울은 강철로 된 무지갠가 보다"라고 노래했다. 나는 일제 강점기에 생산된 육사 선생의 「絶頂」과 민족 분단기에 생산된 이기형 선생의 「土末에서」의 두 시에서 공통적으로 드러나 전망과 역사의식을 주목하며 해방과 통일을 갈망하는 순결한 마음을 읽는다. 시인은 또 이 시의 마지막 구절에서 "나는 되돌아 달린다/북단을 향해/달림을 시작했다"고 말한다. 이는 분단 극복을 위한 시인의 결의이며 동시에 우리에게 민족 분단의 해소를 위한 노력에 동참해야 한다는 뜨거운 다짐일 것이다.

서울의 지붕 백운대에서
내 고향 지붕 뽀로지로

단숨에 건너뛸

축지법을 익히랴

찬 하늘을 가르며

끼럭끼럭 북으로 날으는

저 새떼에 끼일

화안술化雁術을 배우랴

소자는 오늘도

흰 머리칼을 감아 쥐고

지축을 울려

몸부림치옵니다

허공은, 저리

허허 높을 뿐

메아리 없는

찢기운 산하

아, 시간은 잔인하구료

이팔 흑발이 고희 백발이라

어머님은

올해 아흔 고령

꿈에도 생각잖아요

돌아가셨다고는

어찌 돌아가시랴

청상 외아들을 만나지 않고서야

시간아
멎어 다오
되돌아가 다오

우리 어마이
아흔에서 여든 되고 일흔 되고 예순 되게시리
되돌아가 줘
되돌아가 줘

―「思母恨」 전문

　　인용하는 시로서는 좀 길게 느껴지지만 시인의 통절한 마음이 읽는 이의 가슴에 그대로 와 닿는다. 시인이 청년시절 북녘 고향을 떠나온 이래 외아들인 자신을 기다리실 90 노모를 그리는 절절한 마음이 형상화되어 있는 이 시는 지금까지 씌어진 분단문학을 되새겨 보아도 손색없는 수작으로 손꼽기에 주저하지 않을 작품이다. 어머님이 계실 북녘으로 날아가는 기러기가 차라리 부러워 '화안술化雁術'을 익히고 고향산 '뽀로지'를 건너뛸 '축지법'을 익히고 싶다고 토로하는 노시인의 심사는 눈물겹기 그지없다. 우리는 이 시에서 체험적 진실의 핵심에 가 닿아 있는 감동을 맛보며 기왕의 범속한 분단시들에서 느끼던 정치적 슬로건과 구호와 메시지 전달위주의 한계를 극복한 시적 감흥을 맛본다.

　　다시 한 번 말하거니와 이기형 선생의 이번 시집에서 우리를 감동케 하는 것은 상당한 문학성을 바탕으로 하는 시들이다. 지금껏 우리는 선생의 시를 두고 뜨거운 직정을 그대로 드러내는, 다소 문학적 세련성이 부족하다는 평을 들었다. 그러나 우리는 기왕의 이같은 평가를 뒤엎는 시들을 적지 않게 읽을 수 있고, 그 한 예로 다음과 같은 시를 만나게 된다.

> 해질녘
> 흰 빨래 걷힌 백사장에 남은
> 아스라한 그리움
>
> 시냇물은 삼천리로 흘러
> 대지를 싹티우는
> 4월의 넋이여
>
> —「그리움」 전문

우리는 이 시에서 지금껏 이기형 선생이 보여주던 구체적 메시지의 전달은 찾을 수 없다. 다만 1연의 시적 분위기를 통해 그 어떤 애수를 느낄 수 있을 뿐이다. 그러나 이 시가 단지 해질녘 빈 백사장이 전하는 막연한 비애만을 전하기 않는 것은 '삼천리로 흘러'가는 '시냇물'과 '대지를 싹틔우는 4월의 넋'이라는 제2연의 시적 수사를 통해서일 터인데 이런 시적 수사를 통해 우리는 그 어떤 크고 넓은 시인의 마음을 느낄 수 있다. 여기서 우리는 굳이 이 시에서 시인이 의도하는 메시지를 분석할 필요는 없을 것이다. 다만 흰 빨래가 걷힌 저물녘 백사장을 전경에 놓고, 보다 크고 넓은 가치를 위해 헌신하는 '시냇물'의 의미를 뒤에 와서 등장시킨 시적 세련성과 함께 역사를 위해 헌신하려는 시인의 가슴을 짐작할 뿐이다. 자신이 의도하는 바를 행간에서 감추면서 드러내는 수법으로 한 편의 서정시를 완성하는 시인의 이런 기법은 이전의 시들에서 볼 수 없던 진경이라 할 수 있다.

이 밖에도 이번 시집에는 과거의 선생의 시집에서 볼 수 없던 빛나는 상징성을 내포한 시들이 실려 있는데, 이 시들은 시적 기교와 형상성이 우리의 눈길을 모은다.

> 대낮에도 당당히
> 땟속에 꾄다
> 한푼 자유는
> 서캐를 슬어
> 참빗장수 입안에
> 군침이 돈다
>
> 각설이 몸에 스물스물
> 피를 빠는 놈
>
> 골리앗은 바위벽에
> 등살을 비벼댄다
>
> 참다 못해
> 몸을 던지는 다윗이여
>
> —「蝨」 전문

이 시는 20세기 마지막 10년간에 접어든 세계사적 역사 상황에서 자본주의와 사회주의 내지는 민중주의와의 대립관계에서 빚어지는 여러 가지 현상들을 상징적으로 드러낸다. 우리의 전통 풍물인 참빗과 구약에 등장하는 다윗과 골리앗의 관계를 빌려 오늘의 역사 상황을 해석하는 이 시에서 우리가 주목하는 것은, 골리앗에게 돌을 던져 훗날 왕이 되는 구약의 다윗이 돌 대신 몸을 던진다는 점이다. 이 점은 오늘날의 역사적 상황에서 민족적 자아를 환기시키는 의미를 지니며 우리에게 고도의 시적 상징성을 제공하고 있다.

또한 이번 시집에는 현대사를 몸으로 체험한 자만이 쓸 수 있는 시들이 실려 있다. 그것은 바로 시집의 마지막 제4부에 수록되어 있는데 시인의 시 정신은 시공을 초월하여 넘나든다. 예컨대 시인은 삼백오십 년 전 우리의 조상이 겪은 '三田度'의 역사를 되새기고 동학농민혁명전쟁을 일깨운다. 그런가 하면 일제시절 '좁山光郎'이라 개명한 이광수와의 만남과 몽양 여운형, 만해 한용운 선생과의 추억도 등장시킨다.

전반적으로 이 시들은 시인이 의도하는 역사의식에 따라 씌어지고 있는데, 시인은 이 시를 통해 그릇된 역사를 비판하고 참다운 역사를 맞으려는 소망을 피력한다. 우리는 이 시들에서 산문적 구조를 띤 시적 단순성을 읽기도 하지만 한편으로 험난한 현대사를 온몸으로 경험한 선생만이 쓸 수 있는 독특한 시적 경험을 공유할 수 있는 감동을 맛본다.

이제 나는 선생의 시집에 붙이는 이 글을 마무리해야 할 순간에 와 있다. 나는 선생이 떨리는 손으로 쓰신 자필 원고를 읽으며 뭉클한 감동을 지울 수가 없었다. 그것은 지난 10여 년간 누구보다 가까이에서 선생을 보아온 필자로서 선생이 북에 두신, 이제는 100여 세가 다 되셨을 노모를 그리워하는 모습을 보아 왔기 때문이다. 그런 선생이 특별히 주목도 받지 못한 시를 청년의 정열을 압도하는 열정으로 써오신 것은 바로 민족통일을 앞당기려는 염원 때문일 것이다. 나는 굳건한 역사의식과 문학성을 겸비한 선생의 새 시집을 읽고 후생으로서 나도 선생의 연세에 이르러서도 선생처럼 도저한 문학적 열정을 지닐 수 있기를 소망하며, 부디 선생과 선생의 어머님의 건강이 특별하셔서 통일의 그날까지 살아계시기를 기원해 마지않는다. 그리고 선생의 문학 또한 더욱 더 깊고 넓어지기를 소망하는 바이다.

1997년

릴케, 사물의 구극적 인식과
삶의 완성

장미여, 오, 순수한 모순이여, 기쁨이여,
여러 겹 눈꺼풀 아래 누구의 것도 아닌 잠이 고픈 이 잠이여

만상萬象을 영위하는 근원을 추구하며 자신을 무無로 돌리고 빛과 어두움, 정밀靜謐과 불안, 그리고 원숙함과 고독이 녹아든 시세계를 구축한 한 독자적 시인은 일찍이 나로 하여금 그의 문학을 내 표준으로 삼기에 충분했으니 그는 바로 20세기 독일 문학의 빛나는 자랑인 릴케이다.

극단적 신앙에 빠져 있던 어머니와 군인으로서의 입신이 좌절된 철도원의 아들로 1875년 오스트리아의 지배를 받고 있던 체코 프라하에서 태어난 릴케는 사랑과 고독과 어둠과 죽음을 깊이 노래한 시인이었다. 감각의 섬세함과 참신성을 지니며 새로운 언어의 세계를 창조한 그는 분열된 가족적 환경을 통해 유아적 정체성의 혼돈을 겪으며 자랐다.

그의 문학이 예술의 진실과 자신의 탐구에 바쳐진 것은 가족사적 아픔에서 비롯되었을까? 부모의 이혼 후 어머니에 의해 양육되면서 육군 유년학교에 입학했고 이어 진학한 육군 고등실업학교를 끝마치지 못하고 퇴교했으며, 이후 그는 대학 입학자격 시험을 치르고 프라하 대학에 입학하며 문학에 눈을 뜨게 되는데, 여기에는 아마도 가족사적 갈등도 크게 기인했다 하겠다.

세속적 욕망과 자기 현시욕이 강한 어머니의 영향은 두고두고 릴케의 삶에 여러 가지 영향을 미쳐 그가 평생 여성들에게 자신의 운명을 의탁하는 원인도 되었다.

릴케의 첫 시집은 1894년에 출간된 『삶과 노래』(Leben und Lieder)였다. 이는 '발리'라는 사랑하는 소녀에게 헌정한 시집으로서 낭만적 동경과 꿈이 두드러진 작품으로 이루어져 있다. 그러나 이 시집은 릴케의 본격적인 문학적 역량이 드러나 있다고 보아지지 않는다.

사물에 대한 구극적 인식, 이를 통해 참다운 삶의 의미를 규명하는 그의 시들이 집적集積된 것은 기도시집일 것이다. 루 살로메와의 러시아 여행 후 씌어진 이 시집은 낭만적 동경과 몽환적 분위기를 벗어나 비로소 '신'에 대한 본격적 탐구를 시작하고 있다.

여기서의 '신'은 이른바 기독교적 신이 아니라, 모든 생명이 자기의 생명에 충실함으로서 얻어지는 가치였던 것이다.

그는 자신을 탐구하고 예술의 진실을 찾기 위해 러시아의 원초적 자연 환경을 접하고 톨스토이, 토스토에프스키 파스테르나크 등 위대한 문학인들을 만난 다음, 사물의 가장 밑바닥에 존재하는 화엄의 의미를 궁구했고, 일상적 삶과 예술적 삶의 의미를 발견하기 위한 가열한 탐구를 지속했다. 이는 현실적 삶의 어두움을 극복함으로서 찾아내는 밝음 즉, '금빛 태양을 향하는' 문학적 도정이었다.

따라서 그의 문학적 개화는 『형상시집』(Das Buch der Bilder)을 통해 찬란히 꽃피었다.

Herr: es ist Zeit. Der Sommer war sehr groβ. Leg deinen Schatten auf die Sonnenuhren, und auf den Fluren laβ die Winde los.Befiehl den letzten Früchten voll zu sein; gieb ihnen noch zwei südlichere Tage, dränge sie zur Vollendung hin und jage die letzte Süβe in den schweren Wein. Wer jetzt kein Haus hat, baut sich keines mehr. Wer jetzt allein ist, wird es lange bleiben, wird wachen, lesen, lange Briefe schreiben und wird in den Alleen hin und her unruhig wandern, wenn die Blätter treiben.-Herbsttag

주여, 때가 왔습니다. 여름은 참으로 위대했습니다.
해시계 위에 당신의 그림자를 얹으시고,
들에 많은 바람을 풀어 놓으십시오.

마지막 과일을 익게 하시고,
그 열매 위에 이틀만 더 남국의 햇볕을 주시어
그들을 완성시켜, 마지막 단맛이
짙은 포도주에 스미게 하십시오.

지금 집이 없는 사람은 이제 집을 짓지 않습니다.

지금 고독한 사람은 오래 고독하게 살아

잠자지 않고, 책을 읽고, 긴 편지를 쓰며

낙엽이 뒹구는 가로수 길을

불안스러이 이리저리 헤맬 것입니다.

ㅡ「가을날」 전문

주님과 대면하는 고요한 기도처럼 시작되는 이 시는 밝고 풍성한 결실과 성숙의 계절, 가을에 대한 찬미와 더불어 절대자가 아닌 피조물인 인간의 고독과 불안이 배면에 깔려 있다. 그러나 이 시는 가을이라는 시간적 의미를 감상적 정서로 묘사하고 있는 것이 아니라 인간이 지닌 숙명을 노래하며, 그것을 순명으로 받아들임으로서 완성된 삶으로 나가려는 경건함이 어려 있다.

빛과 어둠, 미완성과 기원, 외로움과 숙명이 교합되어 그려지는 이 한 편의 서정시는 마치 읽고 난 후 위대한 교향곡을 들은 것처럼 우리의 가슴 속에 릴케를 오래도록 위대한 시인으로 기억하게 만든다.

릴케는 평생 동안 참으로 많은 유랑을 했으며 위대한 영혼들과 만났다. 이는 더 큰 빛을 찾기 위한 고행이었고 도정이었다. 자신보다 14세나 나이를 더 먹은 여인, 정신적으로 자신을 선도했던 루 살로메와 만나, 오래도록 연인관계를 유지한 것도 그렇고, 그녀와 더불어 러시아의 위대한 문학인들을 만났고, 프랑스의 작가 앙드레 지드, 독일의 시인 스테판 게오르게, 소설가 하프트만 형제, 철학자 루드비히 비트겐슈타인, 작가 한스 카로사, 화가인 오스카 코코슈카, 프랑스의 작가 앙드레 지드, 시인 발레리 들이 그들이었다.

또한 릴케는 인간과의 만남뿐만 아니라 이탈리아에서 르네상스 시대의 일반 예술을 통해 정신적 지평도 넓혔다.

그러나 이들 중에서 가장 의미가 있는 만남은 프랑스의 조각가 로댕과의 만남이었다.

릴케는 1903년 파리로 가서 로댕Rodin을 만났고, 그의 비서가 되어 일했고 그를 통해 사물을 보는 법을 배웠다. 그것이 릴케에게『형상시집』을 쓰게 한 원인이 되었다.

그는 스스로『로댕론』을 집필했고 거기서 그는 로댕의 조각 작품을 빌어서 참으로 자신이 추구하는 사물의 비의를 설파했다.

> ─고요 같은 것이 감돌고 있군요. 사물을 싸고도는 고요 말입니다. 운동이란 운동은 모조리 침잠하고 윤곽이 드러납니다. 과거며 미래라는, 때로는 영속하는 것이 하나하나 나타나면서 이를 둘러싸고 있습니다. 공간이라는 것입니다. 허무로 내몰린 사물이라는 것이 진정되는 위대한 순간입니다. (---) 미란 무엇일까요? 미란 언제나 다른 세계에서 다가오는 것. 그러기에 우리는 미의 정체를 알 길이 없는 것입니다.─

릴케의 문학적 완성은 <오르페오스의 소네트>(Sonette an Orpheus)와 「두이노의 비가」(Duineser Elegien)를 통해 이루어진다.

1923년에 함께 간행된 이 시집들은 릴케가 10여 년의 침묵 끝에 발표한 대작으로서 삶과 죽음의 문제를 다루고 있다.

<오르페우스의 소네트>는 어느 죽은 소녀를 위해 씌어진 55편의 소네트 형식을 택한 작품이며, 분량 탓으로 필자가 번역하는 이 사화

집에 제1장만 수록된 「두이노의 비가」는 시인 자신이 세계 제1차대전을 포함한 약 10년간에 걸친 고뇌와 생장生長을 결정結晶한 것으로서 인간으로서의 릴케가 도달할 수 있는 최고의 경지를 보여주는 작품이라 할 수 있다.

릴케는 이 작품을 통해 인간의 참다운 삶이란 끝임 없는 전신轉身을 통해 죽음 자체까지 정화되어가는 사람에게 주어지는 것이라고 여긴다.

이 시는 모두 10편으로 이루어져 있고, 삶과 죽음을 긍정하는 찬가라고 할 수 있다. 이 작품은 이때까지 릴케가 이룬 문학의 혼연渾然한 총화總和로서 릴케로 하여금 찬란한 독일문학의 윗자리에 자리하게 만든다.

릴케의 또 다른 명작은 「음악에 부쳐」이다.

> Musik: Atem der Statuen. Vielleicht: Stille der
> Bilder. Du Sprache wo Sprachen enden. Du Zeit,
> die senkrecht steht auf der Richtung vergehender
> Herzen. Gefühle zu wem? O du der Gefühle
> Wandlung in was?-: in hörbare Landschaft.
> Du Fremde: Musik. Du uns entwachsener
> Herzraum. Innigstes unser, das, uns übersteigend,
> hinausdrängt,-heiliger Abschied: da uns das
> Innre umsteht als geübteste Ferne, als andre Seite
> der Luft: rein, riesig, nicht mehr bewohnbar.
>
> －「An die Musik」

음악, 그것은 조각상의 호흡. 혹은 아마도
회화(繪畵)가 지닌 정적(靜寂)인가 보다.
말이 그치는데 시작되는 언어!
허물어져가는 심정(心情)의 방향 위에

그대, 수직으로 곤두선 시간이여.
누구를 위한 감정인가. 오! 무엇이 되려는 감정의 변신인가?
이 귀로 들을 수 없는 풍경(風景)의 변신인가?
음악-그대는 미지의 풍경.
그대 넘어 자라난 심정의 영역이여.
우리를 넘어서고 넘쳐흐르는
우리 심정의 가장 깊은 곳의 내부-이 성스러운 이별이여.
여기 내부가 숙련된 원경(遠景)으로서
우리를 싸고돈다.
혹은 사람도 살 수 없는
거대한 대기(大氣)의 지면(地面)으로서.

-「음악에 부쳐」 전문

　여기에 직접적 주제가 되는 것은 '음악'이지만 릴케는 이 작품을 통해 자신의 '시'가 지향하는 이상을 말하고 싶었다. 그는 자신의 시가 위대한 조각상에서 생성되는 호흡이기를 바랐고 뛰어난 회화에서 느껴지는 환희이기를 바랐다. 그는 그의 시가 마치 위대한 음악이 미치는 우주의 정적이기를 꿈꿨다.

　우리는 이같은 발언이 범속한 시인의 것이라면 우리의 가슴에 남아있는 잔상은 크지 않을 것이다. 그러나 필생의 고투를 통해 빛나

는 언어의 결정을 이룬 대시인의 것이기에 받아들여지는 감동은 남
다르다.

1926년 12월 29일. 스위스의 뮤조 성城에서 한 여인을 위해 장미를
꺾다가 장미가시에 찔려 일생를 마친 릴케는 오랜 세월이 지난 지금
까지도 우리의 가슴에 빛과 그늘과 고독과 삶의 의미를 깊이 던지는
위대한 시인으로 남았다.

Wo ist zu diesem Innen

ein Au β en? Auf welches Weh

legt man solches Linnen ?

Welche Himmel spiegeln sich drinnen

in dem Binnensee

dieser offenen Rosen,

dieser sorglosen, sieh:

wie sie lose im Losen

liegen, als könnte nie

eine zitternde Hand sie verschütten.

Sie können sich selber kaum

halten; viele lie β en

sich überfüllen und flie β en

über von Innenraum

in die Tage, die immer

voller und voller sich schlie β en,

bis der ganze Sommer ein Zimmer

시대 상황과 시의 논리

wird, ein Zimmer in einem Traum.

—「Das Rosen—Innere」

어디에 이 내부에 대한

외부가 있는 것일까? 어떤 상처에

이런 정결한 꽃잎을 얹어야 할 것인가?

어느 하늘이 이 속

활짝 피어난 장미의

안쪽 호수에 비추는 것일까?

그대 근심 모르는 장미여, 보라

꽃잎들 흐느러져 흐느러져

겹쳐 있다. 떨리는 손길로 어루만져도

흩어질 것 같지 않다.

스스로 견디기가

어려울 것 같구나.

장미는 송이마다

넘쳐 흘러서

긴긴 여름날이 부풀어 올라

꿈속의 방(房)이 되어

여물게 될 때까지

흘러서 흘러서 내려간다.

—「장미의 내부」 전문

　　시인은 장미의 선연한 꽃잎을 그 어느 상처에 얹어야 할까 노래했지만 나는 오히려 그 눈부신 꽃잎보다 그 어떤 정결한 상처를 떠올린다. 그것은 아마도 릴케가 평생을 두고 삶의 의미와 언어의 구극적 완성을 위해 혼신을 다 바쳐 피 흘린 자신의 상처의 다른 이름이 아니었을까? 훗날 이 시인을 통해 독일문학을 탐구하려 했던 나 자신의 모습 또한 여기에 겹쳐져 어느 알 수 없는 세계로 '흘러서 흘러서 내려'가고 있다.

부기: 릴케의 시를 위한 길잡이로 씌어진 이 글은 릴케의 시를 번역하고 사화집으로 묶어 소개하면서 서문으로 쓴 글임을 밝힌다.

1993년 6월

존재에 대한 탐구와 성찰

헤르만 헤세의 문학적 독법

새는 알에서 벗어나려고 애쓴다. 알은 곧 세계다.
새로 태어나기를 원한다면 알의 세계를 깨트리지 않으면 안된다.

시는 자아와 대상의 간극 속에서 탄생한다. 자아와 대상의 간극을 깊이 감지하지 못할 때 시는 태동하지 않고 시인은 존재하지 않는다.

19세기 후반부 독일 남부 뷔르템베르크 주의 칼브에서 선교사의 아들로 태어난 헤르만 헤세(Hermann Hesse, 1877~1962) 또한 전통적 의미에 있어서 자아와 대상의 간극을 누구보다 깊이 헤아렸던 사람이다. 그의 청소년기는 순탄치 않아, 열네 살 때 수도원 학교에서 도망친 이래 자살을 기도해 정신병원에 입원했고, 다시 입학한 고등학교(김나지움)에서 퇴학을 당하며 숱한 고뇌와 갈등을 겪는다. 그러나 그는 18세가 되던 해 가까스로 튀빙겐의 한 서점에서 점원으로 일하게 되면서 시와 산문을 쓰기 시작해, 85세의 나이로 작고하기까지 노벨 문학상 수상 등 빛나는 문학적 성취를 보였으며 동서양의 수많은 독자들을 매료시켰다.

일찍이 사회적 제도와 규범에 순응하지 못했던 그의 섬세한 영혼은 존재에 대한 탐구와 성찰로 이어지며 인간 내면을 깊이 있게 들여다보는 그의 문학적 바탕을 이루게 했다. 그는 뛰어난 감성적 언어로 사물의 의미를 규명하고, 인간이 나아가야 할 길을 제시했다.

그는 세계와 인간을 두 축으로 파악하는 이분법을 거부하고, 그것을 넘어서는 통일성을 꿈꾸었다.

그는 모든 괴로움과 악이, 우리가 스스로의 자아를 전체로부터 떼어놓을 수 없는 부분들로 여기지 않고, 그 자체만을 중요하게 받아들이는 데서 생겨난다고 믿었으며, 분열과 대립의 합일을 통해 우리가 참된 자아에 이를 수 있다고 생각했다.

따라서 헷세가 초기 시에서부터 존재의 의미에 깊이 경도된 것은 당연한 현상이다. 그는 항상 사물의 심연을 들여다보았다. 몽상과 향수색 짙은 분위기를 띠고 있는 초기 시에서는 무엇보다 인간 존재의 외로움이 짙게 배어 있다.

「자작나무」, 「흰 구름」 등의 시들에서 우리가 읽을 수 있는 것은 인간이 지닌 원천적 고적함과 이룰 수 없는 사랑에의 갈망이다. 이 시들은 명징한 감성적 언어를 바탕으로 인간의 본원적 정서에 호소하고 있어 읽는 이의 가슴에 순결한 감동을 전한다.

그러나 무엇보다 자주 인구에 회자되는 시는 「안개 속」이다.

Seltsam, im Nebel zu wandern!

Einsam ist jeder Busch und Stein,

Kein Baum sieht den andern,

Jeder ist allein.

Voll von Freunden war mir die Welt,

Als noch mein Leben licht war;

Nun, da der Nebel fällt,

Ist keiner mehr sichtbar.

Wahrlich, keiner ist weise,

Der nicht das Dunkel kennt,

Das unentrinnbar und leise

Von allen ihn trennt.

Seltsam, Im Nebel zu wandern!

Leben ist Einsamsein.

Kein Mensch kennt den andern,

Jeder ist allein.

−「Im Nebel」 November 1905

이상하여라. 안개 속을 거니는 것은!

어느 숲이나 돌은 외롭고

어느 나무도 다른 나무를 볼 수 없으니

모든 나무는 고독하여라.

내 생활이 아직 밝던 무렵에

네게 있어서 세계는 친구들로 가득하였다

지금 안개 내리니
이제 어느 누구 한 사람도 보이지 않는다.

참으로 자기를 모든 것으로부터
거슬리지 않게 하거나, 살짝 떨어지는
어둠을 알지 못하는 사람은
현명하다 할 수 없으니

이상하여라. 안개 속을 거니는 것은!
인생이란 고독하다는 것이다.
그 누구도 다른 사람을 알지 못하니
모두는 홀로이어라.

-「안개 속으로」 전문, 1905년 11월

북구라파의 독특한 안개를 모티프로 하여 쓰여진 이 시는 안개가 지닌 특성 즉, 앞을 볼 수 없는 시각적 현상을 빌려 와 인간과 인간 사이의 고독을 노래하고 있다. 이 시는 비유의 탁월함과 더불어 인간사의 보편적 진리를 탁월하게 형상한 탓으로 헷세로 하여금 20세기의 가장 빛나는 시인의 반열에 오르게 했다.

또한 사물과 존재의 의미를 누구보다 깊이 궁구한 그가 자연과의 깊은 교감을 이룬 것은 새삼스러운 점이 아닐 것이다. 그는 자연을 인격으로 사랑했고, 친구와 같이 자연에 귀를 기울이기 시작했으며, 자신의 우수를 고귀하고 맑게 변화시켰다. 그는 자연의 아름다운 조화와 그 작은 차이까지도 느낄 수 있게 되었으며 일체의 자연의 생명의 고동을 정말 가까이 똑똑히 듣고 싶어했다.

바람이 갖가지 음향으로 나뭇가지를 울리는 소리, 개울이 협곡에서 설레고, 잔잔하고 고요한 물줄기가 땅을 흘러가는 소리. 그는 그 소리들이 신의 언어이고, 근원적인 아름다운 언어로 이해했다.

처녀시집『낭만의 노래』를 출간하고, 두 번에 거친 이탈리아 여행을 끝내고 소설『페터카멘친드』의 성공 후 보덴 호수 근처의 가이엔호펜에 살면서 씌여지기 시작한 자연 친화적 시들은 놀랍도록 깊은 사색적 울림을 전한다.

Manchmal, wenn ein Vogel ruft

oder ein Wind in den Zweigen

oder ein Hund bellt im fernsten Gehöfft,

dann mu β ich lange lauschen und schweigen.

Meine Seele flieht zurück,

bis vor tausend vergessenen Jahren

der Vogel und der wehende Wind

mir ähnlich und meine Brüder waren.

Meine Seele wird ein Baum

und ein Tier und ein Wolkenweben.

Verwandelt und fremd kehrt sie zurück

und fragt mich. Wie soll ich Antwort geben?

−「Manchmal…」

가끔씩 새가 울면

혹은 바람이 나뭇가지에 불면

또 개가 멀리 떨어진 농가에서 짖으면

나는 오랫동안 귀를 기울이고 침묵한다.

나의 영혼은 과거로 날아가

그동안 잊어버린 천 년 전으로 돌아간다.

그때에는 새와 바람이

나와 비슷했고 나의 형제들이었다.

나의 영혼은 나무가 되고

동물이 되고, 구름이 되어

완전히 변해 낯선 모습으로 돌아와

나에게 묻는다. 대답을 어떻게 해야 하느냐고.

-「가끔씩…」 전문

헷세의 정신은 어디에도 속박받기 싫어했다. 그는 제1차 대전이 일어나자 스위스 베른에서 독일 포로 후생사업소에 근무하며 독일 포로들을 위한 신문, 잡지들을 발간하고 여러 지면에 정치기사와 논문을 발표했다. 그리고 나치주의와 유태인 박해에 반기를 들었다.

시대에 발언하고 순수와 자유를 꿈꾼 헷세의 사색은 자신이 숨쉬는 서양문명의 모순에도 깊이 회의했다. 그는 스스로 '우리는 자연의 생산력이 거의 한계에 이르기까지 약탈당하는가하면 최소한 속속들이 알려지고 측정되어진 나라에서 산다'고 말했다.

이후 헷세는 동방을 여행하며 동방정신에 깊이 경도되었다. 그는 인도 여행이후 쓴 수상에서 인도에서의 인상을 '수와 양에 익숙한 사고를 지닌 우리들은 원시림의 한복판에서는 마치 생명의 요람 곁에 서 있는 느낌을 갖는다'고 피력했다. 지금부터 약 1세기 전에 피력된 헷세의 이같은 발언은 당연히 자신이 몸담고 있는 서구 사회에 대한 비판이며 지금부터 1세기 전 산업화의 중심에 들어선 그 시대의 서양 사회와 과학문명에 누구보다 앞서 예민하게 이의를 제기하는 것으로서 고도의 감성을 지닌 시인의 영혼을 상상하게 한다.

1992년 헷세는 『인도의 시』라는 부제가 붙은 소설 『싣달타』를 발표한다. 이는 동양정신에 깊이 경도된 저작으로서 수많은 동양독자와 동양의 지혜를 갈구하는 서구독자들에게 친화성을 제공했다.

일생 동안 지속되는 헷세의 유랑은 스위스의 테센주 몬타뇰라에 거주하면서 일단락이 되었고, 그의 사색은 더욱 깊어졌다.

이로부터 그는 지속적으로 많은 저작을 발표했으며 여기 이 사화집에 수록한 시들을 묶어 내었다.

−나는 오늘날의 인간들로 하여금 자연의 광활하고도 말없는 생명과 친숙해지고 사랑하게 하고 싶다는 소망을 창작 속에 품어 왔다. 대지의 숨소리를 듣고 전체로서의 생명에 제의祭儀하게 된다는 것을, 또 미미한 운명에 압도당하고 있는 동안 우리는 신이 아니고, 우리 자신에 의해서 만들어진 것이 아닌 대지의 아들이며 전 우주의 한 부분이라는 것을 잊지 않도록 하는 것을 그들에게 가르쳐 주고 싶었다.

더 나아가, 나는 자연에 대한 형제애 속에서 기쁨의 원천과 생명의 흐름을 발견해 내는 것도 인간에게 가르쳐 주고 싶었다.

또 관찰하는 법, 방랑하는 법, 눈앞에 있는 것에 대한 기쁨을 느끼는 법을 말해주고 싶었다. 산맥이나 대해大海나 푸른 섬으로 하여금 매혹적인 말로 인간들에게 말하도록 하고 싶었고, 인간들의 집이나 거리의 밖에서는, 얼마나 다양하며 맥박 치는 생활이 꽃피어 넘치고 있는 것인가를 보여주고 싶었던 것이다.

인간들이, 교외에서 분주한 생명을 이어 나가는 봄이나, 그들의 대지 밑에 흐르는 강이나 철길을 달리는 기차나, 풍성한 초원에 관한 것보다, 오히려 외국의 전쟁이나, 유행이나, 또 소문이나, 문학이나 예술에 관한 것을 훨씬 많이 알고 있는 것을 부끄럽게 생각하도록 일러주려고 생각했던 것이다.

고독하며 세상 살아가기가 벅찬 나로서, 잊을 수 없는 기꺼움을 얼마나 멋지게 이런 세계에서 발견할 수 있었던 가를 인간들에게 말하고 싶었다.

나로서는 아마 더 행복하고 쾌활한 인간들이 보다 더한 즐거움으로써 이 세계를 발견해 줄 것을 나는 기대했다.

나는 무엇보다도, 사랑의 아름다운 비밀을 인간들 마음속에 심어주고 싶었다.

모든 생물의 참다운 형제가 되고, 번뇌나 죽음도 벌써 두려워 할 것 없고, 그러한 것이 당신들에게 찾아올 때면 진실한 형제로서 성실하게 형제와 똑같이 맞아들일 만큼, 사랑이 넘치도록 될 것을 인간들에게 가르치고 싶었다.ㅡ

『수레바퀴 밑에서』, 『게르트루트』, 『크늘프』, 『황야의 이리』, 『데미안』, 『나르치스와 골드문트』, 『유리알 유희』 등의 소설을 비롯하여 『도중에서』, 『생명의 나무』, 『신시집』, 『정원에서의 시간』, 『꽃가지』, 『단계』 등의 빛나는 시집을 발간한 그는 제2의 고향 몬타뇰라에서 뇌출혈로 인해 85세의 나이로 타계하기까지 우리에게 이같은 신념으로 삶의 길을 제시해 주었고, 참된 내면으로의 길을 일러주었다.

부기: 헤르만 헷세의 시를 위한 길잡이로 씌어진 이 글 또한 헷세의 시를 번역하고 사화집으로 묶어 소개하면서 서문으로 쓴 글임을 밝힌다.

1993년 11월

인간의 존엄성과 영적인 갈등

헤르만 헤세 『수레바퀴 밑에서』

문학에 있어서, 특히 소설에 있어서 그 작품이 작가의 실체적 체험이 바탕이 되는 경우가 많다면 헤르만 헤세(Hermann Hesse, 1877~1962)의 초기작인 『수레바퀴 밑에서(Unterm Rad)』도 이 점에 있어서 예외가 아니다.

이 작품은 헤세가 그의 나이 스물아홉인 1906년, 그가 연전에 처녀 시집과 최초의 장편 소설 『페터 카멘친트』를 출판한 이후 두 번째로 썼던 장편 소설로서 그 자신의 청소년 시절, 남부 독일의 슈바벤 주에 있는 마울브론 신학교에 입학했다가 다음해 학교 생활에 적응하지 못하고 탈주한 체험이 바탕이 된, 말하자면 변형된 자전적 소설이라 할 수 있다.

따라서 이 소설에 등장하는 인물과 지명들은 실제로 존재했던 사람들과 지명을 변형시킨 것이며, 소설 속에 나타나는 사건 역시 주인공 한스 기벤라트가 이 소설의 말미에서 익사하는 부분 이외에는 거의 실제로 있었던 사실을 중심으로 쓴 작품이다. 이같은 창작 배경은 이 작품이 독자들에게 한층 더 생생한 흥미를 전해 주는 요소가 된다 하겠다.

그러나 이 작품이 베를린의 피셔 출판사(Fischer Bücherei)에서 최초로 출간된 이래 70년이 흐르도록 오늘까지 수백 판이 거듭 중판되고 수십 개 국으로 번역되어 출판되고 있는 이유는 단순히 헤세 자신의 자전적 생애의 요소가 가미되어 있다는 이유만이 아닐 것이다. 그 점이 과연 무엇인지, 그 점이 바로 '청춘 소설' 혹은 '학교 소설'이라고 할 수 있는 이 소설에 신비감을 더해 주는 요소라고 할 수 있을 것이다.

이 책에서 일단 우리의 관심을 끄는 부분은 작가가 지극히 자연스런 문체로 고독한 젊은 주인공 한스 기벤라트의 심리 상태를 끈질기게 추구해 나간다는 점이다. 작가는 주인공 한스 기벤라트가 고루하고 신앙에 대해서는 약간 진보적이지만 평범한 규범을 따르고 속된 세속일에 끊임없이 관심을 가지는 아버지 밑에서 태어났고, 어머니를 일찍 여읜 점을 강조한다. 그리고 그가 천재라든가 혹은 귀재라고 칭찬받을 만큼 뛰어난 재주를 타고난 영리한 소년이었으며 선생님들과 교장, 이웃 어른이나 목사로부터 굉장한 촉망을 받으며 재주 있는 아이들의 목표대로 주 시험을 거쳐 신학교에 들어가 목사나 교사가 되는 길을 택하게 된다는 점에 초점을 맞춘다. 그리하여 주인공인 고독한 소년이 매일 오후 네 시까지 계속 되는 수업을 받고 따로 교장 선생에게 그리스어 과외 수업을 받아야 하며, 여섯 시에는 목사에게 라틴어와 신학의 복습도 받는 지극히 억눌린 생활을 한 끝에 드디어 주 시험에 합격하게 되는 과정을 담담히 묘사한다. 아울러 작가는 주인공이 머릿속에 주입된 대로 거의 습관적이라고 할 수 있을 만큼 아무런 비판 없이 공부를 계속하나 때로는 낚시질도 즐기고 싶고 토끼도 키우고 싶고 수영도 하고 싶은 평범한 소년임을 부각시킨다. 이와 함께 작가는 주인공이 신학교에 입학하여 기숙사 생활을 하면서 학교에서 일등을 목표로 하지만 기숙사에서 각기 개성이 뚜렷한 동급생과 어울리면서 정신적 변화를 겪고 끝내는 문학에 재질이 있는 반항아 하릴러와 깊은 관계를 맺은 뒤 질식할 것 같은 신학교 생활에 적응하지 못하고 신경쇠약을 일으켜 권고 휴학을 당하는 과정을 소년의 사춘기적 섬세한 심리 묘사와 함께 탁월하게 그려 놓는다.

이후에 전개되는 뒷이야기는 매우 비극적이다. 고향에 돌아온 주인공은 고향 사람들의 기대에 못 미친 자의식 때문에 번민하기 시작하고 마침내 1년을 요양 기간으로 보낸 뒤 차츰 기력을 회복하여 어린 시절 호기심 많던 고향 풍물과 태어나 살았던 마을의 자연 경관을 새롭게 바라보며 기계공이 되기 위한 견습 생활을 시작한다. 이때 주인공은 품행이 단정치 못한 엠마라는 처녀와 꿈같은 첫사랑을 나누나 곧 그 처녀가 장난으로 그와 사귄 것을 알고 깊은 상심에 빠진다.

주인공은 열등감과 함께 기계공 견습 생활을 시작한 지 1주일이 되던 토요일, 먼저 기계공 자격을 취득한 친구의 자축 술자리에서 만취되어 집으로 돌아오는 길에 익사를 하고 만다.

이것이 이 소설의 간략한 줄거리인데 이와 같은 이야기의 전개 속에 작가 자신이 특히 강조하고 싶은 것은 인간의 본질적인 존엄성이다. 우리는 작가의 이같은 의도를 추출하기 위해 소설의 다음과 같은 구절을 읽어 볼 필요가 있다.

> "물론 적당히 해야지. 한 주일에 한두 번은 산보를 하는 것도 필요하거든. 그건 효과적이야. 날씨가 좋으면 책을 들고 교외로 나가는 것도 좋고. 야외의 신선한 공기 속에는 훨씬 쉽고 재미있게 외워진다는 것을 알게 될 거야. 어쨌든 머리를 높이 들고 즐겁게 해 나가야지!"
> 그래서 한스는 되도록 고개를 쳐들고 길을 걸으면서 산보도 공부를 위한 방편으로 이용했으며 수면 부족의 피곤한 눈으로 얼빠진 듯 돌아다녔다.

이와 같은 구절은 주인공의 아버지가 아들인 주인공으로 하여금 신학교에 꼭 합격을 하도록 채근을 하는 부분인데, 이같은 구절에서 우리는 작가 자신이 어른들의 무분별한 이기심과 탐욕을 고발하려는 의도를 읽을 수 있는 것이다. 작가는 물론 이 소설에서 격앙된 문체로 주인공의 순진무구한 의식이 어른의 탐욕으로 인해 파괴되는 점을 강조해 놓지는 않는다. 이같은 태도는 작가 헤르만 헤세가 다른 작품을 통해서도 일관적으로 보여 주고 있는데, 이 소설에도 이같은 수법이 그대로 나타나고 있다. 그러나 독자들은 오히려 이같은 진술에서 인간에게 있어서 무엇보다 소중한 것이 어디에도 구속되지 않는 자연스런 삶이란 것을 깊이 있게 인식해 낼 수 있다.

인간성의 옹호에 대한 작가 헤르만 헤세의 이같은 태도는 비단 이 작품에만 국한되는 것이 아니라 『데미안』, 『페터 카멘친트』 등과 같은 소설에 끊임없이 이어지고, 그의 최후의 대작이라고 할 수 있는

『유리알 유희(Das Glasperlenspiel)』에까지 파급되고 있다.

그러나 우리는 이 소설이 작가 헤르만 헤세가 인간성의 옹호에만 초점을 맞춘 것이 아니라는 증거를 발견하게 되는데 그것은 바로 주인공이 그의 신학교 기숙사 동료인 위악적인 반항아 하일러와의 사귐에서 표출되는 본능과 이성의 갈등, 즉 선과 악의 대립인 것이다.

이 점 역시 작가 헤르만 헤세가 여타의 작품에서도 끈질기게 다루는 문제로서 영성과 감성, 정신과 육체, 인간의 내면에 자리잡고 있는 모순들과 소위 파우스트적인 두 가지 영혼의 갈등에 가장 깊이 고뇌하고 천착하여 그 속에서 어떤 질서를 탐구하려는 그의 일관된 문학 정신에 일치하는 점이다.

그러나 작가는 이 소설에서 선과 악에 대해 어느 한 편에도 치우치지 않는 태도를 보여 주고 있는 것이 흥미롭다. 작가 자신이 비록 반항아 하일러와 이기주의자 루치우스를 통해 악의 구체적 모습을 드러내 보여 주고 있으나 그 악 자체에 대한 어떤 주관적 견해와 판단은 끝까지 보류시킨다.

이 점은 또 선에 대해서도 마찬가지인데 구둣방 주인인 플라이크 씨의 착한 인간성에도 일단은 냉정한 시선을 유지시킨다.

우리는 흔히 이 작품에서 주인공이 기계 견습공으로 새롭게 재기하려는 순간에 익사로 처리되는 귀결을 읽으면서 작가 자신이 자칫 주인공을 통해 정신의 육체 지배성을 주장하는 것이 아닐까 하는 의문을 갖는다. 그러나 이 소설에서 주인공이 끝내 자의에 의해 익사를 했다는 증거를 찾을 수 없기 때문에 정신이 육체를 지배한다는 결론을 찾지 못한다. 비록 주인공이 신학교에서 쫓겨나 고향에 돌아와서 숲 속을 방황하며 목을 맬 나무를 찾곤 했지만 그 점 역시 영혼과 육신의 치열한 갈등 과정일 뿐 어느 한편의 승리로 처리하지는 않았다.

그렇다면 작가는 왜 이 소설에서 이 같이 문제만 제기해 놓을 뿐 그 구체적 해답은 유보하고 있는가? 그것은 아마도 작가의 여타의 작품에서 일괄적으로 보여 주고 있는 방식대로 독자 자신이 스스로 그 해답을 찾아 나서게 하기 위한 것인지도 모르고, 그것도 아니면 그 양자의 합일만이 영적인 존재인 동시에 육적인 존재인 우리 인간의 영원한 주제란 것을 가르쳐 주기 위한 것인지도 모른다.

> 부기: 이 글은 헤르만 헷세의 자전적 소설 『수레바퀴 밑에서』(1991년, 어문각 발행)를 번역 출간하면서 해설로 쓴 글임을 밝힌다.

1991년

막스 뮐러와 '독일인의 사랑'

동서고금의 문학사를 통틀어 살필 때 참으로 특이한 작가나 시인 들을 만나는 경우가 자주 있다. 일찍이 그가 요절을 했다거나, 특이한 질병에 걸려 불행한 삶을 살았다거나, 기행을 일삼고 아편·마약·음주에 젖어 한평생을 살았다거나, 그가 산 시대의 관습법을 어겨 감옥에 가고 사형을 당하기도 한 작가들이 그 경우다.

그러나 우리는 특이하게도 한 작가가 일생 동안 한 편의 작품만을 남긴 것을 알게 될 때에도 그 작가가 참으로 독특하게 인식되기도 한다. 더욱이 그가 남긴 그 단 한 편의 작품이 먼 훗날까지 수많은 독자들에게 감명을 주고 읽힐 때 더욱 그러하다.

여기에 소개하는 독일의 작가 막스 뮐러(Friedrich Max Müller)도 바로 이같은 경우로 우리의 주목을 끄는 작가다.

여기서 잠시 우리는 그가 남긴 단 한 권의 소설인 『독일인의 사랑

(Deutsche Liebe)』을 살펴보기 전에 이 작가에 대한 언급이 필요함을 느낀다.

그는 1823년 독일에서 슈베르트의 가곡 「겨울 나그네」의 작사가로 유명한 독일 낭만주의의 대표적 시인이었던 빌헬름 뮐러(Wilhelm Müller, 1794~1827)를 아버지로 하여 태어났다. 그는 다섯 살 때까지 일찍 요절한 서정 시인인 아버지 밑에서 고전적 가정 교육을 받고, 음악에 재능이 뛰어났던 어머니의 영향으로 음악에 많은 관심을 가지고 소년 시절을 보냈다.

1841년 그는 라이프치히 대학에 입학하여 언어학을 전공하였는데, 이 점은 그의 어머니가 아들의 언어적 재능을 발견하고 그 점을 북돋워 준 결과였다. 그 후 그는 언어학 방면에 많은 연구를 쌓아 학자가 되었고, 파리와 런던으로 유학하여 범어학梵語學을 집중적으로 연구하여 이 방면의 대가가 되었다. 그리하여 그는 런던의 옥스퍼드 대학에 교수로 봉직하며 고대 인도 브라만교의 경전이며 찬가인 「리그 베다 Rig Veda」의 간행에 일역을 담당했다. 만년에 그는 교수직을 사퇴하고 『동방 성서집』을 간행했고, 죽기 5년 전에는 터키 왕의 초청으로 터키에 건너가 불경佛經 간행을 도왔다. 그는 20세기가 시작되는 1900년, 향년 77세로 일생을 마쳤다.

막스 뮐러의 이같은 생애를 살필 때 우리는 그가 단 한 권의 소설만을 남긴 작가라기보다는 동방 언어와 종교에 관심이 많았던 언어학자라는 사실을 새롭게 인식하게 된다. 그러나 우리에게는 언어학자로서의 숱한 업적보다 이 단 한 권의 소설이 그를 지금껏 기억하게 만드는 요인이 된다. 그렇다면 그의 필생의 문학 작품인 이 책은 도대체 어떤 내용을 담고 있는가?

『독일인의 사랑』은 서양의 중세적인 경건주의와 동양의 불교적 신비주의 혹은 범신론적 분위기를 바탕으로 '나'라고 부르는 주인공과 영주의 딸인 '마리아'와의 신비한 사랑이 그 줄거리를 이룬다.

두 사람은 평민과 귀족이라는 신분의 차이로 자연스런 만남조차 이루어질 수 없는 사이였으나 두 사람이 아주 어린 시절 우연한 기회에 만나 소꿉친구가 된다.

마리아는 불행하게도 건강한 소녀가 아니다. 그녀는 선천적으로 병약한 육신을 타고나 늘 침대에 누워 지내야 하는 비극적 존재다. 그러나 그녀는 순수한 영혼을 부여받은 천사 같은 소녀다.

오랜 세월이 지난 어느 날 대학생이 된 '나'는 고향에 들렀다가 그 고장의 영주 딸인 그녀, 마리아가 아직 생존해 있는 것을 알게 되고 우연하게도 그녀로부터 방문을 원한다는 서신을 받는다. 그리하여 둘은 그녀의 거처인 성 안에서 재회하고 둘은 세월이 바꿔 놓은 변화에 신비감을 느낀다. '나'는 육체적 결함을 지닌 마리아가 내면의 깊은 성찰과 사색을 통해 고결한 영혼의 소유자가 되어 있는 것에 놀란다. 그녀 역시 신학, 철학, 문학에 심취한 '나'의 존재를 경이롭게 느껴 둘은 매일같이 성 안에서 만나 신과 종교와 문학과 우주의 신비감과 사랑의 의미, 삶의 본질 등에 관해 깊은 이야기를 진지하게 나눈다.

두 사람은 만나는 횟수가 거듭되자 서로 생에 최초로 사랑의 신비한 환희에 잠긴다. 그러나 마리아를 돌보는 시의侍醫는 '나'로 하여금 마리아를 만나지 못하게 하는 조처를 취한다. '나'와 만나 이야기 하는 것이 병약한 그녀에게 감정의 고조를 불러일으켜 그녀의 생명을 단축시키는 원인이 된다는 것이다.

‘나’는 비통에 젖어 마음속에 타오르는 사랑에의 열화를 억누르기 위해 고독한 방랑자가 되어 먼 여행을 떠난다. 그 후 ‘나’는 인간이 사랑을 잃으면 이 광대한 우주에서 버림을 받는 것과 마찬가지라는 자각을 하고 그녀가 요양을 하고 있는 곳으로 가 그녀를 만난다. 그러고 나서 ‘나’는 마리아에게 뜨거운 사랑을 고백한다. 마리아는 ‘나’의 사랑의 고백을 듣고 병약한 육신과 신분의 차이 등으로 인한 주위의 반대를 들려주며 괴로워한다. 그러나 ‘나’는 두 사람의 사랑이 ‘어느 날 우연히 두 개의 영혼이 열풍에 휩쓸려 이리저리 흩날리다가 만들어진 모래언덕’이 아니라 어떤 보이지 않는 우주적 질서에 의해 정해진 인연이라는 것과 ‘죽음도 두 사람의 사랑을 파괴할 수 없으며 자신들의 영혼을 더욱 고귀하게 정화시켜 영원으로 이어 줄 것’이라고 주장하며 거듭 애타게 사랑을 고백한다.

마침내 마리아도 두 사람의 사랑에 하느님의 평화가 깃들이기를 기도하며 ‘나’의 사랑을 받아들여 단 한 번의 짧은 입맞춤을 허락한다.

이튿날 ‘나’는 그토록 마리아의 건강을 염려하던 시의로부터 마리아의 죽음을 듣는다. 그리고 그로부터 그가 왜 그토록 마리아를 소중히 여겼는지 그 비밀도 아울러 듣는다.

이 소설은 ‘나’와 마리아 사이의 사랑의 추억을 모두 여덟 장으로 나누어 기술하고 있다. 각 장 모두가 과거체의 문장을 사용하고 있으며 회상의 형식을 취하고 있다.

이 소설의 문장은 매우 아름답고 유려하다. 흡사 우리가 한 편의 뛰어난 서정시를 읽었을 때의 감동을 전해 주는데, 이 점은 이 책의 저자가 훌륭한 언어학자였다는 사실과 무관하지 않을 것이다. 또한 이 소설의 문장은 뛰어나 비유적 표현으로 돋보이고 있다. 예컨대 마리아를 최초로 만나고 집으로 돌아 올 때의 '나'의 감정을 표현한 다음과 같은 문장을 읽어 보면 이 점을 새롭게 느낄 수 있다.

> ―내가 느낀 것은 기쁨도 고통도 아니었다. 뭐라고 말로써는 표현할 수 없는 놀라움을 느꼈을 뿐이다. 나의 내부에서는 갖가지 사념들이 어지럽게 날고 있었다. 그것들은 마치 하늘에서 땅으로 내려오려고 하나 목적지에 닿기도 전에 모두 소멸해 버리고 마는 별똥별 같았다.―

작가가 이 문장에서 빌려온 별똥별의 이미지는 그것이 갖는 찬란함과 소멸성으로 인해 우리에게 한 젊은이의 마음속에 최초로 이성이 인식되는 사념을 생생하게 전달시킨다.

이 소설은 두 주인공들의 대화에 나타나는 철학적 깊이로 해서 이 책을 읽는 독자로 하여금 깊은 내면적 성찰을 요하게 만든다. 14세기 말엽 프랑크푸르트의 어느 사원의 수도사에 의해 쓰여진 『독일신학』이란 책에 대한 두 사람의 대화는 독자들로 하여금 비록 단편적이기는 하지만 신과 종교에 대한 새로운 인식을 하게 해 주고 워즈워스, 실레지우스, 아놀드, 리케르트, 핀타로스 등의 시 작품을 토론하는 대화에서 서양 문학에 대한 우리들의 견해를 풍부하게 해준다.

그러나 우리는 이 책에서 단순히 문장의 아름다움과 유려함 그리고 작가의 철학, 문학, 신학 등에 대한 해박한 견해만을 접할 수 있는 것은 아니다.

근본적으로 작가는 이 책에서 바로 자신의 애정관이라고도 할 수 있는 사랑의 논리를 피력하고 있는데, 이 점이 독자들로 하여금 이 책을 오랫동안 기억하게 하는 요소가 된다. 이같은 작가의 애정관은 '나' 자신이, 비록 순결한 영혼을 간직하고 있으나 육신이 불구인 마리아를 혼신으로 사랑하는 모습에서 잘 나타나고 있다. 즉 우리는 신의 피조물인 존재로서 우리들이 해야 하는 진정한 사랑이란 상대의 육신의 결함까지도 포용할 수 있는 수 있는 것이어야 한다는 작가의 주장을 읽을 수 있다.

이같은 작가의 애정관은 인간의 감정을 무엇보다 중요시 하는 낭만주의적 애정관인 동시에 19세기 독일인들의 공통적 애정관인 관념적 애정관으로서, 오늘날 사랑에 있어서 정신적인 면보다 육체적인 면을 선호하고 영원성보다는 찰나적인 순간을 탐닉하는 우리에게 사랑의 진정한 가치를 다시 한 번 되새겨 보게 하는 계기를 만든다.

> 부기: 이 글은 막스 뮐러의 유일본 소설 『독일인의 사랑』(1986년)(어문각 발행)을 번역 출간하면서 머리말로 쓴 글임을 밝힌다.

1986년

밤에 걷는 방랑자

앙드르제 자니위스키 『쥐』

소설가로서의 앙드르제 자니위스키(Andrzej Zaniewski 1940~)는 우리나라뿐만 아니라 유럽에서도 지극히 생소한 작가다. 그가 비록 자신의 모국인 폴란드에서 상당히 알려진 시인이자 저널리스트이며 작가로 오랫동안 활동해 왔지만 그의 저작들이 구미의 출판계에 일찍이 소개되어 번역된 적은 없었다. 이번에 국내에 처음 소개되는 『쥐 Die Ratte』는 저자가 이미 1979년 폴란드어로 탈고한 이래 폴란드 내에서도 마땅한 출판사를 찾지 못하고 15년 동안이나 사장되어 있다가 1994년에야 비로소 독일의 한서 출판사(Hanser Verlag)를 통해 번역·소개되었고, 유럽을 비롯한 세계 십여 개 국가에서 거의 동시에 출간되었다. 이 소설은 각국에서 탁월한 문학성을 인정받아 공전의 화제를 불러일으키며 저자를 일약 단시일 내에 뛰어난 세계적 작가로 부상시킨 문제작이다.

　이 소설은 저자가 이미 <먼저 쓰는 글>에서 잠깐 언급하고 있듯이 한 마리의 쥐의 생애를 토대로 한 작품이다. 저자는 이 소설을 한 마리의 쥐가 어미 뱃속에서 갓 태어나 서서히 의식이 자리 잡기 시작하는 시점에서부터 출발시킨다. 그 쥐가 어렴풋이 자신의 눈꺼풀에 스미는 빛의 얼룩을 감지하고 자신의 뇌 속에 희미한 잔상의 그림자들을 분별하기 시작하면서 맞닥뜨리는 치열한 생존 투쟁과 그 종말이 이 빛나는 소설의 근간을 이룬다.

　저자는 우리를 쥐들의 서식처인 지하실, 하수구 구멍, 틈서리, 창고, 쓰레기 더미, 오물통, 땅속, 돼지우리, 배 안, 기차 속 같은 어두운 공간으로 부단히 안내하면서 그들 사이에서 벌어지는 살육과 약탈, 근친상간, 부모 살해, 전쟁, 고문, 형제 잡아먹기, 도주 등을 통해 시시각각 우리의 뇌리에 끔찍한 공포를 불러일으킨다.

　그러나 이 소설이 단지 치열한 적자생존의 자연 법칙에 따른 한 마리 쥐의 일생과 그 끔찍한 생존 투쟁만을 그리고 있다면 단순히 우리가 지금껏 흔히 접했던 동물 소설의 유형을 벗어나지 못했을 것이다. 이 소설은 한 마리 쥐의 일생이 비범한 작가적 상상력에 힘입어 섬뜩하리만치 사실적으로 묘사되고 있음과 함께 그 쥐의 의식이 바로 우리 인간의 원초적 의식과 결합되는 기묘한 경험을 우리에게 심어준다는 점에서 뛰어난 성취를 이룬 작품이라고 할 수 있을 것이다. 우리는 이 소설에서 쥐의 의식이 탄생하는 순간에서 소멸하는 순간까지 끊임없이 되풀이되는 쥐들의 공포와 절망을 통해, 또 그들의 희망을 통해 바로 우리 자신의 모습을 돌이켜 볼 수 있을 뿐만 아니라 인간 존재의 근원적 의미를 반추해 낼 수 있다. 저자는 이 소설의 주인공인 쥐를 인간들이 일으킨 전쟁터로 데려가기도 하고 극심한 기근의 현장으로 인도하기도 한다. 그리하여 그 극한 상황 속에서 쥐의 삶을 묘사하여 인간의 잠재의식 속에 감추어진 동물적 본성을 들춰 내기도 한다. 그런 점에 있어서 이 소설을 읽으며 우리는 쥐와 인간이 생물학적으로나 심리학적으로 유사한 존재임을 자각하게 된다.

이 소설에서 우리의 각질화된 의식을 깨우치는 것은 여러 가지이다. 자신이 아비를 죽이고 어미를 차지하고, 어미의 딸을 자신의 암컷으로 삼는 행위와 자신이 마침내 자기 아비와 같은 최후를 맞는 운명을 그려 보임으로써 인간의 무의식 저편에 감추어진 수성獸性을 들춰 내고 인간 본성에 대한 근원적 의문을 제기하는 것이 그 점일 것이다. 돗자리가 깔려 있는 방에서 옹기 그릇이 떨어져 깨지는 모습을 보고 쥐가 착각을 일으키는 것은 아마 불교와 같은 동양 종교에 관심을 기울이는 저자가 우리 인간에게 허락된 시간의 의미를 묻고 있는 것으로 의미심장한 부분이라 할 수 있다. 또한 주인공인 쥐가 맛있는 계란을 꼬리를 이용해 끊임없이 언덕으로 끌어올리는 모습을 통해 보여 주는 생존에 대한 의미는 우리에게 많은 생각을 하게 한다.

오랫동안 사회주의 체제에서 살았고, 전쟁 중 아버지가 총살되는 경험을 지닌 저자의 생애를 헤아려 볼 때, 제도와 이념, 혹은 체제와 규범 속에서 인간의 이상과 욕망 같은 명제를 부각시켜 우리에게 참된 인간의 삶이 어떤 것인지 이 소설은 암시하고 있다. 따라서 우리는 이 소설을 읽는 동안 지금껏 혐오감을 불러일으키며 사람들에게 가장 경멸 받는 이 짐승이 어느새 우리와 아주 가까운 존재로까지 여기게 되는 독특한 경험을 하게 된다. 이와 함께 저자는 이 소설에서 쥐의 일생이 바로 <빛>을 두려워하면서도 그 <빛>을 추구해 나가는 것임을 암시하며 그 역설적인 의미를 통해 우리 인간 생존의 의미를 규명하고 있는데 이것이 아마도 저자가 이 소설을 통해 드러내려는 철학적 명제일지도 모른다. 그런 점에서 『쥐』는 우리를 지배하는 법칙들, 사랑, 욕망, 기원, 고독, 진실 등에 대한 우화라고 여겨진다.

이 소설은 몇 가지 점에 있어서 우리가 지금껏 읽었던 소설들과 아주 다른 방법을 구사하고 있다. 우선 이 소설은 형식적으로 일인칭 화자인 <나>를 통해 자신의 삶을 회고해 나가는 형식을 취하다가 어느새 그 화자가 <너>로 변모되어 나타나는 파격을 보인다. 이어서 소설의 화자는 <너>에서 <나>로 부단하게 바뀌며 심지어는 간간이 <그>로까지 변모되어 나타나는데, 이 점은 이 소설을 접하는 독자들을 순간 당혹스럽게 만든다.

또 이 소설의 시제가 현재에서 과거로 바꾸기도 한다. 이런 형식상의 파격은 지금껏 여타의 소설에서 잘 드러나지 않았던 점으로 이 소설만이 가진 특징이라 할 수 있다. 이런 형식상의 혼란에도 불구하고 이 소설은 지극히 치밀하게 진행되어 독자는 오히려 이 소설의 서사에 깊이 몰두하게 된다. 이는 아마도 작가의 치밀한 계산 즉, 화자와 독자 사이의 간격을 스스로 허물고 우리의 현재와 과거가 한 끈으로 연결되어 있다는 것을 드러내고 싶은 의도가 내포되어 있다고 보아도 틀린 판단은 아닐 것이다. 작가의 이같은 기법은 '쥐'라는 존재와 우리 인간이 동등한 존재임을 암시하는 은유라 할 것이다.

또한 이 소설에는 여느 소설에 흔히 등장하는 대화체의 문장이 배제된다. 그러나 오로지 한 쥐의 독백에만 의지해 기술되는 이 소설은 읽는 이로 하여금 쥐에게 언어가 없다는 것을 잠시 잊게 만드는 효과를 거두며 소설에 있어서 필요 불가결한 대화체가 생략되어도 훌륭한 문학 작품이 된다는 모범을 보인다.

끝으로 이 책을 번역한 역자로서 우리에게 지금껏 잘 소개되지 않았던 폴란드의 현대 문학작품을 국내 독자들에게 소개하게 된 것을 기쁘게 여기며 근현대사의 상처와 수난이 점철된 폴란드 문학에 대한 관심이 국내 독자들에게 고조되길 바란다.

번역에 사용한 원전은 작가가 1994년 최초로 출간한 독일 한서 출판사 판 『쥐 Die Ratte』임을 밝히며, 이와 동시에 출간된 미국 아케이드 출판사 <Arcade Publishing>판 『쥐 Rat』를 참고하였음을 덧붙인다.

1995년

시대 상황과 시의 논리

막심 고리키의 『이웃들』

19세기 중엽, 러시아는 민중들의 가혹한 수난시대였다. 전 국토의 대부분이 인구 1만명 미만의 귀족 소유였고, 4천만이 넘는 농노들은 그 귀족 밑에서 수난받는 생활을 영위해야 했다.

1861년 알렉산드르 2세의 내정개혁에 의해 농노해방이 이루어졌지만 농노해방에 따른 상환금의 부담으로 농민들은 실제로 촌락 공동체에 소속되어 실질적 자유를 보장받지 못하고 빈곤과 굶주림으로 암담한 나날을 보냈다.

이같은 사회적 배경 속에 태어난 막심 고리키(1868~1936)는 3세 때 아버지를 여의고 9세 때부터는 고아가 되어 접시닦기, 빵공장 점원, 짐꾼 등 여러 가지 직업을 전전하며 소년 시절을 보냈다.

지난 세기 90년대를 시초로 그는 고향 니즈니 노브고로드(현재 고리키 시)를 떠나 우크라이나, 볼가 지방, 크림, 코카서스 등지로 떠돌아다니며 밑바닥 생활을 체험했다.

짜르(니콜라이 2세)의 정치적 폭압과 러일전쟁의 패배에 따른 농민들의 분노는 소위 '피의 일요일'인 제1혁명을 불러일으켰는데, 친위대들의 무자비한 학살로 수많은 민중들이 목숨을 잃는 결과를 낳았다. 고리키는 이에 항의해 격문을 쓰고 투옥되어 그의 민중의식은 한층 더 공고해졌고, 유랑생활을 통한 체험적 민중 생활은 그의 문학에 있어서 민중에 대한 애정이 한결 두드러지게 되는 결과를 낳았다.

그가 방랑 생활을 하는 과정에서 알게 된 사람들, 즉 어부, 농부, 부랑인, 목수, 유랑하는 집시, 좀도둑, 노동자 부락의 범죄자, 탈주병들이 그의 서사체적 산문인 이 소설의 주인공이 된다.

이 책에서 고리키는 인간의 운명과 그들의 생존투쟁, 그리고 무엇보다 러시아 사회의 주변부에 자리잡고 있는 이들 인간들의 사고와 감정을 사실적인 수법으로 이야기하려 한다. 그는 이 책에서 러시아 혁명 전기의 독특한 상황을 뛰어난 작가정신으로 형상화시키는데, 그 대표적 작품들이 『세마가는 어떻게 붙잡혔나』, 『이웃들』, 『무숙자無宿者』, 『염전에서』, 『반지카 마신』 등일 것이다. 제1차 세계대전이 장기화되고 황제인 니콜라이 2세가 전선에 나가고 실제 정치가 왕후의 수중에 놀아나자 군대의 사기는 저하되고 식량, 물자는 부족해 물가 앙등으로 민중 생활은 곤궁해져 사회는 불안하게 되는데, 이같은 사회적 배경을 바탕으로, 한 탈주병의 사실적 모습이 생생한 심리적 묘사와 함께 서정적 문체로 밀도 있게 표현된 『세마가는 어떻게 붙잡혔나』는 인간에 대한 애정을 바탕으로 한 고리키 단편문학의 정수를 보여 준다. 또한 '룸펜 속의 낭만'이라는 슬로건 속에 떠돌이 생활을 할 수밖에 없었던 당시의 룸펜 계급에 대한 따스한 애정을 보내는

『무숙자無宿者』역시 오늘날의 독자에게 고리키 초기 소설의 참맛을 일깨워 준다.

또 그의 단편문학의 대표작이라 할 수 있는 『이웃들』에서 작가는 혹독한 인간조건 속에서도 끝까지 인간에 대한 신뢰를 잃지 않는 따스한 인간애를 보여 주는데, 이는 그 당시 러시아 문학에 있어서 새로운 인간형을 보여 주는 획기적 방식이었다.

혁명이 시작되는 변혁기인 1861년 농노계급이 제거되지만 고리키는 이 소설에서 이들 빈민들을 '넘치는 인간상'으로 보지 않고 혁명의 선구자로 묘사하고 있다.

1936년 6월 18일 장편소설 『클림 삼긴의 생애』를 끝내지 못하고 세상을 떠난 막심 고리키는 우리에게 훌륭한 여러 권의 장편들을 남기고 있으나 여기에 옮기는 바와 같이 뛰어난 단편소설도 남긴 것이 사실이다.

필자는 우리나라에 소개되지 않은 그의 작품들 중 문학성이 뛰어난 단편을 가려 번역해 이 한 권으로 독자들에게 선보이면서 고리키 단편문학에 대한 새로운 이해가 있게 되길 바란다. 나의 부족한 번역 능력으로 원작자의 뛰어난 문학성이 훼손되지 않았나 두려움을 느끼며 부족한 부분은 다음 기회에라도 보완토록 약속하며 독자들의 질정을 기대한다.

끝으로 이 번역에 사용된 책은 독일 피셔 출판사에서 1989년에 출간된 『알려지지 않은 이야기들(Unbekannte Erzählungen)』임을 밝힌다.

부기: 이 글은 막심 고리키의 국내 미발간 소설집 『이웃들』을 번

역 출간하면서 서문으로 쓴 글임을 밝힌다.

1993년

낭만과 자유정신

하이네의 문학과 생애

"내 요람의 둘레에 18세기의 마지막 달빛과 19세기의 최초의 아침 햇빛이 비쳤다."

이 정취가 넘쳐흐르는 말로서 하인리히 하이네(Heinrich Heine, 1797~1856)는 1797년 12월 13일에 이루어진 자신의 탄생을 해의解義했다.

그가 탄생한 시기는 한 세기가 끝나가는 뜻만을 지닌 시기뿐만 아니라 새로운 시대가 열리는 시기였다.

18세기의 마지막 달빛은 봉건 질서를 더욱 강화시켜 나가는 시기였으며, 찬란하게 19세기의 아침의 햇빛이 비쳐오는 찬란한 여명은 시민사회를 탄생시키는 시대였던 것이다. 그 찬란한 아침의 여명은 프랑스 혁명의 승리와 함께 하이네가 탄생한 독일의 땅에도 비쳐지기 시작했는데 반세기 이후 바로 칼 마르크스Karl Max와 엥겔스

Friedrich Engels는 자연과학 사회주의의 전통을 준비했고 그것으로 봉건 질서의 몰락이 미리 확정되기도 한 시기였다.

하인리히 하이네는 바로 이 시기에 있었다. 그의 고향은 뒤셀돌프, 라인강을 끼고 있는 아름다운 도시이다. 그러나 그 때 그의 고향도 나폴레옹의 유럽 정복의 시기였으므로 잠시 프랑스의 지배하에 있기도 했었다.

그의 아버지는 삼손 하이네. 가난한 포목상이었으며 어머니는 엘리자벳 폰 겔더른 부인이었다. 이들 양친은 모두 유태인이었으므로 하이네의 신분 역시 유태인으로 탄생했던 것이다.

그는 뒤셀돌프 시의 가난한 동네에서 살았다. 아버지의 장사가 신통치 않았기 때문이었던 것이다.

하이네의 어린 시절은 키가 몹시 작았고 신체가 매우 허약했으며 겁이 많고 상상력이 풍부한 아이였다. 그의 별명은 '하뤼' 즉 당나귀였다. 이는 식구들이 집에서 아명으로 그의 이름을 "하리harri"로 줄여 불렀는데, 동네 친구들이 마침 하이네가 살던 동네의 청소부가 끌고 다니는 당나귀가 "하뤼"인 것에 착안하여 그의 별명을 그의 아명인 "하리"에서 "하뤼"로 고쳐 별명을 부르며 놀렸기 때문이다. 이 별명은 그를 몹시 상심시켰는데 훗날 그의 시 "좋은 충고"에 이때의 갈등이 표현되어 나오기도 하는 것이다.

어린 시절 하이네의 부모들은 어린 하이네가 각각 다른 인물이 되어주기를 바랐다. 상인이었던 아버지는 하이네가 대사업가가 되기를 바랐고 어머니는 나폴레옹과 같은 용감한 군인이 되기를 바랐다. 그러나 하이네는 이들 두 직업이 어려서부터 못마땅했었다.

하이네가 5살이 되던 해인 1802년, 그는 유태인 가정 출신의 아이들이 그랬던 것처럼 유태인만이 다니는 소학교에 입학을 했다. 그 학교는 다른 독일의 아동들과 철저하게 분리된 폐쇄집단으로서 유태인이 지켜야 할 엄격한 예법을 가르쳤으며 학생이라면 누구나 매일같이 히브리어로 된 기도문을 외워야 하는 학교였다.

그는 그 학교에서 유태인의 우월성을 주입 받았으며 그로 인해 다른 독일인에 대한 배타적 우월감과 경멸감을 품도록 만들어 주었다. 이같은 편벽된 의식은 훗날 그가 대학교육을 받을 때 까지 상당한 장애 요인으로까지 작용하게 되었다.

그가 그 유태인 소학교를 졸업하고 열 살이 되던 해 그는 다시 고향에 있는 카톨릭 학교에 입학하여 1814년까지 교육을 받았는데 이때 그에게는 두 가지 기억할 만한 추억이 남아 있었다. 그 중에 하나는 카톨릭 학교에 함께 다니던 빌헬름 비세츠키라는 동급생의 죽음에 관한 기억이다. 하이네는 그 동급생과 어느 날 강가에서 놀고 있었는데 고양이 한 마리가 다리로 놓여 있는 널빤지 위로 기어 가는 것을 보고 위험하니 그 고양이를 잡아 오라고 이른 적이 있었다. 그 말을 들은 빌헬름 비세츠키라는 친구가 널빤지 위로 다가갔다가 널빤지가 부러져 물에 빠져 죽은 것이다. 그 사건은 심약한 하이네에게 큰 정신적 상처를 남겼다.

그리고 또 하나의 기억은, 낭만파 시인인 하이네에게 매우 중요한 사건으로서 체프헨이라는 소녀와의 첫사랑에 관한 기억이다. 하이네의 구체적인 첫사랑이 아니라고 하더라도 이 소녀와의 사귐이 최초의 이성과의 사귐이라는 데서 중요한 의의를 지닌다.

이 체프헨이라는 소녀는 뒤셀돌프의 빈민가에 사는, 신분이 미천하고 초라한 고아였다. 그러나 훗날 하이네는 그의 『비망록』에서 이 소녀의 아름다움을 극찬한 적이 있는 것이다. 하이네는 가난한 그 소녀와 더불어 음습한 분위기인 그 소녀의 집으로 가서 유령 이야기라든가 옛 민요와 노래 따위를 함께 부르며 즐겼던 것이다. 이 경험은 훗날 그의 시에 민요조의 리듬이 살아나게 한 계기가 되었다.

하이네가 카톨릭 학교를 졸업한 다음 해인 1815년에는 프랑크푸르트라는 도시로 가서 은행가인 린트스코프 씨의 은행에서 은행일을 배우는 도제徒弟로 2년간 있었다.

이후 그는 함부르크에 있는 그의 삼촌 살로몬 하이네가 경영하는 은행으로 가서 견습 은행원으로 일했다.

이때 하이네의 나이는 21세. 한창 꿈많은 청년이었다. 이때 하이네는 그의 문학적 삶에 있어서 가장 인상깊은 경험을 하게 되는데 그것이 바로 삼촌의 두 딸들과의 연애 경험이었다.

이 사건은 좀 더 구체적인 언급이 필요하다.

하이네는 부유한 삼촌의 아름다운 맏딸인 아말리아를 보자 첫눈에 반하고 사랑하게 된다. 그러나 16세의 소녀였던 아말리아는 하이네를 단지 자기 아버지 밑에서 일하는 가난한 사촌 오빠로만 대해 줄 뿐 연인의 대상으로 상대해 주지 않았다.

이 점은 꿈 많고 감수성이 예민한 하이네의 가슴을 갈갈이 찢어놓고 말았다.

그는 이 사건을 계기로 비로소 사랑의 시를 쓰기 시작하는 것이다.

Du bist wie eine Blume,

So hold und schön und rein,

Ich schau dich an, und Wehmut

Schleicht mir ins Herz hinein.

Mir ist, als ob ich die Hände
Aufs Haupt dir legen sollt,
Betend, daβ Gott dich erhalte
So rein und schön und hold.

너는 한 떨기 꽃과 같이
아름답고 순결하여라
너를 바라보면, 우수가
가슴속에 스민다

나는 두 손을 들어
너의 이마에 얹고
하느님이 너를 보호하게 빌고 싶을 뿐
항상 깨끗하고 아름답고 사랑스럽게

　이 시는 훗날 「귀향(Die Heimkehr)」이라는 제목의 연작으로 쓰여진 작품 중의 하나인데 이룰 수 없는 사랑과 그 사랑에 대한 한없는 동경이 모티브가 되어 있다.

　이무렵 그에게서는 이성에 대한 새로운 눈뜸과 사랑의 체험을 바탕으로 일일이 열거할 수 없을 정도의 많은 작품들이 쓰여졌다. 그 중 대표적인 것만 들어보면 「서정삽곡(Lyrisches Intermezzo)」 전 65편, 「꿈의 영상(Traumbilder)」 10편, 「젊은날의 고뇌(Junge Leiden)」 9편, 「로만제(Romanzen)」 20편, 「귀향(Die Heimkehr)」

88편을 꼽을 수 있을 것이다.

이 시들은 대개 섬세한 감상과 낭만적 분위기를 띠고 사랑의 그리움과 추억을 빼어나게 조화시켜 놓음으로써 하이네로 하여금 독일 최대의 낭만파 시인이며 사랑의 시인이라는 칭호를 붙여주게 만든다.

이 시기의 하이네의 연시들은 두 가지 양상을 띠고 쓰여지고 있는데 하나는 사랑에의 동경, 연모, 그리움이 바탕이 된 경우와, 또 하나는 비애, 애수, 감상으로 나타나는 경우의 두 가지로 대별할 수 있을 것이다.

전자가 아마 사랑의 아름다움을 노래했다면 후자는 실연의 아픔을 노래했을 것이다.

이 시들은 하이네의 구체적 사랑의 대상이었던 사촌 누이 아말리아가 부유한 농장주와 결혼해 버리고 실연을 맛본 이후 다시 그녀의 동생이었던 테레제에게 기울였던 사랑마저도 보람없이 시들어버리자 더욱 더 애조를 띠고 나타나게 되는데 애절하고도 달콤하고 낭만적인 그의 시풍은 그 당시 수많은 독자들의 마음을 휘어잡아 그의 시집들이 날개 돋힌듯 팔려나가는 계기가 되었다.

이 무렵 하이네의 시들이 독일 대중들에게 어필할 수 있었던 이유는 아마도 그 당시 독일의 사회적 분위기와 무관하지 않을 것이다. 그 당시 독일은 앞에서도 지적했듯이 전제 군주제도가 쇠퇴기에 있었고 자유주의적 기운이 발흥하는 시기였다. 그에 따라 아직까지 독일을 지배하는 전제군주적 질서는 더욱 강력하게 독일 대중들을 억압했는데, 아마 이같은 사회적 분위기가 인간의 감정을 중요시하는 하이네의 시들을 좋아하게 하는 배경이 되었을 것이다.

1819년 하이네가 스물세 살이 되던 해, 그는 삼촌이 그에게 차려준 판매회사를 경영능력 부족으로 파산시키고 본Bonn 대학에서 법률 공부를 시작하게 된다. 이 대학생활 역시 조카의 재능을 키워주려는 그의 삼촌 살로몬 하이네의 후원으로서 이루어진 것이었다.

하이네는 이 본 대학의 교양학부 과정에서 독일 낭만파 대가인 슐레겔(August Wilhelme Schlegel, 1767~1845)의 영향을 받았다. 그리하여 그는 일체의 형식이나 질서에 얽매이지 않고 인간의 감정을 매우 중요시 여기며 인간 개성을 존중하고 그 자유로운 발전을 구가하며 인간의 꿈의 요람인 대자연에 대한 각별한 애착을 갖는 동시에 이상理想을 무한히 동경하며 현실을 있는 그대로 표현하지 않고 있어야 하는 세계로 표현하기를 즐기는 낭만파 시풍을 비로소 체계있게 확립하게 되는 것이다.

하이네는 이 본 대학에서 법률 공부보다 문학에 심취했고 당시 나폴레옹 군을 격파한 독일이 자국의 힘을 자각하게 되어 독일 통일의 기운이 고조되는 분위기를 타서 생긴 예나Jena 대학 학생단의 일원이 되어 자유주의를 옹호하고 보수주의에 대항해 싸우는 활동에 가담하기 시작했다.

이어 1820년 가을, 괴팅겐Göttingen 대학으로 전학하여 자유주의 사상과 독일 고전 연구에 몰두했다. 그러나 그해 겨울학기 중, 어느 친구 학생과 사소한 언쟁 끝에 결투를 하고 그 결과로 훈계퇴학을 당하고 1821년 베를린Berlin 대학으로 학교를 옮겨 갔다.

베를린 대학 생활은 하이네의 생애에 있어 다시 중요한 기점을 이룬다. 왜냐하면 그가 거기서 헤겔(Georg Wihelm Friedrich Hegel, 1770~1831)의 변증법적 철학에 영향을 받기 때문이다. 헤겔의 냉철

하고도 예리한 철학사상은 그때까지 젊은 하이네의 영혼을 강하게 지배했던 낭만주의적 허구성을 도려낸 구실을 하고 비로소 하이네의 시에 사상성과 비판성이 가미되기 시작했다.

이때 하이네는 열성적으로 독서를 하고 '유태인 문학 학술협회'에 가입하며 그 당시 독일 문단을 지배하던 샤미쏘(Adelbert von Samisso, 1781~1838), 케르너(Kerner, 1786~1862), 라우베, 칼 쿠츠코프 등과 사귀며 본격적인 문단 활동을 시작했다.

이 2년간에 걸친 베를린 대학생활도 다시 법학박사 학위를 얻기 위해 괴팅겐 대학으로의 전학으로 청산되고 1823년 그는 괴팅겐 대학에 재등록하여 1825년 법학박사 학위를 얻게 된다.

그러나 이 무렵 하이네는 심한 정신적 육체적 갈등에 시달렸다. 그동안 무리했던 대학 생활과 테레제와의 사랑이 실연으로 끝난 상처 때문인 것이다. 그리하여 그는 1824년 가을, 북독일의 산맥지대인 하르츠Harz 지방을 여행하며 쇠약한 심신을 요양하였다. 그는 거기서 <하르츠 기행>이라는 시편을 얻었다. 그는 또 바다를 찾아 북해를 여행하여 홀로 천막생활을 하면서 「북해(Die Nordsee)」라는 연작시도 얻게 된다.

> Das Meer hat seine Perlen,
> Der Himmel hat seine Sterne,
> Aber mein Herz, mein Herz,
> Mein Herz hat seine Liebe.

바다는 진주를 가졌고

하늘은 별들을 가졌어라

내 가슴은 내 가슴은

사랑을 가졌어라

－「북해 7, 조각배에서의 밤(Die Nordsee 7,

Nachts in der kajüte)」에서

Auf dem Berge steht die Hütte,

Wo der alte Bergmann wohnt;

Dorten rauscht die grüne Tanne,

Und erglänzt der goldne Mond.

산 위에는 늙은 산지기가 살고 있는

오두막 한 채가 서 있네

그곳에는 푸른 전나무가 바람소리를 내고

황금빛 달빛이 비치고 있었지.

－「하르츠 기행 1(Die Harzreise 1)」에서

이 때의 시들은 하이네 자신이 대자연의 넓은 품에 안겨 자신의 쇠약한 심신을 달래기 위한 개인적 처지가 작용된 것이어서인지 몰라도 무한한 대자연의 세계에 대한 찬미와 그에 대한 사랑이 바탕을 이룬다. 그리하여 그는 결국 인간이 마지막 의지할 곳은 대자연의 품이라는 것을 강조하는데 「하르츠 기행」과 「북해」의 시편들은 그 같은 특성을 지닌 작품들이다.

이 무렵 하이네는 정치에 대한 강한 관심을 기울이게 된다. 그는 인간이 사회적 제도와 정치적 분위기에 어떻게 지배되는지 그리하여

인간은 궁극적으로 그가 살고 있는 사회적 제도와 정치적 분위기에 어떻게 능동적인 힘으로 작용될 수 있는지 의문하게 된다.

그는 그 당시의 전제군주적 정치적 분위기에 염증을 느끼고 새롭고 자유로운 분위기를 경험하기를 소망했다. 그래서 그는 1827년 함부르크Hamburg에 있는 호프만, 캄페 출판사(Hoffmann, Kammper Verlag)에서 『노래집』이라는 시집을 펴내고 그 인세를 받아 영국을 여행하게 된다.

그는 영국에서 산업혁명 이후의 산업화 시설을 견학하고 싶었고 자유의 물결이 태동되는 분위기를 맛보고 싶었다. 그는 영국의 산업화 과정이 상당히 진척된 것에 흥미를 느꼈지만 거기에 종사하는 직공들의 삶이 비참한 것에 환멸을 느끼고 석 달 만에 고국으로 돌아왔다. 이어 그는 다시 이탈리아를 여행해 밀라노, 제노바, 루치아 등지로 여행하며 여러 편의 시를 얻었다.

이 해 가을, 그는 뮌헨으로 이사했다. 뮌헨에서 그는 어느새 진보주의자의 길을 걷지 않을 수 없었다. 개인적으로는 경제적인 궁핍이 그치지 않았고 사회적으로 암담한 분위기가 그를 달콤한 사랑의 시만을 쓰도록 내버려 두지 않았던 것이다.

뮌헨에서 그는 정치평론가로 탈바꿈을 하여 『정치연감』이라는 잡지에 공동 편집자로 활약하면서 현실을 비판하는 날카로운 시들을 발표하기 시작했다.

이 무렵 독일에서는 반동 봉건정부를 와해시키기 위해 문학을 통한 강렬한 현실참여를 주장하는 일군의 문학가들이 있었다. 이들의 몇몇은 칼 쿠츠코프, 비인 바르크, 하이리히 라우베, 테오도르 문트 등이었다. 훗날 문학사가들은 이들을 일러 '청년독일파(Junges

Deutschland)'라고 지칭했는데 하이네도 어느새 이들의 일원이 되어 이들의 이념에 동조하기 시작했고 거기에 알맞은 시들을 발표하기 시작했던 것이다.

> Daβ ich bequem verbluten kann,
> Gebt mir ein edles, weites Feld!
> Oh, laβt mich nicht ersticken hier
> In dieser engen Krämerwelt!
> ....

> 내가 편안하게 피흘리고 죽을 수 있는
> 고귀하고 드넓은 싸움터를 다오!
> 아, 나를 여기서 숨막혀 죽게 내버려 두지 마라
> 이 답답한 잡동사니 세상에서!
> ....

−「1829년에(Anno 1829)」에서

이 시는 말할 것도 없이 전제군주 정부의 숨막히는 정치적 현실을 고발한 작품인 것이다. 하이네가 이같은 시를 쓰기 시작하자, 그가 모국의 정치 권력자들에게 미움을 받기 시작한 것은 당연하다.

1830년 7월 초, 하이네는 다시 건강이 좋지 않아 함부르크에서 멀지 않은 헬골란드Helgoland라는 섬에서 휴가를 보내고 있었다.

거기서 그는 어느 날 프랑스에서 7월 혁명이 성공했다는 소식이 실린 시문 기사를 읽었다. 하이네는 섬에서 격정을 이기지 못하고 그의 친구인 하인리히 라우베에게 일곱 통의 편지를 썼다.

"······ 프랑스의 7월 혁명은 가난한 자들의 승리의 표본이다. 그것은 마치 태양 광선과도 같은 것이다. 나는 내 내부에서 끓어오르는 감격의 열화로 전 대양大洋에서 북극까지 불붙일 수 있을 것 같다. ······ 나는 이제 거의 가만히 있을 도리가 없다. 나는 내가 무엇을 하고 무엇을 해야 하는지 알게 되었다. ······ 나는 혁명의 아들이다. ······ 나는 환희의 노래다 나는 검劍이요, 불꽃이다."

이어 그는 가슴에 끓어오르는 격정의 열기를 발산시키지 못하고 다음과 같은 시를 썼던 것이다.

Ich habe euch erleuchtet in der Dunkelheit, und als die Schlacht
begann, focht ich voran, in der ersten Reihe.

Rund um mich her liegen die Leichen meiner Freunde, aber wir haben gesiegt. Wir haben gesiegt, aber rundumher liegen die Leichen meiner Freunde. In die jauchzenden Triumphgesänge tönen die Choräle der Totenfeier. Wir haben aber weder Zeit zur Freude noch zur Trauer. Aufs neue erklingen die Trommeten, es gilt neuen Kampf—
Ich bin das Schwert, ich bin die Flamme.

나는 암흑에서 너희에게 불밝히고

앞에 나가 싸운다, 제1선에서.

내 주위 여기저기에 동지들의 시체가 누웠지만 우리는 승리
했다. 우리는 승리했다. 그러나 여기저기 둘레에 동지들의 시
체가 누워있다. 환호하는 트럼펫 소리 속에 장례식의 성가가
울려 퍼진다. 우리는 기쁘지도 슬프지도 않은 시간에 잠겨 있
다. 새로운 북소리가 울리기 시작한다. 새로운 싸움이 남아
있다. ─
나는 검이노라, 나는 불꽃이노라.

─「찬가(Hymnus)」에서

이 시는 하이네의 후기 사상과 시들을 이해하는 데 중요한 구실을
하는 작품이다. 하이네는 바로 자신의 시가 아직 민중혁명으로 승화
하지 않는 독일과 독일 민중의 해방을 위해 전투가의 구실을 하고 칼
과 불꽃의 역할을 다할 수 있도록 다짐하는데, 이 시는 어떻게 보면
앞으로의 자신의 문학관을 요약한 것이라고 보아도 잘못은 아닐 것
이다.

하이네가 이같은 격렬한 시를 쓰기 시작하자 당국의 압박은 점점
더 심해졌고 하이네는 마침내 더 이상 모국에서 생활할 수 없음을 깨
닫고 1831년 5월 1일, 프랑스 파리로 망명한다. 이날은 프랑스에서 7
월 혁명이 발생한지 10개월이 거의 되어가는 날이었다.

하이네의 파리 생활은 곤궁하기 짝이 없었다. 그는 어느 글에서
자신의 처지가 난파선과 같다고 피력한 적이 있는데 이는 조국의 거
센 정치적 파도에 휘말린 자신의 입장을 적절히 표현한 말이라고 생
각된다.

하이네의 파리 생활은 '프랑크 푸르트 알게마이너 짜이퉁'(Frankfurter Allgemeine Zeitung)신문의 파리 통신원으로 간신 영위할 수 있었다. 1835년에 가서야 그는 비로소 프랑스 정부의 연금을 받게 되었지만 그 이후에도 경제적으로 궁핍하기는 마찬가지였다.

하이네가 파리로 망명한 1831년에서부터 10년간의 세월이 흐른 1841년까지의 그의 창작열을 1830년대의 뜨겁던 정열에 비해 다소 식은 감이 없지 않다. 이 사이 발표된 시들은 15편 내외에 불과한데 아마도 객지생활의 고초 때문에 창작열이 식은 탓일 것이다. 그러나 이 시기에도 그는 많은 산문을 썼고 몇 편의 중요한 시들이 쓰여졌는데 「객지에서(In der Fremde)」와 「천지창조의 노래(Schöpfungslieder)」 등의 시는 바그너Wagner에 의해 오페라로 작곡되기도 했다.

이 시기에 하이네의 생애에 있어서 매우 중요한 두 가지 사건이 벌어진다. 하나는 그의 저작물이 독일 연방의회의 의결에 의해 판금 조치가 된 사건이었고, 또 하나는 그가 점원의 신분이었던, 무식하지만 미모는 상당한 마틸드라는 프랑스 여자와 결혼식을 올린 사건이었다.

그의 저작이 판금된 이유는 말할 것도 없이 외국에서 반체제 인사로서 그가 끊임없이 조국을 비판한 이유 때문이다. 이때 하이네가 소속된 '청년 독일파' 작가들의 책도 함께 판금이 되고 불태워지고 했던 것이다. 그렇기는 하지만 하이네의 명성은 이미 아무도 막을 수가 없었다. 그의 책은 비밀리에 조국 독일에서 엄청나게 팔려나가기 시작했다.

하이네의 결혼은 하이네 개인에게 커다란 위안이 되었다. 지금껏 그는 수많은 여인들을 사랑했지만 모두 다 비련으로 끝났고 사랑다운 사랑을 해 보지 못했다. 그는 먼 이국 땅에 쫓겨와 몹시 적막했다.

그런 그에게 비록 자신의 문학을 깊이있게 이해해 주지 못한 아내였지만 그녀는 그에게 누구보다도 소중한 여인이었다. 하이네는 그의 아내 마틸드를 위해 몇 편의 시를 쓴 적이 있다. 그 중 하나가 「마텔데의 족보(In Mathildens Stammbuch)」이고 또 하나는 「추모제(Gedähtnisfeier)」라는 작품이다. 두 편 다 그녀에 대한 지극한 사랑이 담겼다.

1842년 이후의 하이네의 시작은 전성기를 이룬다. 이 무렵 그는 「신조(Daktrin)」, 「파리에 도착한 불침번에 붙여(Bei des Nachtwähters Ankunft zu Paris)」, 「뜻(Die Tendenz)」을 비롯해 수많은 시를 썼는데 거의 모두가 인간 평등, 부당한 지배세력에 대한 분노, 가난하고 억눌린 사람에게 대한 연민과 옹호를 담았다. 때때로 그의 날카로운 필치는 타락한 종교의 실상도 여지없이 파헤쳤다. 하이네의 인간 평등사상은 중세기적 부터 내려 오던 인간 차별에 근거를 두고 있다.

하이네가 살아 활동하던 시대는 바로 시민 사회가 태동되는 시기였지만, 그때까지 봉건 지주와 군주들이 유럽 사회에 뿌리 깊게 군림하고 있던 시기였다. 서양 사회에 잔존한 이들 봉건 지주와 군주들은 그들 밑에 예속되어 있던 백성들을 최후까지 종처럼 여기고 학대했다 이 시기를 일러 서양에 있어서 산업화가 이루어지던 시대라고 할 수 있지만 아직 근대화된 공장의 수효는 극소했고 그 공장의 경영자들은 옛 지주들이 대부분이었다.

비록 농노 해방 이후, 농노에서 자유 시민으로 탈바꿈을 했다고는 하나 이들 시민들은 옛 지주들이 경영하는 공장에 단순 직공이 되어 다시 그들에게 종속되어 있었는데 그들은 경제적 평등을 누리지 못했다. 이들을 일러 무산계급 대중이라는 말로 지칭할 수 있다면 이들 무산계급 대중들은 많은 사회적 욕구를 지니고 있었다.

그들은 일차적으로 의식주가 해결되기를 바랐다. 그리고 그들의 신분이 그 당시 사회적 풍요를 이루는 자유 시민으로 명실상부하게 대접받기를 바랐다. 하이네의 평등사상은 이와 같은 사회적 분위기를 바탕으로 하고 있었으며 이들의 고통을 대변하는 시들을 썼던 것이다.

Das ist ja die verkehrte Welt,
Wir gehen auf den Köpfen!
Die Jäger werden dutzendweis
Erschossen von den Schnepfen.

Die Kälber braten jetzt den Koch,
Auf Menschen reiten die Gäule

이것은 뒤바뀐 세상이다.
우리는 머리를 땅에 박고 걸어간다!
사냥꾼들은 열두 명도 더
도요새들에게 총을 맞았다.

송아지들이 요리사를 굽는다
사람 위에 늙은 말이 올라탄다.

—「뒤바뀐 세상(Verkehrte Welt)」에서

시대 상황과 시의 논리

이 시는 부당하게 학대받는 무산계급 대중들의 고통을 대변하는 시일 것이다. 상식으로 생각건대 요리사가 송아지고기를 구워야 하거늘 송아지고기가 요리사를 굽는다는 말은 잘못된 사회를 꼬집은 것이다. 이 시는 민중들이 주인이 되지 않고 전제군주나 지주, 그리고 위선적인 성직자들이 민중 위에 군림하는 것을 비판하며 언젠가는 민중이 주인이 되는 세상을 그리고 있다.

Das waren zwei liebe Geschwister,

Die Schwester war arm, der Bruder war reich.

Zum Reichen sprach die Arme:

Gib mir ein Stükchen Brot.

Zur Armen sprach der Reiche:

Laβ mich nur heut in Ruh.

Heut geb ich mein jahrliches Gastmahl

Den Herren vom groβen Rat.

Der eine liebt Schildkrötensuppe,

Der andre Ananas,

Der dritte iβt gern Fasanen

Mit Trüffeln von Perigord.

Der vierte speist nur Seefisch,

Der fünfte verzehrt auch Lachs,

Der sechste, der friβt alles,

Und trinkt noch mehr dazu.

Die arme, arme Schwester
Ging hungrig wieder nach Haus;
Sie warf sich auf den Strohsack
Und seufzte tief und starb.

두 명의 사랑스런 남매가 있었네
여동생은 가난했고, 오빠는 부자였네
가난한 여동생이 부자 오빠에게 말했네
나에게 빵 한 쪽을 나눠 주세요.

부자 오빠가 여동생께 말했네
날 좀 오늘 건드리지 마.
오늘 나는 고귀한 의원님들께
연례 파티를 열어야 하거든.

첫 번째 손님은 거북이 수프를 좋아하고
두 번째 손님은 아나나스를 좋아하지
세 번째 손님은 버섯이 들어있는
꿩고기 수프를 좋아하지.

네 번째 손님은 생선만 좋아하고
다섯 번째 손님은 연어를 좋아하지
여섯 번째 손님은 모든 걸 좋아하지
게다가 그분은 마시는 것도 좋아한다니까.

가련하고 가난한 여동생은

굶주려서 다시 집으로 돌아갔네

그녀는 밀짚을 깐 요떼기에 쓰러져

한숨만 깊이 쉬고 죽어버렸지.

—「박애주의자(Der philanthrop)」에서

이 시 역시 하이네의 평등사상이 담긴 시다. 가난한 자는 점점 더 가난해지고 부유한 자는 점점 더 부유해지는 병리를 다룬 이 시는 인간은 함께 살아야 한다는 그의 사상을 강조한 것이다. 이 시에 나오는 부자 오빠는 부르주아 계급의 상징이고 가난한 여동생은 비참한 생활을 해야하는 무산계급 대중인 것이다.

우리는 이 시에서 이들 두 계층을 한 남매로 설정한 하이네의 시적 구도에 주목해야 한다. 시인이 이들 두 계층을 한 남매로 설정한 것은 모든 계층이 형제애를 지녀야 하고 부와 재화를 골고루 나누어 평등하게 살아야 한다는 그의 신념의 표출인 것이다.

이 무렵 우리는 하이네의 생애에서 다시 중요한 사건을 만나게 된다. 그것은 바로 하이네가 그 당시 파리에 와 있던 칼 막스Karl Marx와 조우한 사실이다. 이때가 바로 1843년이었는데 두 사람은 만나자마자 다소의 연령차를 개의치 않고 깊이 신뢰하는 사이가 되었고 우정을 맺게 되었다. 이 두 사람의 조우는 서로의 생각에 많은 발전적 영향을 끼쳤고 막스 역시 하이네의 시에 많은 조언을 해 주었다.

"독일에서도 문학은 1830년 7월 혁명의 결과로 인해 전 유럽으로 이식된 정치적 자극의 영향을 피할 수는 없다. 미숙한 헌법주의나 더 미숙한 공화주의는 어느 때에나 모든 작가에 의해 비판되어야 한다. 특히 진정한 문학 정신이 결핍된 가치

없는 문학은 확실한 주목을 끌 수 있는 정치적 풍자를 통해 고양되어져야 한다.”

　　이 말은 칼 막스가 하이네와의 조우에서 하이네에게 한 말이었다. 이 말은 1840년 독일에서 자유시민 운동이 강화되고 봉건질서에 대한 시민 반발세력의 성장이 눈에 띄게 나타날 당시, 작가들이 그들의 펜으로 유산계급의 허위를 비판하고 자유시민 운동을 옹호해야 한다는, 소위 칼 막스 자신의 경향문학에 대한 나름대로의 이론의 피력이었을 것이다.

　　우리는 하이네가 칼 막스의 이같은 말에 무슨 답변을 했는지 모른다. 그러나 그 이후에 나타내는 그의 시가 강한 정치적 풍자를 담고 있는 것에 주목하게 된다. 이 무렵 그는 수많은 정치풍자 시를 썼는데 그 중에 손꼽을 수 있는 시들은 「아타 트롤(Atta Troll)」이라는 곰을 주인공으로 한 장시를 비롯하여, 「루드비히 대왕께 바치는 송가(Lobgesänge auf König Ludwig)」, 「새로운 알렉산더 대왕(Der neue Alexander)」, 「편발辮髮의 시대(Aus der Zopfzeit)」 등이 있었다. 이들 시들은 대개 지배 세력에 대한 강한 풍자와 야유를 수반하며 우화적寓話的 수법을 사용한 것이 특색이다.

> Zu Kassel waren zwei Ratten,
> Die nichts zu essen hatten.
>
> Sie sahen sich lange hungrig an;
> Die eine Ratte zu wispern begann:

"Ich weiβ einen Topf mit Hirsebrei"
Doch leider steht eine Schildwach dabei;

Sie trägt kurfürstliche Uniform,
Und hat einen Zopf, der ist enorm;

카셀에 쥐 두 마리가 있었네
먹을 것 없는 쥐 두 마리였네

그들은 굶주려 오랫동안 살펴보았네
한 마리 쥐가 찍찍거리기 시작했네

"나는 기장죽이 가득 든 냄비가 어디 있는지 알아
그렇지만 거기에는 보초가 있어"

그는 선제후選帝侯의 제복을 입고 있지
그리고 머리는 이상한 편발을 했지.

—「편발의 시대(Aus der Zopfzeit)」에서

뒷부분이 생략된 이 시 역시 동물을 등장시킨 시인 것이다. 여기에 등장하는 굶주린 쥐는 먹을 것 없는 민중이고 선제후의 제복을 입고 있는 보초는 부르주아 계급을 지칭하는 것이다. 이 시는 결국 쥐들의 승리로 끝맺고 있는데 시인은 이 시를 통해 가난한 민중들의 승리를 예언했다.

여기서 우리는 하이네가 왜 동물을 등장시킨 우화시를 많이 썼는가하는 의문이 따른다. 그것은 당연히 성격의 대비가 분명한 동물을 빌어 당시의 사회상을 한층 더 실감 있게 비판하기 위해서일 것이다. 일반적으로 우리는 우화시가 등장하는 배경으로, 억압된 정치적 상황을 꼽을 수도 있을 것이다. 사실 이 무렵 하이네의 시는 거의 모두 검열이 되었고 발표조차 자유스럽지 못했다.

하이네는 이같은 상황을 감안해 우화적 요소를 그의 시에 등장시켰다고 보아진다.

1843년, 하이네는 처음으로 고국을 방문하게 된다. 12년 만에 이루어진 고국 방문이었다. 함부르크에 있는 출판사에서 그의 책을 출판하는 일로 남몰래 방문하는 여행이었던 것이다. 그는 이 여행 길을 통해 또 다른 그의 정치적 풍자 시인 「독일－겨울밤의 동화 (Deutschland-ein Wintermärchen)」라는 연작시를 쓰게 된다.

Du häβlicher Vogel, wirst du einst
Mir in die Hände fallen.
So rupfe ich dir die Federn aus
Und hacke dir ab die Krallen.

너 징그러운 새여, 너는 언젠가
내 손에 떨어질 것이다.
그러면 나는 너의 날개털을 잡아 뽑아 놓을 것이다.
그리고 발톱도 도끼로 찍어 동강내버릴 것이다.

－「독일－겨울밤의 동화
(Deutschland-ein Wintermärchern」에서

이 시는 바로 「독일-겨울밤의 동화 3」의 일부인데 프로이센의 귀족을 징그러운 한 마리 새로 설정하고 신랄한 비판을 가한 것이 특색이다.

하이네가 남몰래 고국 방문을 마치고 돌아온 이후 그는 『신시집(Neuen Gedichten)』이라는 시집을 펴냈다. 이때가 그의 나이 48세가 되던 1844년이었다. 이 시집은 그동안 발표한 정치시들을 묶은 것이었다. 이 시집에는 유명한 「쉴레지언의 직조공」이라는 시가 실렸다.

> Im düstern Auge keine Träne,
> Sie sitzen am Webstuhl und fletschen die Zähne,
> Deutschland, wir weben dein Leichentuch,
> Wir weben hinein den dreifachen Fluch -
> Wir weben, wir weben!
>
> 음울한 눈에 눈물은 흘리지 않고
> 그들은 베틀에 앉아 흰 이빨을 드러낸다.
> 독일이여, 우리는 너의 수의壽衣를 짠다.
> 우리는 세 겹으로 저주를 짠다.
> 우리는 짠다. 우리는 짠다!
> ―「쉴레지언의 직조공(Die schlesischen Weber)」에서

이 시는 열악한 노동 조건에 시달리는 독일 방직공들의 고통을 담은 시다. 직조기의 북이 좌우로 오고 가는 동작에 맞춰 '우리는 짠다. 우리는 짠다. 독일의 저주를 짠다'라고 반복한 표현은 그의 조국 독일의 불평등한 경제적 조건을 생생하게 고발하는 감동을 전해준

다. 이 시는 특히 독일 사회주의 사상가인 프리드리히 엥겔스Friedrich Engels의 극찬을 받아 더욱 유명하다.

이 시가 실린 『신시집』은 유럽에서 굉장한 반향을 불러일으켰는데 하이네의 날카로운 현실 비판이 유감없이 발휘된 시집이라 할 수 있다.

1848년은 하이네에게 지극히 불행한 해가 되는 것이다. 그가 대수롭지 않게 여겼던 허리 통증이 척추결핵이라는 중병인 것으로 판명된 것이었다. 이후부터 하이네는 병상에 누워 지내야 하는 불구의 신세가 되어버렸다.

그러나 그는 병상에서도 끊임없이 시작에 몰두했고 육체적으로 여위어져 가는 가운데에서도 모헤라는 여인을 마지막으로 사랑했던 정열을 보여 준다.

1856년 2월 16일 밤, 이날은 파리의 하늘에 별마저 떠오르지 않았다. 그러나 불꽃은 마지막 꺼지는 순간 더욱 반짝이는가?

"나는 불꽃이노라, 나는 암흑에서 너희에게 불밝히고 전투가 시작될 때 앞에 나가 싸운다."라고 절규하던 정열의 시인은 마지막으로 연필과 종이를 찾았다. 간호원은 이미 탈진상태에 들어간 그에게 연필과 종이를 가져다주지 않았다.

"어서 연필과 종이를 가져다 줘. 글 쓸 시간이 얼마 남지 않았어."

하이네는 주저하는 간호원에게 또렷한 목소리로 이같이 명령했다.

드디어 그는 간호원이 마지못해 가져다 준 종이와 펜을 들어 그날 밤 까지 무려 여섯 시간이나 글을 썼다. 바로 「비망록」의 원고였다.

이윽고 이튿날 아침, 그러니까 1856년 2월 17일 수요일 새벽, 조국 독일의 자유와 평등을 위해 멀리 이국까지 쫓겨 와 투혼을 불태웠던 정열의 시인은 아무도 돌보는 이 없는 쓸쓸한 병상에서 그의 파란 만장한 생을 마감했다.

부기: 어느 작가의 경우든 그의 생애의 중간 부분만을 잘라내어 그 기간 안에 이루어진 작품만을 가지고 그의 문학적 전모를 파악할 수 없다. 많은 작가들이 일생을 통해 창작 활동을 해감에 있어 초반기와 중반기 그리고 종반기에 따라 전혀 다른 작품을 쓸 수 있고 그의 사상도 부단하게 변할 수 있기 때문이다.

따라서 번역이라는 과정을 거쳐 우리에게 소개되는 외국 작가의 경우 자칫 그의 한정된 작품만이 소개될 때, 그에 대한 총체적 평가가 전혀 다르게 내려질 수 있는 것이다.

하이네의 경우도 우리에게 그의 온전한 문학 전모가 소개된 적이 없었다. 우리는 그를 달콤한 연애시만을 썼던 낭만주의적 시인이라고 알고 있었다. 이 점은 우리나라의 하이네 시의 번역가들이 그의 초기시만을 집중적으로 번역한 때문일 것이다. 주지하다시피 하이네 자신은 그의 일생동안 이같은 달콤한 연애시만을 쓴 시인은 아닌 것이다.

그의 시는 유럽에 있어서 자유주의와 평등사상이 풍미하던 19세기 중엽부터 현격한 변모를 겪는다. 그가 1831년 5월 1일, 모국의 정치적 압박을 견디지 못하고 프랑스 파리로 추방된 이후, 그의 시는 조국 독일의 정치적 사회적 모순에 신랄하고도 예리한 비판을 가하게 되는 것이다.

필자는 하이네의 시에 대해 늘 편벽된 소개와 평가를 아쉽게 생각하던 끝에 하이네의 생애와 문학을 새롭게 조명해 보고 싶은 욕망을 느꼈다. 그러나 부족한 필력과 공부의 미숙으로 하이네의 진정한 문학을 얼마나 깊이 있게 소개했는지 부끄러울 따름이다.

그렇기는 하거니와 이 짧은 글이 진정 자유와 평등을 옹호하고
독재에 맞섰던 그의 문학을 조금이라도 새롭게 인식시켜 줄 수
있는 계기가 된다면 그 것으로 조그만 위안을 삼을까 한다.

1987년

경제와 시에 대한 몇 가지 단상

시와 경제에 관한 연관적 사색은 일견 지극히 이질적이면서도 배타적인 요소를 지닌 듯하다. 본질적으로 순수함과 아름다움을 지향하는 시의 특성과 재화의 생산과 교환 분배 소비 등으로 일컬어지는 경제적 행위에서 필연적으로 대두되는 경쟁과 타산 그리고 물신의 숭배는 시와 경제를 얼핏 전혀 상반된 이질적 개념으로 인식하게 된다. 그러나 좀 더 깊은 사색을 통해 시와 경제를 통찰해 볼 때, 시와 경제의 연관은 지극히 자연스럽고도 정당한 이유를 갖는다. 그것은 문학, 즉 시가 근본적으로 인간의 삶 속에서 태동되며 인간의 삶 자체는 의·식·주의 바탕이 되는 경제와 밀접한 구조를 갖추고 있음으로 시와 경제는 본질적으로 상관관계를 띠고 있기 때문이다. 이런 근거로 볼 때, 시와 경제가 단순히 추구하는 가치로만 보아 이질적 개념이라는 인식은 시와 경제 자체에 대한 온당한 이해를 결여하는 사고의 결과라고 하겠다.

유감스럽게도 우리 문학의 전통 속에는 시와 경제를 한몫으로 파악하는 것이 존중되지 않았다. 그것은 아마도 조선시대의 성리학적 유풍과 함께 문학 즉 시를 현실과 동떨어진 미학적 가치로만 인식한, 이른바 사대부 양반 문학의 깊은 영향 때문일 것이다. 물론 조선시대 후기에 대두한 실학적 학문의 융성은 문학이 우리의 삶, 즉 경제적 현실과 결코 유리될 수 없는 것임을 밝혔고, 이에 대한 문학적 생산이 다산茶山, 연암燕巖 등의 실학자 문인들에 의해 풍성히 이루어진 바가 있으나 음풍영월로 지칭되는 사대부, 양반 문학의 강고한 영향은 경제에 대한 연관적 인식의 빈곤을 낳았다.

그러나 오늘날의 한국 현대시를 고찰 할 때, 경제를 주제로 한 시들이 두드러지게 나타난다. 그 이유는 아마도 오늘날의 시인들이 맞닥뜨리고 있는 삶과 깊은 연관이 있을 것이다. 익히 알다시피 우리의 현대적 삶은 과거와 달리 긴박한 자본주의의 흐름 속에 존치되고 있다. 서구에서 몇 세기에 거쳐 발전해온 자본주의가 우리나라에 이입된 지 불과 몇 십 년 만에 괄목할 만한 변화와 함께 우리 삶을 심층적으로, 근본적으로 지배하는 것은 엄연한 사실이다. 돌이켜보면 일제 강점기와 해방과 민족분단시기를 거쳐 오늘에 이르기까지 우리의 삶은 인간생존의 기본적 욕구조차 충족되지 못했던 절대 궁핍의 시기를 겪었고 산업화 과정으로 이입되면서 60년대부터 수천 년 동안 우리의 삶을 지배한 농경문화의 분해를 불러왔다. 이어 이른바 경제성장이라는 가치를 앞세운 개발독제 과정을 거쳐 정보화 사회로 접어들면서 우리의 삶은 근본적으로 자본주의적 회로 속에 놓이게 되었고, 우리의 의식 또한 거기에 지배되고 함몰되고 있다.

　이런 사회적 변화 속에서 우리의 시인들은 그들에게 밀어 닥친 엄청난 자본주의의 격랑에 직접적으로 반응하면서 우리의 삶을 통제하는 경제에 대한 시들을 산출하기 시작했는데 이는 문학이 삶에서 태동된다는 사실을 되새겨 볼 때, 지극히 당연하고 타당한 결과이며 반응일 것이다.

　여기서 우리는 현대시 100년의 전통 속에서 각 시기마다 구분되는 시간대를 통해 시작품들에 녹아있는 경제적 의미를 되새겨 볼 필요를 느낀다. 따라서 우리는 한국 현대시에 있어서 경제적 주제를 포용하는 최초의 시작품으로 김동환의 「국경의 밤」을 만날 수 있다.

           "아, 무사히 건넜을까

           이 한밤에 남편은

           두만강을 탈 없이 건넜을까?

           저리 국경 강안(江岸)을 경비하는

           외투 쓴 검은 순사가

           왔다 갔다

           오르명 내리명 분주히 하는데

           발각도 안 되고 무사히 건넜을까?"

           소금실이 밀수출(密輸出) 마차를 띄워 놓고

           밤새가며 속 태우는 젊은 아낙네

                              -김동환, 「국경의 밤」 첫 부분

이 시의 배경은 일제시대, 민족수난기이다. 이 시는 일제에 의해 민족자산의 수탈에 대한 반응이라 하겠는데 김동환은 이 시에서 일제 치하에서 자율적으로 생존권을 확보하지 못하는 우리의 민중이 두만강을 통해 소금을 밀무역하며 생존을 이어가는 정경을 서사적 구도에 담았다. 이 시는 경제가 인간의 삶에 어떻게 관여하는지를 생생히 드러내는 작품일 뿐만 아니라 일제 강점기의 민중 경제사를 이해하는 단초를 제시하는 중요한 작품이 아닐 수 없다.

이어서 우리는 해방공간과 6·25전란을 전후해 씌어진 시들을 만날 수 있다. 이 시기에 경제적 주제를 담은 시들이 적지 않게 씌어졌지만 우리는 그 대표적 시로 김광균의 「秋日 서정」과 김규동의 「杜甫」를 꼽을 수 있을 것이다.

①

낙엽은 폴랜드 망명 정부의 지폐
포화에 이지러진
도룬시의 가을 하늘을 생각하게 한다.
길은 한줄기 구겨진 넥타이처럼 풀어져
일과의 폭포 속으로 사라지고

－김광균, 「秋日 서정」 첫 부분

②

해는 졌습니다
강물이 슬피 웁니다
까마귀 집으로 돌아갑니다
손이 곱아

띠를 멜 수 없는데

옷이 짧아

바람이 시립니다

양식은 떨어져

막내둥이는 굶어 죽었고

전쟁은 계속됩니다

－김규동, 「杜甫」 부분

①의 시에서는 바람에 흩날리는 낙엽을 교환가치가 상실된 이국의 화폐에 비유하는 경제적 인식이 돋보인다. 모더니즘 시론을 실천하고 이미지의 활용과 회화성을 존중하는 시인의 이 시는 직접적으로 폴랜드 망명정부의 경제적 현실을 빌려오고 있지만 궁극적으로 이 시를 통해서 말하고자 하는 것은 가망 없는 조국의 당대적 경제 현실일 것이다. ②의 시 역시 성당盛唐의 시인 두보의 심사를 빌어 6·25 이후의 피폐한 경제적 현실을 반영하고 있는 것이 특색이다.

전쟁이 끝난 50년대 후반의 우리 경제는 전란의 후유증과 함께 피폐할 대로 피폐하고 민중들의 삶은 간고하기 그지없었다. 비록 사회의 일각에서는 전후 부흥의 열기가 없었던 것은 아니었으나 전란으로 초토화된 민족 자본과 경제는 재생의 기미를 보이지 못했고 정치적 불안 속에 연이어 닥친 자연의 재해는 우리로 하여금 희망 없는 나날을 영위하게 했다. 이 무렵 많은 시인들이 전후의 참상을 내면에 담아 허무의식을 드러내는 시들을 주로 썼지만 그와는 달리 흉년이 겹친 해의 민중들의 모습을 가라앉은 심혼으로 노래한 유치환의 「저녁놀」이 인상적이다.

굶주리는 마을 위에 놀이 떴다.
화안히 곱기만 한 저녁놀이 떴다.

가신듯이 집집이 연기도 안 오르고
어린 것들 늙은이는 먼저 풀어져 그대로 밤자리에 들고.

끼니를 놓으니 할 일이 없어
쉰네도 나와 참 고운 놀을 본다

원도 사또도 대감도 옛같이 없잖아 있어
거들어져 있어…….

하늘의 선물처럼
소리 없는 백성 위에 저녁놀이 떴다.

—유치환, 「저녁놀」 전문

60년대로 접어들면서도 민중들의 삶은 열악하기 그지없었고 좀처럼 변화의 기색이 보이지 않았다. 4·19와 5·16을 통해 확산된 민중의식은 문학에서도 당대의 현실을 직접적으로 수용하기 시작하고 시를 통해 정치 사회 경제에 대한 발언이 구체화하기 시작했다. 우리는 이 무렵의 대표적 시로서 신동엽의 「鐘路5街」를 기억하게 된다.

이슬비 오는 날. /종로 5가 서시오판 옆에서/ 낯선 소년이 나를 붙들고 동대문
을 물었다./밤 열한시 반./통금에 쫓기는 群像 속에서 죄 없이/ 크고 맑기만 한

그 소년의 눈동자와/ 내 도시락 보자기가 비에 젖고 있었다./
(하략)…

―신동엽,「鐘路5街」 첫 부분

이렇게 시작되는 이 시는 사회와 경제의 구조적 모순을 직시하고 그 속에 운명적으로 살아가는 어린 영혼의 모습을 서정적 구도 속에 그려 보임으로써 읽는 이로 하여금 시대와 더불어 문학의 가치를 드높인 시로 평가받게 만든다.

70년대는 경제개발이 본격화되는 시기였다. 이 시기에는 개발독재의 부작용과 더불어 농민층의 분해를 불러일으켰고 '전태일 분신'과 'YH무역' 사건과도 같은 중요한 경제사적 사건이 대두된 시기였다. 이 시기에 씌어진 경제 시들은 신경림의 「농무」, 「겨울밤」, 김지하의 「오적」, 김남주의 「민중」, 정희성의 「저문 강에 삽을 씻고」 등의 명편이 있는데 김지하의 「오적」은 엄청난 사회적 파문을 불러일으키기도 했다.

80년대는 우리 경제의 활성화와 함께 민중들의 억눌린 욕구가 분출한 시기이며 경제적 현실에 대한 시적 분출도 놀라운 성과를 보였다. 노동자들은 조직 속에서 자신의 권익을 주장하고 사용자들은 기업 이윤의 극대화를 위해 노사간의 갈등을 불러일으켰다. 이런 사회의 분위기 속에서 씌어진 시는 박노해의 「지문을 부른다」, 「손무덤」, 백무산의 「노동의 밥」과 같은 시들이다.

90년대로 들어오면서 우리사회는 경제의 고도성장과 더불어 정보화 시대가 도래 한다. 비록 농촌의 피폐와 계층간의 소득격차, 그리고 상대적 빈곤에 따르는 갈등 요인들이 잔존하고 있지만 우리사회 전반에는 물질적 풍요와 함께 인간소외의 현상과 소비자 미덕으로 간주되는 자본주의의 역기능적인 면이 드러나고 있다. 이는 정보화 시대로 지칭되는 이 시대가 안고 있는 문제점으로서 당연히도 첨예한 감성을 지닌 시인들의 시적 관심사가 되고 있다.

> 오랜지 쥬스를 마신다는 게 / 커피가 쏟아지는 버튼을 눌러버렸다 / 습관의 무서움이다 / 돈만 넣으면 눈에 불을 켜고 작동하는 / 자동판매기를 / 매춘부라 불러도 되겠다 / 황금교회라 불러도 되겠다 / 이 자동판매기의 돈을 긁는 포주는 누구 일까 만약 / 그대가 돈의 권능을 이미 알고 있다면 / 그대는 구 일까 만약 / 그대가 돈의 권능을 이미 알고 있다면 / 그대는 돈만 넣으면 된다 / (하략)…
>
> ―최승호, 「자동판매기」

도시문명에 대한 혐오와 더불어 무한한 욕망의 증식을 경고하는 이 시는 자본주의의 마성 앞에서 통제할 수 없는 인간의 본성을 비판하고 있다. 이 시는 이외에도 유하의 「바람 부는 날이면 압구정동에 가야한다」 등은 화폐와 욕망으로 분출하는 물신숭배와 자본주의의 역기능적 병폐에 대한 우려와 자성이 담겨 있는, 90년대의 경제적 현실에 초점을 맞춘 대표적 시들일 것이다.

그러나 우리는 건조하고 삭막한 90년대의 경제적 소재의 시들에서 한발자국 나가서 우리를 위안케 하는 시들을 발견하게 되는데 그것은 최근 들어 씌어지기 시작하는 에콜로지, 즉 생태철학의 시들이다. 이 시들은 자연을 극복의 대상으로 여기며 그를 통해 이윤을 창출하는 자본주의의 경제구조에 대응하는 시들로서 사람과 자연사이의 분열을 치유하고 인류의 공생적 문화가 유지될 수 있는 사색의 결과로서 후기자본주의 시대를 살아가는 우리에게 한 가닥 시사하는 바가 크다.

그러나 이 글은 경제를 주제로 하는 현대한국시 30선에 부치는 머리글로서의 한계를 지닌다. 따라서 이 글이 지면 관계상 자본주의의 경제구조에 대한 새로운 사색으로서의 에콜로지 시들에 대한 논의로 이어지지 못하는 아쉬움을 가진다.

그러나 우리나라에 자본주의가 유입된 이후 일정한 시대적 구분에 따라 한국현대시에 나타나는 경제적 의미를 개략적으로 살펴보면서 문학은 인간의 삶에서 태동되며 문학인은 바로 인간의 삶을 질료로 하여 문학을 창조해 낸다는 평범한 진실을 예시한 시로서 다시 한번 확인하게 된다.

현대경제 1996년 10월호 별책부록

제3부

재야운동권으로서의
작가회의 실천전략

민족문학작가회의는 1987년 9월 17일에 창립된 문학단체다. 이제 겨우 1년이 갓 지난 역사를 지닌다. 그러나 우리 단체가 단순히 창립 1주년이라는 일천한 역사만을 지니고 있는 것은 아니다. 그것은 바로 민족문학자가회의(이하 작가회의)가 1974년 '문학인 101인 선언'으로 출발했던 자유실천문인협의회를 모체로 지난해에 다시 재창립된 이력을 지니기 때문이다. 따라서 작가회의는 지난 70년대 중반에서부터 80년대 후반에 이르기까지 암울했던 정치적 현실 속에서 이 땅의 민주화와 자유를 위해 험난한 길을 걸어온 전 자유실천문인협의회의 14년 역사를 밑바탕에 깔고 출발한 단체다.

작가회의 내부조직은 자유실천위원회를 구성하고 부설기관으로서 민족문학연구소가 설치되어 있다. 자유실천위원회는 문학에 있어서 표현의 자유와 문학인의 권익옹호에 관한 활동 및 기타 민주발전에 관한 활동 등의 업무를 수행할 수 있도록 했고 위원장과 약간 명의 위원 및 간사로 구성하게 했다.

또 부설기관으로서의 민족문학연구소는 참다운 민족문학의 건설을 위해 이론을 정립해 내고 창작활동을 뒷받침하기 위해 설치된 기관으로서 산하에 문학사연구분과위원회, 문학이론연구분과위원회, 문학사회연구분과위원회, 여성문학분과위원회, 창작실험분과위원회 등의 분과를 두어 활동하게 했다.

이들 자유실천위원회와 민족문학연구소는 작가회의의 두 날개가 되는 양대 기구로서 명실상부한 범문학인 단체로서의 권위와 대중적 호소력을 간직하고 시대의 운동적 요구에 부응하며 문학운동의 바탕을 차분히 다져나가기 위한 기구라 할 수 있다.

이들 두 날개가 되는 양대 기구를 갖춘 이후 구체적으로 작가회의가 지난 1년 동안 가장 중점을 두었던 활동은 구속문인 석방운동이었다. 작가회의가 출범할 당시에만 해도 우리는 많은 구속문인·문화인 등을 감옥에 두고 있었다. 그 중에서도 손꼽을 수 있는 문인으로는 1979년 이른바 '남민전'이라는 사건에 연루되어 9년째 감옥생활을 하고 있는 김남주 시인이 있다. 그리고 또 장시 「한라산」이 국가보안법에 저촉되었다 하여 작년 11월에 구속된 이산하 시인이 있었다. 이밖에도 언론인 이부영씨, 출판인 이태복씨, 르뽀작가 김현장씨 등이 실정법을 위반하였다 하여 참담한 감옥생활을 하고 있는 실정이었다.

돌이켜보건대 이들 구속문인·문화인들은 그들의 양심에 입각해 혹은 글로써 또는 행동으로써 조국의 자유와 민주화를 위해, 그리고 모든 사람이 고루고루 살아야 할 평등한 세상을 위해 그리고 반외세

자주화를 위해 싸웠던 사람들이다. 특히 김남주 시인의 경우는 '남민전'이라는 사건 자체가 70년대 말기 유신시대에 정치적으로 조작이 되었다는 의견도 무성한 가운데 0.7평이라는 상상할 수 없는 독방에 갇혀 그토록 긴 세월을 문학인에게는 생명과도 같은 펜 한 자루 원고지 한 장 대할 수 없는 형편에 처해 있는 것이다.

이에 민족문학작가회의에서는 금년 2월 1일 범문학인 502명의 서명을 받아 법무부장관을 비롯한 관계기관에 김남주시인의 석방을 촉구하는 탄원서를 제출한 바 있다. 탄원서가 제출된 이후 이 소식은 곧 신문 잡지 방송에 널리 보도되어 다시 한 번 김남주 시인의 석방에 대한 관심이 고조되었으나 김남주 시인의 사면 복권 업무를 관장하고 있는 법무부장관으로부터 별다른 회신조차 받지 못했다. 이어 작가회의에서는 다시 지난 3월 22일 자유실천위원회 명의로 구속문인을 석방하라는 성명서를 발표했다. 이 성명서는 지난 2월의 범문학인 5백여 명이 법무부장관을 비롯한 관계기관에 김남주 시인의 석방 촉구 탄원서를 보낸 바 있으나 그에 대한 아무런 조처가 없었던 것에 대한 후속조치였던 것이며 이산하 시인의 지속적인 구금상태를 항의하기 위한 것이었다. 작가회의의 이 성명서는 전국 각처의 지방문학단체들에게도 파문을 일으켜 5월 4일에는 전남민족문학인협의회의 '옥중시인 김남주 석방하라!'라는 성명을 발표하게 만들었고 6월 18일에는 전북민족문학인협의회 등에서도 구속문인 석방을 촉구하는 성명을 내게 만들었다.

그러나 전국 각처의 양심적 문학인들의 열화같은 구속문인 석방 요구에도 불구하고 정부 당국에서는 끝내 김남주를 비롯한 구속문인·문화인들을 석방하지 않았다.

이에 따라 작가회의는 5월 31일 긴급이사회의 결의를 거쳐 김남주 시인을 비롯하여 이산하 시인, 언론인 이부영, 르뽀작가 김현장, 출판인 이태복 등의 문화인들과 모든 양심수의 조속한 석방을 요구하는 결의문을 발표하면서 이들 구속문인·문화인들이 조속히 석방될 수 있도록 싸워 나갔다.

다음으로 지난 1년 동안의 작가회의 활동 중 특기할 사항은 회원 중심의 연수회와 심포지엄 개최 및 '민족문학교실'을 개설한 것이었다.

회원 연수회는 지난 4월 23일에서 24일까지 경기도 여주 신륵사경내에서 개최되었다. 백여 명 이상의 회원들이 참여해 오늘의 '민족문학운동'과 '민중문학의 사회과학적 인식' 및 '여성운동과 문학' 등에 대한 열띤 토론과 주제 발표 등으로 진행된 이 연수회는 자체적으로 작가회의 회원들의 문학적 교양을 넓히는 계기가 되었다. 또 지난 8월 12일, 17일, 19일, 3일 간에 걸쳐 작가회의 사무실에서 '통일운동의 현황과 전망'이라는 주제를 놓고 외부인사를 초빙해 심포지엄을 개최했다. 이 행사는 바로 최근 활발하게 논의되고 있는 민족통일운동에 대한 이해를 넓히고, 올바른 통일운동의 방향을 점검하며 좀 더 나은 통일지향의 문학을 이루어 내기 위한 수련회였다. 이 행사들은 작가회의 회원들을 대상으로 개최된 것이 특색이었는데 이 행사 개최의 목적은 바로 시대적 변천에 따라 작가적 사명도 변화할 수 있다는 전제 아래 급변하는 현실 속에 회원 각자의 문학적 교양을 함양하고 새로운 식견을 넓히기 위한 것이다.

회원 연수회와 심포지엄이 대내적으로 회원 중심의 교양사업이었다면 지난 3월 16일부터 5월 23일까지, 그리고 10월 18일부터 12월 13일까지 개최되었고 앞으로도 지속적으로 진행될 민족문학교실은 일반시민을 위한 대외적 교양사업이라 할 수 있다. 이 민족문학교실은 대외적으로 올바른 민족문학의 이념을 보급하고 새로운 문학연구의 저변을 확대할 목적으로 개최되었는데 봄강좌에서 250명이 넘는 수강생들이 참여하여 큰 성황을 이뤘다. 이들 수강생들은 대학생들이 대부분을 이뤘으나 회사원, 가정주부, 교사, 은행원 등 각기 다른 계층 사람들이 다양하게 참여해 민족문학교실의 강좌에 커다란 만족을 표명하여 작가회의의 대외적 위상을 간접적으로 평가받을 수 있는 계기가 되게 했다.

금년 작가회의 활동 중 빼놓을 수 없는 가장 돋보이는 활동은 지난 7월 2일 회장단 기자회견을 통해 발표된 '남북작가회담 개최 제안'이었다.

이 제안은 7·4 공동성명 16주년을 맞아 민족의 화해와 통일을 위한 발걸음으로서 남북의 문학인들이 한자리에 만나자는 제안이었다. 이 제안에서 작가회의는 먼저 통일의 대원칙에 대해, 첫째 자주적인 통일을 위해서는 외세보다 민중의 지지에 의존하는 민주적 정부가 수립되고 외국군의 장기주둔을 포함한 외세의 간섭이 청산되어야 하며, 둘째 평화적인 통일을 위해 사회 각 분야에서 군사문화가 극복되고 핵무기를 비롯한 한반도의 과잉무장상태가 해소되어야 하며, 셋째 민족적 대단결을 위해 사상과 표현의 자유가 보장됨은 물론 남북 민중간의 다각적인 교섭이 실현되어야 한다고 주장했고 다음과 같은 제의를 6천만 동포 앞에 내놓았다.

1. '7·4 공동성명'의 통일원칙을 존중하는 남북의 작가들이 만나 같은 민족으로서 그리고 같은 문학인으로서 허심탄회하

게 논의 하는 자리를 만든다.

2. 장소는 서울 평양 판문점 또는 그밖에 한반도의 어디라도 좋으며 시기는 올해를 넘기지 않도록 한다.

3. 회담에서는 남북간의 작품 교류뿐 아니라 모국어와 민족 정서의 동질성 보존을 위한 공동작업, 국문학 연구를 위한 현지답사반의 교환 등 지속적인 인적교류의 방안을 논의한다.

4. 되도록이면 남북문학인대회 및 축제를 정기적으로 열어 통일과업에 대한 문학인의 기여를 활발히 한다.

이 남북작가회담 개최 제안은 분단 이후 문학인들에 의해 최초로 표출된 제안으로서 많은 국민들의 지대한 호응을 받았고 이후에 나타난 여러 단체들의 남북교류제안에 선도적 구실을 했다. 특히 이 제안은 국내외의 언론 방송에 크게 보도되었으며 일본의 아사히신문, 요미우리신문, 통일일보 등에 1면 톱 혹은 사설 등으로 취급되었고 구라파, 미국 등에서도 대대적으로 보도되어 전 세계적으로 비상한 관심을 끌었다.

정치적 신념 다르면 문인도 감옥행

마지막으로 금년 작가회의의 활동 중 또 하나의 중요한 활동은 '88서울민족문학제'를 개최했던 점이다. 지난 9월 1일 오후 6시부터 밤 12까지 서울 여의도 백인회관 대강당 및 한강 고수부지에서 개최된 민족문학제는 본회 회원, 해외문인 및 민주화운동단체 회원, 일반인, 청년, 학생, 언론인 등 약 1천여 명이 참석하여 큰 성황을 이루었다. 이 행사는 지난 8월 29일부터 9월 2일까지 서울에서 열렸던 제52차 서울국제펜대회에 대응하는 행사로서 이 행사를 치르게 된 구체적인 배경은 김남주 시인을 비롯한 구속 문인·문화인들에 연유했다. 본 회의는 이 땅의 민주화와 자유를 위해 험난한 길을 걸어온 전 자유실천문인협의회를 모체로 창립된 이래 이 땅의 참다운 민주화와 자주적 통일을 앞당기기 위해 많은 노력을 기울여 왔고, 구속된 문인, 문화인, 언론인들에 대한 부단한 석방운동을 전개했다.

그러나 정부는 지난 8·15 특사 때까지 끝내 구속문인 석방이라는 초보적인 민주화 조치를 거부했다. 게다가 지난 8월 16일에는 국내외의 구속문인 석방운동이 고조되고 있는 가운데 본회 회원인 극작가 주인석 씨를 다시 국가보안법이라는 올가미를 씌워 구속시켰다. 또한 서울국제펜대회를 3일 앞둔 지난 8월 2일에는 이산하 시인의 항소를 기각하기도 했다.

정부의 이같은 태도는 국민의 기본권인 표현의 자유를 말살시키려는 처사이며, 참된 민주화를 구체화시키기는커녕, 권력자들이 자신의 정권을 유지하기 위해 만든 국가보안법이라는 악법으로 문인들을 끊임없이 구속하려는 증거이기도 하다.

정부는 지난 서울국제펜대회를 맞이하여 사상과 체제와 이념을 달리하는 동구라파와 중국·소련의 작가들까지 초청했다. 그러면서도 우리 국내작가들 중 정치적 신념이 다르다 하여 이들을 계속 감옥에 가두어 두는 것은, 정부의 지원으로 개최되는 서울국제펜대회가 허구에 찬 대회임을 스스로 드러내는 것과 다를 바가 없다.

이에 민족문학작가회의 측에서는 이들 문학인들을 감옥에 가두어 둔 채 개최되는 제52차 국제펜대회가 국제펜의 기본 정신인 표현의 자유에도 어긋나는 일이며 이것이 전 세계의 자유를 사랑하는 모든 문학인들에 대한 모독임을 천명하고 서울국제펜대회에 불참을 선언, 이 행사를 개최했던 것이다. 특히 이번 행사에는 국제 펜본부 인민위원장인 토마스 폰 베게삭Tomas von Begesak 씨를 비롯하여 미국펜 사무총장 카랜 케널리씨 등, 30여 명의 해외문학인들이 참석해 주목을 끌었다. 이들은 신명이 넘치고 열기가 충만한 '88서울민족문학제'에 뜨거운 감명을 받았다고 했다. 그리고 무엇보다도 이 행사를 통해 민족문학작가회의의 이념과 실체를 생생하게 접할 수 있었으며 구속문인 석방운동이 바로 한국에 있어서 통일된 민주사회의 건설과 맥락을 함께 하고 있다는 것을 몸소 느꼈다고 했다. 그와 아울러 제3세계 고유의 떳떳한 민족문화를 꽃피우려는 한국작가들의 진지한 열망을 접하고서 커다란 감동을 받았다고 전했다.

이밖에도 금년 1년 동안 작가회의가 이룬 일들은 허다하다. 명실상부한 문학운동단체로서 탈바꿈을 하기 위해 드러나지 않게 치른 일들이 한두 가지가 아닐 것이다. 지난해 12월 15일 처음으로 발간된 『민족문학회보』가 어느덧 격월간으로 발간되어 5호에 이르른 것도 그 하나가 될 것이다. 이 모든 활동들이 작가회의의 틀을 다지고 앞으로의 발전을 예비하는 작업의 일환이었던 것이다.

그러나 우리는 이같은 번다한 활동 앞에서 의욕만 앞섰던 나머지 실제로 그 동안 성취한 일이 무엇이었느냐 라는 반성도 없지 않다. 작가회의가 비록 1년간이라는 세월을 통해 김남주 시인을 비롯한 구속문인 석방활동을 나름대로 열심히 전개했다고는 하나 아직도 김남주 시인을 비롯하여 극작가 주인석 회원 등이 감옥에서 풀려 나오지 못하고 있는 실정임에 이같은 반성을 되새겨 봄직하다.

이제 12월이 지나면 작가회의가 창립한 지 만 15개월을 지나 창립 제 3차 년도를 맞는다. 1989년 새해에는 작가회의 앞에 산적한 일들이 너무나 많다. 우선 무엇보다도 지속적으로 관심을 기울이고 싸워나갈 일은 소위 국가보안법에 저촉되어 감옥에 있는 구속문인들의 석방활동일 터이다. 이들이 석방되는 일이야말로 좁게는 우리 문학인들의 생명과도 같은 표현과 사상의 자유를 쟁취하는 일임과 동시에 넓게는 불평등과 부자유를 해소하고 외세의 질곡에서 허덕이는 조국을 자주화시켜 통일의 방향으로 한 발자국 앞당기게 하는 일이기 때문이다.

그리고 또 한 가지 내년 사업으로 관심을 기울일 것은 작가회의 기관지를 펴내는 일이 될 것이다. 앞에서도 밝혔듯이 작가회의에서는 『민족문학회보』를 창간하고 5호까지 발간한 바 있으나 정작 참다운 민족문학 건설을 위해, 고조되는 회원들의 창작의욕을 감당하기 위한 『민족문학회보』로서 부족할 것은 당연하여 작가회의의 기관지 발간을 서둘러야 할 것이다. 이 작업은 이미 작가회의 내부의 논의를 거쳐 『민족문학운동』이라는 제호까지 결정했고 편집위원회를 구성, 원고청탁까지 진행되고 있어 빠른 시일에 기관지가 발간될 수 있으리라 생각된다.

이밖에도 내년 사업으로 떠오르는 것은 제3세계를 비롯한 전 세계의 문학단체 및 양심적인 문학인들과 지속적인 유대를 갖는 일이다.

이미 금년에 개최했던 '88서울민족문학제'로 인해 이같은 터전이 닦아져 있는 터에 작가회의 이념과 실체를 더욱 상세히 알리며 작가회의 회원들의 문학작품을 소개하는 이 일은 작가회의로서 또 하나의 의욕적인 사업이 될 것이다. 그리고 무엇보다도 내년 사업으로 관심을 집중시키는 것은 남북작가회담 개최의 성공일 것이다. 최근 폭발하는 우리사회의 민족동질성 추구의 노력과 함께 금년 작가회의가 제창했던 이 남북문학인 교류는 그 어떤 방법을 통해서도 꼭 이루어져야 할 일이기에 작가회의의 모든 역량을 여기에 투여할 것이다.

그러나 이 모든 내년의 사업들은 작가회의의 모든 회원들의 충분한 논의를 거쳐서 이루어질 것이라는 전제를 안고 있다. 이 점이 바로 무엇보다도 이 땅의 정신적 전위를 자부하고 반외세 자주화와 참다운 민주화운동을 펴야 하는 재야문학 운동단체로서의 작가회의가 취할 올바른 태도라고 작가회의 초대 사무국을 책임지고 있는 필자는 확신하는 바이다.

말 1988

국제펜대회와 구속문인들

문필가들을 위한 국제적인 문화행사가 열렸다. 지난 8월 29일부터 9월 2일까지 한국펜본부 주최로 약 1주일간에 걸쳐 개최된 제52차 서울국제펜대회가 그것이다.

시인(Poets)과 희곡작가(Playwrights)의 영문 머릿글자 P와, 평론가(Essayists), 편집자(Editors)의 머릿글자 E, 소설가(Novelists)의 머릿글자 N을 따서 부르는 PEN클럽은 1921년 영국 런던에서 창립되어 해마다 나라와 장소를 바꿔가며 연차대회로 열리고 있다. 한국 펜본부는 이번에 올림픽 개최를 앞두고 대회를 유치했던 것이다.

이번 '서울국제펜대회'의 모체가 된 '국제펜클럽'은 영국 런던에 본부를 두고 있고, 회원국은 이번 국제펜대회에서 처음으로 가입국이 된 카메룬과 네팔을 포함, 90개국에 이른다.

원래 국제펜클럽은 문학활동에 있어서 사상과 이념과 표현의 자유를 가장 중요한 관심사로 삼아, 그동안 전 세계 문학인들의 친목과 권익보호를 위해 많은 노력을 기울여 왔다. 따라서 많은 세계의 문학 인들은 국제펜클럽에 회원으로 가입해 왔고, 해마다 열리는 연차대 회에 큰 관심을 보여 왔다.

우리나라는 1954년 오스트리아 비엔나대회에 모윤숙·변영로·이 헌구·백철 씨 등이 참가, 정식으로 회원국이 되었으나, 문학에 있어 서의 표현의 자유나 국내 투옥문인들에 대한 구체적 활동이 거의 없 었다는 비판을 들었다.

이번에 이 대회를 주최한 한국펜본부(회장 전숙희)는 이번 제52 차 서울 국제펜대회가 세계 각국의 문인들과 직접적인 교류를 통해 한국문학의 발전을 모색하고, 세계 각국과의 정신적 갈등을 초월한 문화적 차원에서의 이해를 증진시키고자 개최되었다고 그 의의를 설 명했다. 또 이번 대회는 국내작가 6백여 명과 외국작가 2백 60여 명 이 참가한 대규모 대회였으며, 동구권을 비롯한 중국·소련 등의 작 가들도 대거 참가한 성공적인 대회였다고 평가하고 있다.

그러나 서울국제펜대회를 끝마친 지금, 이번 대회가 과연 주최측 의 결산처럼 성공적인 행사였는지 선뜻 인정하기 어려운 부정적인 측면이 많았다.

그것은 먼저 이 대회가 외형적으로는 화려하고 대규모로 개최되 었다고 하지만, 실제적으로 정부의 막대한 후원과 재정적 지원으로 개최된 타율적 대회였다는 점이다. 이는 아마도 그동안 국민 대중들 의 지지기반이 미약한 현정권이 국민들의 대정부적 불만을 호도하기 위해 개최하는 올림픽의 부수적 행사로서의 의미를 십분 고려한 결 과라고 보여진다. 그래서 문학인들의 행사를 문학인 스스로 개최하지 못하고 정부의 원격조종으로 개최했다는 비난을 모면치 못하고 있는 것이다.

그리고 또 한 가지는 무엇보다도 이 대회에서 수많은 문인들의 관심이 된 투옥작가 문제가 의도적으로 왜곡·축소되는 현상을 빚었다는 점이다.

이 점을 살펴보기 위해 이번 서울국제펜대회가 구체적으로 어떻게 치러졌으며, 대회기간 중 한국펜본부의 활동은 어떠했는지를 살펴야 할 필요가 있다.

우선 이번 서울국제펜대회는 국내문학인들의 형편에 비춰볼 때 너무나 호화로운 호텔에서 개최되었다. 한국펜본부의 발표에 의하면 이번 대회에 2백 60명의 세계 문인들이 참석했다 하나, 이들의 초청에는 막대한 금전적 지원이 뒤따랐다. 이들 중 A급으로 분류된 60명의 초청작가에게는 체재비와 항공료를 부담했으며, B급에게는 항공료를, C급에게는 체재비를 전액 지급했다.

또 이들 해외문인들에게는 엄청난 향응이 있었다. 외국펜대회의 경우 식사 때마다 커피와 토스트 정도의 간소한 식사가 대접되는 것이 상례라고 하는데, 우리나라에서는 매일 같이 오찬과 리셉션이 화려하게 베풀어졌다. 펜대회를 개최했던 외국의 경우 국제펜본부회장단을 비롯한 극소수의 문인들을 제외하고는 자기 부담으로 대회에 참가하게 하는 선례에 비춰볼 때 한국펜본부의 이같은 저자세는 무엇에 연유하고 있는가?

그것은 바로 이 대회를 유치할 당시에 나타났던 다른 나라 문학인들의 반대이유와 연관된다. 올림픽을 유치했던 우리나라가 제50차 함부르크대회에서 문학인들의 축제라는 이 대회를 유치하려 했을 때

세계의 많은 문학인들이 한국의 인권상황을 내세워 한국에서 펜대회가 열리는 것을 반대했다. 우여곡절 끝에 이 대회를 유치한 한국펜본부는 과거의 그 같은 문학인들의 반대를 무마시키기 위해 얼마만큼 굴욕적으로 나갔을까?

이런 분위기 속에 열린 이번 서울국제펜대회는 그 출발에서부터 파행을 보였다. 지난 8월 29일 오전 쉐라톤 워커힐 호텔에서 열린 개막식 연설에서 소위 한국문인협회 이사장인 김동리 씨는 많은 외국 문인들이 한국의 투옥작가들에게 지대한 관심을 기울이자, 현재 투옥중인 한국자가들을 일컬어 "자유체제를 타도하려는 과격한 행동으로 옥창신세를 지고 있는 사람"이라고 매도하고 나섰다.

김 이사장은 또 "아무리 문인이라 할지라도 국가를 떠나 있는 인간이 아닌 이상 그 국가의 법률 밖에 있는 것은 아니며 그것을 지지 또는 후원하기 위해, 타국인이라 하더라도 남의 나라 법을 무시하면 이는 스스로 양심과 지성을 녹슬게 할 것"이라는 몰가치적인 주장을 폈다.

이같은 주장은 펜클럽의 창립정신인 표현의 자유가 우리나라에서는 국내법에 의해 위축될 수 있다는 점을 승인하라는 것으로서 전 세계의 양심적 문학인들에게 비웃음이 되었다. 이는 또 외국문인들을 초대해 베푸는 잔치 앞에서, 그들이 가장 중요하게 여기고 있는 관심에 쐐기를 박는 협박과 같은 것으로서, 실제로 자신이 몸담고 있는 대학의 학생들로부터 그의 강의가 거부되는 사태를 낳게 했다.

그런데 여기서 더욱 놀라운 일은 8월 31일에 있었던 국제펜본부 대표자회의에서 그토록 세계문인들의 관심이 되었던 한국작가의 투옥에 대해 한국정부에 보낼 항의결의문 채택이 근소한 표결로 부결되었다는 점이다. 이같은 결과는 수많은 해외문인들이 이 대회에 참가하기 이전부터 한국 투옥작가 석방을 강력하게 요망해 왔던 점에 비춰볼 때, 참으로 이해하기 어려운 결과로서 많은 의혹을 낳게 했다.

펜대회가 끝난 오늘, 이같은 의외의 결과가 한국펜 측의 비도덕적인 로비활동에 연유되었다는 소식까지 들리는 가운데, 우리는 또 항의결의문 채택이 부결된 직후에 있었던 참으로 낯 뜨거운 사실을 기억해야 한다. 그것은 결의문 채택이 22대 23의 한 표 차이로 부결되자 한국펜측 대표들이 '우리가 이겼다'라고 환호성을 질러 외국작가들을 어리둥절하게 했다는 소식이다.

이같은 환호성을 접한 세계 양심적 문학인들은 한국의 군사정권에 의해 갈기갈기 찢겨진 표현과 사상의 자유를 쟁취하기 위해 싸우다 투옥된 작가들에 대한 한국펜측의 마비된 양심을 한탄하며, 같은 문학인으로서 수치를 느낀다고 토로했다.

여기서 또 한 가지 짚고 넘어갈 것은 이번 서울국제펜대회가 실제로는 이 땅에서 글을 쓰고 있는 전체 문학인들의 공통된 합의에서 개최되지 않은 반쪽짜리 대회라는 점이다.

주지하다시피 우리나라에는 두 개의 커다란 문학단체가 있다. 그것은 바로 한국문인협회와 민족문학작가회의라는 문학단체다. 이 두 문학단체 중 이번 대회에는 소위 '순수문학'을 지향한다는 문인들의 집합체인 한국문인협회만 참가했고 또 다른 문학단체인 민족문학작가회의에서는 불참을 선언하고 나섰던 것이다.

그렇다면 왜 5백여 명 이상의 회원을 둔 민족문학작가회의에서는 소위 문학인들의 축제라고 일컬어지는 이 대회에 불참을 선언하고 나섰는가? 그에 대한 해답 역시 이번 서울국제펜대회에서 가장 뜨거운 관심이 되었던 투옥문인과 관련되고 있다.

현재 우리나라에는 적지 않은 수의 문학인·문화인·언론인들이 감옥에 갇혀 있는데 그들이 바로 김남주·이산하 시인을 비롯하여 극작가 주인석 씨, 르뽀작가 김현장 씨, 언론인 이부영 씨, 출판인 이태복 씨 등이다.

이들 중 김남주 시인은 1974년 계간지 『창작과 비평』을 통해 문단에 등단한 이후 여러 지면에 뛰어난 서정시를 발표하다가 유신시대의 정치적 조작극인 '남민전'이라는 사건에 연루되어 9년째 감옥에 갇혀있고, 이산하 시인은 제주도 4·3민중항쟁을 다룬 그의 장시 '한라산'이 국가보안법에 저촉되었다 해서 지난해 11월에 구속되어 징역 1년 5개월을 선고받고 복역중이다.

또 르뽀작가 김현장 씨는 직접적으로는 미문화원 방화사건에 연루되었지만, 그의 저작이 지속적인 수인생활의 원인이 되었다. 극작가 주인석 씨는 최근 연세대에서 공연되었던 '통일밥'이라는 연극의 대본을 쓰고 연출했다 하여 국가보안법으로 구속되었다. 그리고 이태복 씨는 통칭 '학림사건'에 연루되어 무기징역을 선고받은 후 15년으로 감형 받아 대전교도소에 수감 중이며, 언론이 이부영 씨 또한 그의 정치적 신념으로 인해 구속된 실정이다.

여기서 잠시 민족문학작가회의가 이번 서울국제펜대회에 불참하게 된 내력을 살피기 위해 민족문학작가회의의 실체와 활동을 소상히 알아볼 필요를 느낀다.

민족문학작가회의는 1987년 9월 17일 '문학인 101인 선언'의 발표와 함께 4년전 이 땅의 민주화와 자유를 위해 험난한 길을 걸어온 전 자유실천문인협의회를 모체로 창립되었다. 이 단체는 창립이후 이 땅의 참다운 민주화와 자주적 통일을 앞당기기 위해 많은 노력을 기울여 왔고, 구속된 문인·문화인·언론인들을 위해 부단한 석방운동을 전개했다.

구체적으로 두드러진 투옥문인 석방활동은 지난 2월 1일 범문학인 5백여 명의 연명으로 김남주 시인의 석방을 호소하는 탄원서를 관계 당국에 제출한 일이었다. 그 탄원서에는 김남주 시인이 원고지 한 장조차 대하지 못하고 9년째 감옥에 갇혀 있는 것을 상기하며, 김남주 시인이 구속되던 70년대 말기가 나라와 민족의 앞날을 염려하던 많은 양심적 지식인들이 절망하던 유신시대였고, 그 시기에 억울하게 옥고를 치르던 지식인들이 대다수 석방·사면·복권 되었으나, 유독 김남주 시인만이 반국가사범이라는 굴레를 쓰고 있다는 사실을 밝혔다.

이 탄원서에는 또 1986년 독일 함부르크 국제펜대회에서 김남주 시인을 비롯한 투옥문인들이 조속히 석방되어야 한다는 긴급결의문이 채택되었음을 밝히고 그의 석방이 바로 이번에 개최되었던 서울 국제펜대회의 성공에 밑받침이 될 것이라고 밝혔다.

이 탄원서에는 또 1986년 독일 함부르크 국제펜대회에서 김남주 시인을 비롯한 투옥문인들이 조속히 석방되어야 한다는 긴급결의문이 채택되었음을 밝히고, 그의 석방이 바로 이번에 개최되었던 서울 국제펜대회의 성공에 밑받침이 될 것이라고 밝혔다.

그러나 소위 민족대화합과 화해, 민주주의의 발전을 향해 나가겠다고 공포한 노태우 대통령의 취임에 기대를 걸었던 사면기회에서, 작가회의 회원들이 주축이 된 5백여 명의 문학인들의 간절한 소망과 1986년 함부르크 국제펜대회의 긴급결의가 묵살되었다.

이후에도 작가회의측에서는 석탄일·제헌절 등 사면기회를 맞아 수차례에 걸쳐 성명서·결의문 등을 발표했고, 투옥문인을 위한 문학행사를 꾸준히 열면서 관계당국에 이들의 석방을 촉구해왔다. 그사이 국내문학인 탄압사례를 전해들은 미국펜본부 등 해외문학단체 등에서도 김남주 시인을 비롯 이산하, 김현장 씨 등의 석방을 위해 노태우 대통령에게 탄원서를 제출하기도 했으나, 이들의 석방은 8·15 광복절특사 기회에서 펜대회 개최 직전까지 이루어지지 않았다.

게다가 최근에 와서는 국내외의 이같은 구속문인 석방운동이 고조되고 있는 가운데 극작가 주인석 씨를 다시 국가보안법이라는 올가미에 씌워 구속시켰다. 또 서울국제펜대회를 3일 앞둔 지난 8월 26일에는 이산하 시인의 상고심에서 다시 1년 6개월의 징역을 확정시켰다.

정부의 이같은 태도는 한편으로 허울 좋은 국제펜대회를 열면서도 국민의 기본권인 표현의 자유를 말살시키려는 처사이며, 참된 민주화를 구체화시키기는커녕 우리 문학인들을 과거 정권을 탈취한 권력자들이 자신의 정권을 유지시키기 위해 만든 국가보안법이라는 악법으로 끊임없이 구속하려는 증거로 비쳤다.

정부는 또 이번 서울국제펜대회에 사상과 체제와 이념을 달리하는 동구라파와 중국·소련의 작가들까지 초청했다. 그러면서도 우리 국내 작가들 중 정치적 신념이 다르다 하여 이들을 계속 감옥에 가두어 두는 것은 이번 펜대회가 허구에 찬 대회임을 스스로 노정하는 것과 다를 바가 없었다.

이에 민족문학작가회의 측에서는 이들 문학인들을 지속적으로 감옥에 가두어 둔 채 개최되는 서울국제펜대회가 국제펜의 기본정신인 문학과 표현의 자유에도 어긋나는 일이며 이것이 전 세계의 자유를 사랑하는 모든 문학인들에 대한 모독임을 천명하고, 따로 지난 9월 1일 여의도 백인회관에서 '88서울국제펜대회'에 불참을 선언했던 것이다.

이번 서울국제펜대회 기간중 최대의 파란을 일으킨 민족문학작가회의의 '88서울민족문학제'는 다양한 내용으로 뜻깊게 개최되었다.

약 천여 명에 달하는 참석자가 모인 이번 행사에는 서울국제펜대회에 참가한 많은 외국문인들이 특별히 참석해 눈길을 끌었다. 모든 참가자들이 한국의 민주화와 통일을 열망하는 노래를 함께 부르면서 시작된 이 행사에는 타율적인 민족분단 문제를 자주적으로 성취하고 이 땅의 민주화와 통일을 위해 이 행사를 개최한다는 '88서울민족문학제 개회선언'이 있었고 구속문인들의 시와 편지낭독이 있었다. 2부 행사는 밀려드는 참가자들을 미처 다 수용하지 못해 한강고수부지로 나가 신나는 마당굿을 펼치면서 구속문인들의 석방을 강력히 촉구하고, 표현의 자유가 민주주의의 진정한 기초의 하나임을 확인하며 자주적 민족통일을 위해 우리 문학의 진정한 상속자로서 세계문학의 진보적 흐름에 당당히 참여할 것을 밝히는 '88서울민족문학선언'을 채택했다.

밤 12시까지 이어진 행사에 참석한 해외문인들은 서울국제펜대회가 국제펜본부의 창립정신과는 달리 겉치레만 번듯하고 한국의 권력집단에 이용되는 인상을 받은 것에 비해 '88서울민족문학제'는 한국의 뜻 깊은 행사였고 한국에 있어서 통일된 민주사회를 이룩하고 떳떳한 민족문화를 꽃피우려는 열망이 담긴 신명나는 대회였다고 말했다. 그들은 또 분단된 한국에 있어서의 민족문학작가회의의 문학운동이 바로 참된 문학운동이라고 밝히고 민족문학작가회의와 지속적인 유대를 맺어나가기를 원했다.

이제 국내의 문학인들의 화제가 되었던 제52차 서울국제펜대회가 끝났다. 그러나 수많은 문학인들의 뜨거운 관심이 된 투옥문인들은 여전히 0.7평이라는 숨막히는 감옥에 갇혀 있다. 그들은 책도 신문도 읽을 수 없는 고통 속에서 그들의 생명이나 다를 바 없는 펜조차 빼앗겨 집필 허가마저 거부되고 있다.

이는 두말할 것도 없이 한국의 참담한 문한풍토를 여실히 드러내는 증거가 된다. 돌이켜 볼 때 이 땅에는 진정한 문학을 가로막는 독소가 너무나 많다. 우선 문학에 있어서의 가장 기본이 되는 표현의 자유가 말살되고 사상의 자유가 보장되지 않는다. 어느 한 작가가 자신의 신념으로 작품을 썼을 때 그것이 우선 당국에 의해 비판되고 검토된다. 그리고 그것이 법이라는 이름으로 제재되고 구속된다. 그 뿐 아니라 문학활동에 있어 '이와 입술'의 관계라고 할 수 있는 출판풍토가 또한 출판악법으로 위축되어 있다.

이러한 가운데 수많은 문학인들이 우리의 현실을 왜곡하고 외면한다. 또 이들 문인들은 쉽사리 자기에게 부여된 고유한 사명을 망각하고 올바른 작가정신을 굴절시킨다.

다시 한 번 살피건대 우리의 현실은 너무나 험난하다. 이미 작가회의가 주최한 '88서울민족문학제'의 선언에 표현되었듯이 우리 땅을 조이는 냉전체제는 여전히 완강하다. 이 냉엄한 국제적 환경 속에서 우리 민족의 주체적 생존을 보위하기 위해 내부 문제의 민주적 해결이 무엇보다 절실한 형편이나 유신독재의 재편에 불과한 현 정권은 6월 항쟁 이후 광범위한 국민적 합의인 민주화의 약속을 이행치 않고 있다. 이 속에서 최근 우리 사회는 통일에의 열망이 그 어느 때

보다 뜨겁게 분출되는 실정이다. 오늘의 이같은 현실 속에 과연 참된 작가라면 어떤 태도를 보여주어야 하는가?

많은 문학인들의 기대와는 달리 실망 속에 끝난 이번 서울국제펜 대회가 우리에게 이같은 질문을 진지하게 제기했다.

말 1988

민예총 창립과 민족문학작가회의

지난 11월 26일 서울 여의도 여성백인회관 6층 대강당에서 한국민족예술인총연합(약칭: 민예총) 결성을 위한 발기인 대회가 열렸다.

고은·백낙청·김규동·구중서·김지하·신경림·황석영 등 문학인 153명. 원동석·주재환·김윤수·김용태·신학철·여운 등 미술인 185명. 오종우·김석민·임진택·김명곤 등 극예술인 149명. 정지영·장길수·이미례·이장호·장선우·이세룡 등 영화인 102명. 이강숙·강준일·이건용·김창남·김민희 등 음악인 123명. 채희완·강혜숙·김채현·오세란 등 건축인 37명. 박용수·최민식·여균동 등 사진작가 23명 등 도합 838명의 예술인들이 뜻을 같이한 이 민예총 발기인 대회에는 이들 발기인들 중 과반수 이상이 참여해 뜨거운 열기를 보였다.

이 민예총 발기인 대회는 소설가 황석영 씨의 사회로 열렸는데 시인 김규동 씨가 임시 대회장을 맡았다. 민주의례와 기회선언, 경과보고, 발기선언문 낭독, 발기인 명단발표, 격려사, 준비위원선출, 폐회사 등으로 치러진 이 행사는 기존의 한국예술문화단체총연합(약칭: 예총)에 대응하는 새로운 단체의 결성을 바라보는 국민들의 기대가 지대하다.

따라서 이 단체는 곧 구체적인 골격을 갖추고 창립대회를 가질 계획이다. 발기인대회에 미처 서명하지 못한 예술인들이 창립총회 때까지 더 많이 참여하겠다는 의사를 표명하고 있는데 이렇게 될 때 새로 출발하는 민예총은 실로 기존에 있어왔던 예총의 존재를 위협하는 단체가 될 것이 분명하다.

그렇다면 기존의 예총이 존재하고 있는 터에 민예총이라는 새로운 단체가 생겨나야 하는 필연성은 무엇인가. 이 단체가 이 시점에서 출발되어야 하는 이유는 어디에 있는가. 이 단체를 결성하는 뜻은 어디에 있고 이 단체가 지향하는 목적은 무엇인가. 이에 대한 궁금증을 해소하기 위해서는 무엇보다도 기존의 예총에 모아졌던 부정적 시각부터 되새겨 보아야 할 필요성을 느낀다.

주지하다시피 민예총에 앞서 존재해왔던 예총은 1961년 5·16군사 쿠테타 이후에 창립되어 오늘에 이르기까지 문학, 미술, 음악, 예술 등 모든 예술 분야를 망라하여 5만 3천 명의 회원을 거느리고 있다. 예산은 1차적으로 회원들의 회비로 충당되나 그 절대적 부분이 정부의 막대한 재정적 지원으로 충당된다. 예총의 창립 목적은 예총의 정관 2항에 명기되어 있듯이 모든 예술인들의 권익을 옹호함에 있다. 그러나 예총은 이같은 창립 취지와는 달리 이 땅의 모든 예술인들의 기대에 부응하지 못했다는 비판을 받았다.

민예총의 창립의 필연성

그 구체적인 예로 1987년 봄 폭력으로 집권하고 부패로 얼룩져왔던 군사정권이 영구독재를 획책하는 4·13 호헌조치 선언을 했을 때 그에 대한 지지성명을 남 먼저 보냈고 문화예술인들의 대표라는 지위로 정부 각료나 국회의원에 진출하는 발판으로 이용했다. 따라서 이 단체를 결국 독재정권과 그 문화예술정책의 충실한 하수인 노릇만 하게 만들었다.

이같은 예총의 파행이 바로 그에 대응하는 새로운 단체인 민예총이 창립되는 필연성이 되었다.

여기서 우리는 또 왜 이 단체가 1988년이라는 시점에서 창립되는지를 살펴야 한다. 민예총 발기선언문에는 그 당위성을 현재 이 땅에서 분출되는 민족통일운동과 민주화를 위한 진통에 근거를 두고 있다. 최근 우리 사회는 그 어느 때보다 민주화와 통일에 대한 열기로 가득 차 있다. 이는 8년 전 광주항쟁으로부터 연유한 모든 민중적 역량의 총체적 소산으로서 우리 사회의 흐름을 새로운 역사로 바꾸기 위한 열기라고 보아야 옳을 것이다. 그러나 정부는 오늘날의 이같은 민주화와 통일에의 불길 같은 국민적 요구에 제대로 부응하지 못하고 있으며 마지못해 개량하는 시늉만 하고 있을 뿐이다. 따라서 실질적이고 제도적인 장치는 거의 달라지지 않고 예술정책 자체는 외세와 그 추종세력인 독재정권의 통치에 적합하게 구성되어 있는 설정이다.

여기서 우리는 민예총 발기인들이 그 선언문을 통해 작금의 우리 문화풍조를 어떻게 보고 있는지 살펴야 한다. 거기에 드러난 이들의 진단은 암울하다. 남한 단정수립이래 민간독재와 두 번의 군사독재를 거치는 동안 당대 사회와 민중사에 연결된 예술의 소재나 표현 영역이 제한되어 왔다고 밝힌다. 또 함께 살아가는 사람들의 삶의 문제와는 아무런 상관도 없는 혼자만의 감상이나 다른 잘사는 나라들의 편협한 이념, 서구 상업주의 문화를 흉내 내고 번성시키는 행위만이 활개치게 되었다고 지적했다. 이와 함께 이 땅에 숱하게 생겨났던 예술인 단체들이 관의 비호와 지원과 관리를 받아오며 대중의 자발적이고 주체적인 예술에 대한 감수성을 차단시켜 자라나는 예술지망생들의 창조력을 저해하고 예술 교육은 반민족이거나 반민주적으로 왜곡되어 새로운 세대에게 그릇된 예술관을 형성시켰다고 지적했다.

참된 민주화·자주적인 통일 열망

이에 국토가 둘로 갈라진 비극을 그 누구보다도 철저히 인식하고 조국이 참된 민주화와 자주적 통일을 열망하는 문화예술인들이 이에 대한 주체적 노력을 기울여야 하는 바로 이 시점에서 보다 자유로운 예술창조의 조건을 마련하고 예술인의 권익을 지키는 이상적인 모임을 만들기 위해 이 단체의 결성을 발기하기에 이르렀던 것이다.

이런 의욕과 사명을 지닌 민예총은 그 발기선언문에 많은 포부를 개진했다. 우선 민예총이 당면사업으로 구상하는 사업을 크게 세 가지로 들 수 있다. 하나는 민족예술진흥사업이고 또 하나는 회원들의 권익사업이며 나머지 하나는 해외교류사업이다.

민족예술진흥사업에는,

1. 민족예술작품의 창작 및 보급 2. 민족예술연구 및 발표 3. 민족

예술제 개최 4. 민족예술기관지 및 종합예술지 발행 5. 민족예술학교 건설 6. 예술행정 및 정책에 대한 비판과 대안 제시 등을 꼽는다.

회원권익사업에는 1. 공연법·출판법·음반법·영화법·문화예술진흥법 등 예술관계법 개 2. 예술창작과 표현활동 탄압에 대한 대처 3. 문화예술 진흥비 지분확보 4. 문화예술인 여권 발급추진 5. 예술인 의료보험 및 신용조합개설 6. 민족예술회관 건립 등이 명기되었다.

해외 교류사업은 1. 남북문화예술교류 2. 2백만 재외동포와 문화예술교류 3. 해외문화예술교류 등이다.

이같은 사업들은 오늘날의 한국의 예술적 현실에서 무엇보다도 필요한 일들이며 반드시 추진되고 실시되어야 할 당위성을 지닌다. 특히 예술행정 및 정책에 대한 비판 및 대안제시는 기존의 관 비호를 받는 예총이 감당하지 못하는 몫이며 출판·공연·음반·영화·문화예술 진흥법 개정 또한 제도권 문화예술단체들이 본질적으로 발의조차 할 수 없는 일일 것이다. 게다가 남북문화예술 및 재외·해외 문화예술교류 조차도 보수적 체제 속에서 안일에 젖어 있는 예총과 같은 단체에서 실질적으로 기대할 수 없는 사업이라 할 수 있다. 물론 예총에서도 해외문화예술교류 등에 대해서는 제한된 부분을 시도한 적이 있다고 하나 어디까지나 한국 전체 예술에 대한 통시적 안목에서 추진된 것이 아니고 보수적 예술인들의 작품을 중심으로 편파적으로 소개되었던 것이 사실이다. 이에 새로 창립될 민예총이 이 의욕적인 사업을 확고한 조직력과 추진력을 바탕으로 구체화시킬 때 민예총의 진정한 위상이 정립된 터이지만 우선 그 청사진이라 할 수 있는 사업계획에서 예총이 담당하지 못했던 몫을 책임지는 든든함을 보인다.

민족문학작가회의가 그 구심점

　그런데 여기서 한 가지 특기할 것은 이 민예총이 발기되기까지 앞에서 기술한 838명의 민족예술인들의 개별적 노력이 우선되었던 것은 틀림없는 일이나 실제적으로 이 단체가 골격을 드러내기까지는 지난 70년대 이후에 출범했던 소위 비제도권의 문화예술인 단체들이 밑받침이 되었다는 사실이다. 그 단체들은 바로 민족미술인들의 집합체인 민중미술협의회와 민족문학인들의 모임인 민족문학작가회의 그리고 민족극예술인들의 소집단들인 많은 연희패 등일 것이다. 이들 단체들은 이 땅의 자유와 민주화를 위해 그리고 민족과 민중에 뿌리 박은 참된 예술을 이루기 위해 험난한 길을 걸어온 단체들이다. 이들 단체 중의 하나이며 이번 민예총이 새롭게 추진하는 남북문학인교류 등을 이미 지난 7월 최초로 재창하여 기존의 제도권적 문화예술단체에 충격을 준 바 있다.

　어쨌든 민예총의 발기를 계기로 우리에게 떠오르는 것은 예술문화 단체가 누구를 위해 무엇을 해야 하고 왜 존재해야 하는가 하는 점이다. 모든 분야 838명의 예술인들이 커다란 사명의식을 가지고 서로 힘을 합쳐 이 땅의 참된 민주문화를 이루어 내고 통일을 향한 민주 변혁기에 참다운 제몫을 다할 때 민예총은 모든 국민들의 사랑과 지지를 받을 것은 분명하다.

1989년

문화 정책의 양면성

지난해 연말 서울 안국동 로터리에 있는 어느 조그만 화랑에서 참으로 이색적인 전시회가 열렸다. 바로 민족문학작가회의 회관 건립 기금을 위한 전시회였다. 흔히 전시회라면 서양화면 서양화, 동양화면 동양화 혹은 글씨면 글씨 등 한 가지 분야의 예술품들이 개인전, 그룹전 등의 형태로 열리는 것이 상례이나 민족문학작가회의라는 단체에서 주최한 이 전시회는 여타의 전시회와는 달리 서화, 도예, 사진 등 여러 분야의 작품들을 한데 모아 전시회를 한 것이 특색이었다.

이 전시회에 출품된 작품들을 살펴보면 작가회의 회원들이 스스로 출품한 글씨와 그림이 있었으며 그들이 소장했던 서화도 있었다. 그리고 또 한 가지 특색은 이 전시회에 많은 화가들이 찬조출품을 해 주었다는 점이다. 이들 화가들은 그들이 직접 그린 그림도 찬조해 주었으며 도자기에 문인들의 글씨와 함께 그림을 그려 넣기도 했다. 그리고 조각품도 찬조되었고 사진작품도 출품되었다.

그렇다면 왜 이 특이하다 할 수 있고 궁색하다고도 할 수 있는 이 전시회가 작가회의 회관건립기금 마련이라는 수식어를 달고 을씨년스러운 계절에 열려야 했는지 그 속사정을 아는 사람은 드물었다.

주지하다시피 민족문학작가회의는 우리나라의 2대 문학단체 중에 하나의 단체다. 우리나라에는 문학단체로서 한국문인협회라는 단체가 있고 바로 이 전시회를 열었던 민족문학작가회의라는 단체가 있는 것이다. 그런데 바로 이 민족문학작가회의는 지난 1974년 이 땅의 자유와 민주화를 위해 험난한 길을 걸어온 전 자유실천문인협의회를 모체로 결성된 단체이다. 현재 이 단체는 서울 마포에 사무실을 두고 500여 명 이상의 회원을 거느리고 있다. 이들 작가회의 회원들은 문학을 통해 우리가 살아가는 이 땅이 보다 나은 곳으로 바뀌기를 소망하고 조국의 참다운 민주화와 자주적 통일이 이뤄지기를 꿈꾸는 문인들이다. 그러나 이 단체 회원들이 자주 비민주적 독재정권에 대항해 싸워왔던 관계로 보이지 않는 제약을 받았고 숱한 회원들이 투옥되기도 했다. 이런 연유로 이 단체는 14년이라는 역사를 통해 지금쯤은 당연히 지녀야 할 사무실조차 제대로 지니지 못한 채 좁디좁은 평수의 낡은 건물에 월세로 사무실을 빌려 쓰며 오늘에 이르렀던 것이다.

그런데 최근 이 단체가 월세로 세 들어 있는 건물주로부터 사무실을 비워달라는 요구를 받았다. 아마도 건물주 자신이 어떤 경로에서 모종의 압박을 받고 있는지는 모르는 일이나 갑자기 사무실을 비울 수밖에 없는 작가회의로서는 난처한 경우가 아닐 수 없었다.

이에 회원들이 모여 뜻을 모은 결과, 회원들 중 서화 솜씨가 있는 분들이 글씨와 그림을 내고, 또 어느 도예가의 찬조를 받아 도자기에 회원들이 직접 시를 써넣어 전시회를 열기로 했던 것이다. 이같은 소식이 전해지자 평소 이 단체와 뜻을 같이하는 많은 화가들이 이 전시회에 동조하여 그들의 그림을 무상으로 출품해 주고 또 도자기에 그림까지 그려 작가회의 회관설립기금마련을 위한 전시회라 이름붙인 이 전시회 개최를 도왔던 것이다.

여기서 우리는 이 일을 통해 한 가지 씁쓰레한 생각을 근본적으로 떠올리지 않을 수 없다. 그것은 바로 당국의 문화정책의 양면성과 편파성이다.

여기서 필자는 구차하게도 한국문인협회와 이번에 자력으로 사무실을 마련하기 위해 전시회를 개최했던 민족문학작가회의의 처지를 상대적으로 비교해 볼 필요성은 느끼지 않는다. 그러나 한 가지 분명한 것은 한국문인협회의 1년 예산이 수십억 원에 달한다는 사실과 이에 대한 재정확보가 정부당국의 막대한 재정적 지원으로 이루어진다는 점이다.

과거 우리나라 역대 정권들은 정부당국의 뜻에 맞지 않는 예술가 및 예술단체를 교묘하게 통제하고 억압해 왔으며 그들에게 불이익이 돌아가도록 조치해 온 것은 익히 알려진 바이다. 반면 정부당국자들은 그들의 추종세력들에게는 파격적인 혜택을 베풀어 주었고 또 이 일을 지속적으로 추진하고 있다는 점이다.

다행히 이번에 전시회를 개최했던 민족문학작가회의가 여러 뜻있는 분들의 도움으로 궁색하지만 조그만 사무실을 하나 전세 낼 수 있게 된 것을 참으로 다행으로 여기면서 정부당국의 문화정책이 모든

예술인들이 자유롭고 균등하게 예술창조에 전념할 수 있는 토대를
마련할 수 있도록 개선되기를 다시 한 번 촉구하는 바이다.

1989년

예술인들이 자유롭고 균등하게 예술창조에 전념할 수 있는 토대를
마련할 수 있도록 개선되기를 다시 한 번 촉구하는 바이다.

제3부

김남주의 석방과 사상의 자유

김남주 시인이 석방되었다. 1946년 전남 해남에서 출생해 광주일고와 전남대를 거쳐 1974년 『창작과 비평』 여름호에 「잿더미」 등 8편의 시를 발표하고 문단에 등단한 그는 1979년 소위 '남민전사건'에 연루되어 구속된 후 징역 15년의 중형을 받아 전주교도소에 수감되어 있던 중 지난 12월 22일 대통령 특사로 잔여형기 집행을 면제받아 출감했다.

해방 이후 문학인으로서 가장 긴 기간이라 할 수 있는 장장 9년 2개월의 옥고를 치르고 석방된 김남주 시인은 구속되기 전 팽팽하고 싱싱하던 홍안은 간 곳 없고 머리가 허옇게 세어있어 감옥에서의 그간의 고초를 실감할 수 있었다.

이번에 남민전 사건 관련자 대부분이 석방되어 겉으로는 일단락이 지어졌다 할 수 있는 이 사건은 유신독재정권이 그 정권을 연장하기 위해 조작한 사건이라는 항간의 주장도 무성하여 이에 대한 역사적 진실은 추후에 밝혀질 것이다.

익히 알다시피 남민전 사건은 문학의 표현 자유와 연관된 사건은 아니었다.

그러나 이 사건은 시인 김남주 씨가 관련되어 있음으로 해서 문학인들에게 지대한 관심이 되었으며 문학에 있어서의 양심의 문제와 실천의 문제를 동시에 제기하는 계기가 되었다.

특히 김남주 시인은 문단에 등단하기 전 대학시절에 소위 10월 유신이 선포되자 반유신운동의 지하신문 「함성」지를 제작하여 전국에 배포하는 등 부도덕한 정권에 대항해 싸운 적이 있었으며, 문단 등단 이후에는 고향 해남에 귀향하여 '해남농민회'를 결성하여 농민운동에 전념했다. 이같은 그의 행적은 문학이 당대의 현실에 깊이 참여하고 참된 역사창조에 기여해야 한다는 그의 문학관을 실천으로 뒷받침하는 행동이라 할 수 있는 것이었다.

여기서 우리는 다시 한 번 남민전 사건에 대한 역사적 평가가 서둘러 정정되어야 한다고 믿는 바이지만 김남주 시인이 남민전에 관련된 사실 자체는 앞에서 언급한 그의 문학적 양심과 실천에 바탕을 두었다는 점은 명확한 사실이다.

김남주 시인이 구속된 이후 이 시인 석방운동은 거셌다. 김남주 석방운동은 현재의 '민족문학작가회의' 전신이었던 '자유실천문인협의회'로부터 시작되었다. '자실'은 기관지 「민족의 문학, 민중의 문학」 등에 김남주 시인의 시특집을 마련하는 한편 각종 성명서를 발표하고 문학인들의 탄원서를 작성하여 관계기관에 그의 석방을 호소했다. 또 1984년 12월 그의 첫 시집이 출간되자 광주에서 재야 문화 4

개 단체 등이 합동으로 출판기념회를 개최했고 그의 석방을 요구하는 성명을 발표했다. 이어 1986년 독일 함부르크에서 열린 세계펜대회에서는 세계 각국에서 참가한 문인대표들이 그의 석방촉구를 긴급 결의했고, 급기야는 한국에서 개최될 88년 서울국제펜대회를, 김남주를 비롯한 투옥작가를 문제 삼아 취소하자는 의견도 대두되었다.

이같은 김남주 석방운동은 1987년 9월 17일 '자유실천문인협의회'가 '민족문학작가회의'로 확대개편되면서 더욱 활발해졌다.

민족문학작가회의는 창립당일 김남주 등 '양심수 석방을 촉구하며'라는 결의문을 채택해 김남주의 즉각 석방과 문학적 복권을 정부 당국에 강력히 촉구했으며 1988년 2월에는 범문학인 5백여 명의 연명으로 '구속문인 김남주 시인의 석방을 촉구함'이라는 탄원서를 작성해 법무장관을 비롯한 관계기관에 제출했다.

이같은 문학인들의 뜨거운 석방운동에도 불구하고 김남주 시인은 작년 2월 27일에 있었던 사면복권조치에도 포함되지 않았다. 이후 민족문학작가회의는 1988년 3월 18일 다시 김남주 석방을 촉구하는 성명서를 자유실천위원회 명의로 발표하여 남민전 사건에 연루되어 옥고를 치르고 있는 김남주 시인이 유신독재에 문학과 행동을 통해서 온몸으로 저항한 우리 모두의 양심의 표상임을 강조하고 문학의 표현과 사상의 자유와 함께 이 시인을 즉시 석방하라 요구했다.

이같은 국내문학인들의 거센 김남주 석방운동은 외국 문학단체에도 파급되어 김남주 시인의 석방운동이 활발하게 벌어졌다. 특히 미국펜클럽본부와 국제펜클럽본부 등에서 지대한 관심을 갖고 김남주 석방운동을 벌였는데 그 구체적인 예가 1988년 3월 25일 미국펜본부 2천 1백 명의 문인을 대표하여 미국펜클럽 본부회장 수잔 손탁Susan

Sontag 씨 명의와 국제펜클럽 부회장 아서 밀러Arthur Miller 씨 명의로 노태우 대통령에게 보낸 미국펜클럽의 서한이었다. 이 서한에서는 김남주 시인이 미국펜클럽의 명예회원으로 추대되었다는 사실을 밝히고 한국의 대표적 시인이자 양심범인 김남주 씨를 조속히 석방하여 1988년 8월에 개최된 국제펜대회에서 자유로운 시민이자 동료로서 만날 수 있기를 요망했다.

국내외의 이같은 김남주 석방운동에도 불구하고 김남주 시인은 1988년 8월 서울국제펜대회 때까지도 끝내 석방되지 않았고 드디어 서울에서 개최된 제52차 서울국제대회에서는 투옥문인석방문제가 정식으로 거론되어 세계각국의 양심적 문인들의 비난을 받았다.

이에 민족문학작가회의에서는 김남주 시인을 비롯한 문학인들을 감옥에 가두어 둔 채 개최되는 제52차 국제펜대회는 국제펜대회의 기본정신인 문학의 표현과 사상의 자유에도 어긋나며 이것이 전세계의 자유를 사랑하는 모든 문학인들에 대한 모독임을 천명하고, 서울국제펜대회에 불참하는 대신 '88서울민족문화제'를 열어 김남주 시인의 석방을 강력히 촉구했다. 이 행사는 전세계적으로 파문을 불러일으켰고 다시 한 번 김남주 시인의 석방문제가 커다란 화제가 되었다.

이후에는 민족문학작가회의에서 기회있을 때마다 김남주 시인의 석방을 촉구하는 대회를 개최하고 성명서를 발표해 왔다.

이같은 유례없는 국내외 문학인들의 뜨거운 노력은 당연히 김남주가 시인으로서 보여준 도덕성과 문학적 실천력을 높이 평가하는 것으로서 드디어 지난 12월 22일 노태우 대통령의 특사에 의해 김남주 시인의 석방을 가져오게 했다. 물론 김남주 시인의 석방은 이 땅의 거센 민주화운동의 결실이며 국민적 지지기반이 부족한 현정권의 개량국면적 방편에 의한 결과라고 할 수 있다.

어쨌든 9년 2개월이라는 긴 옥고를 겪고 출감한 김남주 시인은 개인적으로는 인생에 있어서 가장 소중한 황금기를 감옥에서 보낸 불행한 과거를 지니게 되었다. 그러나 문학인으로서의 김남주 시인은 우리 문학사에 있어서 문학적 양심과 실천이라는 문제를 온몸으로 증거해 줌으로써 떳떳한 문인으로 기록되었다.

이제 김남주 시인이 석방된 오늘 우리에게 다시 한 번 떠오르는 문제점은 무엇인가.

그것은 첫째로 문학에 있어서의 양심의 문제와 실천의 문제에 대한 평가다. 과거 우리의 역사적 전통을 살펴보면 문학이 당대의 현실에 깊이있게 참여하고 이를 통해 역사발전에 기여해야 한다는 당위성을 피력하며 행동으로 이를 실천한 예가 많았다.

반면 우리 문학풍토에는 문학이 현실에 초연한 그 무엇이라는 인식 아래 순수성을 추구하는 문학인들이 많다. 또 문학이 당대의 현실을 깊이있게 수용하고 이를 통해 우리 모두의 삶이 보다 나은 내일로 이어져야 한다는 당위성은 인정하나 그것은 어디까지나 창작활동 자체로 한정되어야 하고 행동으로까지 전이되는 것은 바람직하지 못하다는 주장도 있다.

이같은 태도는 문학인 각자의 신념에 따라 결정될 터이나 김남주 시인의 석방을 계기로 이같은 문제점이 새롭게 논의되고 토론될 것이다.

또 한가지 김남주 시인의 석방을 계기로 제기되는 문제점은 정부의 입장이다. 지금까지 정부는 표현의 자유에 강압적 규제를 취했다. 특히 문학작품에 체제문제나 민주화문제, 광주문제 등이 소재가 되면 더욱 더 심한 조처를 취해 왔다. 소위 정권연장을 위해 제정된 반민주적 악법을 적용하여 문학인을 구속하고, 그들의 문학작품을 판금하는 등의 억압적인 조처를 취해 온 것이다.

그러나 이러한 조처는 결국 김남주 시인의 경우에서처럼 수많은 문학인들의 저항을 받았고 대외적으로 국가의 위신을 손상시키는 원인이 되었다.

이제 앞으로 우리 사회는 민주화에 대한 국민적 요구가 폭넓게 확산되는 추세에 있고 통일에 대한 열망도 그 어느 때 보다 고조되어 있다.

이러한 사회적 배경에서 문학인들은 이제 문학에 있어서 완전한 표현의 자유를 요구하기 이르렀고 나아가서는 사상의 자유까지 요구하게 되었다. 그렇다면 문학에 있어서의 표현의 자유를 어디까지 용인 할 것인가.

9년이 넘게 감옥생활을 하고 우리 곁에 돌아온 김남주 시인의 석방을 계기로 이같은 문제가 다시금 제기된다 하겠다.

1989년

한겨레신문 창간후의
반응 및 평가, 전망

'한겨레신문'이 많은 국민들의 관심 속에 창간되었다. 다 아는 바와 같이 이 신문은 지난 75년 봄 유신치하와 80년 민정당의 집권과정에서 이 땅의 자유언론을 위해 싸우다가 해고되고 투옥된 9백여 명의 기자들이 중심이 되었다. 권력과 자본으로부터 완전 독립, 국민들의 편에 서서 그야말로 참된 신문을 만들어 보겠다는 일념으로 출범한 이 신문은 언론사상 유례없는 범국민적 모금으로 창간된 것이 특색이다. 지난해 가을 이 신문의 창간을 발기하고 5월 15일 드디어 창간호를 보게 되기까지 '정기간행물 등록에 관한 법률'에 따라 당연히 교부되어야 할 등록증 교부가 당국에 의해 지연이 되는 등 우여곡절을 겪었고, 창간에 앞서 발간되었던 소식지를 통해 신문용지, 잉크 확보계약의 어려움과 윤전기 도입의 난관, 열차수송 계약체결 및 신문수송을 위한 3종우편물 인가신청 방해 등 숱한 제약이 보도되자 참된 언론을 갈망하는 국민들의 분노와 함께 더욱 큰 관심의 대상이 되었다.

무엇보다 이 신문 발간소식이 국민들의 폭넓은 관심대상이 되었던 것은 지난 시절 우리 국민들이 소위 '제도언론'이라는 기존 신문들에 대한 식상과 불만도 큰 몫을 차지했다.

돌이켜보면 작금의 우리 언론풍토는 한심한 것이었다. 양적으로 이 땅에는 발간부수 백만을 자랑하는 신문들도 여러 개 있고 97%의 보급률을 자랑하는 텔레비전을 비롯해 전국 방방곡곡에 미치는 방송망과 발간 부수 수십만 부가 넘는 잡지 등 수많은 언론매체를 지니고 있다. 이들 언론매체들의 말로는 특정계층 이익집단에 봉사하지 않고 중립을 지키고 국민들에게 알 권리를 심어준다고 공표하나 실상은 그 반대였던 것을 우리는 잘 알고 있었다. 과거 일제통치 밑에서 이 땅의 언론은 외세의 억압으로 민족언론 구실을 못했고 5·16 군사쿠데타 이후 지금까지 부당하게 권력을 장악한 권력집단이 자신들의 치부를 가리고 국민들의 의식을 마비시킬 목적으로 언론을 교묘하게 통제해 왔던 것이다. 80년대에 들어와서는 언론기본법이라는 악법이 만들어져 하루하루 발간되는 신문에 소위 '보도지침'이라는 방침이 하달되어 참된 언론의 숨통을 눌렀다. 그 결과 언론들은 스스로의 자율성을 잃었고 이에 종사하는 언론인들조차 언론자유를 위해 용기있는 저항을 보여주지 못했다.

권력집단이 이렇듯 언론을 장악하고 있는 풍토 아래서는 진정한 민주화가 이루어 질 수 없고 남과 북으로 갈리어진 조국이 40년이 지나도 민족통일을 이룰 수 없는 것이다.

이런 상황 속에서 지금까지 신문내용을 완전 통제하고 조종하던 당국의 '보도지침'과 같은 관행을 따르지 않고 신문이 국가와 국민을 위해 있는 것이라는 인식에 철저하려는 한겨레신문의 등장 의의는 지대한 것이었고 이같은 제작방침을 전해 들은 국민들이 이 신문에 거는 기대가 유독 큰 것은 당연했다. 또 이 신문이 기존의 신문들이 지녔던 큰 병폐 중의 하나인 온갖 왜곡보도를 지양하고 사실의 원인과 결과를 다함께 밝히고 사회의 부조리를 널리 파헤치며 깊이 있게 추적하리라는 데 독자들은 공감하고 박수를 보냈다.

이밖에도 이 신문은 진실로 이 나라가 민주화하고 남북이 하나로 합쳐져 통일이 실현되는 밑거름이 될 것을 다짐하는 태도에서 많은 지식층들의 공감을 얻었던 것이다. 결론적으로 말하자면 한겨레신문이 이 땅의 언론매체가 부족한 데서 출발한 것이 아니고 국민의 목소리와 민족의 양심을 대변하는 바르고 용기있는 언론의 부재에 대한 안타까운 현실에서 그 출간의 배경을 마련했던 것이다.

이제 이 신문이 창간되고 반 달이 지났다. 반 달이라면 이제 지령 13-14호. 어리디 어린 신문이다. 그러나 '될 성부른 나무는 떡잎부터 안다'라는 속담이 있듯이 이렇듯 짧은 지령에도 불구하고 이 신문이 그동안 기회가 있을 때마다 밝혔던 제작방침을 어기지 않고 지켜나가는 모습에서 어느 정도 우리의 기대를 충족시켜 주고 있다고 할 수 있겠다. 그러나 냉철한 시각으로 자주언론을 향해 첫 발걸음을 내디딘 이 신문이 몇 가지 점에 있어서 독자들의 기대에 부응하지 못하는 것을 간과해서는 안 된다.

그것은 첫째 이 신문이 대중성에 결여에서 오는 미흡점이다. 신문의 독자층이 광범위하고 특정계층만이 아니라는 점을 염두에 둘 때 일반대중들의 관심이 되고 있는 스포츠에 대한 기사가 전혀 게재되지 않고 있고 주식시세표 등 중산층들의 관심이 되고 있는 기사들이 배제되고 있다. 짐작컨대 한겨레신문의 이같은 제작태도는 스포츠가 그동안 88올림픽을 앞세워 독재정권 유지에 한몫을 차지했고 그것으로 하여금 국민들의 의식을 잠재우고 마비시킨 구실을 한 데 대한 거부일 지도 모른다. 그러나 스포츠의 본래 기능이 그것만이 아닐 진데 이 부분에 대한 보도의 외면이 기존의 제도언론지와의 경쟁에 취약점이 되고 일반 독자들로 하여금 읽을거리 제공과 정보전달을 차단하게 만든다.

또 이 신문은 기존의 막대한 발간부수를 지닌 여타 신문에 비겨 신속성이 결여되고 있다. 국내기사를 다룰 때는 그런대로 사건의 결과와 원인을 소상히 밝혀 신문보도의 제일의 생명인 신속성이 뒤지지 않다고 느껴지나 해외기사 취급에 있어서는 뉴스의 양도 부족하고 속보성도 뒤떨어진다. 새로 출범한 이 신문이 미처 해외지점망과 해외통신사 신문사들과의 특약관계가 다 이루어지지 않은 탓도 있겠지만 이런 점이 이 신문의 증면과 함께 개선되어야 마땅하다.

이밖에도 이 신문이 이 신문의 윤리강령에도 나타난 바대로 '불의와 부정에 대한 비판자로서 봉사하며 정치권력 등에 대한 인권침해를 파헤친다'에 지나치게 구속된 나머지 너무 운동권신문으로 치우친 인상도 지울 수 없다. 신문이 불의와 부정을 파헤치고 사실을 보도하는 것만큼 중요한 것은 없는 것이지만 참된 민족언론지로서의 한겨레신문이 대의에 바탕을 둔 한 차원 높은 논조를 펴기 바란다.

마지막으로 지적할 것은 이 신문의 편집미숙이다. 기사를 가로로 조판하는 것은 과학적이고 세로 조판에 비겨 동일 시간 안에 독서량도 증대된다는 것을 알고 있어 바람직하다. 그러나 과거 세로 조판

신문에 익숙한 독자들을 위해 세심한 편집기술을 놓쳐서는 안 된다. 이 신문을 만드는 기자들이 과거 세로 조판 신문에 종사하던 분들이어서 그런지는 몰라도 어딘지 모르게 활자의 배열과 제목의 크기, 사진의 배치 등 편집기술상의 허점이 보인다. 이 점은 내용과 형식의 조화라는 점에서 고려가 되어야 하고 지령 1개월도 안 되는 이 신문이 숱한 시행착오 속에 참으로 친근하고 빛나는 민족지가 되기 위해 개선되어야 할 점이다.

1988년

민화위(民和委)와 광주사태

이른바 '민주화합추진위원회'라는 기구가 우리의 관심을 집중시킨다. 대통령선거 이후 새 대통령 당선자의 첫 번째 작품이라는 이 기구가 태동될 때부터 우리의 이목을 끌더니 이 기구에 참여할 인사들을 선정하는 과정에서 '난산'이니 '삼고초려'니 하는 말도 심심찮게 새어나와 화제를 낳았다.

더욱이 이 기구가 소위 화합정치를 표방하는 새시대 새정부의 정책건의기구로서 우리 시대의 최대의 비극이었던 광주사태를 본격적으로 파헤친다고 하여 이처럼 세인의 관심을 불러일으켰던 것이다.

돌이켜보면 지난 8년 전 봄에 있었던 그 사건은 지금껏 한 차례도 속 시원히 그 진상이 규명된 적이 없었고 입에 오르내려져서는 안 되는 금기의 대상으로써 우리의 가슴에 남아 있었던 것이다.

그런 것이 광주문제는 지난 선거과정을 겪으면서 새로운 선거쟁

점으로 부각되었고 지역감정이라는 참으로 우려스러운 문제를 노정하게 되자 새 정부의 출범을 앞두고 반드시 속 시원히 밝혀지고 파헤쳐져야 할 이시대의 당면과제가 된 것이다.

그러나 막상 이같은 중대한 과제를 떠맡은 새 대통령 당선자가 이 기구를 감당한 위원들을 선정하여 발표했을 때 국민들 사이에는 다소 실망이 있었던 것도 사실이다. 그것은 아마도 이 기구를 이루는 위원 각자의 면면들이 각계의 원로들이라는 설득보다는 지난해 6월을 정점으로 한 열화 같은 민주화의 진통 속에서 과연 새로 임명된 그들의 몫이 무엇이었으며 과거 제5공화국의 암울한 정치적 상황 속에서 그들이 보여주었던 역할은 무엇이었는지 그에 대한 선명도가 아쉬운 부분이었기 때문이다.

그러나 늘 속기만 잘하는 우리 국민들은 '역사에 부끄러움이 없게'라는 각오를 다지며 출발하는 이 기구의 활동이 우리의 가슴에 깊이 쌓인 의혹과 갈증을 다소 얼마간이나마 풀어 줄 수 있을지도 모른다는 기대 또한 없지 않았다. 그런데 막상 이 기구가 출발하고 본격적인 활동을 개시하여 오늘에 이른 지금, 숱한 말들의 성찬 속에 무엇 하나 우리들의 가슴을 시원하게 풀어주는 것이 없어 어처구니없게도 '양반론'과 같은 눈살을 찌푸리게 하는 둔사들이 오고가는 것이 안타까운 일이다.

그래서 이 기구는 우리에게 진정 역사적 당면과제인 광주사태를 얼마만큼 심도 있게 다룰 수 있으며 그에 대한 해결방안과 치유책을 도모할 수 있을지 의문에 빠지게 만든다.

이같은 의문은 최근 이 기구에서 발표된 건의문 초안에도 여실히 드러나는데 건의문 초안에는 광주사태의 해결에 가장 중요한 부분이 될 책임소재 부분이 흐릿하게 호도되어 있는 것이다.

이렇게 놓고 볼 때 우리는 새삼 늦게나마 우리 국민에게 민주화에 대한 환상의 연막만을 피워 주는 이 기구의 성격을 돌이켜보게 만든다. 이때 우리에게 새롭게 인식되어지는 것은 이 기구가 법적지위를 전혀 갖추지 못하는 대통령 당선자의 시한부 임시자문기구에 불과하다는 점이다. 그렇다면 이 기구에서 설령 광주사태에 대한 어떤 해결방안이 마련된다 하더라도 다음 정부의 시책에 곧바로 반영되어진다는 보장이 없는 것이다.

그러면 왜 이런 기구가 만들어지고 이 기구의 활동이 전혀 없이 친절하고 자세하게 신문의 정치면에 대서특필되고 있는가? 순간 우리에게 떠오르는 것은 과거 권력기구 주변에 숱하게 명멸하던 이름만 거창한 자문기구들의 모습이다.

돌이켜보면 과거의 그와 같은 기구들은 하나같이 독립적 결정기능을 갖지 못한 채 부끄러운 이름을 남기고 명멸했던 것이다.

이제 바야흐로 우리는 역사적 전환기에 서 있다. 속임수로 국민의 눈을 속이고 귀를 멀게 할 단계는 지났다. 비록 야권의 단일화 실패로 진정한 정권교체는 실패했다고 하나 천주교 정의평화사제단과 같은 사심 없는 단체에서 대통령선거가 원천적 부정선거라는 주장이 끊임없이 제기되는 가운데 야권에 쏠렸던 63%라는 변혁의지는 한시라도 간과되어서는 안 된다.

그리하여 민주화합추진위원회도 과거에 명멸한 숱한 정치권력의 들러리 자문기구처럼 한 시대의 정권이 빚은 죄과를 가리면서 국민의 냉엄한 눈초리를 속이고 국민들의 가슴에 엄청난 의혹으로 남아 있는 지대한 관심사를 호도하고 희석화시키는 시녀노릇을 하여서는 역사의 엄한 심판을 모면할 수 없다는 것을 분명히 알아야 할 것이다.

1988년

개헌의 방향

　그동안 국민이 정치에 참여할 수 있는 폭이 협소해졌고 국민이 직접 정부를 선택할 수 없는 상황이 우리의 숨통을 조이게 했다. 이것은 정권이 바뀔 적마다 그 정권을 정당화시키기 위해 진정한 국민의 참뜻이 무엇인지 살피지 않고 자기들에게 편리할 대로 헌법이 만들어진 결과일 것이다. 앞으로 만들어질 헌법은 이같은 근본적 요인을 충분히 반영하여 강압적 권위주의에서 해방된 모습으로 탄생되길 기대한다. 그러나 우리는 최근 오랜 가뭄 끝에 쏟아지는 빗줄기 같은 민주화 논의를 지켜보면서 국민이 정부를 선택할 수 있는 권리가 선거를 통해 비로소 구체화된다는 점에서 선거법이 어떻게 개정될지 가장 궁금해진다.

　개인적 의견으로는 대통령 직선제가 반드시 이루어져야 한다고 믿지만 최근의 분위기로 보아 내각책임제로 될 가능성도 배제하지 못하는데 그렇게 되면 국회의원 선거가 정권의 향방을 결정하게 된다. 우리는 지난번 총선을 통해서 선거법의 모순을 역력하게 보았다. 우선 지역구의 경우 1구 2인제는 나눠 먹기식이라는 비판을 받을 수밖에 없었다. 오늘날 도시와 농촌간의 심한 인구 불균형으로 인구 20만의 선거구가 있고 인구 백만이 넘는 선거구가 있다. 이들 선거구에서 다 같이 두 명의 국회의원이 탄생된다면 어떤 국회의원은 50만을 대표하게 되고 어떤 국회의원은 10만을 대표하게 된다. 이것은 한 표의 가치의 불균형이라는 문제를 탄생시켜 앞으로는 분명히 개선되어야 할 숙제로 남겼다. 또 기존헌법에 비례대표제로 못 박고 있는 전국구도 마찬가지다. 국회의원 당선자로 계산해 제1당이 되는 여당에게 전체 전국구 의원의 3분지 2를 배분한다는 것은 심한 모순이 따른다. 전국 득표율로 따져 보아 제2당을 크게 앞지르지 못한 제1당에게 지금처럼 전국구 의석의 3분지 3을 안겨 주어 정권의 향방이 좌우되게 만든다면 진정한 민의가 담긴 헌법이라 할 수 없는 것이다.

아울러 여기서 한 가지 꼭 덧붙여 둘 것은 오늘날과 같은 정치풍토에서 내각책임제가 올바르게 정착되기 위해 반드시 선결되어야 할 것이 있다는 점이다. 그것은 우선 건전한 두 개 이상의 정당이 있어야하고 언론 자유, 지방자치제 실시, 국민기본권이 보장되어야 할 것이다. 이 뿐만 아니라 공무원의 정치적 중립도 확립되어야 한다.

그렇지 않고서는 올바른 내각책임제가 이루어질 수 없고 이루어진다 해도 엉뚱하게 수상독재형의 형태로 바뀔 가능성이 있다.

내 개인적인 바람인 대통령 직선제가 이루어지지 못하고 딱히 내각 책임제가 될 수밖에 없다면 최소한 위와 같은 문제점이 해결되고 앞에서 언급했던 선거법의 모순이라도 개선되어 균등한 기회와 규칙

속에 공명정대한 자유경쟁을 벌여 국민의 심판을 받을 수 있는 제도
가 탄생되길 기대한다.

1986년 <世界文學> 창간 10주년 부록호

민주화에 열기에 덧붙이는 말

외세에 대한 정확한 인식과 통일에 대한 거리낌 없는 논의가 민주화에 앞서 선행되어야 한다. 그 어느 때보다 민주화에 대한 열기가 크게 분출되고 있는 시점을 맞았다. 해방이 된 이후 한 차례도 평화적 정권교체를 경험하지 못하고 숱한 정치적 소용돌이를 겪은 우리로서 민주화의 소망은 무엇보다 절실한 과제이다. 그러나 우리는 넘쳐 오르는 민주화의 열기 속에서 우선적으로 전제되어야 하는 명제가 있다는 사실을 간과해서는 안 된다.

그것은 무엇인가? 그것은 바로 이 땅의 모든 삶을 근본적으로 뒤틀리게 하는 분단구조에 대해 정확한 인식이 민주화에 선행되어 전개되어야 한다는 점이다. 우리가 이 시점에서 왜 이같은 인식을 새롭게 해야 하는가 하면 우리 삶이 분단구조에 깊이 종속되어 있기 때문에 그것이 해소되지 않고서는 민주화가 근본적으로 될 수도 없거니와 또 된다 하더라도 근본적으로 우리 삶이 달라지지 않으리라 여겨지기 때문이다.

사람에 따라서는 민주화만 이루어지면 우리 삶이 모든 질곡에서 해방되리라고 믿는다. 그러나 그것은 환상에 불과하다.

그렇다면 이 땅을 둘러싼 분단구조란 어떤 것인가? 상식적인 이야기지만 우리는 마치 칡덩굴에 감긴 소나무처럼 외세의 힘에 의해 구속되어 있다.

해방 이후 우리는 몇 차례 각기 다른 정치권력을 경험했는데 그들 정치권력들이 하나같이 외세와 분단구조에 깊이 밀착된 것들이었다. 우선 이승만 정권을 살펴보면, 그 출발 자체가 미국이라는 외세의 비호를 받고 태어난 불건강한 정치집단이었다. 달리 말하면 미국의 계산된 각본에 의해 생겨난 정권이라는 점이다. 미국은 정치적 야망이 있는 이승만을 앞세워, 한반도에 단일한 통일정부가 들어서야 한다는 민족 절대의 열망을 무시하고 남한만의 반쪽 정부를 세우게 했다. 이것이 바로 해방 이후 우리 민족이 안고 있는 가장 큰 비극의 원천이었다.

그리고 삼팔선이 그어졌고, 군대가 있기 때문에 그것을 바탕으로 생겨난 군사정권도 우리의 독특한 분단구조에서 생겨난 정권이라 할 수 있다. 이들 정권들은 하나같이 민족의 진정한 열망과는 달리 외세에 밀착된 부자유스러운 정권이었기 때문에 우리의 삶이 자유스럽지 못했고 정치는 독재의 길을 걸었고 경제는 파탄되어 6·25와 4·19 그리고 5·16과 5·17 같은 가슴 아픈 소용돌이를 불러일으켰던 것이다.

그렇다면 우리는 이같은 분단구조를 어떻게 해소시켜 나가야 하는가? 지금 우리로서는 우리의 현실이 워낙 깊이 국제 정치의 역학 관계에 얽매여 있고 강대국에게 종속되어 있기 때문에 뾰족한 대안 이 있을 수 없다. 그러나 오늘날 새롭게 분출되는 민주화의 열기와 더불어 우리가 분명하게 인식해야 하는 것은 우리를 둘러싼 강대국 의 존재를 더 이상 미화시켜 보아서는 안 된다는 점이다. 우리는 지 금껏 이들의 존재를 너무 미화시켜 보았다. 이같은 현상은 주로 권 력을 가진 자들의 이해관계에서 생겨난 현상이었지만 어느덧 그것 이 사회의 일반적 통념이 되어 버렸다. 이같은 이유 때문에 이 땅에 는 진정한 통일 논의조차 있을 수 없었고 있었다면 안보논리만 앞세 운 관주도의 논의가 있었을 뿐이었다. 이 점은 분단시대를 살아가는 우리로서 그 무엇보다도 커다란 비극인 것이다. 얼마 전 민족적, 각 성의 선단 부분에 있는 대학생들이 미문화원을 점거할 때 느낀 일인 데 그 같은 사건이 일어날 수밖에 없는 원인은 살펴보지도 않고 그들 을 단순하게 적색분자라고 매도하는 풍토는 암울한 것이었다. 우리가 아무 거리낌 없이 이같은 풍토에서 벗어 날 수 있을 때 참된 민주화 의 근원적 뿌리가 되는 실마리를 찾을 수 있으리라 느껴지는 것이다.

이 땅에는 아직도 우리 땅을 토막 낸 자들이 쥐어 준 수많은 무기 가 있다. 동족이 동족끼리 그 무기를 들고 서로 대치하고 있는 한 참 된 민주화는 요원하고 우리 삶은 자유스러울 수 없는 것이다.

1986년 <世界文學> 창간 10주년 부록호

문화와 정치

동서고금의 역사를 통틀어 놓고 볼 때 막힌 상황, 반이성적 폭력이 민의의 상부에 존재하는 시기에 관 또는 정치가 문화를 지배하고 간섭한 증거를 쉽사리 찾을 수 있다. 이같은 예는 멀리 중국의 진나라 때 분서갱유를 자행한 진시황제의 사례를 들지 않더라도, 광신적 인종주의와 맹목적 민족주의를 앞세운 히틀러가 그 시대의 양심적 예술가, 지식인, 학자들을 탄압하고 그들의 저서를 불태우고 그들을 국외로 추방시킨 사례를 통해서도 알 수 있는 것이다. 또 자신의 경쟁자를 칼로써 물리치고 일본을 통일한 풍신수길도 자기 땅의 백성들의 혼을 마비시키며 우중화 정책을 폈던 것이 정치가 문화를 지배했던 한 예에 속한다.

그렇다면 지배자들은 왜 문화를 장악하려 드는가? 그것은 두말할 것도 없이 정당하지 않은 방법으로 권력을 획득한 지배자들이 자신의 권력을 계속 유지시키기 위해서일 것이다. 문화란 얼핏 보아 정치나 경제의 힘에 비해 유약하게 보일지도 모른다. 그러나 문화의 힘은 정치나 경제의 힘에 우선한다. 그렇기 때문에 권력을 장악한 자들은 자신들의 계산된 머리로도 문화를 통제해야만 의도된 목적을 달성시킬 수 있다고 여기는 것이다. 그들은 문화를 장악하면서 몇 가지 계산된 사항을 염두에 둔다. 첫째로 지배자들은 자신들의 불의로 장악한 정권을 정당화시키기 위해 지배 이데올로기를 확산시키려 든다. 이 일은 기존의 정당한 사회 통념에 저항되는 행위이기 때문에 그것과 갈등을 일으키게 되는데 이로 인해 그들은 관제어용 문화인을 육성하여 그들을 지원하여 이익을 주고 하수인으로 만들어 정당한 사회적 통념을 가로막고 나서게 한다.

또 그들은 교묘한 방법으로 양심적이고 창조적인 문화종사자들을 감독하고 통제를 가해 그들의 비판적 기능을 마비시킨다. 이렇게 함으로써 그들이 군림할 민중의 입을 막고 귀를 멀게 하고 눈을 가린다. 그러고는 민족의 눈으로 허상을 보게 하여 그것이 진실된 모습이라 주장하며 귀에는 달콤한 자장가를 들려주고 당의정糖衣錠에 싸인 아편을 먹인다. 지배자들은 민중들이 각성되지 않고 몽매한 환각에 빠져 있을 때, 그들의 통치수단을 강화하고 자기 권력을 유지시킬 수 있는 것이다.

오늘날 우리나라에도 민족 정서를 바탕으로 한 자생적 문화 대신 관제문화가 번성하게 되는 것은 이같은 맥락과 일치하는 것이다. 우리는 역사상 관이 문화를 얼마나 크게 넓게 강하게 지배했느냐에 따라 그 시대가 얼마나 억압된 시대였던가를 간접적으로 인식해 낼 수 있다.

지난 시절 군사독재를 일삼았던 유신시대에는 수많은 교수와 언론기자들이 해직되고 문인들이 구속되어 그들의 고유한 기능을 박탈당했다. 이어 1980년에 들어와서 오늘에 이르기까지 이와 비슷한 상황이 끊임없이 이어지는 것은 참으로 안타까운 일이다. 이같은 상황은 우리 사회가 그만큼 막히고 반이성적 사회라는 증거가 되는데 이같은 관제문화의 번성은 민족 정서를 마멸시키고 생명 파괴, 물신숭배, 소비 향락 등을 조장시켜 엄청난 해악을 끼친다. 문화란 것이 우리 삶 속에서 자연스레 생겨나 우리 삶을 선도하며 우리의 꿈을 실현시켜 나가는 정신활동이라고 알아차릴 때, 이것을 일시적으로 권력을 가진 지배자들이 장악하여 그들의 의도대로 전단專斷될 수 없다는 것은 자명하다. 비록 일시적으로나마 권력을 가진 지배자들이 문화를 권력 아래에 두었을 때, 우리는 그 사회가 얼마나 엄청난 대가를 치렀던가를 역력히 보아 왔다.

오늘날 우리에게 가장 긴급한 사회적 문화적 과제가 무엇인가 하는 물음에 우리는 무엇을 대답해야 하는가?

그것은 말할 것도 없이 문화가 정치에 종속되지 않고 정치가 문화를 지배하지 말아야 한다는 점이다. 문화란 무엇에도 간섭받지 않아야 우리 삶을 풍요롭게 하고 자유롭게 한다는 것을 우리는 오랜 경험을 통해서 잘 알고 있는 것이다.

1986년 <世界文學> 창간 10주년 부록호

민주주의에 대한 생각

지구의 나이는 40억 5,000만 년으로 추산되고 인간의 역사는 20만 년이라고 한다. 장구한 지구의 역사에 비해보면 인간이 이 지구에 출현해 살아온 시간은 그지없이 짧다.

불덩어리의 시간, 얼음덩어리의 시간, 가스와 수증기만 존재하던 시간을 거쳐 지구가 생명을 품기 알맞은 환경으로 변모한 이후, 초기의 미생물에서 차츰차츰 진화해 인간이 탄생하기 까지 지구는 무궁한 시간을 거쳐 왔지만 인간의 역사는 생각하기에 따라 일천하다 하겠다. 나는 그 20만 년이라는 인간 역사 속에서 얼마나 많은 인간들이 이 지구상에 살다 갔을까 하는 생각을 가져보곤 하다가 지금까지 지구에서 살다 간 인간의 총수는 대략 1,000억 명으로 추산된다는 사실을 알게 되었다. 이 속에는 나와 내 가족을 포함한 현재 지구에 살고 있는 70여 억 명의 인구가 더해진다. 1,000억 명의 인간은 많은 것인가, 적은 것인가? 과학에만 의지하면 그들은 모두 유기물이 되어 흩어졌을 것이며 그럴 것이다.

우리는 흔히 수많은 사람들을 일컬어 '모래알같이 많은 사람들'이라고 말한다. 이는 대중가요 속에 흔히 등장하는 말로서 지구상에 살고 있는 수많은 사람들을 상징한다 하겠다. 그러나 이 수사는 과학적 사실을 벗어난 단순한 상징에 불과하다. 한 과학적 보고에 따르면 바닷가 모래사장에서 가로 세로 깊이 각 1m(1입방미터)의 모래만 채취했을 때, 그 안에 들어 있는 모래알의 수는 약 100억 개라고 한다. 그렇다면 지구 위의 모든 모래알 숫자는 참으로 헤아릴 수 없을 만큼 많은 수임에 틀림없고 대중가요의 수사는 다분히 인간의 숫자를 가리키는 것이 아니라 남 여 간의 만남과 헤어짐의 신파적 운명에 초점을 맞춘 것이 될 것이다. '모래알같이 많은 사람들'이라는 구절 다음에는 '하필이면 왜 당신이었나.' 하는 구절이 따르지 않는가.

어쩌거나 나는 이 글에서 과학적 숫자 놀음이나 유행가에 따른 신파조의 운명 타령을 하자는 것은 아니고 지금껏 지구에서 살다간 수많은 사람들의 삶이 과연 어땠을까 하는 점이 떠오르기 때문이다. 다시 말하자면 인간 역사에 대한 관심인데 그들은 과연 지구에 한시적으로 머물며 행복한 삶을 영위했을까?

추측컨대 인간의 삶은 순탄하지 않았다. 원시시대 이래 인간에게는 수많은 재난과 위기가 다가왔을 것이다. 그 재난은 크게 나누어 자연적인 것과 인위적인 것으로 나눌 수 있겠다. 자연적인 재난은 우선 지진, 화산의 폭발, 비바람과 혹심한 추위, 더위로 인한 기근 등 의식주에 대한 고통이 떠오를 수 있겠고, 인위적인 재난은 약탈과 폭력, 억압, 부자유, 살육 전쟁 등과 같은 인간끼리의 갈등이었을 것이다.

남男과 여女가 본능에 의해 짝짓기를 하고 거기에서 자손이 태어나며 혈연의 의미가 생겨나고, 씨족과 부족사회를 거쳐 초기 단계의 국가가 형성되면서 그들은 자신들의 생명을 위협하는 요소와 싸웠고 자신들의 환경을 개선했을 것이다. 고난과 경험은 지혜를 키웠고 그들은 마침내 재앙과 고난에 맞서는 방안을 강구했을 것이다. 그리하여 인간은 자연적 재난에 대처하기 위해서는 과학을 발전시켰고 야만을 극복하기 위한 제도를 만들고 규약을 만들고 법칙을 만들었을 것이다. 그것이 오늘날 우리의 삶을 규정하는 민주주의고 사회주의였을 것이다.

원론적이면서도 단순한 이 추론은 그다지 중요하지 않을 것이다. 문제는 지금 우리가 받아드리고 있는 민주주의와 사회주의에 대한 사색일 것이다. 협동적으로 자유 평등한 사회를 형성해 사리사욕과 특정인이 지배하는 불공정 빈곤 등으로부터 해방되려는 이상을 내포하는 사회주의는 계층 및 계급사회, 즉 신분사회를 타파하여 평범한 사회를 이루려는 인류의 고귀한 이상이었지만, 현실사회주의에 이르러 많은 문제점을 노정하며 쇠태의 기미를 보이고 여전히 더 많은 꿈을 담아야하는 이념으로 존재하고 있다. 반면, 국민 다수의 의사가 정치를 결정하는 바를 본질로 삼고, 그것을 보장하는 제도인 민주주의는 지구상의 숱한 나라에서 이를 받아드리고 우리 또한 이 제도를 국가의 기본으로 삼고 있다.

민주주의가 다수의 지구인으로부터 지지를 받는 이유는 여러 가지이다. 그 중에서도 우선 손꼽을 수 있는 것은 다양성의 존중이다. 다양성은 획일화 또는 전일성의 반대되는 개념으로 사회 구성원들 개개의 의견을 소중하게 여긴다는 것이다. 그리하여 그 의견들이 무시당하지 않고 배제되지 않는다는 점이다. 이를 통해 민주주의는 사회의 각 구성원들을 소외시키지 않고 전체의 한 일원이라는 정체성을 보장하는 것이다.

또 하나의 귀중한 민주주의적 가치는 비판이다. 이 비판의 허용은 어떤 정치적 판단이나 견해에 옳고 그름을 따져 묻는 것으로서 그 견해와 판단이 과연 정당한 것인가를 그야말로 정당한 방법으로 되새기는 장치이다. 사회구성원의 숫자가 확대됨으로서 직접 민주주의에서 간접 민주주의로 전환되고 의회민주주의로 바꿔지면서 우리는 우리의 대변자를 선거를 통해 뽑고 그 대변자를 통해 우리의 견해와 판단이 수용되어지기를 바라지만 민주주의 본질은 타인의 견해를 수용하고 자신의 견해를 피력하고 토론과 비판을 통해 합의를 도출하고 이를 창조적으로 수용하는 것이며 그것이 민주주의 미덕이다.

그렇다면 우리 사회의 이같은 민주주의는 제대로 운용되고 그 체재 아래에서 우리의 삶은 행복하고 아름다운가? 우리가 대한민국이라는 국가의 일원으로 이 지구상에서 유한한 삶을 살아가면서 우리의 삶을 되돌아보는 이유는 무엇인가? 우리가 자신들의 삶을 성찰하고 되돌아보는 것은 왜 의미가 있는가? 그것은 우리가 행복한 삶을 구현하고 싶은 욕망에서 비롯되는 바로서 그것을 다독이고 성취하는 첩경이기 때문이다.

오늘의 우리 사회는 수많은 분야에서 심각한 문제가 야기되어 극심한 혼란이 노정되었다. 지난 날 우리가 수많은 대가를 치르고 얻어낸 민주적 존귀한 가치는 훼손되고 마치 모든 것이 다시 원점으로 회귀된 듯한 현실에 봉착했다. 국가를 운용하는 책임자들은 이같은 현상을 자기합리화로 미화하고 분식한다. 옹색하게도 이 땅의 최고 권력자들은 자신의 과오를 인정하지 않고 그 책임을 다른 곳으로 돌리며 국민을 오도한다.

여기서 우리는 다시 오늘날 우리 사회가 민주주의적 미덕이 존중되고 있으며 의견의 다양성과 비판이 수용되고 있는가에 대한 물음이 필요하다. 유감스럽게도 작금의 우리 사회는 인간이 야만의 시대를 극복하기 위한 오랜 여정에서 이룩한 민주주의적 가치를 말살하고 있다.

예컨대 가까이는 '4대강 사업'이 그렇고 제주도 '구럼비 마을 사태'가 그러하다. 그 뿐만 아니라 국민들의 생존에 심각한 재앙이 뒤따를 원자력발전의 존속에 대한 처리도 그러하다. 정책을 수립하고 그 정책을 집행하는 과정에서 최우선적으로 수반되어야 하는 점은 그 모든 과정이 민주적이어야 함은 물론이다. 그러나 국민의 안위가 좌우되는 더없이 중대한 사안들이 절대 다수의 국민들의 동의 없이 그리고 그에 대한 토론과 논의 없이 집행되고 추진되는 현실은 비극이다.

국토가 파괴되고 환경의 재앙이 도래하고 급격한 수질 악화로 식수원이 오염되는 '4대강 사업'은 수십조 원의 예산 투입으로 민생복지와 지방 재정은 심각한 위기를 초래하고, 태초 이래 인간을 비롯한 뭇 생명체들의 터전이며, 제주 주민들의 성스러운 정신적 의지처이자 기도처였던 강정마을 구럼비 바위는 잠시 잠간 권력을 위임받은 한 정권에 의해 파괴되고 있다. 지난 2년 동안 제주해군기지 건설을 반대해왔던 이들은 이를 두고 온 몸으로 저항했다. 하지만 제주해군기지 건설을 강행하는 정권의 눈에는 주민 생존권과 평화는 안중에도 없다. 지금 제주도 강정 마을에서는 천년의 공동체가 무너지고 인간생태계와 더불어 생물생태계가 허물어지려고 한다. 전쟁을 거부하고 평화를 사랑하는 수많은 민중들이 미중 갈등과 아시아－태평양 지역의 군사주의를 부추길 제주해군기지 강행을 강력히 반대했지만 공권력과 군사력을 앞세운 위정자들은 끝내 자신들의 계획을 관철시킨다.

원자력 발전에 대한 이 정권의 정책 또한 무모하다. 인류 문명을 삽시간에 초토화시킬 원자력의 위험은 누차 강조되어도 지나침이 없거늘 이명박 정권은 이를 '국가 동력의 중심축'으로 삼아 지속적으로 원자력 발전소를 확대하려하며 이미 제한 수명이 다한 발전소마저 시효를 연장시켜 가동코자 한다. 국민들은 이에 대한 폐쇄를 주장하고 원전에 대한 정보 공개를 요구하지만 우월적 위치에 있는 권력자들은 이를 받아드리지 않는다. 우리가 봉착한 이 정권의 만행은 무엇을 의미하는가? 그것은 바로 우리 사회가 야만의 사회로 회귀하는 것이며 우리의 삶을 불행하게 만드는 일이다.

비판적 견해를 수용하고 자신의 견해에 긴장을 느끼며 스스로를 돌아보며 이를 창조적으로 해소하는 것이 민주적 사회의 모습이지만 이를 거스르는 우리 시대의 정권의 모습은 암울하다. 따라서 정당성을 결여한 정권은 자신의 삶과 미래의 삶을 걱정하고 고뇌하는 민중들의 입에 재갈을 물리고 그들을 탄압한다. 이는 숱한 부도덕한 권력자들이 저질렀던 수법이어서 최근에 불거진 정부의 민간인 사찰 문제 또한 그러하다 하겠다.

다시 되새기는 바이지만 지구의 역사는 장구하고 인간의 역사는 20만년이다. 20만년이 길고 짧은 것은 당대를 살아가는 개인들이 스스로 느낄 일이다. 그러나 우리 인간이 인간의 역사를 통해 이루어낸 소중한 민주적 가치가 훼손된다면 우리는 다시 야만의 시대를 살아가야 할 것이고, 우리 인간에게 허락된 70년 혹은 80년의 시간은 한없이 길고 아득하게 여겨질 것이다.

그럼으로 우리는 우리의 선인처럼 저항하고 우리의 삶을 바꿀 것이다. 민주주의는 깨어있는 시민들의 헌신을 요구하고, 진실로 아름답고 선한 것은 언제나 다시 쟁취하는 것이기 때문이다.

2011년 12월

새로운 세기의 환경과 문학

오늘 이 자리는, 오로지 문학을 사랑하고, 그것을 업으로 살아온 분들이 1년이라는 시간의 의미를 되새기고, 서로 정리를 나누고, 새로운 우의를 다지는 뜻으로 모인 자리입니다.

이런 소중하고 뜻 깊은 자리에, 저 또한 문학을 한다는 이유 하나로, 이렇게, 여러분 앞에 설 수 있다는 것은, 커다란 기쁨이자 영광이 아닐 수 없습니다.

그러나 저는, 먼저 한 두 가지 사적인 감회에 사로잡힙니다.

그것은 첫째, 제 마음 속에서 느끼는 어떤 자의식 같은 것에, 제가 자유롭지 않다는 것입니다. 저의 이런 느낌은 아마도, 여러분이 소속하신 문학단체와, 제가 소속한 문학단체가, 다르다는 데서 연유하는 것인 지도 모르겠습니다. 여러분은 '한국 문인협회 안산지부'에 소속하신 회원이시고, 저는, 민족문학작가회의라는 단체에 소속한 사람이기 때문입니다.

그러나 이런 생각은 어처구니없는 것으로서, 과거 일제 식민지 통치나 군사정권이 우리에게 심어준 강박적, 무의식에 원인이 있을 법도 합니다.

되새겨 보면 한국문인협회는, 이 땅에서 가장, 오랜 전통과 역사를 지닌 문학단체입니다. 그리고 기라성 같은 문인들이 회원이 되어, 우리 문학의 질을 드높이고 고양시킨, 우리의, 가장 대표적인 문인단체입니다.

제가 문학을 좋아했던 청년 시절 한국문인협회 원로 회원들이 제가 살던 지역으로 지방순회 강연을 오셨습니다. 저는 고명하신 그 분들을 멀리서 바라보며 그분들의 강연을 듣고 참으로 깊은 존경의 마음을 지니면서 문학인의 꿈을 키워 나갔습니다. 지금은 모두들 고인이 되셨지만, 박목월 · 황순원 · 조지훈 · 박두진 · 유치환같은 분들이 그들이셨는데, 그분들은 모두 한국문인협회의 빛나는 회원이셨지요.

이와는 달리 민족문학작가회의는 지난 시절 권위주의적인 군사 정권에 맞서 문학의 표현의 자유와 이 땅의 민주화를 위해 싸워온 자유실천문인협의회라는 단체를 모체로 1987년 확대 개편한 단체입니다.

이렇듯 자유와 순수를 지향하는 우리나라의 대표적 두 문학단체는 참된 문학을 해보겠다는 데는 본질적으로는 크게 다를 바가 없지만 거기에 소속된 문인 개개인들은 자기가 소속한 문학 단체를 의식하며 서로 허심탄회한 소통이 이루어지지 않았던 것도 지난날의 우리의 문학적 환경이었습니다.

그러나 오늘날에 와서는 문인협회와 민족문학작가회의라는 두 단체 간에 벽은 허물어지고, 많은 소통이 이루어지고 있습니다. 어느 문학평론가는 최근에 출간한 자신의 저서에서 리얼리즘과 모더니즘, 모더니즘과 리얼리즘의 참된 지혜를 모아야 한다는 뜻에서 '회통會通'이라는 말로 우리 문학이 지향할 전망을 피력하기도 했고 각각의 단체에 소속된 분들이 다른 단체에도 회원으로 가입하는 것이 흔한 일이 되었습니다.

그렇다고 하더라도 지난날의 문학적 환경을 타파하고 제 마음을 가볍게 하는 것은 제 오랜 친구인 김동현 시인입니다. 워낙에 화엄적 도량을 지닌 분이라 사소한 구애를 훨훨 벗어나 아무 것도 아는 게 없는 저를 이 자리에 불러 세웠습니다.

문학인들의 모임인 이 자리에서, 또 한 가지 떠오르는 각별한 생각이 있다면, 그것은 문학이 과연 무엇인가 하는 점입니다. 여기서 문학이란 의미는, 문학이 문자에 의한 학문, 즉, 인간 정서나 사상을, 상상의 힘을 빌어서, 언어나 글로서 표현하는 예술이라는 사전적 의미를 떠나, 오늘날에 있어서, 과연 그것이, 어떤 것이어야 하는가 하는 점입니다.

말하자면 문학 자체에 대한 규명과 함께, 오늘날에 있어서 그것을 어떻게 행해야 하는가 하는 방법 같은 것 말입니다. 이처럼 문학의 본질과 방향을 궁구해 보는 것이 우리가 오늘 이 자리에 모여 있는 의미를 한층 더 깊게 해 주기 때문입니다.

이야기를 진전시키기 위해서 잠시 사적인 이야기를 드립니다만 저는 지금 이 도시의 한 외곽에 살고 있습니다. 제가 사는 일동이라는 곳은 안산에 사시는 여러분은 잘 아시겠지만 조선조의 실학의 대학자이신 이익 선생의 묘소가 있는 곳이며 최근 성호 기념관도 지어지고 있는 곳입니다. 저는 1991년에 그곳에 집을 지어 이사를 온 후 지금껏 거기서 살고 있는데 그곳이 지금 심각한 난개발이 이루어지고 있습니다.

난개발인 즉신 무엇인고, 하니 바로 다름이 아니라, 기존에 지어졌던 10년도 되지 않는 집들을 마구 허물고 거기에 고층 다가구주택을 짓는다는 겁니다. 저는 이 일에 반대를 하고, 뜻이 같은 주민들과 연대를 하여 지방정부와 중앙정부를 상대로 많은 문제점을 지적했고 시정책을 강구토록 촉구하고 있습니다. 제가 이 일에 반대의 입장에 선 것은 단지, 교통문제, 주차문제, 상하수도문제, 전기통신 문제 등 제 삶과 직접 이해관계가 대두되기 때문만은 아니었습니다.

여러분! 문학을 이야기하는 자리에서 난데없는 지역 난개발 문제를 왜 이야기하는 것인가? 이것이 어떻게 문학과 연관이 있을까? 하고 언 듯 의아심이 드시는 분도 있을지 모릅니다만 저는 이 일이 제가 하는 문학과 깊은 상통이 있다고 여기고 있습니다. 그렇다면 이것이 문학과 무슨 상관이 있을까요?

이것은 바로 문학이 우리의 삶에 적극적으로 개입해야 한다는 명제와 일치하기 때문입니다.

여러분! 문학이 과연 무엇이고, 그것이 어디에서 태동하는 것일까요? 문학은 바로 우리 삶에서 태동하는 것입니다. 우리가 우리 삶에서 파생하는 정서를 말이나 문자로 표현하는 것이 문학이라 할진데 우리 삶이 없다면 문학은 존재할 필요도 없고, 또 존재할 기반도 없어집니다. 여기서 우리는 좀 더 자세히 문학과 삶의 문제를 천착해볼 필요가 있습니다.

여러분! 여러분은 우리가 살아가는 시대를 무엇이라 지칭하고 계십니까? 우리는 우리가 살아가는 21세기를 흔히 과학문명의 시대, 정보화시대라고 말합니다. 그리고 자본의 전지구화시대라고 말하고 있습니다.

여기에 우리는 대체로 수긍을 하며 우리 문학인들조차도 고개를 끄덕이며 추수하는 경향이 있습니다. 그러나 과연 우리는, 이러한 단정에 회의와 사색이 없이 추수해야 하며, 다음 세기에 인류를 구원할 이상이 이런 가치관으로 지속되어야 한다고 믿어야 하는 것일까요?

여기서 우리는 오늘의 문명의 의미, 즉 자본주의, 과학주의 물질 문명의 의미를 되새겨 보아야 할 필요가 있을 것 같습니다.

지금 우리가 모여 있는 곳이 우연치 않게도 상공회의소 건물입니다. 이것은 참으로 묘하게도 상징적인 의미를 띄고 있습니다.

어쨌든 자본주의, 현대문명의 발전은, 바로 상업과 공업을 주축으로 발전했고, 그 밑바탕에는 산업화 과학화라는 뿌리가 엉켜 있습니다. 여러분, 자본주의적 현대문명의 근본은 어디에서 시발한 것일까요? 이는 주지하다시피 서구에서 출발한 것으로서, 이른바 서양의 산업혁명이 그 전기가 되는 것입니다.

기계의 등장으로 인하여 산업의 기술적 구조가 탈바꿈 되고, 조그마한 수공업적 작업장이 기계설비에 의한 자본주의적 큰 공장으로 전환된 것이, 산업혁명이라고 한다면, 이는, 영국에서 처음 그 모습을 나타냈습니다.

대략 1760년에서 1800년에 이르는 시기에 방직기계와 증기기관차가 발명되고 그것을 바탕으로 출발한 산업화의 혁명은 세계 각국에 엄청난 파급 효과를 불러일으켜, 19세기 후반에 전기 석유의 이용에 따른 중화학공업과 현대에 이르러 원자력공업의 원동력이 되었습니다.

그런데 이 기간 동안 우리 인류들은 대량생산과 소비가 지상의 최대 가치라는 편견에 사로잡혀 왔습니다.

이런 밑바탕에는 우리 인류가 유한한 지구의 자원을 착취하고 고갈시켜야 한다는 당위성이 깔려 있었습니다. 다시 말하자면 자연을 지배하고 조종하고 정복하여 극복의 대상으로 삼겠다는 논리가 적용되는 것입니다. 예컨대 철광석이면 철광석, 목재면 목재, 화석연료면 화석연료 같은 것을 착취하고 소모함으로서 가능한 문명이었습니다.

이것은 우리 동양인들이 오래 전부터 자연과 하나가 되었던 가치관과는 그 근본부터가 차이가 지는 것입니다. 우리 전통의 사상 중에는 물아일체物我一體, 천지일여, 피아동체라는 고귀한 가치가 있었습니다. 조선조 중기, 그러니까 서양에서 산업혁명이 일어나기 전, 서경덕 같은 철학자들이 이론적 토대를 마련했다고 여겨집니다만 인간이 이 우주의 삼라만상과 하나이며 분리될 수 없는 존재라는 생각을 했던 것입니다. 적어도 우리의 옛사람들은, 인간과 사물은 평등하게 어울려 살 수 있고, 그런 융화된 삶 속에서 인간의 본성이 밝아지고, 사물은 제 모습이 드러난다고 믿었습니다. 자연을 인간이 하는 모든 것에 앞서 생각해야 한다는 이런 동양정신은 지배와 정복의 논리가 아니라 금욕적 평등주의와 그 맥을 같이 하는 것이었습니다.

그러나 서양문명은 자연을 정복하고 이용하여 발전하는 문명이기에 자연과 인간이 분리되고 상반되는 존재로 파악했습니다. 여기에 심각한 문제점이 대두됩니다. 그것은 바로 인간이 이 우주만물의 주인이라는 오만한 생각이 주를 이루는 것입니다. 그리하여 인간이 자연과 공존을 하지 않고 지배하는 우월적 편견에 휩싸이게 되었습니다.

철학적으로 이를 일컬어 인간중심주의라는 말로 표현하기도 합니다만 이같은 인간중심주의의 문명은 지금 심각한 폐해를 불러일으키고 있습니다. 유한한 지구자원의 고갈로 인한 미래의 불확실성은 차치하고라도 환경의 악화, 대기오염, 기후변화, 종의 절멸, 끝없는 경쟁, 유전자조작, 인간성의 상실, 자기파괴 등 이루 말할 수 없는 폐해를 상정해 놓고 있습니다.

한 가지 예로 현대문명의 이기라는 자동차와 컴퓨터를 생각해도 그렇습니다.

우리는 흔히 자동차를 타고 가면서 흔히 겪는 일입니다만, 높은 속도로 달려가는 우리 앞에 우연히 어떤 사람이 나타나면 우리는 깜짝 놀라 '저놈이 죽으려고 얼찐거리나' 하고 욕을 합니다. 그러나 무심코 뱉은 이 말의 근본에는 참으로 냉혹하고 비정한 기계문명의 야만성이 깃들어 있습니다. 자동차를 탄 사람과 보행을 하는 사람간의 완전한 적대관계 내지 타자관계를 이루는 것이 현대문명의 모습입니다. 아니 기계문명에 편승한 자기 자신을 우월하다고 느끼는 것이 현대문명이 지니는 어처구니없는 자기모순입니다. 우리가 시골길을 걸을 때 우리 앞에 낯 모르는 사람이 나타나면 우리는 미소를 지으면 인사를 할 수도 있다는 것을 생각하면 오늘날의 우리 문명이 얼마나 비정한 것인가 짐작하게 됩니다.

제가 앞에서 우리 동네에 들어서는 고층다세대주택을 이야기했습니다만, 지은 지 10년도 안 돼는 집을 허무는 현실을 목격하며 저는 벽돌 한 장, 철근 한 토막의 의미를 생각했습니다. 저는 그것이 다 이윤의 추구라는 논리에 깔려 유한한 지구 자원을 낭비하고 고갈시키는 자본주의 문명의 절멸성과 결부되어 있다고 생각했습니다.

생각해 보십시오. 철근 한 가닥, 벽돌 한 장을 만들어 내기 위해 어떠한 과정을 거쳐야 합니까? 땅을 파헤쳐 땅 속에 있는 원광석을 기계를 이용해 채취하고 그것을 선광하여 용광로에서 녹여내고 그것을 다시 압출하여 가닥으로 뽑아내 운송과정을 거쳐 건축현장까지 도달합니다. 그리고 벽돌 한 장도 대체로 비슷한 과정을 거쳐 제품으로 완성되어집니다. 이 과정 속에는 거대한 에너지가 소모되고 거기에는 엄청난 자연 환경이 파괴됩니다. 저는 지은 지 10년도 안 되는 집을 거대한 포클레인으로 부수면서 철근과 시멘트와 벽돌이 뒤엉킨 파괴된 집의 잔해가 그대로 쓰레기장으로 실려 가는 것을 보고 참담한 생각이 들었습니다.

우리는 지구의 역사를 대체로 30억 년 정도로 추정하고 있습니다. 그런데 그 엄청난 지구의 역사 속에 호모 사피엔스라는 인간의 역사는 참으로 일천합니다. 더욱이 인류 문명의 역사는 기껏해야 몇 천 년으로 거슬러 가는데 거기에서 인간이 자연을 요리한 역사는 더욱 얼마 되지 않습니다. 인간은 그 짧은 기간 동안에 자연을 파괴하고 자연을 재생 불량의 상태로 만들어 놓은 시간은 놀랍게도 몇 백 년이 되지 않습니다.

산업화가 시작된 불과 200년 동안 우리는 30억 년을 존속한 지구를 엄청난 규모와 속도로 파괴했습니다.

우리가 살아가는 오늘날의 세계는 석유를 바탕으로 경제를 발전시켰습니다. 석유라는 값싼 에너지의 끝없는 공급이 없었다면 자본주의의 문명이 성립되지 않았습니다. 산업부분에서 이윤이 떨어지자 자본가들은 금융자본으로 눈을 돌리는 신자유주의를 선택했던 것입니다. 세계는 석유를 바탕으로 성장신화에 젖어들었고, 그것이 오늘날의 신자유주의의 토대를 이뤘습니다. 신자유주의는 '경제성장과 정치적 자유, 빈곤 근절과 생활수준 향상'이라는 명분으로 세계 각국으로 하여금 규제완화, 시장의 자유, 사유재산권의 확대, 그리고 자유무역에 매진하게 하여 그 극단으로 치닫고 있습니다. 그 극단은 이제 서서히 심각한 그늘을 드리우고 있습니다.

이미 우리가 목격하고 있듯이 금융과 은행이 개개의 정부를 포박하고 있으며, 붕괴의 조짐마저 노정하고 있습니다. 성장은 이제 지지부진하고 평등주의의 환상은 깨지고 있습니다. 대부분의 서구 국가와 미국은 심화되는 실업과 빈부격차에 시달리고 있으며 우리 또한 이와 다를 바 없이 국민들의 삶의 질이 떨어지고 있습니다. 단기적이고 분쟁적인 고용불안은 삶의 근본을 뒤흔듭니다. 이로 인한 박탈감과 인간소외는 개개인의 의식을 분열시키고, 파멸시킵니다.

학자들은 이미 2005년에 석유의 양이 지질학적 한계에 이르렀다고 경고하고 있습니다. 신자유주의 문명의 지속을 위해 석유소비는 필연적이고 부존하는 화석연료는 이제 고갈할 것입니다. 이른바 피크 오일이라는 진단이 그것입니다. 혹자들은 비 화석에너지라는 풍력, 태양열, 지열 등의 대안을 이야기하지만 그것이 대량생산되어 자본주의 성장을 막을 만큼 충분한 활력을 제공하리라는 믿음은 불가능할 것입니다. 석유에 대한 우리의 무한한 수요는 곧 유한한 자원이라는 장벽에 부딪칠 것입니다. 따라서 무한한 성장 없이는 지속될 수 없는 오늘날의 문명도 절멸의 위기에 봉착할 수밖에 없다 하겠습니다. 그럼에도 불구하고 우리는 여기에 의지해 위험한 줄타기를 계속하고 있습니다.

다시 문학의 이야기로 되돌아가야 할 것 같습니다. 중언하는 바이지만 문학은 우리 삶에서 출발하고 우리의 삶은 우리가 호흡하는 문화의 절대적 조건 속에 연관되어 있습니다.

여러분, 문학인들은 본질적으로 시대와의 불화를 안고 사는 운명적 존재입니다. 그렇지 않습니까? 우리는 아름다운 삶을 열망합니다. 그것이 우리에게 시인이요, 소설가라는 면류관을 씌워 주었습니다. 우리는 이런 과학만능시대에 살면서 어떤 생각을 하고 어떤 문학을 해야 할까요? 우리가 정녕 이 시대의 진정한 시인이요 작가라고 한다면, 저는 혼돈에 처한 세상에 새로운 가치를 심어줄 선도적인 책무 또한 우리에게 부과되어 있다고 믿고 싶습니다.

그런데 오늘 날 우리 문학인들 사이에는 개인과 사회를 병리학적 관점에서 분리해 보려는 풍조가 팽배하고 있습니다. 다시 말해 개인과 사회, 인간과 사물을 전혀 별개의 존재로 파악하고 거기서 문학을 출발시키며 그것이 참된 문학인양 여기는 풍조가 있다는 것입니다.

이는 두말할 것도 없이 서구적 인간중심주의의 흐름에 무비판적으로 자신을 내맡긴 채 자신이 사물의 중심에 서 있다는 착각에서 비롯된 것이라고 믿고 싶습니다.

불가에서 '비로자나의 세계'가 있다고 들었습니다. 연화장蓮華藏의 세계에 거하며 그 몸이 법계法界에 두루 차서 큰 광명을 내비춘다는 세계가 그것이라고 들었습니다. 다시 말해 사물들이 인간의 지배에서 해방되어 자신의 참된 모습을 내비치는 순간이 있는데 그 순간 사물들은 청결하고 밝은 빛 속에 드러나고 그 빛은 이 세상의 어느 빛보다 커서 인간과 사물이 함께 그 빛을 피워낼 수 있다는 세계를 뜻한다고 들었습니다.

저는 물신주의, 자본의 전지구화의 시대에 제 자신의 문학이 어떤 것이어야 하는지 아직도 캄캄한 지경을 헤매고 있습니다. 그러나 저는 어렴풋이나마 인간과 사물이 별개가 아닌 한 형제 한 등위 속에 존재한다는 자각 속에 제 문학이 다시 태어나야 한다고 생각합니다.

다행히도 오늘날 우리 문학인들 사이에 생태주의 문학에 대한 관심이 고조되고 있는 것은 사실입니다. 그리고 많은 지식인들 사이에서 오늘날 우리가 처한 문명의 야만성을 인식하고 새로운 대안을 찾으려는 노력이 있는 것도 사실입니다. 그러나 아직 그 수준은 미약하고 문학적 성과는 크지 않습니다. 비록 환경훼손을 고발하고 새삼스럽게 자연을 예찬하는 시들이 태어나고 있지만 그와 같은 문학으로서는 오늘의 이 광포한 문명의 파도와 맞서기에는 터무니없이 미약하다는 생각을 갖습니다.

그렇다면 여러분! 문명의 폭주 기관차는 파멸로 치닫고 있고, 황홀한 대중 소비문화의 불꽃은 우리를 눈멀게 하고 있는 현실 앞에서 우리는 문학을 통해 우리가 처한 오늘날의 문제를 깊이 인식하고 참다운 화엄세상을 열어가야 하는데 함께 힘을 모아야 한다는 생각을 떨칠 수가 없습니다.

저는 문학을 비롯한 모든 예술이 자연의 아름다움과 질서를 동경한다고 믿습니다. 이제 인간의 생명까지도 도구화한 현대문명의 냉혹한 패러다임 앞에서 우리 문학의 존립을 위해서도 우리가 젊은 날에 꿈꾸어 왔던 아름다운 이상을 위해서라도 우리 문학을 새롭게 변모시켜야 할 책무와 당위성이 우리에게 주어져 있습니다.

끝으로, 제한된 시간 속에 우리 문학의 갈 길을 선명하게 제시하지 못하는 아픔을 지니며, 여러분과 더불어 인간의 운명에 끝없이 고뇌하며 아름다운 세상, 빛나는 세상을 염원했던 천상병 선생의 시를 읽으며 미진하고 부족한 저의 말씀을 가름하려 합니다.

산등성 외따른 데
애기 들국화,

바람도 없는데
괜히 몸을 되뉘인다.

가을은
다시 올 테지.

다시 올까?
나와 네 외로운 마음이
지금처럼
순하게 겹친 이 순간이----

－「들국화」 전문

모쪼록 여러분의 문학에 비로자나의 빛이 넘쳐 삼라만상에 환한 밝은 빛을 비춰주시기를 기원합니다.

2001년 12월 28일 저녁, 안산 상공회의소 강당에서

시대 상황과 시의 논리

통일과 평화 그리고 문학

여러분 반갑습니다. 그리고 보니 오늘이 7월7석입니다. 헤어져 있는 견우와 직녀가 함께 만나는 날이지요. 일찍이 한 시인이 남남북녀를 견우와 직녀에 빗대어 한민족 한겨레가 분단 반세기가 넘도록 서로 만나지 못하는 아픔을 「직녀에게」[3]란 시로 표현하기도 했습니다. 우연치 않게도 이런 7월7석 날, 여전히 우리 겨레가 서로 오가며 만나지도 못하는 처지에서 통일과 평화에 대해 여러분과 이야기를 나누게 되어 여러 가지 감회가 떠오릅니다.

이 자리엔 저보다 문학에 대한 공력과 연륜이 높으신 분이 두루 많이 와 계시고, 또 새로 문학을 시작하려는 후학들도 많이 참석해 주셨는데, 사회자께서 여러모로 부족한 저를 과분하게 소개해주셨습니다. 그렇지 않아도 대중 앞에 서는 게 늘 서투르고 자신이 없는 터

---

3 문병란 작, 「직녀에게」.

에, 그런 과분한 소개가, 여러분 앞에 서는 것을 더 부끄럽게 만드는 것 같습니다.

그런데 제가 이런저런 생각과 함께, 지금껏 보잘 것 없는 문학이나마 그 문학을 지속해 오면서 떠올려보는 생각은, 왜 우리가 문학을 버리지 않고 계속하고 있는가 하는 근본적인 질문입니다. 이같은 질문은, 오늘 제 강연의 주제인 '통일과 평화'에 대해, 문학의 기능과 사명이 무엇인가 하는 점과 연관이 있는 것으로서, 저는 먼저 문학이 단순히 직업일 수 있는가 하는 점을 상기하게 됩니다. 한사람이 일생 동안 어떤 일을 지속적으로 하고 있다면 그것이 직업일 수 있을 터인데, 그렇다면 과연 문학을 협의적인 개념으로서의 직업이란 의미 속에 붙잡아 두어야 하는가 하는 점이 그것이었습니다. 직업이란 일상에 종사하는 업무이며, 자기 능력에 따라 어떤 목적을 위해, 전문적으로 나날이 종사하는 일일 것입니다. 거기에는 삶을 영위하게 하는 재화의 획득이 수반되는 것인데, 문학은, 그런 일반적인 직업의 의미와는 구별이 되는, 좀 다른 성격을 지닙니다.

한 사람의 작가로서 글을 쓰고, 그 글이 독자에게 유통되고 읽혀지는 문학도, 얼핏 생각하면, 직업임에 틀림없을 것 같습니다만, 문학은, 그리고 문학의 행위는, 그러나 경제적 반대급부와는 구별되는, 그 어떤 차원의 일이기도 합니다. 그럼에도 불구하고, 우리가 한사람의 문학인이 되어, 기꺼이 자신이 삶을 문학에 온전히 투영시키려 한다면, 왜 평생 그 일을 해야 하는가, 하는 명제에 부딪쳐야 할 것입니다. 그리고 그는, 그 문학이라는 작업에서 일반적으로, 직업이라는, 즉 재화의 획득만을 넘어서는 또 다른 그럴만한 그 어떤 이상과 가치를 스스로 부여해야 하고, 그것을 스스로 받아드려야 하는 것입니다.

　이점은 아마도 다른 예술도 마찬가지이고, 참다운 정치나, 학문과도 동일한 선상에서 떠올릴 수 있는 점일 것입니다.

　대개 우리가 처음 문학을 시작하는 동기는 여러 가지가 있을 것입니다. 이 자리엔 문학에 뜻을 둔 청년들도 많이 와 있지만, 우리가 청소년시절 막연히 일기장 같은 곳에 자신의 소회나 감상을 적기 시작하는 것처럼 뚜렷한 목적과 동기가 없이 시작하는 경우가 많겠습니다. 이의 바탕에는 사춘기적 시기의 사회적 관계와의 부조화에서 오는 외로움과 쓸쓸함 등과 같은 정서적 동기가 작용하게 되며 그것이 일차적인 문학행위로 발전하기도 합니다. 그러나 자신의 감상을 표현하던 그 초보적 글쓰기가 더 발전하고 심화하여 우리가 전문적인 문학인이 되고 평생 그 일을 하려고 한다면 우리는 청소년기의 감상과 소회에서 벗어나서 또 다른 가치를 설정하고 그것을 승인해야 한다는 것은 당연하다 하겠습니다.

　흔히 문학이 우리의 삶에서 태동된다는 것은 대체적으로 우리 모두에게 용인되는 논리입니다. 따라서 문학이 사회적 산물이라면 한 작가가 자신을 둘러싼 사회적 환경에 자연적으로 관심을 기울이게 되는 것은 당연한 일일 것입니다.

　아까도 말씀드렸지만 직업으로서도 존재 이유가 부족한 문학행위가 과연 무슨 가치가 있기에 이를 버리지 않고 행하고 있나 하는 이유는 여러분이 여기 오셔서 제 강의를 경청해 주시고 또 제가 오늘 여기 서 있는 이유의 설명이 될 것입니다.

　오늘 이 자리의 문학 강연의 주제는 '통일과 평화 그리고 문학'인데 생각하기에는 이 주제가 아주 무겁고 벅찬 것입니다. 이 무거운 주제는 우리의 분단 현실과 필연적으로 깊은 연관이 있으며 문학이 개인적 감상을 벗어나 바로 문학의 바탕이 우리가 처한 현실, 즉 삶이라는 해답을 스스로 논증하는 것이기도 합니다. 그리고 우리에게 주어진 지금의 현실이 평화롭지 않다는데서 출발해야 하는 것이기도 합니다.

사실 오늘 우리가 함께 하는 이 강의의 주제는 한편 무거운 것이기도 하지만 이미 진부하고 상투적인 한 주제일 수 있습니다. 여기서 진부하다는 것의 오해가 없기 위해 덧붙이는 말입니다만 우리의 인식과 관심이 쓸모없는 낡아빠진 것이 아니라 그 어떤 타율적 제약에 의해 학습화되었고 길들여졌으며 상투화가 되어 벌써 우리의 감각이 지리멸렬해 졌다는 겁니다.

여기에는 여러 가지 원인이 있겠습니다. 우선 손꼽을 수 있는 요소로는 분단 반세기를 넘게 살아오면서 우리의 의식세계가 지난날의 절대적 권력집단에 의해 타율적 제약을 받았다는 것입니다. 다시 쉽게 설명 드리자면 그 절대 권력집단이 자신의 권력을 유지하기 위해 방편으로 우리의 자율적 판단과 인식에 족쇄를 채우고 제약을 가했다는 것입니다. 그리고 외적으로는 우리 한반도를 둘러싼 강대국들의 이해관계에 의해 우리의 삶이 규제되고 제한되었다는 것입니다. 따라서 우리는 분단 반세기를 살아오면서 통일을 바라는 우리의 감각과 인식이 무디어졌는데 그 이유가 있다 하겠습니다.

이는 비록 제국주의의 절대 권력자가 우리와 피를 나눈, 우리와 한민족 한겨레가 분명한 북녘 민중들을 지배하는 북쪽의 정권을 '악의 축'이라고 하며 수단과 방법을 가리지 않고 제거하여야 하는 집단으로 규정하는 현실 앞에서도 마찬가지입니다. 이른바 제국주의의 절대 권력자가 그 '악의 축'을 극복하는 방법이 북한을 선재 타격하고 그로인해 유발되는 것이 전쟁이라 할지라도, 그리고 그 전쟁이 우리의 강토를 폐허화시키고 우리의 평화를 해치고, 우리 겨레를 무참히 살상하고 피 흘리게 한다 하여도 지금 동시대를 살아가는 우리의 인식은 무디어져 있습니다. 이런 우리의 마비된 감각은 여기 계신 여러분의 자식이나 친척들 가운데 징집 연령이 되어 입대를 하고 군인이 되어 힘든 병역의무를 수행하고 있어도 그것이 단지 우리에게 주어진 현실이라고 여길 뿐 그 근본적인 분단에 대한 인식과 극복 방법에 대한 자각은 마비되고 있다는 데에서 증명할 수 있는 것입니다.

통일이란 갈라진 것이 합쳐지는 것이고, 문학은 정서나 사상을 상상의 힘을 빌어서 표현하는 예술이며 그 작품을 일컫는 것입니다. 우리에게 통일이란 아직 이루어지지 않는 기원이고 소망입니다. 그리고 평화라는 것은 평온하고 화목함을 뜻하고, 전쟁이 없는 세상의 평온함을 일컫는 것인데 우리에게는 아직 그것이 실현되지 않았고 그 실현은 요원하다는 것입니다. 이 세 가지의, 어찌 보면 이질적인 주제를 하나로 묶어 이야기함에 있어 우리는 먼저 우리를 둘러싼 분단적 민족 현실의 얼개는 어떤가 하는 점을 먼저 떠올려야 하는 것은 당연하다 하겠습니다.

최근 우리나라 각료들의 모임인 국무회의에서 <한·일군사정보보호협정>을 체결하려던 시도가 있었습니다. 그런데 그 시도는 일단 무산이 되어 수포로 돌아갔습니다만 언젠가는 다시 이 문제가 수면 위로 떠오를 것인데, 이 <한·일군사정보보호협정>은 왜 국무회의에서 비공개로 무리하게 처리하려 했을까요? 며칠 전 이명박 대통령의 독도 방문으로 한·일간에 새로운 상황을 맞고 있습니다만 일본이라는 나라는 아직 우리에게 유쾌한 이웃이 아닙니다. 식민통치에 대한 사과나 반성 없이, 그리고 독도 영유권 문제를 끊임없이 일삼고 있는, 군사대국화를 추진하는 일본과 우리가 서둘러 앞장서서 군사정보보호협정을 맺으려 했다는 점은 자칫 우리에게 판단의 오류를 불러일으키는 함정이 있습니다. 이같은, 이해하기 어려운 현상의 배후에는 당연히 미국의 존재가 도사리고 있다는 점을 깨우쳐야 할 것 같습니다. 최근 미국은 한·미 미사일 지침 개정을 계기로 미사일방어(MD)에 한국을 끌어드리려는 것도 이와 상관이 있는 일이라 여겨집니다. 우리가 분단 반세기 동안 평화를 유지하지 못하고 살아가는 이유가 어디에 있으며, 그 분단의 책임을 단순히 누구에게 돌리거나 탓만을 하는 것은 성숙한 민족이 아닐 것입니다. 그러나 그 책임의 일단과 원인이 강대국에게 있었다는 것은 주지의 사실입니다.

지난날 냉전 시기처럼, 대규모 병력을 유지하기 어려운 미국이 동북 아세아에서 패권을 유지하기 위해 지금 여러 가지 대안을 모색하고 있습니다. 그 일환 중의 하나가 우리 국민이 지니고 있는 일본에 대한 감정에도 아랑곳하지 않고 미국이 뒷전에서 두 나라로 하여금 서로 군사정보보호협정을 맺도록 추동하고 있는 점을 우리는 명확히 알아야 할 것입니다. 미국은 현 단계에서 군사적 영향력을 유지하고, 병력의 효율성을 높이기 위한 정책이 필요한데 미국의 이와 같은 의도에는 바로 미국의 대 중국 견제가 작용하고 있는 것입니다.

다시 요약해서 설명 드리자면 미국의 대 중국 포위망을 형성하기 위한 시도가 바로 이른바 한·일간의 군사적 동맹을 바라는 것입니다. 그를 위해 미국은 우리와 일본을 하나로 묶으려 하고 있고, 그것이 바로 미래에 우리의 평화를 위협하는 도화선이 될 수 있다는 것입니다. 경제적으로나, 군사적으로나 엄청난 강국으로 부상하고 있는 중국은 미국으로서는 피할 수 없는 최대의 적대국이 되었습니다. 만약 미국과 중국의 갈등이 심해지고 군사적 충돌로 이어진다면 현재 우리가 겪고 있는 분단의 불행을 떠나 한반도의 평화는 악화 일로를 걷게 되는 것은 자명해집니다.

그런데 문제는 일본이 미국의 대 중국 견제의 기회를 틈타 그리고 북한 핵을 빌미삼아 미국과 밀월관계를 유지하면서 패전 이후 일본의 헌법에도 명시되어 있는 자위대의 역할을 강화하고 그 자위대를 해외에 파병하며 군사적으로 대국화의 길을 걸으려는데 있다 하겠습니다. 일본의 금년 국방예산은 우리 국방예산의 두 배가 넘습니다. 우리 국방예산이 251억 달러인데 일본은 544억 달러의 국방예산을 운용하고 있습니다. 지난 달 일본은 또 자기 나라의 국가안전 보장에 이바지하기 위해 원자력을 개발한다는 원자력 규제위원회 설치 법안을 중의원에 통과시켰습니다. 2차대전에 핵에 의해 끔찍한 재앙과 패전을 경험한 일본이 다시 핵으로 무장하려는 의도는 어디에 있을까요? 반세기를 갓 넘겨 다시 군국주의, 제국주의를 꿈꾸는 일본의 야망은 우리로 하여금 또다시 평화로운 삶을 살 수 없게 하는 함정이며 위협의 하나입니다.

동아시아의 평화를 위협하는 한 축은 또 중국입니다. 최근 놀라운 경제성장으로 국력이 축적된 중국은 엄청난 달러화의 힘으로 경제대국에서 군사대국으로 비약적 발전을 이뤘습니다. 따라서 중국은 지구상의 패권을 미국과 겨루며 자국을 둘러싼 남중국 서중국 동중국에 이르기까지 끝없는 갈등을 인접국과 고조시키고 있습니다. 남중국해에서는 필리핀과 필리핀명의 '스카보로섬'과 영토 분쟁을 일으키고, 베트남과도 이른바 난사군도, 사사군도의 영유권을 다투고 있으며, 동중국해에서는 일본과 일본 명으로는 '센카쿠열도', 중국 명으로는 '댜오위다오'인 섬들과 분쟁을 일으키고 있습니다. 또 티베트와 위구르족에게도 비인도적인 행위를 지속하고 있습니다. 그런가하면 우리나라와도 이어도를 두고 긴장을 유발하고 있는 것입니다. 그뿐만 아니라 중국은 북한에 대해 끝임 없는 영향력을 미치며 지배하려 하고 있습니다. 게다가 이른바 '동북공정', '요하공정', '백두공정'을 통해 역사를 왜곡하며 동아세아, 서남아세아에 전반에 거쳐 군사대국 강대국으로서 평화를 위협하고 있습니다.

이런 현실은 두말할 것도 없이 우리로 하여금 지속적인 분단의 질곡에 있게 하는 것이며 한반도의 통일을 방해하고 우리 겨레의 평화로운 삶에 걸림돌이 되게 하는 요인으로 작용하고 있습니다.

그렇게 우려되는 현실은 우리는 우리의 서해에서 똑똑히 목격할 수 있습니다. 중국과 미국의 갈등, 그리고 일본의 군사대국화 추진 가운데 우리의 서해 바다는 강대국들의 군사훈련장으로 자리매김 되고 있습니다. 최근 동북아 주변 국가들이 경쟁적으로 해군력을 증강하는 가운데 중국과 러시아가 지난 4월에 <해상 연합군사훈련>을 실시하면서 중국이 항공모함을 시험 운항하는 모습을 목격했습니다. 미국도 이에 대응하기 위해 핵항공모함을 앞세워 우리나라와 일본을 끌어들여 <연합해상훈련>을 실시하며 대응하고 있습니다. 이 훈련에는 이들 나라들이 보유한 가공할 무기가 탑재된 군함들이 띄워지며 자국의 무력을 시험하면서 동북아가 요동치고 있습니다. 우리의 서해바다는 이제 우려스럽게도 우리의 평화를 파괴할 이들의 각축장으로 변하고 있습니다. 이와 연관하여 우리도 군비를 강화한다는 명목으로 우리의 아름다운 제주도 강정마을 구럼비 바위에 새로운 해군기지를 건설하는 놀라운 고통을 떠안았습니다. 제주도 강정마을은 유네스코가 지정한 생물권 보전지역이며 수많은 희귀종, 멸종위기종의 생물들이 서식하고 있는 기묘하고 아름다운 암반이 있는 곳입니다. 인간을 비롯한 온갖 생물들이 태초 이래 화해롭게, 조화롭게 살아가던 그 아름다운 구럼비 통바위는 파괴되고 허물어져 머지않아 강대국들의 패권 싸움에 빌미를 제공할 근거로 변하게 되었습니다.

그런데 더 놀라운 것은 우리에게 명목상 이른바 '혈맹'이라는 미국이 자국의 이해관계에 따라 한반도에 핵을 사용할 수 있다는 데 있습니다. 그 한 예로 북한이 지난 69년 미국의 정찰기를 격추시켰을 때에도 미국이 핵무기 공격을 위한 비상계획을 세웠던 것으로 드러났습니다. 미 국방부가 북한에 대한 핵무기 공격을 포함한 비상계획을 세워 백악관에 보고한 것은 지난 69년 6월 25일입니다. 북한이 미국의 정찰기를 격추해 31명의 승무원을 숨지게 한 지 두 달 만에 일어난 일입니다. 이른바 '프리덤 드롭Freedom Drop'이란 작전명이 붙여진 전술 핵무기 사용 비상 계획은 '북한 도발'에 한국을 방어하기 위한 명목으로서 10킬로톤에서 70킬로톤에 이르는 파괴력을 지난 핵무기로 북한의 주요 군사기지를 공격하는 것이었습니다. '프리덤 드롭Freedom Drop'이란 우리말로 바꾸면 '자유를 위한 투하'이겠지요. 자유를 위한 핵폭탄 투하라니! 참 어처구니가 없는 명명입니다. 참고로 히로시마에 투하된 원폭은 20킬로톤이었는데 불행 중 다행은 이 작전이 실행되지 않았다는 것입니다. 만약 이 비상계획이 이루어졌더라면 우리의 국토는 폐허가 되고 살아갈 수 없는 공간이 되며 수많은 우리 남북 겨레가 살상되는 참극이 발생했을 것입니다.

최근 제가 읽은 한 저서에 의하면 미국이 제2차 세계대전 당시 이미 연합국의 재래식 무기에 초토화가 된 일본이 천황제만 유지될 수 있다면 연합국에 항복을 할 수 있다는 의사를 여러 차례 내비치었지만 미국은 히로시마와 나가사키에 원자탄을 투하했습니다. 이는 일본의 항복을 받는 것도 받는 것이지만 당시의 최대 경쟁 강국이었던 소련을 겨냥한 무력시위를 위한 의미가 더 컸다는 것입니다.

우리는 지금 북한 핵문제로 미국을 비롯한 일본 등의 주변 국가들이 위험 신호를 보내는 것을 목격하며 동시에 우리도 커다란 불안을 느끼는 것도 사실입니다. 그러나 여기서 우리는 북한이 '광명성 3호'를 발사하면서 스스로 이른바 강성대국을 지향하는 데에는 미국이 북한과의 대화를 차단하는 미국의 대북정책에도 그 원인의 일단이 있다고 생각됩니다. 따라서 우리는 불가피하게 앞에서 말씀드린 바처럼 막대한 국방예산을 운용해야하고 그것은 결국 강대국의 무기 수출업자의 배를 불리는 결과일 뿐입니다.

얼마 전 서울에서 '서울 핵안보정상회의'가 열렸던 것을 여러분도 기억하실 것입니다. 58명의 각국 정상, 정부 대표, 국제기구 수장들이 모인 그 회의에서 그들은 핵물질이 비국가행위자의 손에 들어가 테러에 이용되는 것을 예방하자며 민간 시설에서 핵폭탄으로 전용될 수 있는 고농축 우라늄과 플로토늄을 제거하거나, 그 사용을 최소화 하고, 불법적 확산을 막자고 하는 골자의 성명을 발표했습니다. 그 때 한국이 글로벌 이슈의 논의 현장에서 리더십을 발휘했다고 자화자찬을 했지만 우리는 공허감을 감출 수 없었습니다. 미국을 주도로 하는 58명의 각국 정상들은 인류의 재앙을 불러일으킬 핵 재앙을 막기 위한 근본적 논의는 하지 않았습니다. 다시 말하자면 핵을 보유한 국가들은 자신들의 최대 위협인 핵 안보에는 지대한 관심이 있지만 핵 재앙의 공포에서 자유로워질 인류의 권리는 논의되지 않았습니다. 이는 다시 말해 핵을 가진 나라들이 자신의 기득권을 보호하기 위한 회의였으며 이들이 핵을 바탕으로 공고히 다른 국가들을 지배하겠다는 뜻과 같은 것입니다. 냉전이 끝난 지 10년이 되었지만 지금 이 세계에는 여전히 4,800여 개의 핵무기가 배치되어 있습니다. 특히 미국은 1996년에 체결되어 157개국이 비준한 포괄적 핵실험금지조약(CTBT)의 비준조차 미루고 있는 현실입니다. 이같은 현상은 역설적으로 우리 겨레가, 그리고 전 인류가 얼마나 위험한 형편에 처해 있는 가를 반증하는 것이며, 이번 서울 핵안보정상회의는 핵이라는 본질을 벗어난 눈가림으로서, 전지구와 인류의 평화를 위해서는 아무 덕이 되지 않았던 회의였을 뿐만 아니라 우리의 통일은 쉽지 않고 평화로운 삶은 지난하다는 것을 일깨워줍니다. 여기에 한술 더 떠서 현재의 이명박 정부는 핵이 불러올 엄청난 해악을 도외시하고 '원자력수출 3대강국'을 지향하고 있습니다.

우리나라를 둘러싼 국제적 환경은 이럴진대, 우리의 국내 사정은 어떨까요? 사람은 무엇보다 의식주가 안정되어야 합니다. 이 강연의 주제가 '통일과 평화 그리고 문학'임을 깨우칠 때 인간의 의식주 이야기는 이 강연의 주제와는 조금 동떨어진 화제라고 할 수 있습니다. 그러나 강연의 한 주제 중 '평화'라는 명제를 상기할 때 우리의 평화로운 삶을 이루는 의식주의 조건은 오늘의 화두에서 그다지 벗어나지 않을 근본적 문제라고 생각됩니다.

우리는 지난해 세계자본주의의 심장인 미국 맨해튼의 월가에서 일어난 시위를 기억할 것입니다. 소위 1퍼센트가 차지하고 있는 금융독점 자본주의에 저항해 99퍼센트들의 시위가 그것이었습니다. 이같은 시위가 일어난 것은 여러분도 그 원인이 신자유주의에서 비롯된 것임을 다 잘 아시리라 믿습니다. 신자유주의란 모두들 아시는 바와 같이 1990년대 말부터 두드러지는 현상으로서 국가권력의 시장 개입을 비판하고, 시장의 기능과 민간의 자유로운 활동을 중시하는 이론입니다. 이는 자유시장과 규제완화를 지향하고, 이른바 비능률을 해소하고, 경쟁시장의 효율성 및 국가 경쟁력을 우선시하는 경제적 이론입니다. 이는 그러나 필연적으로 불황과 실업, 그로 인한 빈부격차를 초래하고 또, 시장개방의 압력으로 선진국과 후진국, 나아가서 부유층과 빈곤층을 강화하는 해악을 동반하고 있습니다. 오늘날의 세계경제는 전적으로 거미줄처럼 글로벌화와 연결되어 있고 우리나라 경제도 그 신자유주의의 촘촘한 거미줄의 하나로 얽혀 있다 하겠습니다.

지금 우리는 그 신자유주의에 무한 노출되어 있습니다. 미국 월가를 점령했던 가난한 사람들의 저항과 시위는 우리나라 99퍼센트들의 민중들이 공유하는 문제이며 분노입니다. 한미 에프티에이, 한 EU 에프티에이, 그리고 한중 에프티에이로 이어지는 통상 압력에 우리의 서민층은 허물어지고, 고용불안, 비정규직 문제 등이 대두되어 지금 우리나라는 그 어느 시기보다 심각한 사회적 문제를 야기하여 우리로 하여금 의식주 문제에 고민하게 하고 그로 인해 마음의 평온을 유지할 수 없는 지경에 이르렀습니다. 입시위주의 교육제도에 우리의 아이들은 치열한 경쟁으로 내몰리는 현상도 여기에서 비롯되는 것입니다. 우리 아이들의 소중한 청소년기의 삶은 지옥과 다를 바가 없게 되었습니다. 그리고 만성적인 청년 실업, 퇴출의 공포, 가정 경제의 파탄을 불러오는 극심한 사교육비, 불안한 노후의 염려도 모두 그것입니다. 그런가 하면 우리 국민들 모두는 돈과 욕망과 말초적 감각과 권력에 포위되어 올바른 자아에 이르지 못하고 비틀거리고 있습니다. 신자유주의의 경제적 자유가 사회의 이익으로 전환된다고 주장되지만 실제로는 그와 배치됩니다. 이윤을 거머쥐는 쪽은 1퍼센트의 경제적 권력을 지닌 개인이며 사회가 떠안는 것은 이로 인한 위험일 뿐입니다. 이런 현상 또한 바로 우리로 하여금 민족 분단으로 야기된 불행과 겹쳐 오늘의 제 강연 주제 중의 하나인 평화를 유지하지 못하게 하는 요인으로 작용하고 있습니다.

오늘의 제 강연이 뜻하지 않게 오늘날 우리 삶을 옥죄고 있는 문제점만을 지적한 것 같습니다. 그리고 문학이 현실에서 태동하지만 현실만을 너무 깊게 천착하는 것은 불행입니다. 문학이 당대의 현실적 문제에만 경도하여 예술적 실현을 소홀히 할 수는 없는 것입니다. 근본적으로 문학은 예술성의 실현과 분리될 수 없는 것이기 때문입니다. 그러나 우리가 지적하는 이 어두운 문제점은 우리로 하여금 통일과 평화를 가져오게 하지 않는, 우리가 극복해야 하는 요소입니다. 우리는 우리 팔이 묶여 있을 때 수갑을 봅니다. 우리 문이 잠겨 있을 때 자물쇠를 봅니다. 우리가 우리의 문제점을 명확하게 인식할 때, 우리는 우리에게 드리워진 어둠을 걷어낼 수 있을 것입니다.

오늘 이 자리에 모이신 여러분은 문학을 사랑하고, 평화를 염원하며 우리의 통일을 열망하시는 분들일 것입니다. 문학을 사랑하고 평화로운 삶을 갈망하는 여러분! 분석과 비판적 사고는 민족과 사회에 대한 책무, 그리고 역사와 문명에 대한 지식인들의 책임입니다. 문학을 사랑하는 문학인이 진정 지식인이라면 우리 주변국들의 이해관계를 철저히 분석하고 폭넓은 안목과 통합적인 지식으로 민족문제에 대응해야 마땅할 것입니다.

　자신의 삶과 주변세계를 이해하고, 우리가 살아가는 삶이 어떤 것이고 그를 위해 어떤 능동적 삶을 살아야 하는가 하는 점은 통일을 염원하고 평화를 사랑하는 이 시대의 지식인의 올바른 자세일 것입니다.

　저는 여기서 다시 문학이 무엇이고 그 기능은 무엇이며 문학이 지닌 가치는 무엇인지 살피고 싶습니다. 다시 말씀드리지만 문학은 평화를 지향합니다. 그리고 참되고 아름답고 진실한 것을 추구하는 것이 문학입니다. 그 소중한 가치를 위해 문학이 그리고 문학의 행위는 기꺼이 일반적인 의미의 직업을 뛰어 넘는 그 어떤 이상을 지닙니다. 그리하여 문학이 당대의 현실에 개입하고 그 부당한 현실을 혁파하는 것에 정당성을 부여받습니다.

　사람이 사람답게 사는 데에는 개개인의 삶의 존엄성을 바탕으로 사람과 사람 사이를 이어주는 유대감이 있어야 하며 그 유대감은 폭력과 경쟁이 아니고 따스함일 것입니다. 우리는 그 가치를 옹호하고 존중하며 인간 생존의 가장 아름답고 위대한 가능성을 추구하려 합니다.

　우리를 둘러싼 현실이 인간과 세계를 왜곡시키고, 뒤틀리게 할 때, 인간의 삶의 가치와 목적을 다시 설정해 주고 바로잡아 줄 수 있는 것은 문학이고 문학의 역할이라고 저는 믿고 싶습니다.

　우리의 삶이 분단적 삶에 깊이 영향을 받고 있다면 분단을 극복하고 통일을 앞당기는 데 있어서 문학적 인식은 당연히 존재해야하며, 그 길이 당대를 살아가는 우리 문학인의 과제라는 것을 다시 한 번 강조하게 됩니다.

　끝으로 인간과 사물 모두가 서로가 서로에게 화평을 염원하는 기원을 담아 쓴 제 졸시 한 편을 읽으며 제 강연을 끝내려 합니다.

〈시〉

3인칭의 나

나락 익는 여주 이천

들녘에 섯다

나를 비추는 옛 거울 하나

코스모스 보면

코스모스 나를 보고

미류나무 보면

미류나무 나를 보고

나는 이 들녘에 비치고

들녘은 나를 비춘다

두고 온 천심(天心)도

가까이 다가서는

코스모스가 되는 나

미류나무가 되는 나

부족한 제 강의를 들어주서서 감사드립니다. 끝으로 참다운 문학을 건설하고 이 땅의 통일과 평화를 위해 출범이후 지속적으로 노고를 아끼지 않으시는 <고양작가회의> 정수남 회장을 비롯한 여러 문학 도반 여러분과 고양시장과 고양시 동구청장께도 고마운 인사를 전합니다.

2012년 8월 24일 고양시 동구청 강당에서의 강연 원고

찾아보기

작품

시대 상황과 시의 논리

작품집

인명, 기타

(ㄱ)